Eduard Wagner
Wildes Land

EDUARD WAGNER

Wildes Land

Roman

© 2016 Eduard Wagner
Satz und Layout: Buch&media GmbH, München
Umschlaggestaltung unter Verwendung
des Bilds „Wildpferde in der Namib" von Eduard Wagner
Herstellung und Verlag: BoD – Books on Demand
Printed in Germany · ISBN 978-3-7412-2343-3

John wartete vor dem kleinen Haus mit dem riesigen, fast unbewachsenen Garten. Als er den weißen Toyota mit den schwarzen Buchstaben UN an den Türen um die Ecke biegen sah, rannte er durch die am Tage meist geöffnete Eingangstür ins Haus und schrie erfreut: „Uncle Karl is coming!" Noch bevor Karl aus dem Auto steigen konnte, kam John wieder aus dem Haus auf ihn zugerannt. „Uncle, are you ready, can we go?" „Nicht so schnell", erwiderte Karl in einem freundlichen, aber komisch klingenden Englisch. Nun kamen die anderen Kinder, Anne, Willem und Paula, aus dem kleinen Haus. Sie wirkten etwas traurig. Auch sie wären gerne mit in den „Busch" gefahren, wie sich John auszudrücken pflegte, wenn er nicht gerade nach Windhoek, Swakopmund oder in sonst eine größere namibische Stadt fuhr. Anne, Willem und Paula aber mussten am nächsten Tag zur Schule und übers Wochenende hatten sie einen schulischen sportlichen Wettkampf in Tsumeb auszutragen, Willem mit der Rugbymannschaft, Paula und Anne mit dem Netzballteam. Nach der Begrüßung gingen Karl und die Kinder gemeinsam ins Haus.

Marie war damit beschäftigt sich zurechtzumachen. Sie hatte gerade ihren Mittagsschlaf beendet und wollte ihren Freund Karl nicht so schläfrig aussehend empfangen. Sie begrüßte ihn immer mit denselben Worten: „Hallo Schatzi, wie geht es dir?" Und Karl antwortete meistens: „Hallo Marie, gut, danke!"

Marie war zu allen immer sehr freundlich, besonders zu Karl. In Deutschland hatte er nie eine Beziehung zu einer Frau gehabt, die so viel Freundlichkeit ausstrahlte. Er wusste nicht so recht, was er mit so viel Freundlichkeit anfangen sollte. War sie wirklich echt? Kam sie aus ihrer tief religiösen Einstellung heraus? Oder war es nur eine Art „amerikanisches Gehabe"?

Marie gab Karl und John vor der Verabschiedung noch einige Instruktionen, für jeden noch ein Küsschen, „Bye-bye" und los ging die Fahrt. Vorbei am Bahnhof von Otjiwarongo, mit der alten Lok vor dem Bahnhofsgebäude. Bald war kein Haus mehr zu sehen und John fühlte sich besonders wohl, denn jetzt verließen sie die Stadt und die Safari begann. 66 Kilometer weiter nördlich fuhren sie durch das kleine Städtchen Outjo, dann ging es nordwestlich in Richtung Kamanjab.

Ihre ständigen Begleiter waren die Farmzäune links und rechts der Straße sowie Akazienbäume, Dornenbüsche und Termitenhügel. Keineswegs aber war die Fahrt langweilig, denn es waren öfters Tiere zu sehen: ein Kudu, eine Warzenschweinfamilie, mehrere Antilopen. Meist entdeckte John die Tiere, laut rief er dann: „Look, look uncle, an animal!"

Trotz der Faszination, die der kleine sechsjährige John während den ersten Kilometern dieser Reise empfand, wurde er bald müde und schlief ein. Den ganzen Tag ab morgens um sechs, als er mit seiner Mutter aufgestanden war, hatte es für ihn nur ein Warten gegeben, ein Warten auf den Mittag, bis Onkel Karl endlich von seinem UNTAG*-Workshop käme und ihn abholte. Kein Auge hatte er mittags zugemacht. Er hatte Angst gehabt, er könnte die Abfahrt verpassen.

Johns Vater hatte seine Familie verlassen. Der Kleine liebte seinen Vater, er vermisste ihn, weshalb es nicht leicht für Karl war, ihm näherzukommen. John hatte aber nach langem innerlichen Kampf Vertrauen zu seinem Onkel gefunden, vielleicht weil sie etwas Gemeinsames hatten: die Liebe zur Natur und zum Abenteuer.

Zufrieden und sorglos fuhren die beiden mit dem Landcruiser auf der einsamen und geradeaus führenden Straße weiter. Kurz nachdem John wieder aufgewacht war, meinte er: „Es fängt bald an zu regnen." Karl wunderte sich über diese unverständliche Aussage. Schließlich schien wie immer die Sonne, keine einzige Wolke war zu sehen. Außerdem war nicht die richtige Jahreszeit, die Regenzeit war vorbei. Es war Mitte April, mit Regen war frühestens im Oktober zu rechnen. Doch trotz Karls Einspruch bestand John auf den Regen. Er zeigte mit den Fingern geradeaus und sagte: „Schau Onkel, das dunkle Ding da vorne, das ist eine Wolke." Und wirklich, nahe am Horizont, direkt über der Straße, befand sich etwas, das einer dunklen Wolke ähnelte, aber, wie sich sobald herausstellte, keine war. Nach einigen Metern Fahrt konnte man erkennen, dass es sich nicht um eine dunkle Wolke, sondern um eine Ansammlung von mehreren großen Vögeln handelte. Karl verlangsamte die Fahrt. Er wollte die Vögel nicht erschrecken, denn er war neugierig auf das, was sich dort abspielte. Lebhaft meldete sich John zu Wort: „Das sind Geier, Onkel, Geier!" Karl reduzierte die Geschwindigkeit erneut, mit geringem Motorengeräusch ließ er den Landcruiser rollen. Für beide war nun deutlich erkennbar, dass sich Geier, nicht nur in der Luft, sondern auch einige auf dem Boden und auf der Straße befanden. Durch die Geräusche des Fahrzeugs aufgeschreckt, flogen die Vögel, etwa 40 an der Zahl, plötzlich weg. Sie gaben den Blick frei auf einen mitten auf der Straße liegenden Kadaver, ein von einem Auto erfasster Schakal. Das Rätsel war gelöst. Karl erhöhte das Tempo des Fahrzeugs, ohne dabei den Blick in den Rückspiegel zu vernachlässigen. Auch John blickte erstaunt durch die Heckscheibe nach hinten. Beide sahen wie sich rückwärtig die „Wolke" von Neuem formierte.

 Endlich wurde Kamanjab erreicht. Sie betankten das Auto und kauften in einem kleinen Supermarkt Brot und Fleisch zum Grillen ein. In Kamanjab endete die Teerstraße, in nördliche Richtung führte eine gut gepflegte Pad, eine nicht asphaltierte Straße, ins Kaokoland. Karl und John fuhren aber auf einer weniger gepflegten Pad in westliche Richtung weiter. Ihr Ziel war das Palmwag Restcamp.

 Je weiter sie nach Westen kamen, desto spärlicher wurde die Vegetation, die Namibwüste kündigte sich an. Karl stoppte den Wagen auf einer Anhöhe. Von den wenigen Bäumen und Sträuchern lasen sie die abgestorbenen Äste und Zweige vom Boden auf: Feuerholz für das „Braifleisch", Grillfleisch, am Abend.

 Sie befanden sich in einer eindrucksvollen Landschaft, die fast nur aus Steinen bestand. Aber die herrlichen Farben, die die untergehende Sonne zauberte, waren unbeschreiblich.

„Onkel, hier gibt es kein abgestorbenes Holz mehr, ich habe alles aufgesammelt!"

„Ja John, ich denke, das ist genug."

„Schau Onkel, da unten ist ein Elefant."

„Was du nicht alles siehst", erwiderte Karl ungläubig.

„Da unten bei dem großen Busch, da steht er und frisst."

Karl schaute, konnte aber keinen Elefant entdecken. Stattdessen sah er eine wunderschöne, wüstenähnliche Ebene, eingetaucht in ein pastellfarbenes Licht. Die Landschaft wirkte beruhigend auf beide, selbst der kleine John starrte wie verzaubert und vergaß dabei, mit seinen Augen weitere Elefanten zu suchen. Wie auf ein Kommando schauten sie sich plötzlich an und begannen zu lachen. Es war ein zufriedenes, ein glückliches Lachen.

„Was kommt eigentlich nach Palmwag?", wollte John unvermittelt wissen.

„Wie meinst du denn das?", fragte Karl zurück.

„Welches Land kommt nach Palmwag?"

„Palmwag ist ein Ort, nein, eigentlich nur eine Lodge, wo für Geld übernachtet werden kann." Karl erklärte weiter, es liege im Damaraland, das eine Region und ein Bestandteil Namibias sei. Und westlich hinter dem Damaraland befinde sich die Skelettküste. Als John das Wort Skelettküste hörte, fiel er Karl sofort und begeistert ins Wort:

„Ja, mein Vater war schon an der Skelettküste, da findet man Totenköpfe am Strand."

„Ja, und auch alte, gestrandete Schiffe", fügte Karl hinzu.

„Und was kommt nach der Skelettküste?", fragte John wissbegierig weiter.

„Das Meer. Und nach dem Meer kommt Südamerika."

„Amerika", sagte John und lächelte dabei bedeutungsvoll, „das ist da, wo die ‚Schöne und das Biest' leben." Verwundert über Johns Weisheit meinte Karl: „Du meinst die USA. Direkt auf der anderen Seite des Meeres aber liegt ein südamerikanisches Land, Brasilien."

Steil abfallend und übersät mit Geröll verlief die Pad in Richtung Skelettküste. Hin und wieder erwischte eines der unruhig hin- und herflatternden Räder einen großen Stein, schleuderte ihn kraftvoll nach links in den tiefen Abgrund neben der Straße oder auch wuchtig unter das Auto, sodass beängstigende Laute vom Bodenblech ins Fahrzeuginnere drangen.

Die Sonne stand schon sehr tief, als sie an der Abzweigung nach Sesfontein ankamen. Dicht hinter der Abzweigung passierten sie einen Zaun, an dem John zuvor aus dem Wagen aussteigen und das Gatter für die Durchfahrt öffnen musste. Karl erklärte ihm die Bedeutung dieses Zaunes. „Das ist der Veterinärzaun. Er soll das Überqueren wilder Tiere ins Farmland verhindern. Dieser Zaun, auch ‚Rote Linie' genannt, durchschneidet das ganze Land von West nach Ost. Die Schwarzen durften während der Apartheid nur mit besonderen Ausweisen diese Grenze überschreiten. Das, wo wir jetzt hineinfahren, nannten die Weißen früher Bantustangebiet."

Nach wenigen Kilometern war Palmwag erreicht. Nachdem sich die beiden an der Rezeption angemeldet hatten, bekamen sie den Schlüssel für ihre Unterkunft. Es war eine Hütte, die den Behausungen der Einheimischen nicht unähnlich war, aber lang, nicht rund und größer. Die Einrichtung glich der eines einfachen Hotels und im Innern der Hütte befand sich sogar eine Duschkabine. Frisch geduscht nahmen sie den Proviant, das Feuerholz und ihre mitgebrachten Getränke – für Karl einen zweieinhalb Liter Weinkarton mit südafrikanischem Weißwein unterster Kategorie und für John Limonade – aus dem Auto und brachten alles an den Grillplatz des Restcamps. Während Karl das Holz am Grill anzündete, erforschte John die Umgebung. Er entdeckte den Swimmingpool, von dem er sich sehr angezogen fühlte, denn obwohl er noch nicht schwimmen konnte, ging er gerne baden. Was

John besonders beeindruckte, waren die vielen Palmen und anderen großen und kleinen Pflanzen, die hier überall zu sehen waren. Stracks lief er an den Grillplatz und stellte Karl die Frage, die ihn beschäftigte: „Warum gibt es hier so viele Pflanzen, Onkel?"

Karl sagte, ohne das Anblasen des Feuers zu unterbrechen: „Wir sind hier in einem ausgetrockneten Flussbett, der hier heißt Uniab. Manchmal, wenn es in den Bergen regnet, führt er Wasser. Deshalb ist der Grundwasserspiegel nicht so tief wie außerhalb des Flussbetts und die Pflanzen können besser gedeihen. Sie brauchen zum Wachsen Sonne, Luft und auch Wasser."

Karl hatte schon reichlich von dem mitgebrachten Wein getrunken, bis endlich das Fleisch durchgebraten war. Es war bereits dunkel, als sie anfingen zu essen. Zu den Hähnchenkeulen und Rindersteaks gab es Tomaten und Brot. Für Karl war es das erste Essen an diesem Tag, John hatte am Morgen nur das für ihn übliche „Millipapp", in Milch oder in Wasser gekochtes Maismehl, gegessen. Genüsslich aßen sie in der lauen, von den Sternen und dem Licht der nahen Unterkünfte beleuchteten Nacht. Plötzlich hörten sie aus der Ferne ein lautes Trompeten und John wusste sofort: „Das ist ein Elefant! Nicht nur ein Elefant, nein, das Brüllen stammt von dem Elefanten, den wir heute schon gesehen haben", meinte er. Schnell, John sogar etwas ängstlich, räumten sie ihre Utensilien zusammen und verschwanden in ihrer Unterkunft, während das Brüllen immer näher kam.

Marie tanzt

Ungefähr zur gleichen Zeit machte sich Marie in Otjiwarongo für einen Tanzabend fertig. Als sie gerade mit dem Schminken fertiggeworden war, kamen auch schon ihre Freundin Karina und deren Mann Pieter. Gemeinsam fuhren sie mit dem Auto zum nahegelegenen Hotel Bromme, wo eine Band aus der Republik spielte. Wenn die Weißen in Namibia von „der Republik" sprachen, meinten sie die Republik Südafrika. Als sie dort ankamen, war die Tanzbar des Hotels schon gerammelt voll. Auch einige Mitglieder der UN-Friedensmission UNTAG waren dort. Weit weg von ihrem Zuhause und ihren Frauen suchten sie nicht nur Tanzvergnügen. Die gut aussehende Marie konnte sich noch nicht mal einen Sitzplatz ergattern, schon wurde sie von einem ägyptischen UN-Polizisten zum Tanz aufgefordert. Die Band spielte gerade einen soften Song. „Love me tender, love me sweet" – angeschmiegtes Tanzen war angesagt. An ihre Begleiter gerichtet sagte Marie: „Sucht doch auch für mich einen Sitzplatz, ich tanze erst mal." Der UN-Polizist, der Yusuf hieß und aus Ägypten kam, versuchte sie während des Tanzes immer enger an sich heranzuziehen, Marie aber hielt den nötigen Abstand. Sie fragte ihn, ob er Christ sei, worauf er verneinte und sagte, er sei Moslem. Marie stellte ihm diese Frage nicht nur, weil sie seiner zu engen Umklammerung entgehen wollte, sondern auch, weil sie neugierig war. Sie wusste, dass es in Ägypten auch Christen gab. Yusuf, der sehr gut aussah, hätte Karls Position als Maries Liebhaber infrage stellen können, aber als Moslem war er für sie, die einer christlich-evangelikalen Sekte angehörte, nicht tragbar. Wäre er Christ gewesen, hätte Marie dies als eine göttliche Fügung gesehen, schließlich stammte Yusuf aus einem Land, das in der Bibel erwähnt wurde und in der Nähe des Landes lag, in dem Jesus gewirkt hatte. Sie suchte einen Mann, der „Christus im Herzen trägt". Karl war zwar Christ, aber ein evangelisch-lutherischer. Er hatte eine so ganz andere Auffassung davon, was es bedeutete, Christ zu sein. Das käme daher, meinte Marie, dass er aus Europa sei und sie war sich sicher, dort herrsche „Sodom und Gomorra". An diesem Abend tanzte Marie nur mit Yusuf. Dafür musste sie sich Vorwürfe von Pieter anhören, der sie des Öfteren an ihre Beziehung zu Karl erinnerte und das, obwohl er Karl überhaupt nicht mochte. Ihre Freundin Karina gab sich dagegen toleranter. Sie tanzte nur sehr selten und dann auch nur mit ihrem Mann. Pieter hätte es nie zugelassen, dass seine Frau mit einem anderen tanzte und schon gar nicht mit einem „UNTAG". Karina gefiel das nicht, denn sie hätte auch gerne mit so einem feschen UNTAG-Mann getanzt. Auch Yusufs Vorgesetzter war nicht begeistert über das Tanzvergnügen seines Kollegen. Der Besuch in einer westlich orientierten Bar war für ihn in Ordnung, schließlich gab es auch in Kairo genug davon und er besuchte sie sogar gerne. Aber dieses Tanzen und noch dazu immer mit derselben Frau war ihm suspekt. Die Beziehung eines ihm unterstellten Polizisten zu einer Einheimischen, das könnte ihm und der gesamten ägyptischen Polizeieinheit in Namibia weitere Probleme bereiten. Nach wenigen Wochen Einsatz in diesem Land und dieser Friedensmission hatten sie schon genug davon. Da waren die einheimischen Weißen, die diese UN-Mission nicht wünschten und den Beteiligten mit Ablehnung und Spott entgegentraten. Aber auch mit anderen UN-Polizeieinheiten und ihrem Chef, einem Ungarn, hatten sie speziell in ihrem Einsatzgebiet im Distrikt Otjiwarongo Probleme. Die Ägypter galten dort als zu lasch und zu desinteressiert, außerdem waren sie schon in zwei Autounfälle verwickelt gewesen, die sie selbst verschuldet hatten. Der ägyptische Polizeichef wollte nicht mehr auffallen. Der arme Yusuf musste sich noch in der Bar eine Standpauke von ihm anhören. Er gestand sein Fehlverhalten gegenüber seinem Vorgesetzten zwar ein, so richtig ernst nahm er sein „Bekenntnis" allerdings nicht. Yusuf hatte unbedingt an dieser Mission teilnehmen wollen und mit allen Tricks hatte er dieses

Ziel in seiner Heimat raffiniert verfolgt. Nun war er weit weg von seiner Familie und den Zwängen seiner Gesellschaft.

250 Kilometer nördlich von Maries Tanzvergnügen mussten sich Karl und John mit anderen Dingen auseinandersetzen: Dort „tanzte" der Elefant. Immer näher kam er der Hütte, in der sich die beiden aufhielten. Der Junge hatte Angst und Karl redete beruhigend auf ihn ein: „Der läuft hier nur vorbei. Was soll er hier?" Doch John konnte sich nicht entspannen. „Er ist ja schon hier." Da bemerkte auch Karl, dass der Elefant direkt vor ihrem Fenster stand, dem Fenster dieser Hütte, die nur aus Ried und Palmenholz gebaut war. Nichts war fest an diesem „Haus". „Hör doch Onkel, wie er brüllt." In einem aggressiven Ton erwiderte Karl, ein Elefant brülle nicht, er trompete. Einige Minuten waren vergangen, der Dickhäuter machte keine Anstalten weiterzuziehen, er trompetete, rülpste und furzte. Karl zog vorsichtig die Vorhänge zur Seite und konnte so erkennen, dass der Elefant genüsslich an einer Palme fraß, die direkt neben der Hütte stand. Er konnte sogar, als das Tier sich hinunterbeugte, in dessen riesiges Maul schauen. Karl und John verhielten sich ruhig in ihrer Hütte. Es dauerte noch lange, bis der Elefant abzog, sodass die Nachtruhe der beiden sehr kurz war.

Auch vor Maries Fenster hielt sich jemand auf: Yusuf. Er rief leise, gutmütig und sanft: „Marie, Marie." Offenbar war er, nachdem Karina, Pieter und Marie die Tanzveranstaltung verlassen hatten, ihrem Auto gefolgt. In der Hoffnung, der Angebeteten noch näherkommen zu können, stand er nun vor ihrem Schlafzimmerfenster. Als das gefühlvolle Rufen erfolglos blieb, verstärkte er es, wurde lauter, nachdrücklicher und bedrohlicher. Marie, die sich schlafen gelegt hatte, zog indes die Bettdecke über ihren Kopf und hoffte, dass der „Kerl", so betitelte sie Yusuf jetzt gedanklich, endlich verschwinden würde. Sie dachte auch voller Sorge an ihre Nachbarn. Es war zwar viel Platz zwischen dem Haus, in dem sie lebte, und dem Nachbarhaus, aber dennoch könnte der „Kerl" gehört oder gesehen werden. Sie hatte Angst, man könnte sie dann „UNTAG-Schlampe" nennen. Doch Yusuf wurde von niemandem gesehen oder gehört. Die Nachbarn schliefen alle schon und nach wenigen weiteren Versuchen gab er auf und verschwand.

Am anderen Morgen saßen John und Karl vor der Hütte des Rastlagers und frühstückten. Es gab nur angetrocknetes Weißbrot vom Vortag und Marmelade, dazu löslichen Malzkaffee. Ihr Gesprächsthema war der nächtliche „Besuch" des Elefanten, von dem John meinte, wenn er gewollt hätte, hätte er die Hütte einreißen können. Karl stimmte dem zu. Unerwartet kam ein Mitarbeiter der Palmwag Lodge mit einer Schubkarre und Schaufel aus einer anderen Hütte, in der wohl solche Utensilien gelagert wurden, und steuerte genau auf Karl und John zu. Er grüßte und so erwiderten die beiden die freundliche Geste. Mit einem Blick auf sie gerichtet, fragte er spöttisch: „Wie war die Nacht?" Ohne eine Antwort abzuwarten, schob er die Karre um die Ecke der Hütte. Als wenig später das schabende Geräusche einer Schaufel einsetzte, wurden Karl und John neugierig und gingen nachschauen. Sie sahen den Mann an einem kahl gefressenen und zerfledderten Stamm arbeiten, der am Vortag noch zu einer unbeugsamen und aufrecht stehenden Palme gehört hatte. Er lud den danebenliegenden Kot des Elefanten in die Schubkarre. Karl fragte: „Kommt so etwas öfter vor?" „Hin und wieder schon", antwortete der Mann. Als der Dreck aufgeladen war, fuhr er mit der Karre außerhalb des Camps und lud ihn dort ab. Karl war etwas verärgert über die Geschichte und meinte zu John:

„Die haben den Lärm auch gehört. Sie wussten genau, dass ein Elefant bei uns vor der Hütte stand, trauten sich aber nicht, ihn zu verjagen."

„Wie hätten sie ihn denn verjagen sollen?", fragte der Junge.

„Weiß ich auch nicht", gestand Karl ein. „Komm John, wir wollen weiter. Such deine Sachen zusammen und räum sie ins Auto!"

Karl packte währenddessen alles andere zusammen und schleppte das Gepäck ins Auto. Zu John gewandt, sagte er:
„Das Wochenende ist noch nicht vorbei!"
„Werden wir heute Nacht zelten, Onkel?"
„Ja, aber nur wenn wir hier etwas zu essen kaufen können. Ansonsten müssen wir in die nächste Ortschaft, nach Khorixas, dann wird es zeitlich sehr eng, um noch einen guten Übernachtungsplatz zu finden. Dann müssten wir in der Lodge in Khorixas übernachten. Dort wäre es vielleicht möglich zu zelten, aber das will ich nicht, das kostet nur Geld."
Karl ging zur Rezeption des Restcamps, zahlte für die Nacht und fragte, ob sie auch Essen für außer Haus verkaufen. Der Rezeptionist, ein Deutschstämmiger, sagte: „Normalerweise nicht, aber ich kann eine Ausnahme machen, schließlich habt ihr nicht gut geschlafen. Ich habe gehört, dass sich in der vergangenen Nacht vor eurer Hütte ein Elefant aufgehalten hat – das ist eine Entschädigung wert." Karl kaufte zwei Koteletts, zwei Hähnchenkeulen und das übliche pappige Weißbrot. Er ging gut gelaunt zum Auto, in dem John wartete, und sagte:
„Wir fahren nach Twyfelfontein."
„Aha, und was ist Twyfelfontein? Was gibt es dort zu sehen?", wollte John sogleich wissen.
„Dort gibt es uralte Felsgravuren, sie sollen mehrere Tausend Jahre alt sein", antwortete Karl.
John erwiderte erstaunt: „Mehrere Tausend Jahre alt?"
„Ja, sie stammen von Menschen, die vor Tausenden von Jahren ihre Erfahrungen und Erkenntnisse auf Stein hinterlassen haben. Genau dort fahren wir hin", gab Karl zurück.
Es war eine beschwerliche Fahrt immer Richtung Süden auf einer schlechten Pad. Nur selten konnten sie schneller als 40 Stundenkilometer fahren. Karl war müde, die vergangene Nacht hatte ihre Spuren hinterlassen. John verschlief die Fahrt fast vollständig. Kurz vor der Ab-

zweigung Khorixas Twyfelfontein bremste Karl das Fahrzeug plötzlich stark ab, sodass John aufwachte.

„Was ist passiert, Onkel?"

„Aha John, du bist wach. Nichts Besonderes", erwiderte Karl, „hier liegt ein Blech auf der Straße, das wir zum Grillen für heute Abend brauchen."

„Warum zum Grillen?"

„Ich habe unser Grillgitter vergessen von zu Hause mitzunehmen. Dieses Blech könnte unser Essen retten."

Karl stieg aus dem Auto und begutachtete seinen Fund. Zurück im Auto wandte er sich John zu und sagte: „Ich werde mit dem Körner Löcher in das Blech schlagen, so werden wir heute unser Fleisch darauf grillen können." Es war schon komisch, erst als Karl das Blech auf der Pad liegen sah, fiel ihm ein, dass er das Grillgitter zu Hause vergessen hatte. Eine Stunde später erreichten sie Twyfelfontein. Sie hielten vor einer alten eingestürzten Ruine, von der zwei der ursprünglich vier Hauswände überhaupt nicht mehr zu sehen waren. Die Steine waren wohl abgetragen und anderen Zwecken zugeteilt worden. Davor stand ein Schild mit der Aufschrift: „HOOT FOR A GUIDE." Karl musste mehrmals hupen, bis endlich ein Mann aus einer anderen, noch nicht ganz so zerfallenen Ruine kam. Er trat durch eine „Tür" aus Cola- und Fanta-Dosen, die mit Schnüren zu Strängen zusammengebunden waren. Der Mann redete nicht viel, er zeigte nur mit der Hand auf die zerfallenen Gesteinsberge und sagte: „Gravuren sind dort zu finden." Als Karl merkte, dass der Mann keine Anstalten machte, sie dorthin zu begleiten, machte er sich mit John allein auf den Weg. In der schönen Felslandschaft, durchpflügt von Trampelpfaden, gab es viele Gravuren zu bestaunen. Giraffen, Nashörner, Schlangen und andere Tiere, aber auch menschliche Fußsohlen waren in den Fels gezeichnet. John meinte angeberisch, dass er so etwas auch zeichnen könne, sogar noch besser. Es machte ihm sichtlich Spaß, inmitten der vielen Felsbrocken herumzulaufen und zu klettern. Nach einer halben Stunde, in der sie

Felsgravuren angeguckt und Trampelpfade erkundet hatten, reichte es den beiden und sie machten sich wieder auf den Rückweg zum Auto und den Ruinen. Kaum waren sie am Wagen angekommen, kam auch schon der „Guide", der die beiden angaffte, aber nichts sagte. Karl fragte: „Kostet das etwas?" Der Mann antwortete nicht, er lächelte nur. „Ich glaube, er versteht kein Englisch. Ich gebe ihm zehn Rand", sagte Karl. „So viel", staunte John, wobei er bedeutungsvoll zischte.

Johns Albtraum vom Leopard

Die Strecke nach Twyfelfontein war eine Sackgasse. Deshalb mussten sie wieder zurückkehren zu der Pad, von der sie gekommen waren. Dann bogen sie rechts ab in Richtung der C35, die südlich über Uis bis zur Küste nach Hentiesbaai führte. So weit wollten Karl und John aber gar nicht fahren. Karl hatte sich vorgenommen, noch am frühen Abend in der Nähe des Ugab Reviers, eines Trockenflusses, zu sein, um dort im Canyon das Zelt aufzuschlagen. Karl war vorausschauend und plante sorgfältig. Er wusste schon seit Beginn der Reise, wo es hingehen sollte und wie er die Etappen einteilen würde. John war es altersbedingt egal, für ihn war die Hauptsache, dass er Spaß hatte und es abenteuerlich war. Besonders wichtig war ihm auch, dass er zu Hause viel zu erzählen haben würde. Nein, nicht nur erzählen wollte er, er wollte prahlen. John war angeberisch.

Nach einer zweistündigen Fahrt erreichten sie die C35, eine nicht asphaltierte, aber sehr gut gepflegte Pad, doch schon nach sechs Kilometern verließen sie die Hauptstraße wieder. Karl hatte vor, auf einer weniger befahrenen Strecke zum Ugab Revier zu gelangen, denn er wollte sichergehen, dass er ungestört in einer unberührten Wildnis sein Zeltlager aufschlagen konnte. Außerdem hatte er ein Allradfahrzeug, das ihm zwar nicht gehörte, es war Eigentum der UNO, aber über das er verfügen konnte und mit dem er gerne extreme Strecken fuhr. Diese Pad wäre sicher auch mit einem alten 500er Fiat befahrbar gewesen, sodass ihr größter Vorteil darin lag, dass sie seltener befahren wurde als die C35. Am Nachmittag erreichten sie den Ugab und nun kam es darauf an, einen schönen Übernachtungsplatz zu finden. Außerdem waren Karls Fahrkünste gefordert und sie mussten sich vor Überfällen in Acht nehmen. Wo Hunger und Not zu Hause sind, gibt es auch Diebstähle, Übergriffe und Gewalt. Karl legte den Allradgang ein und fuhr in das sandige Revier, steuerte nach rechts in Richtung einer Bergkette. Der Motor kam langsam an seine Grenzen, die Räder rutschten weg, drehten manchmal durch, dann hatten sie wieder Kontakt zu festem Untergrund und das Fahrzeug wurde schneller. Hier und da waren Steine im Weg und manchmal konnten sie ihnen nur knapp ausweichen, sodass beide ziemlich durchgeschüttelt wurden. Für Karl war eine solche Fahrt nichts Neues. Er war einige Male in der Sahara gewesen und kannte solche Touren auch über längere Strecken als diese, die er jetzt fuhr. Für John allerdings war so eine Fahrt völlig neu, etwas angespannt und ängstlich saß er in seinem Sitz. Erst, als das „Schlimmste" hinter ihnen lag, meldete er sich zu Wort: „Das war toll, Onkel!" An der Bergkette angekommen, stoppte Karl das Auto und sagte zu John: „Hier können uns keine Menschen das Leben schwer machen. Hier wird uns niemand sehen, denn es kommt niemals jemand her. Hier sind wir nur der Wildnis ausgeliefert."

Für das abendliche Grillen überm Feuer brauchten sie noch Brennholz, was kein Problem war, denn hier gab es genug. Außerdem hatten sie noch von ihrer letzten Sammelaktion ein paar Äste im Auto vorrätig. Diese und alles weitere, was fürs Übernachten wichtig war, holten sie nach und nach aus dem Wagen, als erstes das Zelt. Während Karl es aufbaute, machte John sich auf die Suche nach noch mehr Holz. Als nächstes brachte der Onkel aus dem Werkzeugkasten einen Körner, nahm das gefundene Blech – ein ehemaliges Verkehrsschild, wie bei genauerem Hinsehen zu erkennen war – und schlug mehrere Löcher hinein. „Wenn wir fertig sind, John, werden wir die Gegend inspizieren. Doch zunächst zünden wir das Feuer an, damit wir noch vor Sonnenuntergang mit dem Essen beginnen können." Als die ersten Flammen zu züngeln begannen, umfriedeten die beiden die Feuerstelle mit passenden Steinen und legten große Holzscheite auf. Mit John im Schlepptau brach Karl in Richtung der Bergkette auf, die nur wenige Meter entfernt war. Am Rand angekommen, stellte er erschrocken fest, dass einige der Felsbrocken sehr lose waren. Skeptisch sah er nach oben und bemerkte einen riesigen Stein, der verhängnisvoll über ihnen thronte. Besorgt überlegte er, ob sie das Zelt nicht an einer anderen Stelle aufbauen sollten, denn der Felsen befand sich etwa 50 Meter über ihrer Unterkunft für die Nacht. Entschlossen bahnte Karl sich seinen Weg hoch, um die Sache aus der Nähe genauer zu begutachten. John kletterte ihm mit großer Anstrengung, aber mutig hinterher. Als sie den Felsbrocken erreicht hatten, prüfte Karl die Standfläche und befand sie für groß und stabil genug. Er drückte auch kräftig gegen den Stein, um ganz sicherzugehen, denn wenn der Brocken fallen würde, wäre es ihr Ende. Zu John gewandt sagte er freundlich lächelnd: „Der bleibt diese Nacht noch stehen."

Von dort oben hatten sie eine fantastische Aussicht, sie konnten weit ins Tal des Ugab Reviers schauen. Kurz vor dem Horizont erkannten sie eine Tierherde, möglicherweise waren es Antilopen. Doch auch in ihrer Nähe gab es viele kleine Tiere, da huschten Eidechsen umher und in knapper Entfernung sprangen Klippspringer über die Felsen. Karl und John kletterten immer höher, um noch mehr sehen zu können. Der Junge hatte mal wieder die besseren Augen: Er entdeckte einige Hundert Meter weiter auf gleicher Höhe eine Affenfamilie. Außer sich und ganz euphorisch rief er: „Hier, Onkel, da!" Mit seinem Zeigefinger deutete er auf die Gruppe. Nachdem sie noch eine Weile schweigsam in die Landschaft geblickt hatten, begannen sie langsam den Abstieg. Hinunter nahmen sie einen anderen Weg, nicht den direkten wie hinauf, sondern einen, der quer zum Berg im Zickzack verlief. Das war für John nicht so anstrengend. Nach einigen Rechts- und Linkswendungen kamen sie vor einer Höhle zum Stehen. Der Kleine wollte sogleich hinein, aber Karl hielt ihn zurück. „Nein John, das ist zu gefährlich. Wir gehen erst zurück zum Auto und holen eine Taschenlampe, dann kommen wir wieder und schauen mal rein." John stimmte ihm widerwillig zu. Zurück beim Zelt nahmen sie die Taschenlampe aus dem Auto, Karl legte noch etwas Holz auf das Feuer und gemeinsam gingen sie erneut hoch zu der Höhle. Spannend war die Situation für beide, ängstlich standen sie vor dem Höhleneingang.

Karl war beklommen zumute, denn er hatte keine Waffe dabei. Er wusste nicht, was ihn in der Höhle erwarten würde, es könnte ja ein wildes Tier darin hausen. „John, du bleibst draußen. Ich gehe alleine rein und schaue mich vorsichtig um." Langsam und ruhig schlich Karl durch die Öffnung im Berg. Bereits nach einem Meter sah er im fahlen Licht der Taschenlampe das Ende der Höhle. Auf dem Boden bemerkte er Knochen, die dort verstreut herumlagen. Einen etwas größeren hob er auf und brachte ihn mit nach draußen. Dort zeigte er ihn John und sagte:

„Der sieht aus, als wäre es der Unterarm von einem Affen."

„Wie kommt der da rein?", fragte John erstaunt.

„Ich weiß nicht", gab Karl zu, „da drinnen liegen noch mehr Knochen, allerdings sind die nicht so angeordnet, dass man meinen könnte, das Tier sei friedlich an Altersschwäche gestorben. Vielleicht ist es von einem Leoparden gerissen und in der Höhle genüsslich verspeist worden. Aber wie auch immer, John, lass uns darüber nicht nachdenken. So ist die Natur, so ist die Wildnis."

Der Junge blickte geschockt seinen Onkel an und sprach dann lange kein Wort mehr. Karl bekam Gewissensbisse, er hätte ihm das nicht sagen dürfen. Er begann an seiner Erziehungsfähigkeit zu zweifeln.

Nachdenklich gingen beide zurück Richtung Lagerplatz. Karl, der vorweg lief, sah sich hin und wieder nach John um. Dem Jungen gingen die Höhle und die darin gefundenen Knochen nicht aus dem Kopf. Für ihn stand fest, dass der Knochen zu einem Affen gehört hatte. Möglicherweise war er ein Mitglied der Affenfamilie gewesen, die sie vorhin gesehen hatten. Ebenso sicher war John sich beim „Täter": Das hatte ein Leopard getan. Er empfand nicht nur Mitleid mit dem Affen, es gruselte und beängstigte ihn auch, dass die Raubkatze vielleicht nachts an das Zelt kommen könnte. Karl war ebenfalls in seine Gedanken vertieft. Er machte sich Vorwürfe, dass er den Knochen in der Höhle hätte liegen lassen sollen. Nein, er hätte gar nicht erst hineingehen sollen. Er als Erwachsener musste doch wissen, dass er mit solchen Äußerungen, auch wenn sie den Tatsachen entsprachen oder vielleicht gerade deshalb, ein Kind ängstigen würde. Er dachte auch an die Worte von Marie, kurz bevor sie in Otjiwarongo losgefahren waren: „Achte gut auf John, du weißt, er ist sehr sensibel." Karl nahm sich vor, dem Kleinen seine Ängste zu nehmen, sobald sie am Lagerplatz ankämen. Wie, das wusste er allerdings nicht.

Karl legte weitere Holzscheite ins Feuer und sobald sie richtig brannten und die Flammen hochschossen, legte er das gefundene alte Verkehrsschild darüber. Er hoffte darauf, so Farbreste und anderes Gesundheitsschädliches abbrennen zu können. Nach einigen Minuten schob er das Blech mithilfe eines Holzscheits aus dem Feuer, ließ es abkühlen, reinigte es mit Wasser und Schwamm und lehnte es abschließend an einen Stein. Karl sah, wie John scheinbar grübelnd ins Feuer starrte. Er fühlte sich der Situation nicht gewachsen, musste er doch machtlos mitansehen, wie sich der Junge mit der Verarbeitung des soeben Erlebten quälte. In seiner Hilflosigkeit schaute er sich nach einem größeren Stein als Sitzgelegenheit für John um. Mit etwas Kraftanstrengung schob er einen passenden in die Nähe des Feuers und bot dem Kleinen liebenswürdig, aber unbeholfen einen Platz an. John nahm das Angebot gerne an.

Die Sonne war mittlerweile hinter den Bergen verschwunden und das Holz brannte nicht mehr, sondern glühte nur noch. Ohne Worte legte Karl das Blech gestützt von der Umfriedung der Steine über die Glut, ließ es heiß werden und platzierte danach die Fleischstücke darauf. John holte das Brot, die Limonade und den Wein aus dem Auto und trug sie ans Feuer. Was sie sonst noch zum Essen und Trinken brauchten, brachte Karl dazu, Plastikteller, Besteck und Gläser. Es dauerte noch ein paar Minuten, bis das Fleisch durchgebraten war. Erschöpft von den Erlebnissen und den Anstrengungen des Tages aßen die beiden hungrig und mit Genuss ihr Abendessen. Danach kehrten die Lebensgeister wieder etwas in John zurück. Er fragte, ob Gott auf einem der vielen Sterne lebe, die man jetzt sehen konnte, obwohl es noch nicht richtig dunkel war. Karl antwortete, Gott sei überall, doch mit dieser Aussage konnte der Junge nichts anfangen. Er hakte aber nicht weiter nach, sondern stellte dem Onkel eine andere Frage, deren Beantwortung für ihn schwierig war: „Warum wurde der Affe von dem Leopard gefressen?" Karl, der schon einige Gläser Wein intus hatte, versuchte nun John am Lagerfeuer zu erklären, wie die Natur gestrickt sei. Er erinnerte ihn daran, dass er heute selbst Fleisch gegessen habe, ebenso wie in der Vergangenheit, und dass er sicher auch in der Zukunft wieder Fleisch essen würde. Raubtiere bräuchten das nun mal zum Überleben. Karl war nicht sicher, ob der kleine John das verstand, aber es sei besser, so meinte er, die Wahrheit zu sagen, als irgendwelche Lügen zu verbreiten. Außerdem hätte er gar nicht gewusst, welche Lüge er erzählen sollte. Er war eben ein rational denkender Mensch, typisch Europäer. John, mittlerweile müde geworden, verabschiedete sich von Karl: „Gute Nacht, Onkel!" Doch dieser, der mittlerweile noch mehr Gläser Wein getrunken hatte, gab sich erzieherisch.

„John, die Knochen vom Fleisch müssen in die Alukiste im Auto. Ich möchte nicht, dass heute in der Nacht Schakale oder gar Hyänen in unsere Nähe kommen. Die riechen nämlich die Knochen."

John erinnerte sich sofort an den Leopard und fragte: „Riechen auch Leoparden die Knochen?"

„Ja", bestätigte Karl.

Ohne Widerrede sammelte der Junge alle Essensreste ein, brachte sie in den Toyota und verstaute sie in der großen Alukiste, in der normalerweise Lebensmittel transportiert wurden. John ging nun ins Zelt und legte sich schlafen. Obwohl er sehr müde war, konnte er nicht einschlafen, es dauerte noch eine Zeit. Das Erlebte ging ihm durch den Kopf, er wurde zum ersten Mal in seinem Leben mit Dingen konfrontiert, die er so bisher nicht kannte. Er träumte vom Elefanten, vom Affen und vom Leopard. Seine Träume sollten ihn noch am nächsten Tag verfolgen. Karl schaute sich noch Wein trinkend den Sternenhimmel an. Er sah den Großen Wagen, das Kreuz des Südens und entdeckte einen schwankenden Stern. Realistisch wie er nun mal war, dachte er, es sei ein außer Kontrolle geratener Satellit. Vielleicht aber schwankte nicht der Stern, sondern Karl. Betrunken und zufrieden ging er ins Zelt und schlief, seine Träume hatte er am nächsten Tag vergessen.

Die Wärme der aufgehenden Sonne weckte John. Noch im Schlafsack steckend öffnete er den Reißverschluss des Zeltes, zog ihn aber nur so weit auf, dass er seinen Kopf herausstrecken konnte. Vorsichtig schaute er sich um, aber nichts Gefährliches, auch kein Leopard, war zu sehen. Nun zog er den Reißverschluss ganz nach unten, stieg aus dem Schlafsack, langte in die Seitentasche des Zeltes und holte den dort deponierten Autoschlüssel heraus. Er ging zum Auto und suchte darin nach Toilettenpapier und einer Schaufel. Mit diesen Dingen in der Hand verschwand er einige Meter weiter hinter einem großen Stein, wo er sein Geschäft verrichtete. Genauso, wie es der Onkel machte, wenn er in der Wildnis „musste". Auch Karl war in der Zwischenzeit wach geworden und kümmerte sich um das Frühstück. Die Gespräche am „Frühstückstisch" waren karg, nur wenige Worte wurden gewechselt. Karl hatte Kopfschmerzen und irgendetwas wuselte durch sein Gesichtsfeld. Augenflimmern. Er machte den Fusel vom Vortag dafür verantwortlich. Aber auch John war nicht gut drauf. Der Leopard hatte ihm in seinem Albtraum der vergangenen Nacht die Zähne gezeigt. Nach dem Frühstück, Waschen und Zähneputzen räumten sie den Lagerplatz auf, nahmen die Knochen vom letzten Abendessen wieder aus der Alukiste und warfen sie in die „Prärie", Futter für die Tiere. Die Fahrt ging weiter.

Nach einigen Kilometern waren sie wieder auf der C35. Bei Uis ging es auf die C36, auch eine Pad, eine nicht asphaltierte Straße. Gegen Mittag kamen sie in der Kleinstadt Omaruru an, wo sie in einem Restaurant Schnitzel mit Pommes aßen, Johns Lieblingsessen. Auf einer Teerstraße fuhren sie weiter nach Hause, nach Otjiwarongo. Gegen Nachmittag kamen sie, sehnlichst von Marie erwartet, dort an. Karl hatte den Motor des Fahrzeugs noch nicht mal abgestellt, da sprang John schon aus dem Wagen, rannte zur Eingangstür des Hauses und schrie laut „Mama, wir sind zurück. Wir haben viele Tiere gesehen!" Während er seine Mutter umarmte, redete er ohne Unterbrechung auf sie ein und versuchte in kurzen Sätzen, mehr in Halbsätzen zusammengefasst, all seine Reiseerlebnisse zu schildern. Angeberisch zu seinen Geschwistern gewandt, die schon früher von ihren Sportwettkämpfen zurück waren, sagte er: „Ein Elefant hätte uns fast die Bude eingerissen." Seine Geschwister mussten laut lachen, besonders sein älterer Bruder Willem. Der lachte John aus und hänselte ihn: „Dich hätte der Elefant sowieso übersehen, du kleines Würstchen." Karl ging, nachdem er das Auto abgestellt hatte, nur langsam ins Haus. Er argwöhnte schon, dass Marie ihm Vorwürfe machen könnte. Sie empfand solche Erlebnisse für gewöhnlich als für ihre Kinder nicht förderlich. Eine Fahrt in den Etosha Nationalpark, wo man die Tiere von Weitem in einem gesicherten Abstand ansehen konnte, das war ihre Vorstellung von Abenteuer. Karl behielt recht. Kaum hatte er das Haus betreten, wetterte Marie: „Was erzählt John da? Was ist da passiert? Was war mit einem Elefanten und einem Tiger?" Sie verwechselte den Leoparden mit einem Tiger. Karl schilderte ihr eine harmlose Situation: Der Elefant sei viel weiter weg gewesen von der Hütte und außerdem, so erzählte er, hätten sie schließlich nicht gezeltet, eben weil man davon ausgehen musste, dass sich Elefanten in dieser Gegend aufhalten konnten. Er hätte stattdessen eine teure Hütte angemietet. Die Sache mit dem Knochen, er vermied das Wort Leopard, wäre reine Fantasie. Das könnte so oder so gesehen werden, schließlich lägen ja auch manchmal Knochen auf der Straße und niemand wüsste, woher die kämen, meist abgenagt und aus einem fahrenden Auto herausgeworfen. Wie sollte man also wissen, wie der gefundene Knochen in die Höhle gekommen wäre. Marie beruhigte sich langsam. Karl wertete das als Erfolg seiner guten Kommunikation.

Erst nach seiner Rechtfertigung hieß sie ihn willkommen, umarmte und küsste ihn.

Paula, die gerne Fußball spielte, fragte Karl, ob er mitspielen wolle. Der willigte sofort ein, Fußball war seine Leidenschaft. Auch Willem und Anne gesellten sich zu den beiden und kickten mit. Für John war Fußball spielen nichts. Er hatte bei diesem Sport und mit seinen älteren Mitspielern schlechte Erfahrungen gemacht. Er war immer unterlegen, insbesondere Willem trickste ihn gerne aus und machte sich über seine kindlichen und unbeholfenen Bewegungen lustig. Diese Schmach wollte John sich ersparen, er schaute lieber zu und feuerte Karl und Anne an, die ein Team bildeten. Nahe am Haus, viel zu nahe, spielten sie verbissen gegeneinander. Ein Schuss von Karl aufs Tor wurde von Paula abgelenkt und der Ball traf auf das Küchenfenster, sodass das Glas klirrend zerbrach. Marie, die gerade dabei war, Tütensuppe für das Abendessen zu „kochen", erschrak, öffnete das Fenster mit der kaputten Scheibe und meinte gelassen zu Karl: „Jetzt hast du dir Arbeit aufgehalst." Er war Handwerker, für ihn war das Ersetzen einer zerbrochenen Fensterscheibe kein Problem. Während Paula und Willem die Scherben aufkehrten, ging er in die Garage. Dort fand er einen alten Schrank, dem er die Rückwand herausnahm und passgerecht zusägte. Mit kleinen Nägeln, die er in seinem UNTAG-Werkzeugkasten fand, hämmerte er die Holzplatte vor das Fenster. Am nächsten Tag würde er eine Glasscheibe besorgen und sie einsetzen. Unterdessen hatte Marie die Flamme, auf der der Suppentopf stand, heruntergeregelt, damit ihr die Suppe nicht überkochte.

Marie war keine gute Köchin, sie machte meist Fertiggerichte warm oder schlug Eier in die Pfanne. Am besten konnte sie Maisbrei zubereiten. Karl dagegen kochte gerne und gut, er durfte aber nicht. Marie fand es unmöglich, wenn Männer kochten. Nur selten konnte er sich gegen die Vorurteile seiner Freundin durchsetzen, obwohl die Kinder das von ihm gekochte Essen mochten. Zu Weihnachten machte er Pute mit Rotkohl und Thüringer Klößen, ein typisch deutsches Essen.

Alle mochten es. John distanzierte sich anfänglich mit den Worten: „I hate german food." Er erinnerte sich an einen Besuch bei seinem Opa, der ihm einmal Sauerkraut vorgesetzt hatte. Sein Opa hatte geschwärmt, das wäre echtes deutsches Sauerkraut und sehr gesund. Die Deutschen äßen das mindestens einmal die Woche. John hatte gekostet, seine Mundwinkel zusammengezogen und „bäh" gesagt. Sein Opa hatte trotzdem aufs Aufessen bestanden. Die Pute und die Klöße schmeckten dem Jungen, nur den Rotkohl konnte er nicht leiden. Karl fand Maries Einwände bezüglich seines Kochens als „konservatives Südwester-Denken". Dieses Denken wollte er aufbrechen, langsam, aber beharrlich.

Gemächlich nahm jeder seinen Platz am Küchentisch ein, Karl und Marie an den Stirnseiten und jeweils zwei Kinder an den Längsseiten des Tisches – so wie es sich für eine weiße, namibische Familie gehörte. Bevor die Suppe und das Margarinebrot von Marie zum Essen freigegeben wurden, sprach sie ein Tischgebet. Eigentlich war dies die Aufgabe des Mannes, in diesem Fall Karls. Marie aber war klar, dass er noch nicht so weit war. Langsam und doch beharrlich hatte sie vor, das zu ändern. Sie wollte sein Verhalten und Denken „aufbrechen". Das Tischgebet wurde in Afrikaans gesprochen, Karl verstand nur wenig.

Die Familie war dreisprachig. Marie hatte eine deutschstämmige Mutter und einen burischen Vater, in der Schule hatte sie Afrikaans und Englisch gelernt. Zu Hause war meist Afrikaans gesprochen worden, aber ihre Mutter hatte ihr auch Deutsch beigebracht. Diese Sprache beherrschte sie zwar nicht fließend, konnte sich aber einigermaßen damit verständigen. Ihre Deutschkenntnisse waren mindestens so gut wie Karls Englischkenntnisse. Mit ihren Kindern sprach Marie überwiegend Afrikaans, nur mit dem Nesthäkchen John redete sie auf Englisch. Das kam daher, dass die Kinder zwei verschiedene Väter hatten. Der erste Mann, von dem Paula und Willem abstammten, war burischer Herkunft gewesen, während Johns leiblicher Vater, der Anne adoptiert hatte, aus England kam. Nun war Karl noch zur Familie gestoßen und mit ihm sprach sie vorwiegend Deutsch. Er antwortete ihr dann auf Englisch und nur, wenn er etwas nicht auf Englisch übersetzen oder ausdrücken konnte, sagte er es ihr auf Deutsch. Oft berichtigte Marie Karls englische Antworten und Karl wiederum berichtigte Maries deutsche Sätze. Die Kinder verstanden nur wenig Deutsch, lernten aber in dieser Zeit der Dreisprachigkeit viel Neues hinzu.

Nicht nur aus Solidarität betete Karl mit. Er faltete die Hände und da er kaum etwas verstand, dachte er sein Gebet auf Deutsch: „Ich danke dir, lieber Gott, für dieses Abendessen und für das Zusammensein mit dieser Familie."

Nach dem Abendessen versuchte Karl, Marie kurz alleine zu sprechen, denn die Kinder durften diese Frage nicht hören. Er folgte ihr im Haus überall hin, bis er endlich eine Gelegenheit fand, wo alle Kinder außer „Lauschweite" waren. Schüchtern und zurückhaltend, aus seiner Stimme konnte man sogar etwas Peinlichkeit heraushören, stellte er sachlich, ohne Sentimentalität seine Frage: „Kann ich heute Nacht hier schlafen?" Marie lächelte, nahm ihn in den Arm und antwortete: „Ja, aber nur wenn du dein Auto nach Hause fährst und dann zu Fuß wiederkommst." Karl durfte das Auto nie über Nacht in der Einfahrt ihres angemieteten Hauses stehen lassen. Marie versteckte ihre erotischen und sexuellen Gefühle vor den Nachbarn und vor ihren Kindern. Weit musste Karl nicht fahren, nur einige 100 Meter entfernt lag das vom DED, dem Deutschen Entwicklungsdienst, angemietete Haus, das er und sein Kollege Alois bewohnten. Er stellte sein Auto ab, grüßte seinen Mitbewohner, der auf der Veranda mit einer schwarzen Frau saß, wechselte einige Worte mit ihnen und machte sich zu Fuß auf den Weg zurück zu Marie.

Der Angriff der Hunde

Die Kinder warteten schon auf Karl. Sie spielten „Mensch ärgere dich nicht", aber ohne ihn machte ihnen das Spiel nur halb so viel Spaß. Denn er ärgerte sich besonders, wenn er verlor, und freute sich über alle Maßen, wenn er gewann; er wollte das Spiel lustig gestalten. Die Kinder allerdings meinten, er ärgere und freue sich wirklich, dem Spiel gerecht. Gegen 22 Uhr schickte Marie die Kinder mit den Worten ins Bett: „Ihr habt morgen Schule und müsst früh aufstehen. Karl wird auch bald gehen, wir trinken nur noch einen Tee zusammen." Für Karl war klar, dass zumindest die beiden Großen wussten, dass er über Nacht bleiben würde. Marie gegenüber verlor er aber kein Wort dazu, er wusste, dass auch sie es wusste – sie kannte ja ihre Kinder. Lügen und vertuschen, das war nicht Karls Welt, nicht seine Philosophie, aber er liebte Marie und wollte mit ihr in diesem Land eine Zukunft haben. Maries konservatives Denken aufzubrechen, das erforderte Geduld.

Die beiden Erwachsenen verbrachten eine schöne erotische Nacht miteinander. Bereits um fünf Uhr klingelte der Wecker für Karl, obwohl er erst um acht Uhr in der Werkstatt sein musste. Aber bevor die Kinder und auch die Nachbarn aufstanden, musste er aus dem Haus sein. Marie verabschiedete ihn mit einem schläfrigen Kuss. Er schlich auf Zehenspitzen durch den Flur und schloss die Tür leise hinter sich. Kaum auf der Straße angekommen, suchte er nach ein oder zwei kleinen Steinen. Karl war vertraut mit dem Spiel, das ihn jeden Morgen erwartete: Zwei kleine Hunde, die das Eigentum wohlhabender Weißer vor den armen Schwarzen schützen sollten, würden ihn laut bellend und zähnefletschend bedrängen und terrorisieren. Er wechselte die Straßenseite, um möglichst weit weg von ihnen zu sein. Hundert Meter weiter, am zweiten Nachbarhaus, kamen die kleinen Biester wie erwartet angesprungen. Karl kannte den Namen dieser Hunderasse nicht. Für gewöhnlich war er tierlieb, doch diese Hunde hasste er. Mit einem Stein konnte er eines der Tiere für kurze Zeit verjagen, das andere biss sich jedoch an seiner Hose fest. Kaum hatte er den einen Hund abgeschüttelt, kam der, den er schon vertrieben glaubte, zurück und biss ihn kräftig ins Schienbein. Das schmerzte. Karl, der inzwischen mächtig wütend geworden war, trat den Köter und traf ihn hart. Der Hund wich heulend zurück und auch der andere, wohl eingeschüchtert vom Gejaule seines Partners, rannte auf die gegenüberliegende Straßenseite und unter dem Zaun hindurch auf das Grundstück, das sie zu bewachen hatten. Karl musste humpelnd noch 200 Meter zurücklegen, dann war er in Sicherheit.

Zu Hause angekommen, legte er sich noch mal hin, wobei er seine Kleider anbehielt. Einschlafen konnte er nicht, er döste nur. Als er nach einiger Zeit hörte, dass Alois in der Küche das Frühstück machte, stand er auf und ging zu ihm. „Guten Morgen", grüßte er und begann zu helfen. Geredet wurde nicht, Alois erwiderte zwar mürrisch den Morgengruß, dabei blieb es dann aber. Er war ein Morgenmuffel und jede Ansprache oder gar ein Gespräch waren ihm kurz nach dem Aufstehen zuwider. Karl wusste das, er hatte in der Vergangenheit seine Erfahrungen damit gemacht. Er akzeptierte es, denn es blieb ihm nicht viel mehr übrig, wenn er nicht angefahren werden wollte. Gemeinsam, aber still und schweigend, saßen sie am Frühstückstisch. Viertel vor acht meldete sich Alois dann doch zu Wort: „Auf geht's, es ist Zeit für die Arbeit." Sie verließen das Haus und ein jeder stieg in seinen Toyota Landcruiser. Zwar stand der UN-Werkstatt in Otjiwarongo offiziell nur ein Werkstatt-Kfz zur Verfügung, das Karl fuhr, aber Alois hatte im Fuhrpark ein nicht aufgelistetes und niemandem zugeteiltes Auto entdeckt, das er mit der Zustimmung vom Field Service Officer von Otjiwarongo nun nutzen durfte. Es war eine umstrittene Sache zwischen der UN und dem DED gewesen, doch die UN hatte sich durchsetzen können, denn sie hatte Alois als Chefmechaniker eingesetzt. Deshalb war er Karls Vorgesetzter. Hierarchische Strukturen waren üblich bei der UN. Man hatte sich für das inoffizielle Fahrzeug entschieden, weil es über eine Klimaanlage verfügte, Karls offizielles hatte diesen Luxus nicht. Möglicherweise hätte Alois Karl das offizielle Auto für private Fahrten wieder strittig gemacht, wenn die UN-Bürokratie ihren Fehler erkannt hätte. Das tat sie aber nicht. So konnten beide ihre Fahrzeuge bis zum Ende der Mission nutzen – auch für ihre privaten Fahrten, die zwar nicht erlaubt waren, aber geduldet wurden.

Nur einen halben Kilometer von ihrem Haus entfernt lag das UNTAG-Gebäude. Die Werkstatt befand sich direkt dahinter, sodass der Field Service Officer nur das Fenster seines Büros zu öffnen brauchte und schon durch Rufen den Kontakt zu den beiden herstellen konnte. Es war ihre Pflicht sich vor Arbeitsbeginn bei dem österreichischen Chef Officer im Büro zu melden. Diesmal aber, oft kam das nicht vor, waren sie vor ihm am Gebäude. Bereits außen konnten sie das feststellen, da sein Auto nicht in einer der Parknischen stand. Sie schlossen das Tor zum Hof auf und begaben sich in die Werkstatt, die über zwei Einfahrten verfügte, wodurch jeder seinen eigenen Arbeitsplatz hatte. Alois und Karl waren gerade dabei, sich die Arbeit für den Tag einzuteilen, da rief Erich, ihr Chef, in einem militärischen Tonfall aus dem Fenster: „Alois, Karl, reinkommen!" Erichs schroffer Ton konnte sie nicht erschrecken, ruhig und gelassen setzten sie ihre Arbeitseinteilung fort. Erst, als Erich noch einmal, noch lauter, noch strenger rief, machten sie sich auf den Weg in sein Büro. Mit der Einteilung ihrer Arbeit waren sie da schon fertig. Für gewöhnlich wurde an Montagen zuerst über die Bundesliga-Ergebnisse gesprochen, diskutiert oder gar gestritten. Karl und Erich waren fußballbegeistert, beide hatten in ihrer Jugend aktiv in Vereinen gespielt. Erich, der Salzburger, war sogar einige Jahre bei 1860 München gewesen und hatte auch zwei Spiele für die österreichische B-Nationalmannschaft bestritten. An diesem Montag war es anders. Erich fragte Karl barsch: „Wie ist das mit deiner Freundin, mit der Marie? Bist du mit dieser Frau noch zusammen? Wenn ja, mach bloß Schluss mit dieser Liaison. Die Polizisten lachen über dich. Sie hat vier Kinder von verschiedenen Männern, sie nutzt dich nur aus. Während du mit ihren Kindern Ausflüge machst, hurt sie hier mit Yusuf herum." Karl, innerlich angespannt und verletzt, bemühte sich darum, Ruhe zu bewahren, und fragte Erich:

„Woher willst du das wissen?"

Der antwortete laut und bestimmend: „Das haben mir einige Polizisten erzählt, die am Samstag im Hotel Bromme beim Tanzen waren. Die haben ja Augen im Kopf, und so, wie die mit Yusuf getanzt hat, das soll ja schon obszön gewesen sein."

Alois stand schmunzelnd daneben und hörte aufmerksam zu. Als Erich das sah, herrschte er ihn an: „Und du, mein Freund, hast in Deutschland eine Freundin und hurst hier mit Schwarzen herum. Das finde ich auch nicht in Ordnung, das ist gegenüber deiner Freundin nicht fair." Danach wandte er sich wieder an Karl, sein Ton wurde freundlicher, fast kumpelhaft: „Ich will nicht, dass du dich hier an eine Frau bindest, die nur dein Geld will und dich unglücklich macht. Es ist besser, du machst das so wie Alois. Zumal du, im Gegensatz zu Alois", und nun ganz bayerisch, „dem Haderlump, keine Freundin in Deutschland hast." Erich, der über 70 Jahre alt war und schon einige Jahre seine Rente genoss, war für diese Friedensmission von der UN wieder aktiviert worden. Er war schon in vielen Ländern für die UN tätig gewesen, unter anderem sogar während der Kongokrise als einer der Personenschützer des damaligen UN-Generalsekretärs Dag Hammarskjöld*, der 1961 bei einem Flugzeugunglück ums Leben kam. Damals hatte Erich Glück gehabt, denn zum Zeitpunkt des Absturzes war er im Urlaub gewesen. Sonst hätte er auch in dem Unglücksflieger sitzen können. Aufgrund seiner langjährigen Arbeit und umfassenden Lebenserfahrung wollte er seine jüngeren Kollegen stets vor den Gefahren des UN-Einsatzes schützen. Zu diesen zählte er auch Frauen. Erich war viele Jahre mit einer Schwedin verheiratet gewesen, mit der er zwei Kinder großgezogen hatte. Die Trennung hatte er nie überwinden können. Für die Trennung machte er seine Beziehung zu einer Libanesin verantwortlich, die er bei einem Einsatz in Beirut kennengelernt hatte. Als seine Frau davon erfuhr, war sie sehr konsequent und ließ sich von ihm scheiden.

Nach Erichs Ansprache, die nur das Thema „Maries Tanz bei Bromme und die daraus entstehenden Konsequenzen für Karl" beinhaltete, schickte er die beiden Mechaniker wieder in die Werkstatt zurück. Karl hatte Probleme sich auf die Arbeit zu konzentrieren, er schluderte und ließ beim Fahrzeugservice einige Arbeitsschritte aus. Ihm ging die Geschichte nicht aus dem Kopf und er stellte sich immer wieder die Frage:

„Hat Erich recht?"

Alois bemerkte, dass sein Kollege nicht ganz bei der Sache war und sagte ironisch: „Nanu, du hast ja gar nicht die Zündung nachkontrolliert."

„Ja, diesmal mache ich das so, wie du es meistens machst", zischte dieser zurück. Alois mischte sich nie in Karls Arbeit ein, obwohl er das gekonnt hätte, schließlich war er der Chefmechaniker. Aber er wusste, dass sein Angestellter nach der Vorgabe der Herstellerfirmen Service und Arbeiten an den Fahrzeugen verrichtete. Er selbst tat das nicht, sondern orientierte sich an seinem eigenen technischen Verständnis und ließ die Herstellervorgaben oft beiseite. Seiner Meinung nach waren bei solch neuen Fahrzeugen mit so wenigen gefahrenen Kilometern einige Arbeiten noch nicht nötig. Besonders schwer tat er sich mit den Ölwechseln, denn die Werkstatt hatte keine Hebebühne – noch nicht mal eine Grube. Sich so unter den Wagen zu legen, war dem stämmig gebauten Alois zu beschwerlich. Er kontrollierte daher schlicht den Ölstand und wenn Öl fehlte, füllte er nach. Karl dachte da anders: Er war in allem, was er machte, immer gründlich und versuchte ordentlich zu arbeiten. Er strebte nie den ersten Platz an, aber der Schlechteste wollte er auch nicht sein. Als er zu seiner Überraschung die Stelle beim DED als Entwicklungshelfer angeboten bekam, war er bereits zehn Jahre aus seinem erlernten Beruf raus und wusste, dass er schnell wieder hineinfinden musste. Er wollte schließlich nach der UN-Mission seinen

Vertrag um mindestens ein Jahr beim DED verlängern und weiterhin in Namibia arbeiten. In diesem Land, der ehemaligen deutschen Kolonie, wollte er „Wiedergutmachung" leisten. Viel hatte er über die Geschichte dieses Landes gelesen, über die Gräuel der Deutschen an den Hereros und Namas* – das motivierte ihn.

Alois war gerade mit seinem dritten Fahrzeugservice fertig, als Karl trotz einiger ausgelassener Arbeiten erst den zweiten geschafft hatte. Aber er war ja auch mit seinen Gedanken woanders. Da rief Erich wieder aus dem Fenster zu ihnen hinüber: „Mittagspause! Ich lade euch zum Essen ein. Macht den Laden dicht und wartet an meinem Auto auf mich." Zu dritt fuhren sie mit Erichs UN-Wagen zum Hotel Hamburgerhof, das lediglich 200 Meter vom UN-Büro entfernt lag. Doch der Chef bestand aufs Fahren. Sie suchten sich wegen ihrer Arbeitskleidung einen Platz in der hintersten Ecke der Gaststätte, es war schließlich das teuerste und nobelste Hotel der kleinen Stadt Otjiwarongo. Nach dem Essen sprach Erich noch mal das Thema Marie an, auch ihn schien es nicht loszulassen. Er wählte seine Worte vorurteilsfreier als am Morgen und meinte, es könne ja sein, dass er sich zu plump über die Sache geäußert habe, und schloss mit einem wohlgemeinten „Pass einfach auf Karl!". Karl war erleichtert, denn die Einschätzungen von Erich waren ihm wichtig und dessen Rückzug bestätigte seine Meinung, dass hier übertrieben wurde. Er nahm sich vor, gleich nach Feierabend mit Marie über die Vorkommnisse zu sprechen. Seine Kollegen aber wollten nach Feierabend noch in die Bar des Hamburgerhofes, in der hauptsächlich Schwarze verkehrten. Dort war die Stimmung besser als in den Bars der Weißen. Offiziell gab es zwar keine Rassentrennung mehr zwischen Schwarz und Weiß, aber die Gewohnheiten hatten sich noch nicht geändert. Erich und Alois wollten gerne, dass Karl mit ihnen käme, der jedoch sagte seinen UN-Kollegen ab.

Nach Feierabend fuhr er zum Glaser, ließ sich dort eine Scheibe passgerecht für das zerschossene Fenster zuschneiden, kaufte noch einen

Packen Fensterkitt und machte sich auf den Weg zu Maries Haus. Die Kinder, die im Garten eine Art Rugby spielten, begrüßten Karl herzlich. Er schritt vorsichtig mit der Scheibe und dem Fensterkitt in der Hand ins Haus, die Eingangstür war wie meistens geöffnet. Marie kam ihm entgegen und empfing ihn überfreundlich mit: „Hallo Schatzi." Karl grüßte zwar zurück, doch in seiner Stimme lag etwas Nachdenkliches und Zurückhaltendes: „Hallo Marie." Ihr fiel das sofort auf. Vorsichtig legte er die Scheibe und den Kitt auf den Küchentisch und umarmte seine Freundin. Auch die Umarmung war anders als sonst, druckloser, distanzierter. Marie konnte kaum Karls Körper spüren. „Was ist passiert?" Eine Standardfrage, die Marie immer stellte, wenn sie merkte, dass ihn etwas bedrückte. Karl wich ihr etwas aus: „Ich möchte erst mal die Scheibe einsetzen, dann sollten wir reden." Er entfernte die Holzplatte vom Fensterrahmen, nahm die Glasscheibe und setzte sie ein, eifrig unterstützt von John. Dessen besonderes Interesse galt dem Fensterkitt, denn mit dem übrig gebliebenen Rest wollte er Kugeln zum Spielen formen. Er konnte sich freuen, Karl hatte nur die Hälfte des Kitts verbraucht. John machte sich sofort an die Arbeit und drehte aus dem restlichen Fensterkitt Kugeln. Karl bewunderte inzwischen das Treiben der anderen Kinder, die sich durchgeschwitzt, aber beharrlich den eiförmigen Rugbyball einander im Laufen zuwarfen. Sie nutzten die gesamte Länge des großen Gartens aus und rannten hin und her. Karl rief ihnen zu: „Ihr trainiert ja wie Profis!" Willem schrie zurück: „In unserer Schulmannschaft geht das viel schneller, Anne ist viel zu langsam!" Anne bestätigte das keuchend, verwies aber auch auf ihr Alter – sie war erst neun, Willem dagegen schon zwölf und Paula sogar dreizehn.

Karl schloss das Fenster mit der neuen Scheibe, um den Lärm der spielenden Kinder etwas zu dämmen. Er wollte sich in Ruhe mit Marie unterhalten und setzte sich dazu an den Küchentisch. Bevor sie sich mit einer Kanne Tee zu ihm setzte, lobte sie noch seine Fensterreparatur. Sie bedankte sich sogar, dabei war es doch Karl gewesen, der den Bruch verursacht hatte. Unvermittelt und etwas unsensibel sprach er sogleich die Vorkommnisse vom Samstag im Hotel Bromme an. Auch den angeblich obszönen Tanz mit Yusuf ließ er nicht aus und erwähnte sogar, dass Erich von UN-Kollegen darauf angesprochen worden sei und ihm zur Vorsicht mit ihr geraten habe. Marie blieb wie immer verständnisvoll, sie war sich sicher, dass sie sich gegenüber Karl nichts vorzuwerfen hatte. „Es ist richtig, ich habe an diesem Abend ausschließlich mit Yusuf getanzt, aber nur deshalb, weil kein anderer da war, der mich zum Tanz aufgefordert hat. Obszön waren die Tänze auch nicht, zu der langsamen Musik des Blues eben etwas angeschmiegter. So haben alle getanzt, geküsst oder gar rumgemacht haben wir nicht. Ich verstehe die Einwände deiner Kollegen nicht, vor allem verstehe ich Erich nicht. Er ist doch Europäer, ihr seid doch so viel weiter mit Emanzipation und Liberalismus als wir Südwester. Ich weiß, im christlichen Sinne begehe ich eine Sünde – aber mit dir, mein lieber Karl. Ich bin immer noch verheiratet und trotzdem schlafen wir miteinander. Vor dem Gesetz gilt noch die Ehe mit meinem zweiten Mann, einem Schwindler, der sogar meine Tochter anrühren wollte. Dass ich diesen Mann geheiratet habe, war auch eine Sünde, ich hätte bei meinem ersten Mann bleiben müssen, der mich geschlagen und gedemütigt hat. Aber das konnte ich nicht, Karl. Ich nehme aber die Sünden auf mich, Gott wird mir verzeihen." Marie fing an Auszüge aus dem Hohelied der Liebe zu rezitieren und ihre Stimme nahm dabei einen sehr liebevollen Klang an:

„Die Liebe ist langmütig,
die Liebe ist gütig.
Sie eifert sich nicht,
sie prahlt nicht,
sie bläht sich nicht auf.

Sie erträgt alles,

glaubt alles,
hält allem stand."

Karl war von diesen Worten ganz gerührt.
Anschließend bat Marie ihn zu gehen und über die Beziehung zu ihr nachzudenken, er solle in sich gehen und seine Gefühle zu ihr überprüfen. Karl verabschiedete sich von ihr, er drückte und küsste sie besonders herzlich und intensiv. Während er ins Auto stieg, dachte er an die Bibel. Auch er hatte den Paulusbrief an die Korinther gelesen, das Hohelied der Liebe war an die allgemeine Menschenliebe gerichtet. „Liebe deinen Nächsten wie dich selbst", kam ihm in den Sinn. Das war eine christliche Aussage, eine christliche Botschaft, die sich an alle Menschen richtete, sich untereinander zu lieben. „Nun aber bleiben Glaube, Hoffnung, Liebe, diese drei; aber die Liebe ist die größte unter ihnen." Das war die Botschaft der Bibel, doch was meinte Marie mit ihrer Ausführung? Meinte sie die Menschenliebe oder die individuelle Liebe, ihre Liebe zu Karl? Er begann wieder zu zweifeln.

Frau von Maerz kontra Karl

Er verließ Maries Auffahrt. Als er mit dem Auto in die Belladonnastraße einbog, sah er einen Pick-up vor dem Haus stehen, das der DED angemietet hatte und in dem er und Alois jetzt wohnten. Zwei Männer beluden den Wagen mit Metallschrott und anderen unbrauchbaren Gegenständen, von denen er wusste, dass sie in einer Ecke des Gartens gestapelt lagen. Als Karl näher kam, konnte er eine alte Frau erkennen, die im Garten stehend und wild mit den Händen gestikulierend anscheinend Anweisungen gab. Augenblicke später erkannte er die Frau. Frau von Maerz war die Vermieterin des Hauses. Karl hatte die Dame vor einigen Monaten bei der Schlüsselübergabe kennengelernt. Da die Arbeiter das Gartentor schon geöffnet hatten, konnte er ohne auszusteigen sein Fahrzeug direkt in den Garten fahren. Er stieg aus und begrüßte Frau von Maerz, die sich sogleich für den „Überfall", wie sie sich ausdrückte, entschuldigte. Sie wolle nur den Müll, den die Vormieter liegen gelassen hätten, abholen. Außerdem entschuldigte sie sich für das verspätete Entrümpeln, aber sie hätten auf der Farm zurzeit sehr viel Arbeit. Mit jedem Schrottteil, das die Arbeiter an ihr vorbeitrugen, wurde sie erboster und mischte sich schließlich in deren Tun ein: „Josua, nun pack das doch in der Mitte an, da lässt sich das doch besser tragen!" Und: „Paulus, du bist so langsam, dir kann man ja beim Laufen die Schuhe besohlen." „Ja Miss", meinte Paulus leise vor sich hinsagend. Auch auf die Vormieter schimpfte sie: „Nie wieder vermiete ich eines meiner Häuser an Buren*. Die haben den Dreck einfach liegen lassen, die sind so schlampig und unsauber. Sie sind auch schuld, dass wir jetzt eine SWAPO*-Regierung unter Nujoma* haben. Sie waren nie Vorbilder für die Schwarzen. Sie hatten immer nur ihre Homeland-Politik im Kopf, anstatt den Schwarzen Ordnung und Disziplin beizubringen. Aber wie sollten sie auch, sie haben doch selbst weder Ordnung noch Disziplin." Karls Geduld war fast am

Ende, er nahm aber all seine Besonnenheit zusammen und äußerte sich nicht dazu. Er wusste, diese Frau war nicht von gestern, sondern sogar von vorgestern. Sie war bereits 86 Jahre alt und ihre intoleranten Ansichten für die weitere Entwicklung Namibias nicht mehr relevant. Die unverheiratete und kinderlose Frau war Besitzerin einiger Häuser in Otjiwarongo und Outjo. Ihr wichtigster Besitz aber war die Farm am Waterberg, auf der sie geboren worden war, ein Erbe ihrer Eltern. Die hatten sich dort schon vor dem Hereroaufstand niedergelassen. Bei ihrer ersten Begegnung mit Karl und Alois erzählte sie stolz, dass sie als Baby von Generalleutnant von Trotha* auf den Arm genommen worden sei.

Als er sich gerade verabschiedet hatte und sich ins Haus zurückziehen wollte, er hatte Frau von Maerz schon den Rücken zugedreht, da hörte er sie fragen: „Was hat Sie eigentlich bewogen, bei der UNTAG mitzuarbeiten?" Spontan wandte er sich wieder um und antwortete: „Weil Deutsche in diesem Land viel Unheil angerichtet haben. Weil es Deutsche waren, die Tausende von Herero und Nama abgeschlachtet haben. Ich möchte diesen Völkern zeigen, dass es auch andere Deutsche gibt. Deshalb habe ich mich für diese Friedensmission beworben und aus diesem Grund möchte ich danach weiter in diesem Land als Entwicklungshelfer arbeiten." Karl erschrak über seine eigene Antwort. Sie war ihm, kaum ausgesprochen, viel zu pathetisch. Außerdem wollte er die alte Frau nicht provozieren, sie tat ihm sogar etwas leid. Doch Frau von Maerz, eine der wenigen Intellektuellen unter den weißen Farmern und trotz ihres Alters geistig und auch körperlich bewundernswert fit, brachte solch eine Aussage nicht aus der Fassung und schon gar nicht in emotionale Erregung. Sie blieb ruhig und sachlich und sagte:

„Zuerst dachte ich, dass Sie der politischen Linie Ihres Außenministers Genscher nahestünden, nun weiß ich, dass Sie eher die linke Politik der SWAPO vertreten. Sie sympathisieren also mit der SWAPO?"

Karl hätte mit Ja antworten können, doch er erinnerte sich an die

Neutralität des UN-Mandats und er fühlte sich diesem verpflichtet. Er erwiderte deshalb:

„Ich sympathisiere mit der Freiheit, der Menschenwürde und mit dem Selbstbestimmungsrecht der Völker."

Frau von Maerz entgegnete darauf: „Aber ohne uns Deutsche wäre dieses Land nie zivilisiert worden! Die Nama und die Herero haben sich damals gegenseitig bekriegt, erst wir deutschen Kolonialisten und vor allem die Schutztruppe haben dem ein Ende bereitet."

Karl fügte abschätzig hinzu: „Ja, unter dem Schlächter Generalleutnant von Trotha*. Was hat das mit Zivilisation zu tun? Das waren Völkermord und Barbarei!"

Frau von Maerz beharrte auf ihrer Ansicht: „Hätte Generalleutnant von Trotha die Hereros nicht vertrieben, hätten die uns getötet – es blieb ihm nichts anderes übrig."

Sie referierte ohne laut zu werden, blieb aber standhaft. Diese Frau empfand das Verhalten der Deutschen gegenüber den Herero keineswegs als ungerecht. Auch als Karl die Bedenken des damaligen Gouverneurs Leutwein* erwähnte, wischte sie das Argument beiseite:

„Ja, einige Deutsche, unter ihnen Oberst Leutwein, haben das damals anders eingeschätzt, aber nach dem Aufstand wäre ein friedliches und faires Miteinander nicht mehr möglich gewesen."

Karl entgegnete auf das Wort fair, das ihn besonders entrüstete: „Da war nichts fair! Der Kauf des Landes war doch ein einziger Betrug an den Herero und an diesem Krieg haben einige deutsche Firmen viel Geld verdient."

„Junger Freund", erwiderte Frau von Maerz, „der Kolonialismus der Europäer hat in Afrika, nicht nur in Südwest, die Zivilisation erst auf diesen Kontinent gebracht. Die Menschenwürde und Freiheit, von denen Sie sprechen, gab es in Afrika auch vor der Kolonisierung nicht. Die SWAPO-Regierung wird in diesem Land nichts daran ändern. Die anderen unabhängigen afrikanischen Staaten haben dies ja bereits gezeigt. Im Gegenteil sogar: Sie wird die vielen Völker in Namibia tyrannisieren! Die SWAPO ist eine Ovambo-Partei und diese Regierung der Ovambo wird die anderen Bevölkerungsgruppen, insbesondere die Weißen, unterdrücken."

Karl erinnerte sie an die neue demokratische Verfassung und an die ersten freien Wahlen in Namibia. Das, so meinte er weiter, machte Hoffnung, dass alte Ungerechtigkeiten und Privilegien abgebaut und beseitigt werden könnten. „Da Weiße über besonders viele Privilegien verfügen, werden sie diese in Zukunft verlieren. Das ist aber keine Unterdrückung, das werte ich als Gleichberechtigung."

Die beiden Arbeiter Paulus und Josua waren schon seit geraumer Zeit damit fertig, den Müll auf den Pick-up zu laden, und warteten ungeduldig in einigen Metern Entfernung von den beiden Streithähnen auf die Miss. Sie wollten endlich ihren Feierabend mit ihren Familien am Waterberg genießen und von Otjiwarongo zur Farm bedurfte es noch einer Stunde Autofahrt. Karl hätte die Arbeiter und „ihre Miss" unter anderen Umständen ins Haus gebeten und zu einem Kaffee eingeladen. Frau von Maerz hätte diese Einladung sicher auch gerne angenommen, hätte aber ihren „Jungs" nie erlaubt, sich an den gleichen Tisch zu setzen. In diesem Wissen verzichtete Karl auf die Einladung. Bevor sich die Vermieterin von ihm etwas distanziert, aber trotzdem höflich verabschiedete, wollte sie noch wissen, ob eine Hausangestellte für die Sauberkeit des Hauses, ihres Hauses, eingestellt worden sei. Karl verneinte. Er konnte nicht wissen, dass Frau von Maerz Monate später, nach der Kündigung des Mietvertrags, dem DED eine Rechnung über Reinigungsarbeiten ausstellen würde, in der sie unter den vielen aufgeführten Argumenten für den schlechten Zustand des Hauses auch das Nichtvorhandensein einer Hausangestellten auflisten würde. Obwohl Karl und Alois das Haus zu diesem Zeitpunkt noch nicht mal ein Jahr bewohnt und Karl ohnehin die meiste Zeit bei seiner Freundin Marie verbracht haben würde, würden der DED und Frau von Maerz sich auf eine Geldsumme einigen. Sie würde nicht den Forderungen der Vermieterin entsprechen, aber dennoch sehr stattlich und völlig überzogen sein. Wegen der Nachfrage der UN-Mitarbeiter nach Wohnraum verdoppelten sich die Mieten in Namibia während der Friedensmission der UN fast, sodass es Einheimischen zu dieser Zeit sehr schwer fiel, eine für sie bezahlbare Wohnung zu finden.

Die darauffolgenden Nächte verbrachte Karl wieder bei Marie und ihren Kindern. Jeden Morgen lief er bei Tagesanbruch an dem Haus mit den kläffenden und beißenden Hunden vorbei und setzte sich gegen diese zur Wehr. Mittlerweile hatte er Übung im Hundeverjagen. Wenn es den Biestern gelang, sehr nahe an ihn heranzukommen, deutete er Tritte an, sodass sie wieder einige Meter zurückwichen. Nach zwei, drei vergeblichen Versuchen verschwanden sie dann wieder. Auch Alois' Morgenmuffeligkeit ertrug er beim gemeinsamen Frühstück gelassen. An den Abenden spielte er mit den Kindern wie so oft „Mensch ärgere dich nicht". Er gestaltete das Spiel wie immer unterhaltsam, ärgerte sich besonders, wenn er verlor, und feierte freudig und lautstark seine Siege. Marie spielte nur selten mit, sie sah lieber zu und amüsierte sich über den Frust der Verlierer und die Freude der Gewinner.

Für das kommende Wochenende hatte sie schon einen Plan gemacht, denn auf keinen Fall wollte sie wieder ohne Karl zum Tanzen. Die Probleme vom vergangenen Samstag sollten sich nicht wiederholen. Doch es war schwer, ihren Freund zum gemeinsamen Tanzengehen zu bewegen. Sie wusste, dass er sich nicht von seinen Ausflügen in die Natur abbringen ließ. Also machte sie ihm und den Kindern den Vorschlag, am Samstagmorgen zum Etosha Nationalpark zu fahren und die Nacht auf Sonntag dort zu verbringen. Mit Karina hatte sie schon gesprochen, die fand die Idee gut und meinte, ihr Mann Pieter würde dem auch zustimmen. Paula sagte sofort ab, weil sie am Samstag zum Geburtstag ihrer Freundin eingeladen war und auch bei ihr übernachten wollte. Marie akzeptierte das zwar, wollte aber trotzdem erst mit der Mutter der Freundin sprechen. Die anderen Kinder, allen voran John, fanden die Idee nicht besonders toll.

„Da ist doch keine richtige Wildnis", stöhnte er, „das ist was für Touristen. Ich möchte lieber dort zelten, wo keine Menschen in der Nähe sind."

Willem und Anne pflichteten ihrem kleinen Bruder bei, auch sie fanden eine solche Fahrt zu touristisch und wollten lieber unkontrolliert, kostenlos und ohne Verbote die Natur genießen. Die Kinder waren sich sicher, dass Karl diesen Vorschlag ebenfalls ablehnen würde. Doch Maries Kompromissbereitschaft konnte er nicht ausschlagen, schon gar nicht nach den Vorfällen letztes Wochenende, von denen die Kinder ja nichts wussten.

„Im Etosha kann man große Zelte mieten. Außerdem haben wir die Möglichkeit mehr Tiere zu sehen, weil sie dort enger zusammen sind. Grillplätze gibt es auch genügend, wir sind nicht auf das Restaurant angewiesen." Mit diesen Worten konnte er die Kinder zwar nicht überzeugen, aber sie beugten sich den Bestimmungen der Erwachsenen. Marie und Karl vertraten ihre Entscheidung hartnäckig.

Die Volkspolizisten

Am letzten Arbeitstag vor dem Etosha-Wochenende, kurz vor Feierabend, rief Erich aus seinem UNTAG-Bürofenster nach Karl und Alois. Die beiden Mechaniker waren mit der Reinigung ihrer Werkstatt gerade fertiggeworden. Der Chef wartete am offenen Fenster und streckte dabei seinen Oberkörper weit hinaus in der Hoffnung, dass die beiden dann schneller herankämen. Doch Alois und Karl fegten zunächst den Dreck zusammen, stellten danach gemächlich ihre Besen beiseite und machten sich erst dann langsam auf den Weg zum Fenster im Hof. Als sich beide dort einfanden, zog Erich seinen Oberkörper wieder zurück ins Zimmer, damit er bequemer stehen konnte, und erläuterte sein Anliegen:

„Einer von euch wird noch gebraucht und kann noch nicht Feierabend machen."

Alois reagierte sofort und meinte, er könnte nicht, denn er wäre mit seinem Freund Bernie verabredet und müsste schnellstmöglich mit ihm auf dessen Farm. Der Stromgenerator wäre kaputtgegangen und für die Reparatur benötigte man Tageslicht, weshalb sie unbedingt vor Sonnenuntergang dort sein müssten. Bernies Schwester würde dringend auf sie warten. Erich wendete sich an Karl:

„Lass den bayerischen Holzkopf auf die Farm fahren und erledige du das! Es sind sowieso Preußen aus der DDR, Landsleute von dir. Die haben eine Reifenpanne, du musst ein Reserverad mitnehmen."

Karl entgegnete etwas entrüstet: „Ich bin Westberliner", wobei er „West" besonders betonte. Empört äußerte er sich auch über die Reifenpanne, schließlich gäbe es dafür bereits Reserveräder in den Autos. Erich machte ihm klar, dass er lediglich den Funkspruch entgegengenommen hatte. Die Gestrandeten säßen 30 Kilometer vor Otjiwarongo Richtung Norden fest und benötigten dringend Hilfe und ein Reserverad. Karl blieb nichts anderes übrig, er verabschiedete sich von

Alois und Erich und wünschte beiden noch ein schönes Wochenende. Alois verschwand kurz darauf sehr schnell und bevor auch Erich sich auf den Weg ins Wochenende machte, versuchte er Karl zu trösten, indem er ihm versprach, dass er nächsten Freitag eher Feierabend machen könnte, wenn es die Arbeitssituation zulassen würde. Erst als Erich das UN-Gelände schon verlassen hatte, fiel Karl ein, dass er gar nicht den Fahrzeugtyp des Pannenautos kannte. Am Eingangsschalter, der mit Polizisten besetzt war, versuchte er es herauszufinden, doch dort hatte gerade ein Personalwechsel stattgefunden, die Kenianer tauschten mit den Ägyptern. Er bat den diensthabenden kenianischen Polizisten über Funk Kontakt zu der Besatzung des Pannenfahrzeugs aufzunehmen, doch trotz dessen mühevoller Versuche gelang es ihm nicht. Karl entschloss sich, zwei typengebundene Ersatzräder mitzunehmen, die in der Werkstatt lagerten. Eines von einem Toyota Landcruiser, davon hatte er zwei, und eines von einem VW Golf, davon hatte er zwar keines, aber er lieh es sich von einem Golf, der übers Wochenende bereits repariert in der Werkstatt stand, doch erst am Montag von der Benutzerin abgeholt werden sollte. Karl nahm an, dass es wahrscheinlich einer dieser Fahrzeugtypen sein würde, lud die Räder sowie seinen Werkzeugkasten in den Werkstattwagen und machte sich auf den Weg in Richtung Norden.

Er fuhr nicht nur 30 Kilometer weit, sondern mehr als 50 Kilometer, bis er endlich einen Toyota Landcruiser am Straßenrand stehen sah, um den zwei UN-Polizisten herumstanden. Erfreut und erleichtert begrüßten ihn die Ordnungshüter. Einer meinte sächselnd:

„Das ist gut, dass wir Deutsch miteinander reden können, das macht die Sache angenehmer." Und sogleich stellte er die Frage: „Wo kommst du denn her?"

„Aus Otjiwarongo", antwortete Karl.

„Ich meine, wo bist du in der BRD zu Hause?", setzte der Polizist hinzu.

„Ich komme aus Berlin."

„Ich auch", sagte der, der bisher geschwiegen hatte.

Karl entgegnete: „Ja, du bist aber aus der Hauptstadt der DDR, ich bin aus Westberlin."

Daraufhin meinte der Sächselnde zu ihm: „Vielleicht wirst auch du bald Hauptstädter sein."

Karl machte sich daran, das Rad zu wechseln, und fragte, wo sie ihr Reserverad gelassen hätten. Erklärend sagte der Sächselnde, er hätte vor Wochen eine Reifenpanne gehabt und das Rad zur Reparatur in die UN-Werkstatt nach Ondangwa gebracht. Aber wegen der Umstände, der Wende in Deutschland und der vielen Diskussionen darüber in „unseren Reihen", so fügte er hinzu, hätte er vergessen, das Rad abzuholen.

„Du musst verstehen. Wegen der möglichen Wiedervereinigung haben wir Probleme, keiner weiß, wie es für uns weitergeht. Wir wissen noch nicht, ob sich die DDR auflösen wird, ob wir in diesem Fall vielleicht Bürger der BRD werden und ob wir dann noch Polizisten sein dürfen."

Der Ost-Berliner meinte: „Selbst wenn die DDR bestehen bleibt, werden einige von uns, zumindest die ‚Hardliner', die die Politik der SED als die einzige heilsbringende vertreten, bei der Volkspolizei keine Zukunft mehr haben."

Karl war sich sicher, dass die meisten von denen, die nach Namibia geschickt wurden, Linientreue waren. Aber das waren nur seine Gedanken, er äußerte sich nicht dazu. Der Sachse ergänzte noch:

„Selbst der DDR-Botschafter in Namibia rechnet damit, in Zukunft arbeitslos zu sein. Er hat uns vorige Woche besucht und sich für unsere Arbeit bedankt. Nach der Wahl, die ohne große Zwischenfälle und erfolgreich durchgeführt worden war, seien nun die Weichen dafür gestellt, die Mission vielversprechend beenden zu können, berichtete er. Wir sollten uns nun mehr um uns selbst kümmern." Und das, so der Berliner Volkspolizist, wollten sie nun auch tun. „Wir fahren jetzt für ein paar Tage in den Süden, zum Fish River Canyon."

Karl erinnerte sie noch an den Pannenreifen, erklärte ihnen, sie könnten ihn an jeder UN-Vertragstankstelle, die mit „UN-Fill" gekennzeichnet sei, reparieren lassen, am besten gleich in der nächsten Ortschaft, in Otjiwarongo, dann verabschiedeten sie sich voneinander. Während Karl sein Werkzeug einräumte und seinen Wagen wendete, waren die DDR-Polizisten schon einige Hundert Meter weiter „on the road" in Richtung Süden.

Obwohl Marie und die Kinder auf ihn warteten und ihn bestimmt schon vermissten, da war Karl sich sicher, hielt er sich wie immer an die Geschwindigkeitsbegrenzung von 120 Kilometern pro Stunde, vorgeschriebene Höchstgeschwindigkeit auf asphaltierten Landstraßen in Namibia. Plötzlich sah er, wie aus dem Gebüsch zwei Perlhühner herausrannten und sich direkt vor seinem Wagen in die Lüfte erheben wollten. Er versuchte auszuweichen, doch es war zu spät: Mit dem linken Scheinwerfer hatte er eines erwischt. Das angefahrene Perlhuhn taumelte, konnte aber weiterrennen. Es rannte sogar noch schneller als vor dem Zusammenstoß, es rannte um sein Leben. Karl sah noch, wie es sich für einige Meter in die Luft erheben konnte, dann aber abstürzte und schwankend in den Büschen links von der Straße verschwand. Er hielt den Wagen an, stieg aus und besah sich den Schaden. Der Scheinwerfer einschließlich Blinklicht war hinüber. Verärgert setzte er sich wieder in sein Auto und setzte seine Fahrt fort. Wie sollte er nun mit dem kaputten Scheinwerfer in den Etosha fahren? Das war unmöglich, zumal auch die Blinkleuchte in Mitleidenschaft gezogen war. Für diesen Fahrzeugtyp hatte er keine Reservescheinwerfer auf Lager, noch nicht mal die Toyota-Werkstatt in Otjiwarongo konnte ihm da weiterhelfen. Dieser Fahrzeugtyp war in Namibia ein Exot, selbst bei der UN waren nur wenige davon im Einsatz. Karl dachte nach. Maries Ford kam ihm in den Sinn, diese Idee verwarf er aber sogleich wieder. Der Motor brachte keine volle Leistung, die Reifen waren abgefahren und bestimmt konnte man die Mängelliste noch länger fortsetzen. Obwohl er sich Maries Auto nicht genau angeschaut hatte, wusste er, dass es ein Wrack war. Um das festzustellen, genügte ihm der Blick aus der Ferne. Aus Sicherheitsgründen bat er Marie sogar darum, das Auto nur im Ort zu fahren. Für sie war das bisher auch kein Problem gewesen, denn seit sie mit Karl zusammen war, konnte sie für alle Fahrten, die nach außerhalb gingen, das UN-Fahrzeug nutzen. Während er so fuhr und nachdachte, langsam seinem Zuhause immer näher kam, fiel ihm der VW-Golf in der Werkstatt ein. Die russische UN-Mitarbeiterin, die ihn fuhr, war über das Wochenende mit einem Kollegen und dessen Auto nach Otjinene verreist und würde ihn erst am Montagmittag wieder abholen. Karl hatte an dem Golf einen Service und einige kleinere Reparaturen durchgeführt. In der Werkstatt in Otjiwarongo angekommen, stellte er seinen Toyota mit dem defekten Scheinwerfer ab, setzte sich in den Golf und fuhr zu Marie. Die Kinder staunten über den Wagen, mit dem er vorfuhr.

„Ein Golf? Wo ist denn dein Toyota?", fragten Anne und Willem gleichzeitig im Duett. Karl erzählte von dem Vorkommnis mit den Perlhühnern und dem ramponierten Scheinwerfer. Weder die Kinder noch Marie sahen darin einen Grund, nicht mit dem Toyota zu fahren, schließlich planten sie bei Tag zu fahren. Karl beharrte darauf, dass der defekte Blinker den Fahrzeugwechsel absolut notwendig machte.

Nachdem Karl ein Bad genommen hatte, übermannte ihn riesiger Hunger, denn zu Mittag hatte er nur ein Sandwich mit Käse gegessen. Und so fragte er Marie:

„Hast du etwas zu essen gekocht? Ich bin hungrig."

Anne und John krähten sofort im Gleichklang: „Ich auch!"

Marie entschuldigte sich: „Sorry, ich habe vergessen einzukaufen."

Willem warf jedoch vorlaut ein: „Ha, das Geld ist schon wieder alle."

Karl verstand das nicht, erst vor einigen Tagen hatte er ihr 700 Rand gegeben, wieso waren die bereits aufgebraucht? Streng fragte er sie nach dem Geld. Marie antwortete etwas beschämt:

„Willem hat leider recht, Schatzi. Ich musste tanken und an der Tankstelle wollten die mir kein Benzin mehr geben. Sie sagten, ich müsse erst meine alten Schulden bezahlen. Ich brauch doch das Benzin, ich muss doch zur Arbeit, auch wenn das nur zwei Kilometer sind. Ich kann doch nicht wie die Schwarzen zur Arbeit laufen. Wie sieht das denn aus? Was sollen die Leute von mir denken? Ich weiß, Schatzi, was du jetzt denkst. Du denkst, die Schwarzen laufen, warum sollen die Weißen nicht auch laufen? Das denkst du doch. Aber wir sind hier nicht in Deutschland, die Menschen hier kennen das nicht anders."

„Waren die Schulden denn so hoch?", fragte Karl nach.

Marie antwortete verlegen: „In der Apotheke war das auch so. Die wollten auch die alten Rechnungen beglichen haben, sonst hätten die mir keine neuen Medikamente gegeben. Die brauch ich aber dringend."

Da mischte Willem sich wieder ins Gespräch ein und erzählte, dass seine Mutter all ihre offenen Rechnungen in einem Schuhkarton deponiert hätte, der schon ziemlich voll wäre. Karl wollte den Karton sehen. Voller Abscheu blickte Marie ins Gesicht ihres verräterischen Sohnes. An Karl gewandt sagte sie:

„Schatzi, warum willst du dich damit beschäftigen?"

So wirklich wusste er das auch nicht, doch er bestand darauf, den Karton durchzusehen. Zögerlich holte Marie ihn, stellte ihn vor Karl auf den Tisch und hob den Deckel ab. Anschließend suchte sie die zwei beglichenen Rechnungen heraus, die von der Tankstelle und die von der Apotheke. Das dauerte nicht lange, weil sie zuoberst lagen. In dem Karton befanden sich darüber hinaus viele weitere Rechnungsbelege, sodass Karl staunte:

„Der Karton ist ja halb voll! Sind das alles unbezahlte Rechnungen?"

„Nein, einige sind auch schon bezahlt. Aber die meisten noch nicht."

„Wie viele Schulden hast du, Marie?", fragte Karl.

„Das weiß ich nicht, da muss ich erst mal nachrechnen", gestand sie leise ein.

Ihre finanziellen Probleme waren nun wohl auch seine geworden.

Aber das Wochenende sollten sie ihm, den Kindern und auch Marie nicht verderben. Mit feierlicher Stimme und lächelnd sagte er:

„Jetzt erst mal weg mit dem Karton, ich lade euch zum Essen ins beste Restaurant der Stadt Otjiwarongo ein!"

Die Kinder jubelten freudig: „Oh ja!"

Pieters Verschwinden

Karl übernachtete im angemieteten DED-Haus und nicht bei Marie. Sie war am Abend zuvor während des Essens im Hamburgerhof nicht gut drauf gewesen, sie hatte sich sogar unfreundlich benommen, besonders gegenüber ihrem Sohn Willem, aber auch Karl blieb nicht davor verschont. Er lernte an diesem Abend eine andere Marie kennen. Sie verweigerte ihm die Liebesnacht, die er sehnsüchtig erwartet hatte. Schon auf der Fahrt vom Restaurant nach Hause forderte sie ihre Kinder auf, sich sofort nach der Ankunft für ihr Bett fertigzumachen. Sie wollte ebenfalls früh schlafen gehen, schließlich galt es, am nächsten Morgen fit für die Fahrt zum Etosha zu sein. Da half weder der Widerspruch der Kinder noch Karls Einwand, dass es erst früh am Abend wäre und er gerne mit den Kleinen ein oder zwei Spiele „Mensch ärgere dich nicht" spielen wollte. Marie machte deutlich, dass sie das Sagen hätte, und Karl spuckte sie hart und giftig entgegen:

„Wenn du noch nicht müde bist, dann geh doch in die Bar und such dir eine Schwarze für die Nacht."

Was offene Rechnungen in Schuhkartons alles bewirken können, dachte Karl bei sich. Er ließ die Familie vor ihrem Haus aussteigen und verabschiedete sich, diesmal ohne Kuss und ohne Umarmung. Auf der Veranda im DED-Haus trank er noch zwei Biere und dachte über das Geschehene nach. Er stellte dabei fest, dass auch Maries Freundlichkeit Grenzen hatte. Außerdem hatte er ein ungutes Gefühl, sein Instinkt sagte ihm, dass da noch einiges auf ihn zukäme.

Am darauffolgenden Tag gegen acht Uhr holte er die Kinder und Marie ab. Gemeinsam fuhren sie mit dem UN-Golf zum Haus von Pieter und Karina, hupten und sogleich kamen die beiden und ihre Kinder heraus. Sie grüßten kurz von Weitem, stiegen in ihr Auto und fuhren los. Karl hängte sich an ihre Fersen. Als Pieter sein Fahrzeug vor einer Fleischerei in Outjo stoppte, parkte er den Golf direkt daneben. Gemeinsam kauften sie Hühnchen, Steaks und Burenwurst, die Karl bezahlte. Niemand wunderte sich darüber, schließlich arbeitete er für die UNTAG und verdiente mindestens doppelt so viel wie Pieter, der als Fernmeldetechniker bei der namibischen Post beschäftigt war. Nach dem Einkauf ging die Fahrt zügig weiter und nach 80 Kilometern erreichten sie das Einfahrtstor zum Etosha Nationalpark. Bis zum Restcamp Okaukuejo waren es nur noch 20 Kilometer, für diese benötigten sie aber fast eine Stunde, da im Park nur sehr langsam gefahren werden durfte. Unterwegs sichteten sie bereits einige Tiere: Eine Herde Kudus trabte gemächlich über die Straße und eine totgefahrene Schlange erregte Aufsehen bei den Kindern. Als sie endlich im Camp angekommen waren, übernahmen Karina und Marie das Einchecken an der Rezeption. Sie entschieden sich für die preiswerteste Übernachtungsmöglichkeit und mieteten für jede Familie ein großes Zelt mit je sechs Klappliegen an. Ihre Zelte mit den Nummern 3 und 4 hätten sofort bezogen werden können, doch Karl und Pieter wollten erst eine Rundfahrt durch den Park machen. Die Kinder und die Frauen stimmten diesem Vorschlag begeistert zu. Ohne auch nur irgendein Gepäckstück aus den Autos zu laden, fuhren sie weiter in Richtung des Restcamps Halali. Wieder konnten sie viele Tiere beobachten. Löwen, die direkt am Straßenrand herumlagen, ohne sich an den Besuchern zu stören, und Zebras, auf die man warten musste, bis sie in Ruhe die Fahrbahn überquert hatten. Die Tiere und die Menschen arrangierten sich hier, man hatte das Gefühl, es herrschte eine paradiesische Harmonie. Nichts erinnerte an die Wildnis, wie Karl sie sich vorstellte. Er dachte an seine Besuche im Berliner Zoo, wo die Tiere im Käfig gesessen hatten. Hier galt das wohl eher für die Menschen.

Nach der Rundfahrt entluden Marie, Karina, Karl und die Kinder die Autos und brachten das Gepäck in die Zelte Nummer 3 und 4. Pieter kümmerte sich ausschließlich darum, das Holz an den Grillofen zu packen, der nur wenige Meter von den Zelten entfernt war. Er entfachte ein riesiges Feuer und Karl wunderte sich über die Verschwendung von so viel Holz, da er solch ein großes Feuer unnötig fand. Er fragte Pieter:

„Ist das nicht zu viel Holz?"

Der aber meinte, das sei schon in Ordnung, schließlich wüsste er, wie so etwas gemacht würde. Er als Bure in Südwest kannte sich damit aus. Karl merkte, dass Pieter hier seinen Mann stehen wollte, und zog sich von ihm zurück. Er holte sich einen von den beiden Weißweinkartons aus seinem Golf, ging damit an einen nahegelegenen Steintisch und schenkte sich in seine mitgebrachte große Kaffeetasse ein. Während die Kinder das Gebiet des Restcamps erkundeten, setzten sich die beiden Frauen mit Karinas Baby zu ihm an den Tisch. Sie gossen sich ebenfalls Wein in Trinkgefäße, die sie mitgebracht hatten und die weitaus stilvoller waren als Karls, denn sie benutzten Gläser. Auch Pieter kam kurz hinüber zu den Steintischen, füllte sein Glas, trank es in einem Zug aus und begab sich wieder zu seinem großen Feuer. Er schürte mit dünnen Ästen darin herum und legte wieder neues Holz auf. Als die Sonne unterzugehen begann, brachte Karina das Baby, das in ihren Armen eingeschlafen war, ins Zelt, legte es auf eine von zu Hause mitgebrachte kleine Matratze und deckte es mit einer leichten Decke zu. Die Stimmung an den Steintischen wurde immer besser, der erste 2,5-Liter-Weinkarton war schon zur Hälfte geleert. Karl bewunderte Karinas Ausstrahlung und machte ihr Komplimente, auf die Marie gekränkt lachte und ironisch meinte:

„Ach schau mal, der kühle Karl kann ja auch charmant sein."

Pieter kam nun schon zum vierten Mal an den Tisch gelaufen, füllte sein Weinglas, trank es mit einem Schluck aus und verschwand wieder an seinen Grillplatz. Als er zum fünften Mal an den Tisch kam, sah er, wie Karl Karina auf die Wange küsste, und hörte, wie er mit überschwänglichen Worten ihre Schönheit lobte. Er trank sein fünftes Glas noch schneller als die anderen zuvor und verschwand erneut. Karina fühlte sich geschmeichelt und bedankte sich für das Lob, indem sie sich zu Karl vorbeugte und ihn kurz, aber zärtlich auf den Mund küsste. Marie fand das Ganze nicht lustig. Sie kannte ihren Freund und wusste, dass er ihr Verhalten vom Vortag hier auf eine primitive Art kritisieren und polemisieren wollte. Um das Schlimmste zu verhindern, nahm sie ihn in den Arm und sagte:

„Kümmere dich nicht um Karina, du bist mein Freund."

Karl küsste sie leidenschaftlich und ließ keinen Zweifel daran aufkommen, dass sie die Frau war, die er liebte. Karina merkte jetzt, dass sie Teil eines Spiels war, in dem sie nur benutzt wurde. Aber das war ihr gerade recht, denn sie liebte ihren Mann und sie benutzte Karl ebenso dazu, ihn eifersüchtig zu machen.

Endlich war das Feuer so weit heruntergebrannt, dass das Fleisch auf den Rost gelegt werden konnte. Die beiden Frauen holten es aus der Kühltasche und legten es auf den Grill. Pieter verließ den Grillplatz in Richtung Toiletten und Karl folgte ihm etwas später. Als das Essen gerade fertig war, kamen die Kinder von ihrer Exkursion zurück. Karina und Marie machten für alle die Teller mit Gegrilltem fertig und stellten sie auf zwei Steintische, die nicht allzu weit voneinander entfernt standen. Das Essen der Männer ließen sie am Grill stehen, damit sie es sich selbst von dort abholen konnten. Auf der Toilette wunderte sich Karl, dass er Pieter weder dort noch unterwegs gesehen hatte. Stattdessen sah er in der Dunkelheit, auf dem Weg zurück zu den Zelten, jeweils zwei hell leuchtende Augenpaare. Bei genauerem Hinsehen erkannte er zwei Schakale, die sich unaufgeregt und wie selbstverständlich durch das Camp bewegten. Wenn sie hier eindringen konnten, war das dann nicht auch anderen, gefährlicheren Tieren möglich, vielleicht sogar Löwen? Daran dachte Karl aufgrund seines leicht angeheiterten Zustands entspannt und erfreute sich am Anblick der Tiere. Als er zurück bei den Zelten an der Grillstelle und den Steintischen war, erzählte er davon. Niemand wunderte sich darüber, sie nahmen es gleichgültig hin. Wichtiger war für Karina und Marie, wo sich Pieter aufhielt, aber Karl wusste darauf keine Antwort. Erst, als alle schon gegessen hatten, kam Pieter wieder dazu und fragte nach seinem Essen. Karina sagte freundlich:

„Der Teller steht noch am Grill, du musst ihn nur holen."

Pieter ging zum Grill, fand dort Besteck und einen Teller, der aber leer war. Er sah sogar aus, als wäre er abgeleckt worden. Pieter war sauer.

„Wer hat mein Essen gegessen?", fragte er in die Runde.

„Ich nicht!", schallte es mehrstimmig zurück.

Mächtig sauer und fluchend verließ Pieter den Platz vor den Zelten. Die Zurückgebliebenen zeigten sich nur wenig betroffen, lediglich Karina äußerte sich bestürzt:

„Ich finde so etwas schäbig – einem andern das Essen wegzuessen! Es war doch genug für alle da."

Ihre Äußerung des Missfallens entfachte eine lautstarke Diskussion, aber keiner wollte sich an Pieters Essen vergriffen haben, geschweige denn gesehen haben, dass jemand aus der Runde mehr gegessen hatte, als ihm zustand. Karina befragte jeden einzelnen, fast wie in einem Krimi. Ihre Verhöre trugen geradezu absurde Züge. So verdächtigte sie John, weil er Willem etwas von seinem Fleisch abgegeben hatte. Sie warf ihm vor, dass er sein Essen deshalb nicht hatte aufessen können, weil er schon vorher gegessen hätte. Der kleine John wehrte sich heftig dagegen und war über Karinas Vorwurf empört. Er entrüstete sich:

„Da war viel zu viel auf meinem Teller: Eine Hühnerkeule, ein Steak und eine Wurst, so viel kann ich gar nicht essen!"

Auch Marie, Willem und besonders Karl regten sich über die unberechtigten Verdächtigungen auf. Karl hatte jemand ganz anderes im Verdacht:

„Sicher haben die Schakale den Teller geleert. Ich denke, die haben sich unbemerkt angeschlichen. Bestimmt sind die Schakale, die hier hereinkommen, auf solche Kost spezialisiert."

Karl hätte Pieter auch angeboten, ihm ein Essen im Restaurant zu bezahlen, wäre er nur dagewesen. Er blieb aber verschwunden. Nach einiger Zeit entschlossen sich alle, Pieter zu suchen. Sie teilten sich in drei Gruppen auf, nur Anne blieb im Zelt beim Baby.

Erfolglos trudelte nach einer fast halbstündigen Suche eine Truppe nach der anderen am Zeltplatz ein. Karina kam mit ihren zwei Töchtern als letztes zurück. Sie wirkte verärgert und enttäuscht. Den Umstehenden und neugierig Lauschenden berichtete sie:

„Nicht nur Pieter ist weg. Wir waren am Parkplatz und auch unser Auto ist verschwunden!"

Marie fragte Karina verwundert: „Wie ist der denn aus dem Camp herausgekommen? Mit Einbruch der Dunkelheit wird das Tor doch geschlossen, niemand darf dann heraus."

Karina antwortete erbost: „Der hat die Wächter bestochen, dieser Arsch."

Die Erwachsenen setzten sich nach dieser Aufregung wieder an einen der Steintische und tranken weiter Wein. Marie und Karl hielten sich Karina gegenüber erst mal etwas zurück. Doch lange hielt das nicht an, denn diese musste laut über die Situation lachen, in die sie hineingeraten war. Sie sah Karl dabei an und prustete:

„Pieter war eifersüchtig auf dich! Er glaubte wohl, du hast dich nicht nur für mich interessiert, sondern auch noch sein Essen aufgegessen."

Auch Karl und Marie mussten nun laut lachen. Die Kinder, die dabeistanden, hatten zwar gehört, was gesprochen worden war, konnten jedoch mit dem Inhalt nichts anfangen. Sie meinten aber, dass die Stimmung unter den Erwachsenen gut genug wäre, sodass sie keine Probleme hätten, ihren Wunsch durchzusetzen, in der Nähe des Wasserlochs Tiere zu beobachten. Ohne Widerspruch konnten sie sich verabschieden und in die Nähe der beleuchteten und künstlich geschaffenen Tränke begeben. Erst spät in der Nacht, für Marie und Karina viel zu spät, kamen sie zurück zu den Zelten. Die Kinder schilderten ausführlich und sehr detailliert ihre Erlebnisse und Vorkommnisse am Wasserloch, allen voran John. Sie hatten Löwen sowie Elefanten gesehen und eine von Karinas Töchtern erwähnte nebenbei, Leute hätten sich erzählt, dass sich Schakale im Camp aufhalten würden. Karl sah dies als Bestätigung seiner eigenen Beobachtungen. Die Kinder wurden nun zum Schlafen in die Zelte geschickt. Marie, Karina und Karl tranken in Ruhe noch den letzten Rest Wein aus, gingen dann auch in die Zelte und legten sich in ihre Feldbetten.

Schon sehr früh wurden Karina und ihre Kinder vom Geschrei des Babys geweckt. Nachdem die Mutter es gestillt hatte, gab sie es ihren beiden älteren Töchtern zur Aufsicht. Sie selbst machte sich mit einem Topf auf den Weg zu den in der Nähe befindlichen Wasserhähnen, um ihn dort mit Wasser zu füllen. Wieder zurück, versuchte sie aus der noch übrigen Glut das Feuer neu zu entfachen. Mit den wenigen Holzresten gelang es ihr schließlich. Sie stellte den Topf auf den Rost des Grills, deckte den Tisch und wartete, bis alle von ihren unbequemen Liegen aufgestanden und aus ihren Zelten gekrochen waren. Um das Tempo zu beschleunigen, machte sie mit den Töpfen, Tassen und anderen Frühstücksutensilien mächtig Lärm. Es dauerte nicht lange, bis sich alle an den Steintischen versammelt hatten. Obwohl es eine kurze Nacht gewesen war, war die Stimmung fröhlich und alle bedankten sich freundlich bei Karina für das Frühstück. Sie saßen um die beiden Tische herum und aßen genüsslich. Nur Karl bekam keinen Bissen herunter, ihm war schlecht, er war verkatert und hatte unruhig geschlafen. Der übermäßige Alkoholgenuss vom Vortag setzte ihm wieder mal zu, er hatte wieder dieses Augenflimmern, von dem Fusel, wie er meinte. Deshalb trank er nur Kaffee. Nachdem er sich etwas erholt hatte, fragte er unbeholfen und ein wenig reserviert in die Runde:

„Ist Pieter noch nicht da?"

Alle lachten.

„Natürlich nicht", antwortete Karina, „der kommt auch nicht mehr, der ist schon längst zu Hause."

Erschrocken wollte Karl wissen: „Sollen wir alle in einem Auto nach Hause fahren?"

Diese Frage war für alle Anwesenden leicht zu beantworten, lachend teilten sie ihm mit, dass es doch keine andere Möglichkeit gäbe. Außerdem wäre das doch kein Problem, sie würden sich schon klein genug machen. Marie lächelte Karl an und sagte:

„Schatzi, wir sind hier in Afrika, so beengt fahren wir öfter."

Doch er blieb besorgt: „Hoffentlich werden wir nicht angehalten." Erneut erntete er Gelächter.

„Von wem denn?", meinte Willem spitz. „Etwa von der Polizei? Die Schwarzen fahren doch alle so."

Karl dachte weniger an die namibische Polizei, sondern hatte größere Angst vor der UN-Militärpolizei. Er kannte die Dänen, die die Rolle der Militärpolizisten in dieser Friedensmission übernahmen, denn sie brachten ihre Autos zur Reparatur immer zu ihm in die UN-Werkstatt. Sie würden ihn bestimmt nicht bei Vorgesetzten melden oder mit einer Strafe belegen, aber sie könnten den UN-Kollegen in Otjiwarongo davon erzählen und ihn wieder einmal mehr der Lächerlichkeit aussetzen.

Nachdem das ganze Gepäck in dem kleinen Golf verstaut war – einiges davon passte nicht in den Kofferraum, es musste irgendwie im Inneren untergebracht werden –, zwängten sich alle zehn Personen in das Auto. Karina hatte das Baby auf dem Arm. Karl fuhr den Wagen bis zur Rezeption, stieg aus und bezahlte. Dann bog er auf die Straße, doch wegen der beengten Situation im Auto konnte er kaum schalten. Nur mit Mühe war es ihm möglich, den vierten Gang einzulegen. Zum Glück ging es jetzt nur noch geradeaus in Richtung Otjiwarongo. Lediglich zweimal musste er noch die Gänge wechseln, einmal, als er durch den kleinen Ort Outjo fuhr und ein anderes Mal, als eine Rotte Warzenschweine die Straße überquerte. Die Kinder sangen während der Fahrt Lieder mit den Titeln „Blue Train und Buschmannland". Als die beiden Frauen anfingen, Gospelsongs zu singen, änderten die Kinder ihren Text und alle sangen laut „Halleluja, Halleluja, Hal-le-lu-ja".

Endlich, nach über zwei Stunden Fahrzeit, erreichten sie Otjiwarongo. Vor dem Haus von Karina saß Pieter auf der Veranda und trank genüsslich ein Bier. Zufrieden sah er dabei zu, wie Karina und die Kinder aus dem Golf ausstiegen, wie Karl half das Gepäck zu entladen und es mit ins Haus zu tragen. Er rührte keinen Finger.

Abmahnung und Morddrohung

Da Karl bei Marie übernachten durfte, war er am Morgen gut gelaunt. Alois sprach diesmal sogar am Frühstückstisch mit ihm, denn seine Neugier war größer als seine frühmorgendliche Zerknirschtheit. Er wollte wissen, wieso Karl mit dem Golf fuhr. Karl schilderte ihm den Vorfall mit den Perlhühnern.

„Das könnte Ärger mit Erich geben! Einfach mit einem fremden Auto ins Wochenende zu fahren, das wird er nicht akzeptieren. Ich hoffe, das wird mir nicht auch zum Nachteil", sagte Alois mit Unbehagen in der Stimme.

Karl war über die Äußerung erstaunt: „Wieso solltest du Nachteile haben? Ich bin doch das Auto gefahren."

15 Minuten vor Arbeitsbeginn machten sie sich auf den Weg zur Werkstatt, Karl mit dem Golf und Alois mit seinem Cruiser. Am UN-Gebäude angekommen, gingen sie sofort ins Büro ihres Chef und grüßten ihn höflich. Erich dagegen knurrte die beiden mürrisch und unfreundlich an. Karl befürchtete nach solch einer Begrüßung das Schlimmste, seine Gedanken waren beim Golf. Er weiß es also schon, schoss es ihm durch den Kopf. Erich forderte die beiden Mechaniker auf, sich zu setzen. Alois setzte sich sofort, doch Karl wollte lieber stehen. Der Chef verlangte mit Nachdruck von ihm: „Setz dich!" Er folgte dieser Aufforderung nur ungern, im Stehen fühlte er sich sicherer, besser noch beim Hin- und Herlaufen. Dabei fand er immer gute Argumente. Es half nichts, er musste gehorchen und sich setzen. Erich schaute Karl grimmig an, holte tief Luft und fing an zu sprechen:

„Der Mann von deiner Freundin Marie, so heißt sie doch, war im UNTAG-Hauptquartier in Windhoek und hat sich bitterböse über dich beschwert. Er wird es nicht zulassen, dass du ihm seine Frau ausspannst. Er will, dass die UN dich entlässt, und ..."

Erich wollte weitersprechen, doch Karl fiel ihm empört ins Wort:

„Aber der Typ, der sich Maries Mann nennt, hat sie und die Kinder schon vor Monaten verlassen! Er zahlt keinen Cent Unterhalt an seine Familie, Marie und die Kinder wissen noch nicht einmal, wo sich der Kerl aufhält!"

Erich hob nun seine Stimme: „Der UN ist das doch egal, wo, wie und warum der seine Familie verlassen hat. Wir haben hier eine Friedensmission durchzuführen und solche undurchsichtigen Beziehungen von UNTAG-Mitarbeitern schaden der Sache, weil sie die UN bei der lokalen Bevölkerung in Misskredit bringen. In Zukunft verbiete ich dir, Freunde, insbesondere Marie und ihre Kinder, in UN-Fahrzeugen mitzunehmen. Außerdem habe ich dir nur eine Abmahnung geschrieben. Du kannst froh sein, dass du nicht nach Hause geschickt wirst. Ich habe mich für dich im Hauptquartier eingesetzt, weil du in der Werkstatt gute Arbeit leistest. Wäre das nicht der Fall, würdest du heute deine Sachen packen und schon am Donnerstag nach Deutschland fliegen."

Ganz nebenbei teilte Erich Karl noch mit, dass Maries Mann gedroht habe, ihn umzubringen, sollte die UN ihn nicht entlassen. Voller Sorge und Mitgefühl fügte er hinzu:

„Pass auf dich auf!"

Bedrückt nahm Karl die Abmahnung entgegen, überflog sie kurz und ging mit dem Zettel in der Hand hinaus auf den Gang. Dort traf er auf Viktor, den ungarischen Chef der UN-Polizei in Otjiwarongo, der ihn sogleich ansprach:

„Ich weiß schon Bescheid, Karl. Sobald sich Maries Mann in Otjiwarongo sehen lässt, werden wir ein Auge auf ihn werfen. Sei trotzdem vorsichtig!"

Nun wusste Karl, dass dieser Fall – sein Fall – bei der UN und dem DED die Runde gemacht hatte.

Gegen Mittag betrat Nadeschda, die Nutzerin des UN-Golfs, mit dem Karl auf Wochenendtour gewesen war, die Werkstatt. Die Russin, die in Windhoek in der UN-Verwaltung beschäftigt war, fragte sichtlich gut gelaunt nach ihrem Fahrzeug. Karl erklärte ihr, dass das Fahrzeug in einem guten technischen Zustand wäre, und erläuterte ihr, was er alles an Serviceleistungen erbracht hätte. Abschließend fügte er hinzu, dass er das Auto vollgetankt hätte. Kleinlaut und nur ganz nebenbei erwähnte er, dass er mit dem Golf übers Wochenende im Etosha Nationalpark gewesen wäre. Nadeschda fragte nicht nach dem Warum. Es schien ihr egal zu sein, wichtig für sie war allein, dass alles im Fahrtenbuch eingetragen war. Da es das noch nicht war, holte Karl es nach. In das Feld für die Begründung der Fahrt trug er „Duty" ein. Die Kundin bedankte sich und fuhr mit dem Wagen aus der Werkstatt und gleich weiter nach Windhoek.

Kurz vor Feierabend rief Erich mal wieder aus seinem Bürofenster nach den beiden Mechanikern. Alois und Karl marschierten gemächlich aus ihrer Werkstatt hinüber zum Fenster. Schon ganz in Feierabendlaune fragte der Chef:

„Kommt ihr mit zur ‚Schwarzenbar' in den Hamburgerhof?"

Die zwei sagten zu. Dort angekommen, bestellte Erich gleich drei doppelte Whiskys. Als Karl meinte, dass er ein Bier trinken wollte, erwiderte der Rundenzahler, dass er das nicht ausgeben würde:

„Wenn du Bier trinken willst, musst du selbst bezahlen."

Karl entschied sich dann doch für den Whisky. Zufrieden mit dieser Wahl konzentrierte Erich sich auf das für ihn Entscheidende, er sprach erneut die Beziehungsgeschichte zu Marie an:

„Lass die Finger von dieser verheirateten Frau mit ihren vielen Kindern! Das bringt dir nur Ärger. Verbring deine Wochenenden besser mit Alois auf der Farm von Uschi und Bernie."

Karl hatte schon mal ein Wochenende auf dieser Farm verbracht. Er erinnerte sich mit Schaudern an seine Erlebnisse dort:

„Das sind Rassisten dort! Mit denen kann ich es keine fünf Minuten aushalten. Schwarze nennen sie Kaffer, die SWAPO sehen sie, auch noch heute nach der Wahl, als ihren Feind und beschimpfen sie als

Terroristen. Und dann brüsten sie sich mit ihren früheren Schandtaten gegen die SWAPO. Sie finden es sogar gut, dass einer ihrer Nachbarn einen wehrlosen Schwarzen erschossen hat, der sich unbefugt auf dem Farmgelände aufgehalten hatte. Es hätte ja ein Terrorist sein können, meinten sie."

Nun mischte sich auch Alois ein: „Die Leute brauchen etwas Zeit. Nach all den Jahren der Feindbildung geht es nicht so schnell mit der Toleranz. Und wir ‚neuen Weißen' können dabei helfen, aber auch das braucht Zeit."

Für Karl war der Aufenthalt auf dieser Farm Horror gewesen, er wollte nicht mit solchem Rassismus belästigt werden. Für sein Verständnis war er Entwicklungshelfer in einem unabhängigen, demokratischen und neuen Namibia. Er wünschte die Unbelehrbaren zum Teufel oder, wie er oft zu sagen pflegte, auf die Müllhalde der Geschichte. Erich meinte dazu nur „Wildes Land, wilde Menschen" und bestellte noch mal drei doppelte Whiskys. Diesmal wehrte Karl sich heftiger dagegen, bestellte ein Bier und fügte hinzu:

„Das bezahle ich selbst!"

Bevor der Barkeeper, der die Diskussion seiner Gäste aufmerksam verfolgt hatte, die Getränke einschenkte, legte er eine Kassette von Miriam Makeba in den Rekorder. Laut ertönte „Pata Pata". Langsam füllte sich die Bar mit Menschen, bunt gekleidete junge Frauen und Männer mit SWAPO-T-Shirts brachten gute Stimmung mit. Erich bezeichnete sie als die „SWAPO-Elite von Otjiwarongo". Die drei Männer blieben die einzigen Weißen. Erich und Karl sprachen mit einigen SWAPO-Aktivisten und stellten schnell fest, dass ihre politischen Einstellungen sehr nahe beieinanderlagen. Besonders Karl traf mit seinen politischen Ansichten den Konsens und wurde für sein geschichtliches Wissen gelobt. Erich dagegen war ganz UN-Diplomat und stellte die Neutralität der UN-Mission in den Mittelpunkt seiner Ausführungen:

„Na ja, erst mal abwarten, ob der Frieden hält und das Land stabil bleibt."

Ein SWAPO-Funktionär machte ihn darauf aufmerksam, dass die Wahlen vorbei seien und die SWAPO der klare Sieger sei, er könne jetzt Farbe bekennen, da die UN-Mission so gut wie vorbei sei. Daraufhin bezog Erich Stellung und äußerte sich zufrieden über den Wahlsieg der SWAPO:

„Ich hoffe, dass die neue Regierung die Minderheiten im Land nicht unterdrückt. Sam Nujoma schätze ich als einen realistisch denkenden Politiker ein, der die Meinung der Weltöffentlichkeit achten wird."

Alois kümmerte sich derweil mehr um die bunt gekleideten Frauen, mit denen er sich Späße machend an einem Tisch unweit des Tresens unterhielt. Manchmal konnten Erich und Karl ein kurzes Kichern einer der Frauen hören. Alois setzte all seinen Charme ein, um die Frauen zu unterhalten.

Der Gesang von Miriam Makeba dröhnte laut durch die Bar: „In Namibia a luta continua, a luta continua, continua, continua. In South Afrika a luta continua, a luta continua, continua, continua." Alle sangen mit, Erich am lautesten.

Spät in der Nacht verließen die drei betrunken die Bar und machten sich auf den Heimweg. Alois und Karl brachten erst Erich nach Hause, bevor sie schwankend weiter durch die dunklen Straßen Otjiwarongos liefen, vorbei an Maries Haus und den kläffenden Hunden, die sie in ihrer Trunkenheit nur schwach wahrnahmen.

Trotz der Umstände erschienen am nächsten Tag alle pünktlich an ihrem Arbeitsplatz. Gegen Mittag trafen die Ersatzteile für den Landcruiser ein, die Erich in der Zentralwerkstatt in Windhoek am Vortag telefonisch bestellt hatte. Noch am selben Tag setzte Karl den Scheinwerfer und das Blinklicht ein und machte sein Fahrzeug wieder einsatzbereit.

Erst einige Tage später ließ sich Karl wieder bei Marie und den Kindern blicken. Marie, die verwundert darüber war, dass er so lange nicht mehr bei ihnen gewesen war, zeigte sich erfreut und ließ sich nichts anmerken. Wie immer begrüßte sie ihn mit „Hallo Schatzi". Mit den Kindern spielte er im Garten Fußball und, als es dafür zu dunkel wurde, wie so oft „Mensch ärgere dich nicht" im Haus. Nachdem die Kleinen ins Bett gegangen waren, setzten sich die Erwachsenen noch nach draußen. Karl erzählte Marie von den Beschwerden ihres Mannes Antonie im UN-Hauptquartier in Windhoek. Er ließ auch nicht aus, dass dieser gedroht hätte, ihn umbringen zu wollen, falls die UN ihn nicht entlassen und nach Deutschland zurückschicken sollte. Marie musste darüber laut lachen:

„Der ist doch viel zu feige, da mach dir mal keine Sorgen!"

Karl berichtete auch, dass Erich ihm verboten hätte, sie und die Kinder noch mal in UN-Fahrzeugen mitzunehmen. Marie umarmte in sehr liebevoll, streichelte ihm über die Wange, küsste ihn zart auf den Mund und sagte: „Um glücklich zu sein, brauchen wir keine UNTAG-Autos."

Barbecue und Gottesdienst

Für den darauffolgenden Samstag hatte Marie eine Einladung von einer Bekannten zum Barbecue bekommen. Sie bat Karl, sie dahin zu begleiten. „Ein Auto brauchen wir dafür nicht. Die Bekannte wohnt in Otjiwarongo, nicht besonders weit von hier", erklärte sie. Außerdem bat sie ihn darum, sie endlich einmal am Sonntag in die Kirche zu begleiten. Karl sagte ihr für das Barbecue ohne Zögern zu, den Kirchenbesuch allerdings wollte er sich noch überlegen.

Am frühen Samstagabend machten sich die beiden zu Fuß auf den Weg zu der Bekannten. Marie, die ihre besten Kleider angezogen hatte, stapfte unbeholfen mit ihren unbequemen Stöckelschuhen neben Karl am Straßenrand daher. Glücklicherweise erreichten sie nach wenigen Minuten ihr Ziel. Marie stellte Karl ihrer Bekannten und deren Freunden als UN-Mitarbeiter und guten Freund vor. Höflich bedankte dieser sich für die Einladung und überreichte der Gastgeberin eine Flasche teuren südafrikanischen Wein. Marie wäre es lieber gewesen, ihr Begleiter hätte einen Blumenstrauß überreicht, doch der einzige Blumenladen in Otjiwarongo hatte aus unerklärlichen Gründen an diesem Samstag geschlossen gehabt. Die beiden wurden durch den Flur und das Wohnzimmer in einen Hof geführt, den Karl sehr einengend fand. Er war klein und von einer hohen Mauer umgeben, außerdem war er unaufgeräumt und für einen Grillabend nicht einladend. Karl erinnerte sich an die Worte von Frau von Maerz, die den Buren Schlampigkeit vorgeworfen hatte. Andere Gäste saßen schon um einen großen Tisch, unter ihnen auch Karina und ihr Mann Pieter. Marie wurde von allen Seiten bewundert, sie war zurechtgemacht und gekleidet als wollte sie zum Wiener Opernball, tatsächlich aber saß sie in einem schmuddeligen Hinterhof in Otjiwarongo. Schnell merkte sie, dass ihre Kleidung für einen Grillabend, auch wenn er hier Barbecue genannt wurde, nicht passend war. Es war ihr sogar ein wenig peinlich, denn sie erkannte, dass hinter der geäußerten Bewunderung Häme steckte. Der Freund von Maries Bekannter kümmerte sich ums Grillfeuer und Pieter gab ihm Ratschläge, ohne sich aber von seinem Stuhl zu erheben. In einer Ecke stand ein in der Mitte durchgeschnittenes Plastikfass gefüllt mit Eisbrocken, Bier- und Limonadendosen. Die Gastgeberin wies Karl und Marie zwei Plätze auf wackeligen Stühlen zu, zeigte auf das Fass und sagte schlicht: „Selbstbedienung."

Es wurde Afrikaans gesprochen, weshalb Karl nur wenig verstand, er horchte aber auf, als die Worte „Kaffer" und „weißer Kaffer" fielen. Er schaute entsetzt und fragend die neben ihm sitzende Marie an. Diese entzog sich seinem Blick und bat die Diskutierenden, sich über andere Dinge als Politik zu unterhalten. Außerdem sei es doch besser, Englisch zu sprechen, dann könnte auch Karl verstehen und mitreden. Der Freund der Gastgeberin, der am Grill stand und das Feuer schürte, sagte auf Englisch:

„Wir können auch so reden, dass dein UNTAG-Freund versteht, dass wir Buren noch nicht geschlagen sind. Wir werden den Kaffern in diesem Land noch zeigen, was Buren-Power bedeutet. Auch den weißen Kaffern werden wir Feuer unter ihren Hintern machen, sie werden enden wie Anton Lubowski*."

Karl fragte ruhig in die Runde: „Seid ihr der gleichen Meinung?"

Während die anwesenden Frauen zurückhaltend und zögerlich waren, antworteten die Männer sofort:

„Natürlich, wir lassen uns von den Kaffern nicht das Land wegnehmen!"

Karl entgegnete: „Wer von euch besitzt denn Land?"

Wie sich herausstellte, verfügte keiner der Anwesenden über Grundbesitz, sie waren Handwerker, Kaufleute, Post- und Bankangestellte. Der Wortführer am Grill ergänzte:

„Das Land sind wir, wir Weißen! Wir bestimmen, wo es langgeht, so, wie es unsere Väter und Vorväter machten."

Karl hätte klein beigeben können, einfach alles überhören, vielleicht hätte sich die angespannte Situation dann beruhigt. Doch er versuchte mit für ihn vernünftigen Argumenten wenigstens einen Teil der Anwesenden zu Einsicht, Fairness und Menschenrechtlichkeit zu bewegen. Er verwies auf die demokratische Wahl, die für zivilisierte Staaten üblich sei. Der Ausgang dieser freien Wahlen in Namibia hätte nun mal gezeigt, dass die Mehrheit des Volkes die SWAPO als stärkste Partei und Sam Nujoma als Präsidenten wünschte. Doch Karls zurückhaltende Rede beruhigte die Gemüter nicht, insbesondere der Freund der Gastgeberin wurde immer aggressiver und beschimpfte ihn als „weißen Kaffer" und „kommunistische Sau". Karl hielt sich nun nicht mehr zurück, er nannte ihn rassistisch, unbelehrbar und Abschaum der Menschheit. Der Mann am Grill wurde daraufhin noch zorniger, griff zu einer halb vollen Bierdose und warf sie mit voller Wucht in Karls Richtung. Aber da Karl gut aufgepasst hatte und konzentriert war, gelang es ihm, die Bierdose mit seiner rechten Hand aufzufangen und sie mit genauso viel Schwung zurückzuwerfen. Es schepperte blechern, ein Volltreffer. Der Getroffene fasste sich kurz an die Stirn, dann stürzte er sich wutentbrannt auf Karl. Noch bevor der sich wegducken konnte, traf ihn eine Faust voll aufs rechte Auge. Mit der Kraft seines ganzen Körpers gelang es ihm aber, den Angreifer umzustoßen. Der Freund der Gastgeberin fiel wie ein Sack um, mit seinem Kopf direkt auf einen Stapel Holz, der für das Grillfeuer gebraucht wurde. Entsetzen breitete sich auf den Gesichtern der Gäste und der Gastgeberin aus. Schnell hatte sich der Umgestoßene jedoch wieder erholt, er stand auf, fasste sich mit der rechten Hand an den Hinterkopf und mit der linken an die Stirn. Er hatte nun zwei Beulen, eine hinten und eine vorne. Karl fasste Marie kräftig an ihrem Arm und sagte zu ihr:

„Komm, wir gehen!"

Beim Verlassen des Hauses schaute sie unschuldig und um Verzeihung bittend ihre Bekannte an. Vom Hof her ertönten noch Schmährufe. Marie verstand die in Afrikaans gerufenen Worte.

„Ihr seid eine Schande für die weiße Rasse."

Karl war nach dem Kampf mit dem Buren noch ganz wackelig auf den Beinen. „Wie kannst du nur zu solchen Leuten gehen und noch schlimmer mich zu diesen Wahnsinnigen mitnehmen?", wurde Marie von ihm angefaucht.

Sie antwortete ganz bestürzt: „Aber Schatzi, ich wusste doch nicht, dass das solche Rassisten sind!"

Maries ungelenker Gang wegen ihrer Stöckelschuhe wurde nun zusätzlich dadurch beeinflusst, dass sie missmutig war. Sehr unelegant wackelte sie neben Karl her. Sie ärgerte sich über ihre Naivität und ihr Unvermögen, die großen Unterschiede zwischen ihren Bekannten und Karl richtig einzuschätzen. Ja, mit Pieter und Karina, das passte gerade noch, aber die anderen, nein, das hätte sie wissen müssen, dass es da Probleme geben würde. Ihr Gang wurde immer schleppender, oft knickte sie um. Nach wenigen Minuten erreichten sie die Straße, die Karl morgens stets mit Schaudern durchlief: die Straße der beißenden Kläffer. Obwohl es noch früh am Abend war, hatten die Hundebesitzer schon Vorsorge getroffen gegen potenzielle Einbrecher, die Biester sausten frei im Garten umher und griffen wie immer bellend die Vorbeilaufenden an. Marie zog schnell ihre Schuhe aus und rannte davon, die Hunde flitzten ihr knurrend und bellend hinterher. Nun nahm auch Karl die Beine in die Hand, um seiner Freundin zu Hilfe zu eilen, schließlich hatte er Erfahrung mit den Kötern. Die kleinen Bestien holten Marie schnell ein, einer biss sie in die Wade. Laut schrie sie auf. Karl schnellte heran und trat dem Beißer kräftig ins Hinterteil. Der flog jaulend einen Meter durch die Luft. Ängstlich und sichtlich beeindruckt verschwanden die Hunde wieder durch das Loch im Zaun in den Garten.

Maries Gang war nun noch plumper und ungelenker. Angeschlagen wie sie waren, Karl mit einem geschwollenen Auge und Marie barfuß mit den Stöckelschuhen in der Hand, erreichten sie humpelnd und voller Erleichterung den Vorgarten des Hauses. Die Kinder, die sich im Garten aufhielten, schauten die Heimkehrer entsetzt und fragend an. Marie wartete gar nicht erst auf die Fragen.

„Ein Hund hat mir in die Wade gebissen", sagte sie mit schmerzverzerrtem Blick, aber auch etwas lächelnd. Paula sah Karl an. Noch bevor sie fragen konnte, was ihm passiert sei, antwortete er voreilig mit leicht ironischem Ton:

„Ein Bekannter eurer Mutter hat mir aufs Auge gehauen." Voller männlichem Stolz fügte er hinzu: „Ich habe aber dafür gesorgt, dass der zwei Beulen am Kopf hat, eine vorne an der Stirn und eine am Hinterkopf."

Die Kinder wurden neugierig, sie wollten die ganze Geschichte hören. Karl und Marie erzählten sie ihnen. Nachdem sie die Geschichte von ihrem Abend beendet hatten, meinte Paula:

„So denken noch viele Buren und auch Deutsch-Südwester. Vielleicht war der Mord an Lubowski nur der Auftakt für weitere Anschläge gegen führende SWAPO-Mitglieder, in der Schule wird darüber geredet."

Karl und Willem entzündeten ein Feuer am Grill, während Marie mit ihrem Auto Hühnerkeulen vom Portugiesen besorgte. Paula und Anne bereiteten mit Tomatenscheiben belegte Brote zu. Sie machten sich noch einen schönen familiären Abend im Garten. Auch dabei wurde viel über die Zukunft des südlichen Afrikas gesprochen. Maries Kinder, die bisher in einem Apartheidsystem aufgewachsen waren, erstaunten Karl mit ihrer moralischen Einstellung. Sie waren für die Gleichberechtigung aller in Namibia lebenden Völker, das hatten sie von Marie und ihrer Pfingstkirche gelernt, die auch über viele schwarze Mitglieder verfügte. Die rassistischen Positionen der Burenkirche, deren Anhänger sich im südlichen Afrika als das Volk Gottes des Neuen Testaments ansahen, lehnte sie ab. Für sie waren alle Menschen gleich, so wie es Jesus verkündet hatte. Karl äußerte seine These, dass Nelson Mandela bei freien Wahlen in Südafrika wahrscheinlich als Präsidentschaftskandidat für den ANC antreten würde. Freie Wahlen hielt er nur noch für eine Frage der Zeit. Mandela war endlich aus dem Gefängnis entlassen und der ANC als politische Partei wieder zugelassen worden. Bei Willem und Paula fand er keine Zustimmung, er wurde sogar ausgelacht.

„Nie", so Paula, „würden die weißen Südafrikaner zulassen, dass Terroristen die Macht erhalten."

Karl wandte ein, dass auch die SWAPO und Sam Nujoma als Terroristen beschimpft wurden, aber nun in Namibia das politische Sagen hätten. Sie antwortete ihm, bei ihnen wären es die Zwänge der UN gewesen, Südafrika würde sich diesen Zwängen aber entziehen können. Karl wunderte sich, wie eine 13-Jährige über so viel politisches Wissen verfügen und dennoch so eine widersprüchliche Aussage machen konnte. Auf der einen Seite war sie für freie Wahlen und die Gleichberechtigung der Völker, die Wahl in Namibia akzeptierte sie, auf der anderen Seite aber sollte der herrschende Zustand in Südafrika beibehalten werden. Karl fragte sich, wo dies wohl herstammen könnte, und machte die Lehrer in der Schule dafür verantwortlich. Seiner Meinung nach waren auch sie sich nicht im Klaren darüber, was in dieser Region passierte. Wahrscheinlich verdrängten sie, dass die Herrschaft der Weißen unwiederbringlich vorbei war. Sie klammerten sich an das Schicksal Südafrikas und zogen ihre Schüler mit in den Sog ihrer falschen Hoffnungen.

Karl durfte in dieser Nacht erstmals offiziell im Haus übernachten. Marie richtete ihm im Wohnzimmer eine Schlafgelegenheit ein. Nachdem die Kinder zu Bett gegangen waren, verschwanden auch die Erwachsenen in ihren Zimmern. Karl blieb allerdings nur kurz in seinem Provisorium, schon bald suchte er Maries Nähe und tauchte ab in die Liebkosungen und Zärtlichkeiten seiner Freundin.

Schon früh am Morgen wurden sie alle von Marie geweckt:

„Aufstehen! Fertigmachen für den Gottesdienst", tönte es schrill durch das Haus.

Karl schrak hoch: Oh nein, nur das nicht! Er blieb erst mal im Bett liegen und wartete ab, bis sie sich erneut bei ihm meldete. Das dauerte nicht lange. Behutsam, aber deutlich erklärte sie ihm, dass sie von ihm in die Kirche begleitet werden wollte, so, wie es abgesprochen war. Karl stellte klar, dass er nicht versprochen hätte, dass er mitginge, er hätte es nur in Aussicht gestellt. Außerdem könnte er doch nicht mit so einem blauen Auge in die Kirche gehen. Marie beugte sich zu ihm hinunter und begutachtete das Veilchen. Sie lächelte dabei und sagte:

„Wirklich, das ist ganz schön angelaufen."

„Siehst du", nickte Karl, „es ist unmöglich, mit so einem Auge in die Kirche zu gehen. Wie sieht das aus, was soll denn der Pfarrer darüber denken?"

„Aber Schatzi, kein Mensch wird nach deinem verletzten Auge fragen und wenn, dann sag die Wahrheit. Die Schwarzen in unserer Kirche werden sich freuen und dich loben, weil du dich für sie eingesetzt hast. Übrigens gibt es bei uns keine Pfarrer, die heißen Prediger."

Als Karl sah, dass die Kinder alle in ihrer besten Kleidung in der Küche erschienen, selbst der kleine John hatte einen Anzug an und seine Mutter band ihm sogar eine Fliege um den Hals, witterte er neue Hoffnung, dem ungewollten Kirchgang doch noch zu entgehen.

„Ihr seid alle so gut angezogen. Ich habe nur Jeans an, da falle ich doch sofort negativ auf."

„So wichtig ist das nicht, Schatzi", schmetterte Marie sein Argument ab.

Es nützte nichts, er konnte nichts vorbringen, was Marie nicht zurückwies. Er musste mitgehen in die Kirche, sonst würde er die Familie enttäuschen.

Gemeinsam fuhren sie mit Maries altem und verkehrsuntauglichen Ford zur Kirche der Pfingstgemeinde. Das Gebäude sah nicht aus wie eine Kirche, es war ein kleiner hässlicher Betonbau aus den 70er-Jahren, der keinen Kirchturm und nur eine schlichte Einrichtung hatte. Bevor der Gottesdienst begann, begrüßten sich die Gemeindemitglieder lebhaft und freundlich, man kannte sich. Marie stellte Karl als einen Freund der Familie und deutschen UNTAG-Mitarbeiter vor. Er wurde freundlich mit Handschlag begrüßt, auch vom Prediger. Niemand sprach ihn wegen des blauen Auges an. Mit lautstarken und inbrünstigen, von den Kirchgängern gesungenen Gospelsongs, zu denen geklatscht und getanzt wurde, begann das „Spektakel". Insbesondere die wenigen schwarzen Anwesenden taten sich beim Tanzen, Singen und Klatschen hervor. Dann trat der Prediger vor die Gemeinde und der Gesang verstummte. Karl kam das alles wie eine Ewigkeit vor, er fühlte sich fehl am Platz und wollte weg. Die Predigt wurde in Afrikaans gesprochen. Karl verstand einige Worte wie „Marie und Karl", „Enthaltsamkeit" und „Antonie", den Namen von Maries Mann. Es wurde ihm immer unwohler. Er ahnte, dass in einem Teil dieser Predigt die Geschichte von Marie und ihm erzählt wurde, und er nahm an, dass sie dem Prediger diese Geschichte erzählt hatte. Wer auch sonst? Nach fast einer Stunde, in der nach Karls Schätzung sicher auch über die privaten Schicksale anderer Gemeindemitglieder gesprochen worden war, begann wieder der Gesang, das Klatschen und Tanzen. Nun steigerte es sich noch, manche fielen in Trance, ihre Körper zitterten und machten unkontrollierte Bewegungen. Karl war geschockt, als er sah, wie auch Marie Bewegungen ausführte, die nur in einem aus der Wirklichkeit entrückten Zustand geschehen konnten. Er schaute auch nach den Kindern, die allerdings verhielten sich zurückhaltend, fröhlich und teilnehmend, aber nicht betört oder fern der Realität. Endlich, nach fast drei Stunden, forderte der Prediger die Gemeinde auf, das Vaterunser zu beten. Danach wurde nochmals aus vollem Halse gesungen, das war der Schlussakkord. „Halleluja, Jesus, Halleluja."

Noch im Auto auf dem Nachhauseweg stellte Karl Marie zur Rede. Er wollte von ihr wissen, wieso sie dem Prediger solch intime Informationen gäbe. Sie beantwortete seine Frage nicht, stattdessen wich sie ihr aus. Sie sprach über die gute Predigt und dass Karl sehr gut dabei weggekommen wäre.

„Nicht wahr, Kinder?", fragte sie in die Runde.

Die Kinder, die beengt auf der Rückbank saßen, stimmten ihr desinteressiert zu. Karl ließ nicht locker:
„Was meinte er mit Enthaltsamkeit?"
„Aber das kannst du dir doch denken."
Die Kinder kicherten. Direkt nachdem Marie das Auto auf den Hof gefahren hatte, machte Karl, noch bevor er ausstieg, ihr klar, dass er sich ins DED-Haus zurückziehen wollte. Sie schaute ihn enttäuscht und verständnislos an, erwiderte aber:
„Wie du willst. Du bist ein freier Mann, wir sind ja nicht verheiratet."
Karl holte sich seinen Toyota und fuhr über 150 Kilometer nach Okahandja in ein deutsches Restaurant zum Essen. Auf der Hin- und Rückfahrt und auch während des Essens dachte er über seine Beziehung zu Marie nach. Er stellte fest, dass es so nicht passte, er fühlte aber auch, dass er die Frau liebte. „Die Liebe aber ist das Höchste, sie hält allem stand." Am frühen Abend war er wieder zurück in Otjiwarongo im DED-Haus. Bald kam auch Alois von Bernies Farm zurück, sie setzten sich gemeinsam auf die Veranda des Hauses und tranken Bier. Alois erzählte von seinen Erlebnissen auf der Farm. Er berichtete begeistert von den vielen Tieren, die er bei seiner Rundfahrt zu sehen bekommen hatte: Kudus, einen Springbock und Oryxantilopen. Karl dagegen blieb wortkarg, er verarbeitete noch immer seine Erfahrungen aus der Pfingstkirche. Er erzählte zwar, dass er Marie und die Kinder in die Kirche begleitet hatte, über den Ablauf des Gottesdienstes verlor er aber kein Wort. Als Alois nach dem blauen Auge fragte, sagte er ausweichend:
„Das war die Küchentür in Maries Haus."

Karl alleine in der UN-Werkstatt

Noch vor Anbruch der Dunkelheit fuhr ein UN-Fahrzeug vor. Besuch von Erich und einem unbekannten Mann. Der Chef hatte einen 2,5-Liter-Weinkarton in der Hand und schrie Karl und Alois, die immer noch auf der Veranda saßen, zu:

„Hallo Freunde, ich sehe, euch geht es ja wieder gut."

Und noch auf dem Weg zur Veranda fügte er, den Karton hochhebend, hinzu:

„Alois, hol mal Weingläser aus dem Schrank!"

Dieser befolgte die Anweisung, machte sich sofort auf den Weg in die Küche und nahm Gläser aus dem Schrank. Allerdings keine Weingläser, denn die gab es in dem Haushalt nicht. Erich platzierte den Weinkarton auf der niedrigen Mauer der Veranda und öffnete ihn, sodass der Wein eingeschenkt werden konnte. Er murrte über die Gläser und meinte ironisch mit spöttischem Tonfall:

„Ihr seid schon genauso wild wie das Land! Macht aber nichts, wir trinken ja auch Wein aus einem Karton und nicht aus Flaschen."

Endlich stellte Erich den Mann vor, der ihn begleitete, der hatte bisher etwas unbeholfen und fremd auf der Veranda gestanden.

„Das ist Alfred, ein Freund aus Österreich. Er ist heute früh in Namibia angekommen, Alfred ist Jäger."

Alois füllte für jeden ein Glas mit Wein aus dem Karton, man prostete sich zu und trank. Gespannt warteten Alois und Karl darauf, den Anlass für den Besuch zu erfahren, denn ohne Vorankündigung besuchte Erich sie nicht, das wussten die beiden. Es musste einen wichtigen Grund geben. Doch Erich ließ sich Zeit und informierte seinen Freund erst mal über seine Mechaniker:

„Karl ist der mit dem blauen Auge. Wo hast du das denn überhaupt her?"

Ohne eine Antwort abzuwarten, plauderte er weiter:

„Er ist ein guter Mechaniker, er ist freundlich, links und alternativ eigentlich, aber naiv, das steckt ja in dem Wort ‚alternativ', Karl", so fuhr er fort, „hat hier in Otjiwarongo eine Freundin, die vier Kinder hat." In die Runde fragte er: „Ist das Sozialarbeit?"

Alois antwortete spöttisch: „Nein, das ist Entwicklungshilfe mit finanzieller Unterstützung."

Erich lachte laut auf, sah seinen österreichischen Freund an und sagte:

„Karls Freundin und auch ihre Kinder sind Weiße."

Alfred lächelte und meinte: „Dann kann das aber keine Entwicklungshilfe sein."

Nun lachten alle, sogar Karl lächelte, er war hart im Nehmen und hörte sich alles geduldig an. Als nächstes war Alois an der Reihe, Erich stellte ihn als den besten Mechaniker vor, den er je kennengelernt hatte.

„Ein großes Talent", betonte er. „Aber er ist einer, der jeder Frau hinterherschaut. Aber nicht nur das! Obwohl er eine Freundin in Deutschland hat und sie sogar heiraten möchte, nimmt der Haderlump keine Rücksicht auf seine Gesundheit."

Er ermahnte Alois nun ernsthaft, etwas zurückhaltender beim Sex zu sein. Zur Bekräftigung zitierte er eine Studie der WHO, die im Caprivi von 30 Prozent HIV-Infizierten ausging. Trotzdem die Gläser erneut mit Wein gefüllt wurden, blieb Erich ernsthaft.

„Wie ich euch ja vorhin schon gesagt habe, ist Alfred Jäger, und deshalb ist er auch hierhergekommen. Es wäre schön, Alois, wenn er auf der Farm von Bernie und Uschi jagen gehen könnte."

Alois meinte, dass das möglich wäre, allerdings müsste man frühzeitig Bernie und Uschi Bescheid sagen. Erich machte deutlich, dass dafür keine Zeit wäre, da Alfred in 14 Tagen schon wieder zurück nach Österreich müsste. Er schlug vor, dass man gleich am nächsten Morgen zur Farm fahren sollte, denn er konnte sich nicht vorstellen, dass ein unangemeldeter Besuch Probleme bereiten könnte. Da Bernie Montag bis Freitag in Otjiwarongo arbeitete, könnte man ihn ja dazu befragen.

„Natürlich musst du mit, Alois. Du kennst die Farm, du weißt, wo sich die Tiere aufhalten. Ich werde auch mitfahren, bei meiner Sekretärin habe ich mich schon abgemeldet. Ich mache ein paar Tage Urlaub."

Das Gesicht von Alois begann zu strahlen und freudig sagte er: „Das ist alles machbar."

Erich sah nun zu Karl hinüber, der sprachlos und überrumpelt dreinschaute.

„Du, Karl, musst die Stellung in der Werkstatt halten. Natürlich bekommst du auch deine freien Tage, wenn wir wieder zurück sind und die Arbeitsbedingungen es zulassen."

Er überlegte nur kurz und sagte: „In Ordnung."

Es wäre ihm auch nichts anderes übrig geblieben.

Karl musste am darauffolgenden Morgen alleine frühstücken, da Alois schon unterwegs war zur Farm in Otavi. Auf ihn wartete ein harter Arbeitstag, als er in der Werkstatt ankam, lauerten dort schon drei UNTAG-Mitarbeiter, die ihre Fahrzeuge für Reparatur und Service bei ihm abgeben wollten. Gegen Mittag wurden noch drei weitere Fahrzeuge zur Durchsicht und für kleinere Reparaturen zu ihm gebracht. Er arbeitete schnell, aber sorgfältig, ließ seine Mittagspause ausfallen und blieb länger. Erst als er das Pensum, das sonst zwei Mechaniker an einem Tag bewältigten, geschafft hatte, machte er Feierabend. Spätabends brach er auf zu Marie und den Kindern. An diesem Abend versprach er ihr, sich um ihren Ford zu kümmern, und bat sie, ihr Auto am nächsten Tag um die Mittagszeit zu ihm in die Werkstatt zu bringen. Da Erich und Alois nicht da wären, gäbe es kein Gemecker. Am darauffolgenden Tag kam Marie nach ihrer Arbeit in der Bäckerei mit ihrem Wagen zu Karl. Er hatte auch heute sehr viel zu tun und verzichtete wieder auf seine Mittagspause. Erst am späten Nachmittag kam er endlich dazu, sich um Maries Ford zu kümmern. Als er gerade dabei war, die Zündkerzen herauszuschrauben, klopfte ihm jemand von hinten auf die Schulter. Er erschrak, drehte sich um und erkannte einen Kollegen vom DED, der in der UN-Werkstatt in Grootfontein arbeitete.

„Hallo Karl, na – Schwarzarbeit?"

Karl begrüßte ihn schmunzelnd und bat den Kollegen, sich ins Auto zu setzen. Für die Kompressionsprüfung brauchte er Hilfe. Der Kollege kam diesem Wunsch nach und folgte den Anweisungen. Karl rief: „Starten!", und einen Moment später „Okay". Das wiederholte sich viermal. Gemeinsam sahen sich die Männer die Kompressionsscheibe an und stellten fest, dass der zweite und dritte Zylinder nicht über ausreichenden Kompressionsdruck verfügten. Für Karl keine Überraschung.

„Wo ist Alois?", fragte der Besucher aus Grootfontein.

„Der ist mit Erich unterwegs."

Karl wollte und konnte nicht sagen, dass die beiden auf einer Farm beim Jagen waren. Alois hatte ja keinen Urlaub. Hätte das der Beauftragte des DED erfahren, hätte Alois möglicherweise Schwierigkeiten bekommen. Außerdem hatte er selbst dieser illegalen Aktivität zugestimmt, sodass für ihn klar war, dass keiner vom DED davon erfahren durfte. Karl stellte die Ventile von Maries Auto ein und bat danach den Kollegen, sich nochmals in den Ford zu setzen. Um den Vorgang der Kompressionsprüfung zu wiederholen, hieß es wieder viermal „Starten!" und „Okay". Nach der Ventilkorrektur hatte sich der Kompressionsdruck des zweiten Zylinders zwar verbessert, beim dritten Zylinder tat sich aber nichts. Beide Mechaniker sahen sich das Kompressionsdiagramm an. Karl fragte seinen Besucher, ob er trotz dieses technischen Problems eine längere Fahrt mit dem Auto unternehmen würde.

„Nach Kapstadt hin und zurück würde ich damit nicht fahren wollen, nach Windhoek hin und zurück würde ich mich trauen. Allerdings nicht mit diesen Reifen", war die Antwort.

Karl war der gleichen Meinung: „Ich werde noch neue Zündkerzen und Verteilerkontakte einbauen und mal sehen, ob ich noch zwei gebrauchte oder runderneuerte Reifen bekomme. Dann ist der Wagen für kurze Strecken wieder fit."

Bevor der Kollege weiter nach Windhoek fuhr, gingen sie gemeinsam zum Essen in den Hamburgerhof und erzählten sich Neuigkeiten von ihren Einsatzorten. Als der Mann nochmals die Frage nach Alois stellte, erwiderte Karl:

„Wahrscheinlich sind Erich und Alois in die Außenstelle nach Okakarara gefahren, dort leben UN-Polizisten in Containern. Möglicherweise ist da was kaputt, meist sind die Wasserpumpen defekt. Ich war auch schon dort, weiß allerdings nicht genau, ob sie dort sind oder anderswo."

Marie war nicht besonders begeistert, als Karl ihr abends mitteilte, dass sie ihr Auto frühestens am nächsten Abend wiederhaben könnte.

„Ach Schatzi, ich kann doch nicht so früh am Morgen zur Bäckerei laufen!"

Karl bot ihr an, sie hinzufahren.

„Aber Schatzi, du darfst mich doch gar nicht mehr in dem UNTAG-Auto mitnehmen", entgegnete sie.

„Ja schon, aber Erich ist nicht in Otjiwarongo und außerdem sind das nur zwei Kilometer, das wird niemand erfahren."

Am nächsten Morgen verließ Karl das Haus gegen fünf Uhr, weil Marie ihre Beziehung immer noch vor den Nachbarn verstecken wollte. Eigentlich war dieses Vorhaben überflüssig, denn jeder wusste bereits über die Liebschaft Bescheid. Kurz vor acht Uhr kehrte er wieder zu ihr zurück, fuhr sie zu ihrer Arbeit und danach weiter in die UN-Werkstatt. Während seiner Mittagspause besorgte er Zündkerzen, Kontakte und runderneuerte Reifen für den Ford. Erst nachdem er die Arbeit für die UN erledigt hatte, nahm er sich Zeit für Maries Auto. Als er am späten Abend auch damit fertig war, holte er seine Freundin von zu Hause ab, fuhr mit ihr zur Werkstatt und übergab ihr den Ford.

Marie, die sehr froh war, ihr Auto in einem besseren Zustand wieder-

zuhaben, machte Karl den Vorschlag, übers Wochenende ihre Mutter und ihre Schwester in Windhoek zu besuchen.
„John nehmen wir mit, die anderen Kinder können alleine zu Hause bleiben. Ich denke, die sind alt genug."
Karl zögerte etwas und fragte: „Was soll das? Vor deinen Nachbarn versteckst du mich, aber deiner Mutter willst du mich vorstellen?"
„Das ist was anderes", erwiderte sie, „die Nachbarn sind Buren, die haben kein Verständnis für diese UNTAG-Mission und mögen deshalb keine UNTAGs. Außerdem bin ich noch verheiratet. Die Nachbarn kennen meinen Mann Antonie, sie sind mit ihm befreundet. Ich will nicht, dass mir deshalb bei der Scheidung Nachteile entstehen."
Maries Argument was die Scheidung betraf leuchtete ihm ein, was aber die UN-Mission anging, zweifelte er und fragte ironisch:
„Mögen die Deutsch-Südwester etwa die UNTAG und die SWAPO-Regierung?"
„Meine Mutter, meine Schwester und auch ich haben keine Probleme mit dieser Regierung", entgegnete Marie. „Es mag ja sein, dass viele Deutschstämmige diese Regierung nicht mögen, aber die vorherige, die Burische, mochten sie auch nicht."
Karl stellte Maries Ansicht infrage und so erzählte sie ihm einiges über ihre Familie mütterlicherseits:
„Meine Urgroßeltern stammten aus Thüringen, sie hatten eine kleine Farm in der Nähe von Karibib erworben. Der Onkel meiner Mutter hat die Farm von ihnen geerbt, hat sie aber dann verkauft. Ohne seine Geschwister auszuzahlen, ist er nach Deutschland zurückgekehrt, irgendwohin, ich glaube in den Schwarzwald. Mein Großvater war Bäcker, er hat in einer deutschen Bäckerei in Okahandja gearbeitet, dort ist auch meine Mutter geboren und aufgewachsen."
Marie fügte hinzu, dass ihre Mutter perfekt Deutsch spräche. Karl war darüber nicht verwundert, er hatte mittlerweile viele Deutschstämmige in Namibia kennengelernt, die akzentfrei und gut seine Sprache beherrschten, ohne jemals in Deutschland gewesen zu sein.

Marie erzählte Karl außerdem, dass sie bereits telefonisch mit ihrer Mutter über ihn gesprochen hätte. Daraufhin entschloss er sich, sie und John nach Windhoek zu begleiten, um ihre Mutter und ihre Schwester kennenzulernen.

Der Besuch bei Maries Mutter

Am nächsten Freitag gegen Nachmittag ging die Fahrt los. Nachdem die drei in das Auto eingestiegen waren, sprach Marie ein kurzes Gebet, auch John und Karl falteten die Hände und beteten mit. Das machten sie vor jeder Fahrt und Karl hatte sich längst daran gewöhnt. Es schadete ja niemandem, Hilfe erwartete er allerdings auch nicht. Marie, die ihren Ford nach der Reparatur zum ersten Mal außerhalb von Otjiwarongo fuhr, war begeistert:
„Der zieht viel besser und ich glaube, der fährt auch schneller."
Karl versuchte, ihren Eifer zu bremsen, und sagte, das Auto sei zwar nach der Reparatur für mittlere Strecken noch geeignet, aber um wirklich verkehrssicher längere Strecken fahren zu können, müsste noch viel gemacht werden. Marie entgegnete:
„Aber du bist doch Mechaniker, du kannst das doch machen."
„Ja", gestand er ein, „das kostet aber trotzdem viel Geld. Da müssen der Zylinderkopf überholt und die Ventile erneuert werden. Vielleicht muss sogar der Motor grunderneuert werden, besser noch wäre es, den Motor gegen ein neueres Modell auszutauschen, aber das ist trotzdem rausgeschmissenes Geld. Die Achsen, die Bremsen, die Stoßdämpfer – alles an diesem Auto ist gerade noch an der Grenze des Erlaubten. In Deutschland darf ein Fahrzeug mit solchen Mängeln gar nicht mehr auf die Straße."
„In Deutschland, Schatzi, haben alle viel Geld, hier nur einige wenige."
„Ja", ergänzte Karl bissig, „und die meisten davon sind weiß."
Marie sagte dazu nichts, sie beschleunigte das Tempo, sodass Karl sie darum beten musste, nicht schneller als 120 Kilometer pro Stunde zu fahren.
„Nur kurz, ich möchte austesten, was der an Endgeschwindigkeit bringt", wiegelte sie seine Bedenken ab.

Bei 140 Kilometern pro Stunde gab es plötzlich einen lauten Knall. Das Auto schlingerte und rumpelte. John rief laut und entsetzt von der Rücksitzbank: „Mama, Mama." Marie hielt das Lenkrad mit all ihrer Kraft fest. Karl, dessen Kopf nach dem Knall durch einen starken Ruck nach vorne an die Windschutzscheibe geflogen war, hielt sich jetzt an seinem Sitz fest. Marie war eine erfahrene Fahrerin und wusste, dass sie bei einer Reifenpanne nicht bremsen durfte. Damit der Wagen nicht ausbrechen konnte, ließ sie ihn ausrollen. Alle drei waren erleichtert, als das Auto endlich zum Stehen kam. Marie schaute Karl kreideweiß an und fragte ihn bestürzt, etwas vorwurfsvoll, aber verhältnismäßig ruhig:

„Schatzi, du hast doch neue Reifen aufgezogen?"

„Runderneuerte, nur runderneuerte", antwortete er.

Er wechselte das Rad, der Reservereifen, das wusste er, hatte so gut wie kein Profil, aber es blieb ihm nichts anderes übrig. Er begutachtete den Platten, konnte jedoch keine defekte Stelle finden, die von einem scharfen Gegenstand oder etwas ähnlichem herrührte.

„Aber warum ist denn der Reifen geplatzt?", fragte John.

„Keine Ahnung", seufzte Karl.

Marie mischte sich wieder mit dem Hinweis ein:

„Aber du bist doch Mechaniker."

Daraufhin gab er ihr ironisch und auch etwas zornig zurück:

„Frag den lieben Gott, der weiß doch alles."

Am frühen Abend kamen sie in Windhoek an. Marie steuerte ihren Ford auf das kleine Stück Autobahn, über das Namibia verfügte, denn dort wollte sie nochmals richtig Gas geben und ihr Auto ausfahren. Karl ermahnte sie heftig:

„Lass das sein! Der Reservereifen ist ohne Profil, das weißt du doch."

Sie hörte auf ihn und bremste ab. Kaum hatten sie eine Geschwindigkeit von 120 Kilometern pro Stunde erreicht, da sahen sie einen Familienverband Paviane die Straße überqueren. Marie musste stark bremsen. Während Marie und Karl nur froh waren, diese heikle Situation ohne einen Crash überstanden zu haben, und keinen Blick dafür hatten, war John sehr angetan von der Pavianfamilie. Er sah, wie das jüngste Mitglied von dem ältesten, dem Patriarchen, geschützt wurde. Der stand breitbeinig auf dem Asphalt, wie ein Polizist der Autos anhalten wollte, und wartete, bis auch der letzte Affe die Straße überquert hatte. Marie schaute hinüber zu Karl auf dem Beifahrersitz und lächelte ihn an. Ihr Lächeln war Entschuldigung und Danksagung zugleich. Am Ende der Autobahn, des Western Bypass, bog sie nach links und einige Meter weiter dann nach rechts ab zum Pioniers Park, zum Haus ihrer Schwester.

Die Begrüßung war sehr herzlich, Marie umarmte Mutter und Schwester ausgesprochen liebevoll.

„Warum besuchst du uns so selten, Marie?", fragte die Mutter zwar kritisch, aber dennoch darauf bedacht, nicht zu vorwurfsvoll zu klingen.

Die Tochter sah sie etwas verschämt an und sagte:

„Es ging nicht. Ich hatte wenig Zeit und die Geschichte mit Antonie hat mir auch zu schaffen gemacht. Ich habe dir das doch schon alles am Telefon erzählt."

John begrüßte seine Oma und seine Tante nur mit einem kurzen „Hallo" und verschwand mit seinen zwei Cousins im Garten. Dort stand eine Kinderschaukel, die ihn magisch anzog. Karl wartete zurückhaltend im Hausflur, er fühlte sich fremd. Endlich stellte Marie ihn vor:

„Das ist Karl, er ist Deutscher und arbeitet für die UNTAG. Er unterstützt mich, wo er nur kann, und ohne ihn wüsste ich nicht, wie ich meine Kinder und mich ernähren sollte."

Maries Mutter gab ihm die Hand und sagte in perfektem Deutsch:

„Ich freue mich, Sie kennenzulernen. Marie hat mir am Telefon einiges über Sie erzählt, ich bin Ihnen dankbar, dass Sie meine Tochter in ihrer bedauerlichen Situation unterstützen. Wir können das leider nicht, wir haben nicht die Mittel dazu."

Auch Maries Schwester Fiona begrüßte Karl auf Deutsch und fand dabei einige nette Worte für ihn:

„Zum ersten Mal lerne ich einen Deutschen kennen, ich meine, einen ‚richtigen' Deutschen, der dort geboren und groß geworden ist, keinen Südwester. Meine Schwester sagte mir, dass Sie ein großes Herz haben. Entschuldigen Sie mein Deutsch, aber wir haben als Kinder immer nur Afrikaans gesprochen, nicht Deutsch, nur wenig."

Fiona führte die Gäste in die Küche, die sehr groß, aber einfach eingerichtet war. Karl mochte das. Ihm fiel auf, dass der Kühlschrank mit einem nachträglich eingebauten Schloss versehen war. Er dachte bei sich, dass in diesem Haus kein gegenseitiges Vertrauen herrschte. Fiona bot ihnen Kaffee an. Karl wäre ein Bier lieber gewesen, aber er fühlte sofort, dass hier gespart wurde, hier musste gespart werden. Fiona stellte die Tassen auf den Tisch und eine Dose löslichen Kaffeeersatz dazu, eine Art Malzkaffee. Er kannte den von Marie und wusste von dem erbärmlichen Geschmack, einige Male hatte er ihn getrunken. Er bat Fiona noch um ein Glas Wasser, er wollte damit den üblen Kaffeeersatzgeschmack etwas neutralisieren. Sie ging an den Wasserhahn, um ihm ein Glas einzuschenken, doch er bat sie um kaltes Wasser. Nervös schaute sie sich um, keiner sollte erfahren, wo sich der Schlüssel für den Kühlschrank befand. Sie öffnete eine Tür des Küchenschrankes. Annemarie, ihre Mutter, drehte ihr den Rücken zu und war im Gespräch mit Marie. Nur Karl schaute gespannt auf Fiona. Hinter Tellern holte sie einen versteckten Schlüssel hervor, öffnete mit diesem das Schloss am Kühlschrank und griff nach einer Plastikflasche Wasser. Karl war erstaunt, als er einen Blick in den Kühlschrank werfen konnte, denn er sah nur wenig darin. Etwas Käse konnte er erkennen und im Gemüsefach etwas für ihn Undefinierbares. Fiona schloss die Kühlschranktür sofort wieder ab, stellte die Flasche auf den Tisch und steckte den Schlüssel in ihre Hosentasche.

Die Gespräche, die die Küchentischrunde führte, fanden auf Deutsch statt, weil man Karl miteinbeziehen wollte, sonst hätte man auch Englisch miteinander reden können. Fiona wollte ihr Deutsch etwas verbessern und Karl war es recht, denn sein Englisch war sowieso nicht gut. Annemaries Englisch war sogar noch schlechter, also verständigte man sich darauf, Deutsch miteinander zu sprechen.

Karl hatte kein Geschenk für Maries Mutter und Schwester mitgebracht, darüber hatte er im Vorfeld mit Marie gesprochen. Stattdessen wollte er Mutter und Schwester in ein Restaurant zum Essen einladen. Als er den Vorschlag vorbrachte, wehrte Fiona ihn vehement ab:

„Nein, ich möchte das nicht! Wer passt auf die Kinder auf?"

Maries Einwand, dass die Kinder alt genug wären, um für einige Stunden alleine zu Hause zu bleiben, wies sie zurück. Gereizt fragte sie auch:

„Wo wollt ihr eigentlich übernachten?"

Marie sah ihre Schwester fassungslos an und entgegnete:

„Ich dachte, wir können hier bei dir die zwei Nächte verbringen."

„Aber du weißt doch, dass das Haus klein ist, wir haben doch nur drei Zimmer. Oder wollt ihr alle in Mutters Zimmer auf dem Boden übernachten?"

Karl sah, dass Marie empört dreinschaute. Sofort mischte er sich ein:

„Wir können auch in einem Hotel übernachten, das sollte kein Problem sein."

Marie ließ sich ärgerlich das Telefonbuch geben und blätterte nach Hotels. Annemarie war nicht die Eigentümerin des Hauses, sodass sie froh war, bei ihrer Tochter eine Unterkunft gefunden zu haben, und sich zurückhielt.

„Platz gibt es ja wirklich wenig in diesem Haus. Die Kinder haben ein Zimmer zusammen, Fiona und ich je eines. Wir sind eine arme Familie", sagte sie.

Karl, der erst wenige Monate in diesem Land lebte, hatte längst erfahren, dass es auch arme Weiße in diesem Land gab. Doch die Einschätzung von arm und reich war nach europäischen Maßstäben eine andere als nach afrikanischen. Für Karl gab es da einen gravierenden Unterschied. Er glaubte auch zu erkennen, dass zwischen den beiden Schwestern eine Art Konkurrenzkampf tobte. Zwar hätte es ihm und auch Marie nichts ausgemacht, für zwei Nächte auf dem Boden oder auch im Garten zu schlafen, doch die Stimmung in diesem Haus fand er nicht besonders angenehm. So war er erleichtert, als Marie ihm mitteilte, dass sie ein Doppelzimmer im Zentralhotel für sie hätte buchen können. Anschließend bat sie ihre Schwester, wenigstens John in ihrem Haus übernachten zu lassen.

„Kein Problem, John kann im Kinderzimmer auf einer Luftmatratze auf dem Boden schlafen."

Marie und Karl warteten auf Annemarie, die sich in ihrem Zimmer für die Einladung zum Essen fertigmachte. Als sie heraustrat, zeigte sich Karl von ihrem Aussehen beeindruckt, denn sie hatte sich fein gemacht. Sie sah um 20 Jahre jünger aus und er fragte schmeichelnd: „50?"

„Eine Frau redet nicht über ihr Alter, das müssten Sie wissen", war ihre Antwort. Von Marie wusste er, dass sie 70 war.

Mit Maries Auto fuhren sie gemeinsam in die Innenstadt zum Zentralhotel, eine Unterkunft für gehobene Ansprüche, aber dennoch kein Luxus, keine fünf Sterne. Marie hatte Karl, der das bezahlen musste, nicht gefragt. Aber wäre er gefragt worden, hätte er wohl geantwortet: „Das überlasse ich dir, such dir eines aus."

Nachdem sie nur wenige Schritte vom Hotel entfernt einen Parkplatz gefunden hatten, traten sie in die Lobby. Marie lief den beiden voraus zur Rezeption, meldete sich an und ließ sich den Zimmerschlüssel geben. Die Frau am Empfang bat sie darum, noch einen Moment auf den Pagen zu warten. Nach wenigen Minuten tauchte der auf, nahm mit den Worten „Madame, Sir, ich bringe Sie auf Ihr Zimmer" ihr Gepäck in die Hand und ging voran zum Aufzug. Das Zimmer lag in der dritten Etage, es war groß und geschmackvoll eingerichtet.

Kaum war Marie im Hotelzimmer, fiel ihr Blick auf die Minibar und sie öffnete die Tür. Darin befanden sich Bier, Cola, Säfte und zwei Piccolos. Der Page stand noch immer im Zimmer und wartete. Marie drehte sich zu ihm um und bestellte eine Flasche Champagner. An Karl gewandt sagte sie:

„Nicht wahr, Schatzi?"

Er nickte reserviert, aber dennoch zustimmend und gab dem Pagen dankend einige Rand Trinkgeld. Als dieser gerade im Begriff war, das Hotelzimmer zu verlassen, und die Klinke der Zimmertür schon in der Hand hatte, drehte er sich wieder um und fragte:

„Wollen Sie den guten Champagner?"

Karl dachte preisbewusst und wählte die Hausmarke. Nach wenigen Minuten wurde die kühle Flasche gebracht. Während die beiden Frauen genüsslich tranken, genehmigte sich Karl ein Bier aus der Minibar. Nach dem ersten Glas entschloss sich Annemarie, dem Freund ihrer Tochter das Du anzubieten, worauf sie gemeinsam anstießen. Karl küsste Annemarie links und rechts auf ihre Wangen. Sie war schon etwas angeheitert und schwärmte von Deutschland, den Deutschen, der möglichen Wiedervereinigung, dem guten Charakter der Deutschen und natürlich von Karl.

„Halte diesen Mann fest, er kümmert sich um deine Kinder und um dich! Das machen Buren und Engländer nicht", meinte sie und schaute Marie dabei an.

Ihm war das peinlich, er wehrte sich gegen so viel Lob. Besonders Annemaries sehr subjektive Einschätzung mochte er nicht.

„Nein", erwiderte er, „guter Charakter ist keine Frage der Nationalität. Gerade hier in diesem Land haben die Deutschen keinen guten Charakter gezeigt."

Annemarie schien darüber nachzudenken.

„Ja, du hast recht, aber du bist ein guter Mann für Marie, das fühle ich. Marie neigt leider zu den schlechten, den falschen Männern. Ich hoffe, dass sie dein Verhalten würdigt und wünsche mir in ihrem Interesse, dass sie aus ihren negativen Erfahrungen gelernt hat."

Die drei entschlossen sich, im Restaurant des Hotels zu essen, da hatten sie es nicht weit. Sie brauchten nur mit dem Aufzug zwei Stockwerke tiefer zu fahren, einige Schritte zu laufen und schon waren sie da. Der Kellner, ein gut aussehender und freundlicher Mann, führte sie an einen Tisch. Karl beobachtete den Kellner entgegen seiner Gewohnheiten genau, das tat er sonst nie. Er schätzte Menschen erst ein, wenn er ein längeres Gespräch mit ihnen geführt hatte. Er wollte immer objektiv sein, aber hier, wie von Zauberhand gelenkt, tat er das nicht. Ihm fiel auf, dass der Mann Marie ansah, als würde er sie kennen. Nach der Zuweisung des Tisches und der Übergabe der Menükarten fragte er sie, ob sie ihn kenne.

„Nein", antwortete sie, „den kenne ich nicht."

Karl war ein eher schlechter Beobachter und begann zu zweifeln. Er wurde misstrauisch ob dem ganzen Gehabe zwischen den beiden, denn auch Marie schien ihm gegenüber etwas nervös und angespannt zu sein. Nach wenigen Minuten kam der Kellner erneut und fragte nach der Bestellung. Karl sah ihm ins Gesicht und erkannte, dass er seinen Blick nur auf Marie richtete, auch seine Frage nach der Bestellung richtete er an sie. Marie lächelte und Karl meinte zu erkennen, dass ihr Lächeln bekümmert und freudig zugleich wirkte. Sie bestellte je eine Flasche Roséwein und Mineralwasser. An ihre Begleiter gewandt fragte sie:

„Ist es recht so?"

Für Karl und Annemarie passte es so. Erstaunlich schnell war der Kellner wieder mit den Getränken zurück an ihrem Tisch, öffnete die Weinflasche und ließ Karl kosten. Entgegen der Etikette schenkte er auch Marie etwas Wein in ihr Glas, damit auch sie probieren konnte. Sie äußerte sich wohlwollend, doch Karl sagte nichts. Der Kellner nahm auch gleich die Essensbestellung auf, die beiden entschieden sich für Antilopensteaks, Annemarie für Wiener Schnitzel. Karl ließ der Blickwechsel zwischen Marie und dem Kellner nicht los, er dachte: Die kennen sich, da wette ich drauf. Oder haben die sich soeben, gerade jetzt, verliebt? Liebe auf den ersten Blick, so etwas soll es ja geben. Karl fiel auch auf, dass der Mann sich viel zu oft in ihrer Nähe aufhielt. Das Restaurant war gut besetzt, es war ja Freitagabend, dennoch kam er mehrmals und fragte:

„Ist es recht so?"

Die Tischrunde hatte keine Probleme, neue Bestellungen aufzugeben, denn der Kellner schlich um sie herum, als wären sie besondere Gäste, sogenannte VIPs. Zu fortgeschrittener Stunde leerte sich langsam das Restaurant, die drei „Vorzugsgäste" hatten schon die dritte Flasche Roséwein getrunken. Der Kellner hatte nur noch wenige Kunden zu bedienen, als Marie noch einen Wein bestellte. Er brachte ihn sofort und als er an den Tisch kam, schauten sich die beiden fragend und erkundend an. Marie verkündete, dass sie zur Toilette müsste und verschwand. Auch der Kellner war von da an erst mal nicht mehr zu sehen. Karl wollte noch eine Flasche Mineralwasser bestellen, musste sie aber bei der Kollegin ihres zuständigen Kellners ordern. Bis die Bedienung diese brachte, verging einige Zeit und Marie war immer noch nicht zurück. Karl fragte die Kellnerin, wo denn ihr Kollege wäre. Sie wüsste es auch nicht, antwortete sie, man sah ihr aber an, dass sie über dessen Verschwinden erbost war. Annemarie sprach Karl lallend an, sodass er kein Wort verstand. Für ihn war das eine unangenehme Situation: Annemarie saß betrunken am Tisch und Marie war schon seit mehreren Minuten abwesend. Er fühlte sich unsicher wegen Annemaries Trunkenheit, ihr Oberkörper schwankte hin und her, sie hielt sich mit beiden Händen an der Tischkante fest, um zu verhindern, dass sie vom Stuhl fiel. Karl rief die Bedienung und bestellte einen Kaffee für die Angetrunkene. Er überlegte, ob er Marie suchen sollte. Als er gerade aufstehen wollte, sah er Marie, wie sie zielstrebig und lächelnd den Tisch ansteuerte. Noch bevor sie diesen erreicht hatte, entschuldigte sie sich im Gehen:

„Schatzi, es hat lange gedauert, ich weiß, aber ich musste noch in unser Zimmer. Ich habe etwas sehr Intimes vergessen."

Auch der Kellner war wieder zu sehen, er stand unweit des Eingangs zur Küche und gestikulierte mit seiner Kollegin. Marie erschrak beim Anblick ihrer betrunkenen Mutter, die wackelnd am Tisch saß.

„Mama, warum trinkst du denn so schnell und so viel?"

Annemarie hob ihren tief über den Tisch gebeugten Kopf krampfhaft angestrengt kurz in die Höhe, gerade so, dass sie ihrer Tochter in die Augen sehen konnte, und stammelte:

„Weil du so schnell bestellt hast."

„Was machen wir jetzt mit ihr?", fragte Marie.

Karl hatte nicht zugehört, er war in seinen Gedanken versunken. Ihm ging das gleichzeitige und gemeinsame Verschwinden seiner Freundin und des Kellners nicht aus dem Kopf. Marie fragte noch mal nach und nutzte nun, um die nötige Aufmerksamkeit von ihm zu bekommen, ihre Hände, die sie vor seinen Augen auf- und abschwenkte. Aufgeschreckt vom Winken in seinem Blickfeld, antwortete er:

„Ich weiß es nicht."

Marie wendete sich nachdenklich und auch ein wenig enttäuscht von ihm ab. Ihr Blick fiel auf einen Tisch, den der Kellner gerade abräumte, und sie rief ihn zu sich. Der Kellner stellte das bereits aufgenommene Geschirr wieder zurück und eilte an den Tisch der drei, wo sie ihm ihr Problem erklärte.

„Na ja", sagte der Mann, „Sie können Ihre Mutter ja nicht mehr nach Hause fahren, Sie haben zu viel getrunken. Ebenso der Herr neben Ihnen, glaube ich."

Karl sah den Kellner an und schleuderte ihm giftig und herausfordernd die Worte entgegen:

„Ich bin kein Herr!"

Marie versuchte sofort, die Situation zu entspannen:

„Schatzi, Lu..., äh, ich meine, der Ober meint es nur gut mit uns."

Der Kellner ließ sich nicht aus der Ruhe bringen und bot den beiden an, doch für eine Nacht in diesem Hotel noch ein Einzelzimmer zu buchen. Er würde sich darum kümmern, falls sie es wünschten. Marie schaute Karl an und meinte:

„Das sollten wir machen."

Karl zögerte noch: „Wir könnten sie mit einem Taxi nach Hause fahren lassen."

„Wir sind hier nicht in Kapstadt! In Windhoek funktioniert das Taxigewerbe nur sehr schlecht", erwiderte der Kellner.

Verhalten und reserviert sagte Karl: „Meinetwegen."

Der Ober ging an den Nebentisch und nahm wieder seine Abräumarbeit auf.

„Du kennst ihn also doch?", wendete sich Karl an Marie.

„Wen denn?", fragte sie zurück.

„Na, den Kellner, wen denn sonst?", antwortete Karl zornig.

„Nein, den kenne ich nicht", beharrte Marie, dabei blickte sie zur Seite.

Mit unverständlichen Worten meldete sich Annemarie. Marie versuchte den Sinn zu ergründen:

„Musst du auf die Toilette, Mama?"

„Ja, habe ich doch eben gesagt."

„Komm, ich bringe dich."

Marie stützte ihre Mutter und lief mit ihr zur Toilette. Karl fiel auf, dass der Kellner in der Nähe des Tresens stand und den Tisch beäugte. Erst, als die zwei Frauen wieder zurück waren, machte er sich auf den Weg zu ihnen.

„Hier ist der Schlüssel, das Zimmer befindet sich auf diesem Stockwerk."

Er legte den Schlüssel auf den Tisch und ging sogleich wieder in Richtung Tresen.

„Es sind nur noch wenige Gäste im Restaurant, Schatzi", seufzte Marie, „es wird Zeit, dass auch wir gehen. Ich bin müde."

„Ja", stimmte Karl ihr zu, „bringen wir deine Mutter zu ihrem Zimmer."

„Nein, du musst das Einzelzimmer nehmen. Ich kann doch meine Mutter in ihrem Zustand nicht alleine lassen!"

Karl brachte die beiden in das Doppelzimmer, nahm seine Tasche und begab sich in seine Unterkunft für die Nacht.

Am darauffolgenden Morgen packte er seine Tasche, verließ das Einzelzimmer und machte sich auf den Weg zu den Frauen. Erst nach mehrmaligem Anklopfen öffnete die gerade frisch geduschte Marie ihrem Freund. Sie begrüßte ihn höflich, aber auch distanziert, denn sie küsste ihn nicht. Annemarie entschuldigte sich bei ihm wegen ihres Verhaltens vom Vorabend. Er drängte die beiden, sie mögen sich beeilen, weil er frühstücken wollte. Doch sie ließen sich nicht antreiben. Nachdem Marie sich geschminkt hatte, bat Annemarie sie um die Schminkutensilien. Karl langweilte sich und sein Geduldsfaden riss.

„Ich gehe schon mal vor."

„Ja, mach das", war Maries Antwort.

Als er das Restaurant betrat, schaute er sich um. Direkt neben ihm war ein Frühstücksbüfett aufgebaut, an dem er sich bediente. Es hielten sich nur wenige Hotelgäste im Restaurant auf, der Tisch, an dem er mit Marie und ihrer Mutter am Abend zuvor gesessen hatte, war frei. Bepackt mit seinem Frühstück steuerte er darauf zu. Es dauerte noch fast 20 Minuten, Karl sah genau auf die Uhr, bis sich die beiden Frauen endlich zu ihm gesellten. Die Stimmung war bedrückt: Annemarie schämte sich wegen ihres Vollrausches vom Vortag noch immer, Karls Vertrauen in seine Freundin war erschüttert und Marie klagte über Unwohlsein und Kopfschmerz. Außerdem, so sagte sie, hätte sie schlecht geschlafen, da ihre Mutter geschnarcht hätte.

„Aber Marie", entgegnete ihr Annemarie, „du bist doch erst gegen Morgen gekommen."

„Ich habe die ganze Nacht neben dir gelegen und dein lautes Schnarchen ertragen müssen! Da kann man mal sehen, wie betrunken du warst, du hast nicht gemerkt, dass ich die ganze Nacht neben dir gelegen habe", entrüstete sich Marie.

„Aber ich bin mehrmals in der Nacht aufgewacht, ich habe dich nicht gesehen. Ich dachte, du seiest bei Karl im Zimmer", gab Annemarie zurück.

Für Karl stand nun fest, dass Marie sich vergangene Nacht bei dem Schönling von Kellner aufgehalten hatte. Er fühlte sich gedemütigt, war traurig, enttäuscht und auch eifersüchtig. Nachdenklich trank er seinen Kaffee und dachte an die ermahnenden Worte von Erich: „Lass die Finger von dieser Frau."

Auf der Fahrt zurück zu Fionas Haus fragte Marie Karl:

„Wollen wir heute Abend tanzen gehen? Meine Schwester kommt bestimmt auch mit."

Karl antwortete etwas bedrückt: „Du weißt doch, dass ich nicht tanzen gehe."

„Aber wir sind doch in Windhoek, in der Hauptstadt. Da sollten wir ein wenig das Nachtleben genießen."

Marie blieb nicht verborgen, dass Karl sich Gedanken machte, und sie wusste auch, warum er das tat und was ihn bekümmerte.

„Karl, meine Mutter war betrunken, sie hat das alles geträumt. Ich war die ganze Nacht neben ihr im Bett."

Jetzt merkte auch Annemarie, was sie angerichtet hatte, und mischte sich in das Gespräch ein. Sie gab zu, sich nun nicht mehr so sicher zu sein, ob sie ihr mehrmaliges Aufwachen geträumt hatte oder ob es wirklich passiert war. Sie entschuldigte sich nochmals.

Im Pionierspark angekommen, fragte Karl John, ob er mit ihm die Stadt erkunden wollte.

„Oh ja, Onkel!"

Als er ihm sagte, dass er plane, das zu Fuß zu machen, zögerte der Junge kurz, willigte dann aber ein:

„Okay, zu Fuß ist auch ganz schön."

Es war ein weiter Weg von Fionas Haus bis in die Innenstadt. Für den Kleinen war das zu weit, nach nur wenigen Metern begann er zu meckern, die Hitze machte ihm zu schaffen. Das lange Laufen würde ihm nichts ausmachen, meinte er, schließlich würden ja die Schwarzen auch viel laufen.

„Die müssen laufen, nur wenige von denen können sich Autos leisten", war Karls Ansicht.

Um John bei Laune zu halten und ihm das Laufen etwas erträglicher zu machen, erzählte der Onkel ihm, dass er in seiner Heimatstadt Berlin sehr oft weite Strecken gegangen wäre. Von Kreuzberg, seinem Wohnbezirk, über den Kurfürstendamm bis in den Grunewald und wieder zurück. Fünf Stunden würde das dauern. Karl schwärmte geradezu vom Laufen, da könnte man die Gebäude, die Menschen, das gesamte Umfeld viel intensiver wahrnehmen. Beim Autofahren müsste man sich, besonders in der Stadt, viel zu sehr auf den Verkehr konzentrieren.

„Damit geht jedes Gefühl für die Schönheit der Umgebung verloren, ja", fügte Karl hinzu, „man sieht die Stadt gar nicht, man sieht nur den Verkehr."

Das beeindruckte John, er sah sich die Gebäude nun genauer an. Wenn ihm eines gefiel, zeigte er mit dem Finger darauf und sagte zu Karl:

„Schau mal Onkel, das sieht aber gut aus."

Die beiden hatten keinen Stadtplan dabei, sie liefen aufs Geratewohl in Richtung Innenstadt. Karls Ziel war die Alte Feste, doch ohne Plan war der direkte und schnellste Weg unmöglich zu finden, das wusste er. Aber es war ihm völlig egal, denn er wollte laufen und sich dabei die Stadt anschauen. Darüber vergaß er jedoch Johns Leistungsfähigkeit, der Kleine mühte sich sehr ab. Er war erschöpft und konnte nicht mehr. Entkräftet fragte er:

„Onkel, wo wollen wir eigentlich hin?"

„Zur Alten Feste, ich glaube, wir haben es bald geschafft", ermunterte Karl ihn. „Ah, wir sind schon an der Ecke Lazarett und Leutweinstraße. Die nächste Straße müssen wir links abbiegen, dann sind wir schon da."

Einige Meter weiter kreuzten sie eine Straße mit Namen Sperlingslust. Auf einer Anhöhe entdeckte Karl eine Burg und machte John darauf aufmerksam:

„Sieh mal, diese Festung ist zwar von deutschen Kolonialisten errichtet worden, ist aber trotzdem ganz schön."

John sah kurz zur Burg, sagte knapp angebunden „Ja, schön" und fragte:

„Wann sind wir endlich bei der Alten Feste?"

Nach einigen Hundert Metern erreichten sie ihr Ziel. In einem angrenzenden Restaurant aßen sie zu Mittag und John konnte sich mit einem großen Eis zum Nachtisch für den nachfolgenden Museumsrundgang stärken. Die beiden besichtigten die Exponate in der Alten Feste, wo unter anderem Ochsenkarren standen, mit denen die Kolonialisten ihre Habseligkeiten von Swakopmund ins Landesinnere transportiert hatten. Ausgestellt waren außerdem alte Möbel und andere Einrichtungsgegenstände von damals, auch Kleider, wie sie zu jener Zeit getragen wurden. Das Interesse der beiden für die Ausstellung hielt sich jedoch in Grenzen. John hatte in einem Museum in Kapstadt schon ähnliche Dinge gesehen, dort freilich von den „Vortrekkern", den niederländischen Kolonialisten Südafrikas. Auch für Karl war das, was dort ausgestellt war, nicht neu, schließlich kam das meiste aus Deutschland und er hatte dort schon Ausstellungen mit ähnlich historischem Hintergrund besucht. Schnell liefen sie den Museumsrundgang ab und verließen die Alte Feste.

Auf dem Weg in Richtung Christuskirche kamen die beiden an einem großen Denkmal vorbei, das einen auf einem Pferd sitzenden Reiter zeigte.

„Ist das ein Soldat, Onkel?"

„Ja, das ist ein Soldat. Hier in diesem Land wurden die Soldaten ‚Schutztruppe' genannt."

Karl benutzte das deutsche Wort, weil er es nicht ins Englische übersetzen konnte oder wollte.

„Was ist eine ‚Schutztruppe'?", fragte der Kleine.

„Ihre Aufgabe war es, die deutschen Einwanderer vor eventuellen Übergriffen der einheimischen Bevölkerung zu schützen. Da man aber vorhatte, den Schwarzen Land abzunehmen, war es eine ganze Armee-Einheit, die das auch mit militärischer Gewalt erzwingen konnte. Das war von 1904 bis 1907 so. Die Herero und Nama haben sich geweigert den Deutschen noch mehr Land abzutreten, sie sahen ihre wirtschaftliche Existenz bedroht. Da kam es zum Krieg. Viele Deutsche sind in diesem Krieg ums Leben gekommen und daran erinnert dieses Denkmal. Es erinnert aber nicht an die vielen gefallenen Herero und Nama. Es erinnert auch nicht an die Vertreibung insbesondere der Herero in die Kalahari, wo viele von ihnen verdurstet sind."

Karl wusste nicht so recht, ob das gerade von ihm Gesagte auch kindgerecht war und John es verstehen konnte. Doch als der Junge sich wunderte „Aber die Schwarzen waren doch zuerst da", merkte Karl, dass er das Wichtigste begriffen hatte.

„Genau", sagte er, „und erst jetzt, nach so vielen Jahren, haben sie es sich zurückerobert."

„Aber das ist doch auch mein Land. Ich bin hier in Windhoek geboren, ich kann doch nicht weg. Wo sollen wir hin, meine Mutter, meine Geschwister und ich?"

„Du brauchst keine Angst zu haben", beruhigte Karl das Kind, „die neue Regierung weiß das. Es gibt eine demokratische Verfassung. Alle Menschen, weiße und schwarze, werden jetzt gleichbehandelt. Auch du als Weißer bist Namibier und hast die gleichen Rechte wie die schwarzen Staatsbürger, aber du hast auch die gleichen Pflichten. Die Weißen werden nicht mehr bevorzugt. Bald kommst du in die Schule, in deiner Klasse werden dann nicht nur weiße Kinder sein, du wirst auch schwarze Klassenkameraden haben. Ich hoffe, dass du in

Zukunft auch viele schwarze Freunde haben wirst. Ihr werdet dieses Land gemeinsam zu einem friedlichen und gerechten Ort machen."
„Ich mag Schwarze und freue mich auf die Schule!", antwortete John.
Von einer Telefonzelle aus rief Karl Marie an, die sie mit ihrem Auto vor der Christuskirche, wo die beiden warteten, abholen kam.

Fiona und Marie machten sich am Abend gemeinsam für die Tanzveranstaltung fertig, sie schminkten sich und zogen feine Kleider an. Karl wartete in der Küche, denn um sein Aussehen machte er sich keine Sorgen. Er trug wie meist eine Jeans und ein T-Shirt. Als Marie schick hergerichtet die Küche betrat, bat sie ihn, er sollte doch wenigstens ein vernünftiges Hemd anziehen. Aus seiner Reisetasche zog er eines hervor, das ihm passend erschien. Als er es gerade anziehen wollte, hörte er ein Lachen. Marie, Annemarie und Fiona amüsierten sich laut über ihn.
„Das muss doch erst gebügelt werden, so kannst du doch nicht zum Tanzen gehen", meinten sie.
Annemarie besorgte sich ein Bügeleisen, räumte den Küchentisch ab, breitete ein großes Handtuch darauf aus und bügelte sein Hemd.
Mit Fionas Auto fuhren sie auf der B1, die weiter nach Südafrika führte, in Richtung Rehoboth zum Tanzen in ein Etablissement, das weit außerhalb der Stadt lag. Als Karl das Gebäude erblickte, erinnerte er sich an seine Jugendjahre, an die Tanzsäle in den Dörfern nahe seiner Geburtsstadt, an Gaststätten mit angeschlossenen Räumlichkeiten für Veranstaltungen. Ihm war nicht wohl bei der Sache. Er kannte einige Diskotheken in der Innenstadt von Windhoek, die er schon besucht hatte. Es hatte ihm dort gut gefallen, zwar war ihm das Licht zu bunt und auch zu grell, aber das Publikum war durchmischt gewesen. Weiße und farbige Menschen tanzten gemeinsam und saßen zusammen an den Tischen. So weit außerhalb der Stadt konnte das Publikum nur weiß sein, denn Schwarze konnten ohne Autos

nicht hierher kommen. Karl bemerkte, dass sich vor der Gaststätte ein großer Parkplatz befand, auf dem einige Lkw mit südafrikanischen Nummernschildern standen. Schnell wurde ihm klar, dass das ein Fernfahrerlokal mit angeschlossenem Tanzsaal war. Die drei bezahlten den Eintritt, bekamen einen Stempel auf ihre Handrücken und traten ein. Noch bevor sie einen Sitzplatz fanden, ließ sich Marie von dem Kellner eine Getränkekarte geben.

„Fiona, wollen wir eine Flasche Champagner bestellen?"

„Nein, das ist zu teuer", antwortete die Schwester.

„Ja, aber Karl bezahlt", sagte Marie.

Karl, der das mithörte, widersetzte sich:

„Ich zahle keinen Champagner! Trinkt Bier!"

Nahe der Tanzfläche, die Bühne war von dort gut sichtbar, fanden sie einen Tisch. Marie bestellte etwas ärgerlich drei Bier beim Kellner, Champagner wäre ihr lieber gewesen. Noch bevor die Bestellung an den Tisch gebracht wurde, kam die Band auf die Bühne. Es waren, wie von Karl erwartet, weiße Musiker aus Südafrika. Sie stellten sich zwar vor, doch er verstand den Namen nicht richtig, weil es aus den Lautsprechern pfiff und schrillte. Akustisch war das schlechter als damals in den Dörfern nahe seiner Geburtsstadt. Dann begannen sie „Little Honda" zu spielen. Karl war entsetzt über das, was da musikalisch geboten wurde. Marie fand die Musik gut, aber vielleicht nur deshalb, weil sie den Bassisten kannte. Nach der fünften Nummer machte die Band schon Pause, worüber Karl froh war. Marie rannte sofort zur Bühne, begrüßte den Musiker, Leroy, und sprach einige Minuten mit ihm. Dann ging sie wieder zurück an ihren Tisch und sagte strahlend zu Fiona und Karl:

„Ach der Leroy, der war schon vor 20 Jahren, als ich ihn in Stellenbosch kennenlernte, ein guter Musiker."

Karl fand das alles nicht lustig: Die Band spielte schlecht, die Gäste waren alle weiß und sprachen nur Afrikaans. Einzig die Kellner waren schwarz. Mit den beiden Frauen sprach er darüber natürlich nicht, er machte sich nur seine Gedanken. Er als Entwicklungshelfer und Mitarbeiter einer Friedensmission saß dort zusammen mit Menschen, die die „alte Ordnung" aufrechterhalten wollten, hörte sich schlecht gespielte Musik an und war verliebt in eine Frau, die er weder verstehen noch richtig einschätzen konnte. Selbstverständlich wurde an diesem Abend auch getanzt, selbst Karl machte mit, einmal mit Marie und einmal mit Fiona. Es waren Pflichttänze. Die beiden gut aussehenden Frauen wurden oft zum Tanz aufgefordert und nutzten das aus. Um Mitternacht bat Karl darum aufzubrechen und obwohl Marie noch nicht wollte, fand er in Fiona eine solidarische Unterstützung. Marie musste sich den beiden beugen. Fiona setzte das Paar vor seinem Hotel ab und machte sich dann auf den Weg zu sich nach Hause.

Am Sonntag fuhren John, Marie und Karl wieder nach Otjiwarongo.
Als Karl am Montagmorgen in die Werkstatt kam, musste er zu seinem Entsetzen feststellen, dass seine Kollegen Erich und Alois noch nicht von der Farm zurück waren. Immer noch musste er die Arbeit alleine bewerkstelligen. Erst zwei Tage später trafen die beiden am Nachmittag im UNTAG-Office ein. Sie entschuldigten sich bei ihm für ihre Verspätung und Erich gab ihm großzügig die darauffolgenden zwei Arbeitstage frei. Karl genügte das nicht, er verlangte von seinem Chef, dass er das Verbot, Marie und ihre Kinder in UNTAG-Autos mitzunehmen, wieder aufheben sollte. Erich erwiderte, dass er das gar nicht könnte, da die Mitnahme von Personen, die nicht der UN angehörten, generell verboten wäre. Das wäre eine versicherungstechnische Sache. Karl wusste das, er kannte den Einwand. Er wollte aber, dass ihm wieder die gleichen Rechte wie den anderen UN-Mitarbeitern in Otjiwarongo zustanden, und erinnerte Erich daran, dass auch er seinen Freund Alfred, den Jäger, im UN-Auto mitgenommen hatte. Der war von der Gegenwehr beeindruckt, fand sie aber frech:
„Ich übersehe es für gewöhnlich, wenn Kollegen Personen in UN-Fahrzeugen mitnehmen. Was dich betrifft, kann ich das auch wieder

übersehen. Die UN-Mission dauert sowieso nicht mehr lange. Aber sollte es zu einem Unfall oder anderen Komplikationen kommen, weiß ich nichts davon."

Karl bat ihn weiter um ein kleines Zelt aus dem UN-Bestand, da er über das verlängerte Wochenende mit seiner ganzen Familie in den Busch fahren wollte, natürlich mit dem UN-Cruiser.

„Kein Problem, sie liegen eh nur herum. Ich bin froh, dass wieder mal eines gebraucht wird", erwiderte Erich sauer.

Sein Kollege hatte ihn überrumpelt, das war er nicht gewohnt. Karl bedankte sich hochmütig und verabschiedete sich von ihm. „Scheißpreuße", brummte Erich leise vor sich hin.

Karl übergab Alois seine Arbeitsaufträge, wies ihn noch kurz ein, verabschiedete sich und verschwand.

Fahrt ins Buschmannland

Karl hatte nun zwei Zelte, die er für den Wochenendausflug nutzen wollte. Er plante mit den Kindern und wenn möglich auch mit Marie raus aus Otjiwarongo zu fahren, nicht nach Windhoek, nicht in den Etosha. Er wollte die Weite, die Schönheit und die Wildnis dieses Landes wieder mal erleben. Er teilte Marie mit, dass Erich das Mitfahrverbot aufgehoben hatte:

„Ihr könnt wieder in UNTAG-Autos mitfahren, ich werde mit euch ins Buschmannland fahren. Morgen geht's los!"

Marie zeigte sich über den Vorschlag nicht begeistert, sie erinnerte ihn an die Schule der Kinder und an ihre eigene Arbeit in der Bäckerei, der sie nicht so einfach fernbleiben könnte. Karl entgegnete:

„Ich gebe dir für die zwei Tage einfach mehr Kostgeld."

„Die schmeißen mich raus, wenn ich einfach so von der Arbeit wegbleibe! Außerdem, und das weißt du auch, kann ich nicht in so einem kleinen Zelt übernachten. Ich bekomme Rückenschmerzen, wenn ich auf dem Boden liege. Ich muss sowieso wegen einer Krankheit mit dir sprechen."

Karl verstand Maries Einwand nicht und hörte auch nicht richtig zu.

„Wenigstens die Kinder, die kannst du ja von der Schule entschuldigen."

„Alle drei?", hakte sie nach.

„Ja", bestätigte er, „sie könnten eine ansteckende Krankheit haben."

Marie erwiderte: „Da muss ich lügen, das ist nicht segensreich, das ist eine Sünde! Aber okay, ich werde mit den Kindern sprechen."

John, der sich in der Nähe aufhielt, hatte das Gespräch mitgehört und war begeistert:

„Onkel, vielleicht sehen wir wieder Affen und Elefanten. Aber Leoparden will ich nicht sehen."

„Wahrscheinlich sehen wir die auch nicht", sagte Karl, „die sind sehr scheu."

Als die anderen Kinder von der Schule kamen, teilte John ihnen, kaum dass sie in der Tür des Hauses angelangt waren, mit:

„Wir fahren in den Busch!"

Überrascht sahen sie die Erwachsenen an. Marie sagte zu Willem, Anne und Paula, dass sie eine Entschuldigung für die Schule schreiben würde, wenn sie mit Karl und John gemeinsam am nächsten Tag mit ins Buschmannland fahren wollten. Paula sagte sofort ab, sie hätte kein Interesse wegzufahren und schon gar nicht ins Buschmannland. Die zwei anderen aber fanden die Idee gut. Willem meinte, dass ihm die Schule sowieso zuwider wäre. Gemeinsam überlegten sie sich, welche Entschuldigung die Lehrer überzeugen könnte und entschieden sich für Magenverstimmung. Schließlich könnte eine schlechte Mahlzeit eine ganze Familie gesundheitlich außer Gefecht setzen.

Früh am Morgen ging Marie in die Bäckerei zu ihrer Arbeit und Paula mit den Entschuldigungen für ihre Geschwister in der Tasche zur Schule. Alle anderen begaben sich mit dem UN-Fahrzeug zuerst zur gerade aufgemachten Fleischerei und deckten sich dort mit Fleisch zum Grillen ein. Danach gingen sie Brot kaufen, aber nicht in der Bäckerei, sondern lieber in einer Plastiktüte abgepackt beim Portugiesen, das hielt sich länger und ließ sich außerdem besser auf dem Grill toasten. Danach tankten sie – natürlich auf Kosten der UN, Karl würde auch diese Reise als „Duty" in sein Fahrtenbuch einschreiben. Gewissensbisse hatte er deswegen nicht, das machten alle so.

Sie fuhren in Richtung Süden und bogen nach etwas mehr als 20 Kilometern links ab in Richtung Okakarara. Nach weiteren 25 Kilometern verließen sie auch diese Straße. Karl steuerte nun sein Auto in Richtung Waterberg. Er wusste genau, wie und auf welchen Strecken er das Buschmannland erreichen wollte, denn er hatte die Route im Voraus genau geplant, wie immer. Sie fuhren am Waterberg-Plateau entlang, immer in nordöstlicher Richtung. Die Pad war gut zu befah-

ren, meist hatten sie festen Untergrund und nur selten war die Strecke sandig, sodass sie den Vierradantrieb nicht brauchten. Als Karl am Nachmittag anhielt, teilte er den Kindern mit:
„Hier werden wir die Nacht verbringen. Auf geht's! Holz, wir brauchen Holz für das Feuer. Und achtet darauf, nur abgestorbenes zu verwenden."
Die Kinder schwärmten aus, um Holz zu sammeln, während Karl die Zelte aufbaute und Steine für die Umfriedung des Feuers suchte. Es wurde gegrillt, wie immer, wenn man im Busch unterwegs war. Es gab Bratwurst nach burischer Art und Kotelett.
Nach dem Essen sahen sie in den hellen Sternenhimmel und philosophierten über das Leben. Willem und Anne brachten ihre kindlichen Gefühle ein, sprachen über Gott, über die Menschenliebe und über ihr Unverständnis für die Erwachsenen. Hass und Ungerechtigkeit lehnten sie ab und betonten, sie wären sich sicher, dass ihre Generation viel gerechter mit den Menschen umgehen würde. Karl, der linksalternativ eingestellt war, erinnerte sich an seine Jugend. Auch er war damals überzeugt gewesen, dass sich herrschende Ideologien mit der zunehmenden Verantwortung seiner Generation langsam aber stetig zurückdrängen lassen würden. Dass das nicht geschah, hatte er längst erkannt und war enttäuscht darüber.
„Namibia muss erst mal die Apartheid ganz und gar abstreifen", urteilte er. Das konnte gelingen, davon war er überzeugt. Aber oben und unten, arm und reich würde es weiterhin geben, allerdings könnte sich da einiges verschieben. Anne fragte ihn:
„Werden jetzt Nujoma und seine Parteigänger reich?"
„Na ja, reicher werden sie wohl, aber so richtig reich nicht. Sie sind ja Politiker und keine Kapitalisten, sie müssen ihre Versprechungen einlösen. Ihre Aufgabe wird es sein, die größte Armut zu bekämpfen, das Erwirtschaftete gerechter zu verteilen, die Ressourcen des Landes zu nutzen und Bildungsmöglichkeiten insbesondere für die schwarzen Namibier zu schaffen. Ob das dieser Regierung gelingt, weiß ich nicht.

Namibia ist ein Entwicklungsland und wird von den Industrieländern abhängig bleiben – da hilft auch keine Unabhängigkeit. In den Industrienationen, da sitzen die Mächtigen, die Global Player. Die sind geld- und machtgierig, sie bestimmen die Regeln, sie wollen noch reicher und mächtiger werden."

So ganz verstanden die Kinder Karls Rede nicht, außerdem wurden sie müde. John war schon in einem der Zelte verschwunden und nun zogen sich auch die anderen beiden zum Schlafen zurück. Nur Karl blieb noch eine Weile und hörte auf die Tiergeräusche. Er versuchte, sie Tieren zuzuordnen, aber ob das gelang, konnte er freilich nicht überprüfen. Nur bei einem Geräusch war er sich sicher: Aus der Ferne ertönte das Trompeten eines Elefanten.

Die Sonne war gerade erst am Horizont erschienen, da weckte Karl schon die Kinder. Früh wollte er das Nachtlager verlassen und ihre Reise ins Buschmannland, genauer zum Kaudom Nationalpark, fortsetzen, denn bis dorthin war es noch weit. Vor Sonnenuntergang wollte er dort ankommen. Ihr Frühstück nahmen sie schnell zu sich. John, der mittlerweile ein erfahrener Camper in der Wildnis war, war als erster mit Schaufel und Toilettenpapier unterwegs. Als er Anne beides übergab, vergaß er dabei nicht zu erwähnen, dass sie ihr Geschäft richtig vergraben sollte. Schließlich müssten Willem und Karl auch noch und sie sollten dann nicht auf der Suche nach einem geeigneten Platz in das von ihr gemachte Häufchen treten. Anne meinte nur zu ihm:

„Ja, ja, du Wichtigtuer."

Sie lief einige Meter zu einem Dornenbusch, hinter dem sie sich erleichterte. Anschließend gab sie Schaufel und Toilettenpapier an Willem weiter, der danach wiederum an Karl, es lief ab wie bei einem Staffellauf. Um den Lagerplatz schnell verlassen zu können, verteilte Karl die Aufgaben auf alle. So dauerte es nicht lange, bis alles verpackt und im Auto verstaut war. Als letztes warf John noch die abgenagten Kotelettknochen, die er nach dem Essen am Abend zuvor in die Alu-

kiste gepackt hatte, aus dem Fenster des fahrenden Autos. An Anne gewandt erklärte er:
„Für die Tiere."
„Für welche Tiere? Ich sehe keine Tiere", antwortete sie.
John stammelte etwas verlegen: „Aber da kommen welche. Die riechen das und fressen es dann."
Karl pflichtete ihm bei.
Eine Stunde später hatten sie die B8 erreicht und befanden sich jetzt wieder auf einer Teerstraße. In Grootfontein suchten sie einen Supermarkt auf, wo sie Hühnerschenkel und Rindersteaks kauften. An einer Tankstelle füllten sie wieder den Tank des Autos auf Kosten der UN mit Benzin sowie zwei 25-Liter-Kanister mit Wasser. Willem meinte: „Das ist doch viel zu viel, wir brauchen doch höchstens 25 Liter." Karl erklärte ihm, dass er schon recht hätte, es aber da, wo sie hinfuhren, möglicherweise kein sauberes trinkbares Wasser gäbe.

„Außerdem", setzte er hinzu, „könnten wir eine Fahrzeugpanne haben. Vielleicht wird ein Wasserschlauch oder der Kühler undicht und unser Auto verliert Wasser, könnte doch sein. Also, zu viel ist besser als zu wenig."

Auf der B8 fuhren sie weiter in Richtung Rundu und verließen nach etwa 50 Kilometern wieder die Teerstraße. Sie bogen nach rechts ab auf die C44, eine gut befahrbare Pad, die nach Tsumkwe führte. Um die Mittagszeit kamen sie durch den ersten Ort, in dem Buschmänner, die San, lebten. Sie sahen ihnen zuwinkende Kinder, aber Karl hielt den Wagen nicht an, denn er wollte weiter.

„In Tsumkwe werden wir anhalten", erklärte er seinen jungen Mitfahrern unaufgefordert.

Willem äußerte sich voller Bewunderung über die Buschmänner. Er meinte, sie wären gute Fährtenleser, sie hätten sogar für die südafrikanische Armee Spuren gelesen. Viele Terroristen wären dadurch dingfest gemacht worden. Da war er wieder, der Widerspruch. Karl hätte aus der Haut fahren können, blieb aber ruhig. Es sind Kinder, sagte er sich, die können halt nicht richtig einschätzen, was im Unabhängigkeitskampf alles passiert ist. Ernsthaft meldete er sich zu Wort: „Die Buschmänner wurden von dem südafrikanischen Apartheidsystem missbraucht. Sie wurden bezahlt, wahrscheinlich mit Alkohol. Sie haben keine Spuren von Terroristen gesucht, sondern Spuren von Freiheitskämpfern und der PLAN, der People's Liberation Army of Namibia, dem militärischen Flügel der SWAPO."

Aber da waren auch Terroristen dabei, davon war Willem überzeugt. Karl sagte dazu nichts, schüttelte aber den Kopf. Am frühen Nachmittag kamen sie in Tsumkwe an. In diesem Ort, der „Hauptstadt" des Buschmannlandes, gab es nicht viel zu sehen. Sie sahen nur eine Tankstelle, eine Polizeistation und einen UN-Stützpunkt. Als die dort stationierten UN-Polizisten das UN-Auto bemerkten, stürmten sie aus ihrem Büro heraus und begrüßten die Neuankömmlinge freudig. Sie fragten Karl, wo er stationiert wäre, und er erzählte es ihnen. Sie stellten fest:

„Wir bringen unsere Autos nach Grootfontein zur Reparatur, deshalb kennen wir uns nicht."

Weiter erzählten sie den Besuchern, dass es hier ziemlich langweilig wäre. Anfangs wäre alles sehr interessant gewesen, jetzt aber wären sie froh darüber, dass bald alles vorbei sein würde und sie wieder zurück in ihr Heimatland gehen könnten. Karl hatte Verständnis für die Kollegen und fragte nach, welche Probleme sie hier hätten. Der Alkohol, erklärten sie, wäre das größte Problem. Die Menschen wären vollkommen entwurzelt, ihre soziokulturelle und ökonomische Struktur völlig zerstört. Die meisten hier lebten von Almosen, nur wenige würden noch ihren alten Gewohnheiten nachgehen. Das Sammeln und Jagen hätten viele von ihnen aufgegeben, denn ihr traditionelles Leben brächte ihnen weniger ein als die Gaben von Hilfsorganisationen. Man wollte sie sesshaft machen. Sie würden in landwirtschaftlichen Dingen ausgebildet, berichtete ein UN-Polizist, man versuchte ihnen die Bewirtschaftung des kargen Bodens hier beizubringen. Auch kunsthandwerkliche Dinge stellten sie her, für den Tourismus, den es kaum oder noch nicht gab, aber vielleicht hätte der hier eine Zukunft.

„Ihr könnt auch einheimisches Kunsthandwerk kaufen, zum Beispiel Ketten aus Straußeneierschalen."

John und Anne zeigten sofort Interesse an solchen Ketten.

„Kein Problem", sagte einer der UN-Polizisten, „ihr braucht nur da lang gehen", mit dem Zeigefinger deutete er die Richtung an, „dann kommt ihr auf so eine Art Marktplatz, dort werden euch viele Menschen umringen und euch allerhand Dinge anbieten. Sie werden aber auch sehr aufdringlich werden, denn am Tag kommen höchstens zwei Fahrzeuge mit Touristen hier an. Das Angebot ist groß, die Nachfrage klein."

Karl hatte ein anderes Problem: In dem Gewirr von Pisten in diesem Ort war es sehr schwer, die richtige Route zu ihrem Ziel zu finden. Deshalb fragte er einen der Polizisten:

„Wo geht es zum Kaudom Nationalpark, zum Restcamp Sikaretti?"

„Du willst nach Sikaretti?", hakte der Polizist verwundert nach.

„Ja, da wollen wir hin."

„Du weißt aber, dass du ohne ein zweites Allradfahrzeug nicht hinfahren darfst?"

„Wer bestimmt das?", fragte Karl.

„Nicht die UN, aber ich glaube das Innenministerium oder das Tourismusministerium, so genau weiß ich das nicht."

„Das sind ja gerade mal 50 Kilometer von hier, wir wollen ja nicht durch bis zum Okavango", erklärte Karl. Der UN-Polizist, ein liberal denkender und handelnder Skandinavier, meinte dazu, er wäre nicht befugt, eine Fahrt mit nur einem Allradfahrzeug nach Sikaretti zu untersagen:

„Ich mache dich nur darauf aufmerksam, dass so etwas gefährlich werden kann und deshalb nicht erlaubt ist." Er betonte: „Auch nicht für Mitarbeiter der UN."

Karl machte ihm klar: „Wir fahren trotzdem."

„Okay", stimmte der tolerante Polizist zu, „ich schreibe mir auf, dass ihr jetzt, um 14 Uhr, mit eurem Fahrzeug mit dem Kennzeichen UN 1367 Tsumkwe verlasst und euch nach Sikaretti aufmacht. Du musst mir nur noch sagen, wann ihr wieder zurück sein wollt."
„Sonntag, spätestens um 14 Uhr."
„Also 48 Stunden später. Ich werde auch das der hiesigen Polizei mitteilen. Solltet ihr am Sonntag gegen 18 Uhr noch nicht wieder hier sein, werden wir euch suchen."
„So machen wir es! Auf geht es, Kinder, wir fahren."
„Du wolltest doch noch wissen, wo es langgeht. Ich fahre mit meinem Fahrzeug vor", bot der freundliche Polizist an.
Am sogenannten Marktplatz hielt er an, Karl tat es ihm gleich. Anne und John kauften sich eine Kette aus gestanzten Straußeneierschalen. Wegen des UN-Polizisten, den die Bevölkerung des Ortes natürlich kannte, wurden die Kaufwilligen nicht so stark bedrängt. Nach dem Einkauf fuhr der Skandinavier mit seinem Fahrzeug noch einige Hundert Meter vor Karls Auto her, bis eine Piste klar in Richtung Norden erkennbar war. Er stoppte sein Fahrzeug, stieg aus und erklärte Karl:
„Du musst geradeaus, immer nach Norden. Nach etwa 25 Kilometern musst du rechts abbiegen. Wenn du die Abbiegung verpasst, landest du wahrscheinlich in einem kleinen Buschmanndorf mit Namen Nhoma. Da ist aber nicht viel, vielleicht kannst du gar nicht erkennen, dass das ein Ort ist. Viel Glück!"
Die Pad wurde immer sandiger, Karl schaltete schon nach wenigen Kilometern den Allradgang dazu. Durch den sandigen Untergrund wurde der Wagen immer wieder nach rechts und links geschleudert. Karl musste konzentriert fahren, um das Auto trotz Allradantrieb nicht festzufahren. Vor einer riesigen Sandfläche stoppte er. Die Kinder, die sich bisher erstaunlich ruhig verhielten, fragten:
„Was ist, Onkel?"
„Ich weiß nicht, ob wir da durchkommen ohne steckenzubleiben. Vielleicht müssen wir schaufeln."

John wollte wieder zurückfahren nach Tsumkwe.

„Keine Angst, John, wir kommen da durch."

Karl lief die tiefe Sandpassage ab, er schätzte sie auf eine Länge von 200 Metern. Dann begutachtete er die Bodenbeschaffenheit direkt neben dem Fahrzeug, mit seiner rechten Fußspitze drückte er fest in den Sand. Zu den Kindern sagte er:

„Hier ist der Sand nicht so tief. Ich werde versuchen, mit dem Cruiser im Kreis zu fahren, denn wenn es mir gelingt, so viel Geschwindigkeit aufzunehmen, dass ich bis hoch in den dritten Gang schalten kann, könnte es ohne Festfahren gehen. Ihr könnt dabei aber nicht drinnen sitzen bleiben, ihr müsst die paar Meter laufen. Je leichter das Auto ist, umso besser."

Die Kinder sahen zu, wie Karl mit dem Auto auf einigermaßen festem Untergrund mehrmals im Kreis fuhr. Der Sand wirbelte hoch, es staubte, sie hielten den Atem an. Nach drei Runden konnte Karl in den dritten Gang hochschalten. Nun steuerte er den Wagen Richtung Sandpassage. Schon nach wenigen Metern musste er in den zweiten Gang herunterschalten. Dann schaltete er in den ersten Gang und das Getriebe gab knirschende Geräusche von sich. Der Toyota kämpfte sich langsam nach vorne. Plötzlich wurde er schneller, das Zeichen für Karl, dass der Untergrund wieder fester wurde. Er hatte es geschafft. Die Kinder liefen schwerfällig, da der Sand kein schnelles Vorankommen zuließ, aber froh und lachend zum Auto. Schon kurz nach dieser Wegschwierigkeit bog eine Pad nach rechts ab, auf der sie weiterfahren konnten. Der Untergrund wurde fester, sodass Karl ohne Allradantrieb weiterfuhr. In der Ferne waren Hütten zu sehen und die Reisenden waren sich sicher, das wäre Sikaretti. Es waren keine Menschen zu sehen. Die aus Holz und Ried gebauten Hütten waren, so schien es den Ankömmlingen, unbewohnt. Vor der größten Hütte standen in Reih und Glied skelettierte Elefanten- und Nashornköpfe. Willem sagte:

„Ich glaube, wir sind hier bei Wilderern gelandet."

Karl war sich unsicher, meinte aber: „Das kann nicht sein, wir müssen hier im Restcamp Sikaretti sein."
Anne betätigte die Hupe des Autos. John rief empört: „Spinnst du? Wenn da Wilderer sind, bringen die uns vielleicht um!"
Karl beruhigte sie:
„Das werden keine Wilderer sein. Wir werden hier bleiben. Sollten hier keine Menschen sein, so können wir unsere Zelte aufschlagen. Das Aussehen der Hütten deutet auf das Restcamp hin, ich glaube, wir sind richtig."
Karl, der durch das lange und angespannte Fahren Verspannungen in seiner Wirbelsäule verspürte, wollte sich einige Meter die Beine vertreten und bat die Kinder, erst mal abzuwarten:
„Ich laufe einige Meter, entspanne meinen Rücken und denke nach."
Er verließ das Areal der Hütten und entfernte sich einige Hundert Meter, dabei streckte er sich und machte kleine gymnastische Bewegungen. Als er gerade wieder umdrehen wollte, bemerkte er nicht weit, vielleicht 50 Meter vor sich, zwei Löwinnen, die gemächlich an ihm vorüberzogen. Karl erschrak und lief langsam rückwärts, um die Löwinnen nicht aus den Augen zu lassen. Erst, als er merkte, dass die Tiere kein Interesse an ihm hatten, drehte er sich um und lief schnell, ohne zu rennen, in Richtung der Hütten. Er war sogar etwas enttäuscht, dass die Löwen ihn nicht mal beachteten. Bei den Kindern angekommen, erzählte er ihnen davon und warnte:
„Wir müssen aufpassen."
Die Kinder lächelten sich gegenseitig an, Anne zwinkerte dabei, sie dachten, es wäre ein Spaß. Kaum hatte Karl seine Erzählung von den Löwen, der Gefahr, die von ihnen ausging, und der nötigen Vorsicht beendet, sahen sie aus der Ferne einen Jeep auf sich zukommen. Willem und Anne setzten sich vorsichtshalber in den Cruiser. John blieb angespannt und ängstlich neben Karl stehen, dessen rechte Hand er festhielt. Noch bevor der Erwachsene die Menschen im Jeep richtig erkannte, meldete sich der Kleine freudig und laut:

„Das sind Ranger, Onkel! Ich erkenne sie an ihren Mützen."
Karl hatte nichts anderes erwartet. Die Ranger, zwei Schwarze, stoppten ihr Auto, stiegen aus und gingen auf die beiden zu. Man begrüßte sich freundlich mit Händeschütteln und auch John gaben sie die Hand. Die Ranger fragten nach dem Erlaubnisschein.
„Wir haben keinen", antwortete Karl.
„Na ja", sagte einer der Ranger, „normalerweise brauchen die Touristen einen. Bei euch ist das was anderes, ihr seid keine Touristen. Ich sehe ja an eurem Fahrzeug, dass ihr von der UN seid."
Anne und Willem stiegen wieder aus dem Auto aus und gesellten sich zu der Gesprächsrunde.
„Es ist zurzeit kein einziger Tourist hier. Ihr könnt jede Hütte mieten, alles steht euch frei", meinten die Ranger.
Karl entschied sich für eine mit zwei Betten. John fragte die Ranger, welche Tiere im Nationalpark zu sehen wären. Sie zählten Zebras, Giraffen, Gnus, Elefanten und Löwen auf. Als das Wort „Löwen" fiel, fragte der Junge sofort nach:
„Können die auch hierher kommen?"
„Ja", antwortete einer der Ranger, „aber du brauchst keine Angst zu haben. Die finden hier genug Nahrung, die fressen keine Menschen. Trotzdem müsst ihr vorsichtig sein, es gibt auch Löwen – alte, die von ihrer Gemeinschaft ausgestoßen wurden –, die auch für Menschen gefährlich werden können. Zurzeit gibt es aber unseres Wissens keinen solchen Löwen im Nationalpark."
Karl erzählte ihnen noch, dass er vor wenigen Minuten zwei Löwinnen nahe an sich hatte vorbeilaufen sehen. Die Ranger beeindruckte das nicht, für sie war das Alltag:
„Wenn ihr wollt, können wir morgen früh mit euch zusammen die Wasserstellen abfahren. Wir zeigen euch die interessantesten Stellen des Parks."
Das Angebot nahmen sie gerne an.
Da die Hütte nur zwei Betten hatte, mussten zwei der vier Besucher

auf Luftmatratzen und in Schlafsäcken auf dem Boden schlafen. Karl wurde als einzigem Erwachsenen das Privileg, im Bett zu schlafen, ohne Diskussionen zugestanden. Die drei Kinder aber stritten um das übrig gebliebene Bett. John meinte, er als Jüngster hätte darauf ein Anrecht. Willem bestand darauf, dass es ihm als Ältesten zustand, und Anne behauptete, weil sie das einzige Mädchen wäre, dürfte sie in dem Bett schlafen. Karl hatte eine Idee:
„Ich nehme drei Streichhölzer, zwei davon verkürze ich. Der, der das längere zieht, schläft im Bett."
John war der Glückliche. Überheblich sagte er:
„Seht ihr, das ist gerecht."
Nachdem diese Geschichte geklärt war, machten sie vor der Hütte ein Feuer, über dem sie das Fleisch grillten. Während des Essens sahen sie hin und wieder nach rechts und links, denn die Geräusche der wilden Tiere beängstigten die Kinder. Früh zogen sie sich in die Hütte zum Schlafen zurück.

Die Ranger hielten ihr Wort. Am nächsten Morgen, die Sonne war gerade aufgegangen, fuhren sie mit zwei Jeeps vor die Hütte der vier Gäste und hupten. Die Kinder waren schon aufgestanden und angekleidet, nur Karl schlief noch.

„Onkel, die Ranger sind da!", schrie John seinem Onkel laut ins Ohr.

Anne öffnete die Tür und bat die Ranger einen Moment zu warten. Karl stieg schnell aus seinem Bett, zog sich an, putzte sich seine Zähne und wusch hastig sein Gesicht. Dann war auch er bereit für die Tour. Die vier teilten sich auf, jeweils zwei in einem offenen Jeep. Die Ranger fuhren mit ihren einzigen Besuchern des Restcamps als erstes zu der nächsten Wasserstelle. Da sich in diesem Moment keine Tiere an dem künstlichen Wasserloch aufhielten, entschlossen sie sich, den Touristen anhand von vorhandenen Spuren zu zeigen, welche Tiere sich vor einiger Zeit dort aufgehalten hatten.

„Das sind Spuren von Kudus. Das sind welche von Gnus und da, schaut mal, sind welche von mehreren Löwen. Mindestens zwei waren vor nicht allzu langer Zeit hier trinken."

„Vielleicht waren das die zwei Tiere, die gestern so nahe an mir vorbeigelaufen sind", sagte Karl.

„Ja bestimmt, die Spuren sind neu", stimmte einer der Ranger ihm zu.

Nun waren die Kinder davon überzeugt, dass Karl die Wahrheit gesagt hatte. Die Ranger fuhren noch einige Stunden mit den vieren durch das Gelände, wo sie viele Tiere sehen konnte. Gegen Mittag kehrten sie zu ihrer Hütte zurück. Die Kinder hatten Hunger, es hatte ja kein Frühstück gegeben, dazu war am Morgen keine Zeit gewesen. Anne kochte Getreidekaffee und wollte das verpasste Frühstück mit Margarine- und Marmeladenbrot nachholen. Karl sprach sich für einen Brunch aus und musste den Kindern erst mal erklären, was das war. Danach entfachten sie wieder ein Feuer fürs Grillen. Diesmal wurden aber nur Würste gegrillt, die Steaks hoben sie für das Abendessen auf.

Auch am nächsten Morgen standen sie früh auf, schließlich wollten sie die Natur erleben und Tiere sehen. Aber sie waren unabhängiger, denn die Ranger hatten sich nicht angesagt. So konnten sie gemütlich frühstücken. In einer Dusche gab es sogar die Möglichkeit, wenn auch in einer nicht bequemen oder sauberen Umgebung, sich mit kaltem Wasser zu waschen. Karl fuhr im Nationalpark dieselbe Strecke mit seinem Auto ab, die sie am Vortag mit den Rangern befahren hatten. Alternative Strecken führten zu weit in den Norden und kamen für sie aus Zeitgründen nicht infrage. Eine Stunde fuhren sie ohne überhaupt nur ein Tier gesehen zu haben, lediglich ein paar Elefanten sichteten sie undeutlich aus sehr weiter Entfernung. John war sehr enttäuscht, er wollte schon zurück ins Restcamp. Da rief Willem:

„Schaut mal, hier sind Hyänen! Die scharen sich um einen Kadaver."

Karl stoppte das Auto.

„Seht, da kommen zwei Löwen", sagte Anne und deutete mit ihrem

Zeigefinger in deren Richtung. Die Löwen liefen gemächlich auf die anderen Raubkatzen und den Kadaver zu. Als sie fauchten, stellten die Hyänen ihre Nackenhaare auf und schrien dabei in einem schrillen Ton. Widerwillig verließen sie den Kadaver, sodass sich die Löwen jetzt ungestört zum Fressen begeben konnten.

Als sie am Nachmittag ins Restcamp Sikaretti zurückkehrten, waren sie nicht mehr die einzigen Besucher. Vier Autos standen vor den benachbarten Hütten und einige Menschen wuselten in den Kofferräumen der Fahrzeuge herum, holten Gepäckstücke heraus. Es wurde Deutsch gesprochen und so grüßten auch Karl und die Kinder mit „Hallo". „Tach", kreischte eine ältere Frau zurück. Zunächst hatte Karl keine große Lust, sich mit diesen Leuten zu unterhalten. Er zog sich mit den Kindern in die Unterkunft zurück.

„Das sind Deutsche, Landsleute von dir. Willst du dich mit denen nicht unterhalten?", fragte Willem.

Karl gab sich zurückhaltend. „Mal sehen", sagte er.

Die Kinder fingen an, das Abendessen vorzubereiten, das dauerte wie immer in der Wildnis oder in einem Restcamp seine Zeit. Als erstes machten sie Feuer und warteten darauf, dass es so weit heruntergebrannt war, um Fleisch auf den Rost legen zu können. Die Zeit variierte je nach der Beschaffenheit des Holzes: War es sehr trocken, dauerte es eine Stunde, war es feucht, entsprechend länger. Die Äste waren sehr trocken, sodass nach einer Stunde das Fleisch, vier Steaks, auf den Rost gelegt werden konnte. Die deutschen Touristen hatten mit ihren weißen namibischen Reiseleitern inzwischen nicht weit von ihnen auch ein Feuer zum Grillen gemacht. Sie bauten einen großen Tisch auf, deckten ihn mit einer weißen Tischdecke, Tellern, Gläsern und Besteck. Karl konnte sehen, dass auch ein kleines Fass Bier in der Nähe aufgestellt wurde.

Anne kochte auf dem Gaskocher in der Hütte Kartoffeln. Sie wollte ihre Kochkünste vorführen, die sie nicht von ihrer Mutter erworben hatte, sondern im Kochunterricht, den es in ihrer Schule für Mädchen gab. Nun wollte sie zum ersten Mal zeigen, was sie gelernt hatte. Bevor das Feuer der deutschen Touristen so weit runtergebrannt war, dass sie ihr Fleisch auflegen konnten, war das Essen der vier aus Otjiwarongo fertig. Anne hatte einen köstlichen Kartoffelsalat gemacht, für den sie alle lobten, sogar John fand den Salat gut.

„O'zapft is", brüllte einer der deutschen Touristen laut durch das Restcamp. Anne fragte Karl:

„Was hat der denn? Was meint er?"

Karl antwortete: „Die fangen jetzt an, Bier zu trinken."

Er trank an diesem Abend erst mal Mineralwasser, Alkohol wollte er nicht trinken. Am nächsten Tag musste er ja von Sikaretti bis nach Otjiwarongo fahren. Die Stimmung an den Tischen der deutschen Touristen wurde immer besser, einige von ihnen suchten Kontakt zu Karl. Sie brüllten in englischer Sprache:

„Kommt doch rüber zu uns und trink ein Bier mit uns!"

Karl rief zurück: „Danke, aber wir müssen morgen früh aus den Betten, wir haben eine weite Fahrt Richtung Süden."

Er rief das auf Deutsch und weckte damit die Neugierde der Touristen. Es blieb ihm nichts anderes übrig, er musste wenigstens ein Bier mit ihnen trinken. Die Kinder gingen zu Bett, Karl gesellte sich zu den anderen Deutschen. Er erzählte ihnen seine Geschichte und über seine Arbeit als Mechaniker in der UN-Mission. Die meisten der Touristen fanden es gut, dass er sich für Namibias Unabhängigkeit einsetzte. Einige sagten, dass sie dieses Land nicht besucht hätten, wäre der Unabhängigkeitsprozess nicht eingetreten. Nur zwei deutsche Touristen und die Reiseleiter waren gegen die politischen Veränderungen. Karl unterhielt sich mit den Ablehnenden nicht, er sprach lieber mit einem Berliner Ehepaar. Er ließ sich von ihnen über die Vorkommnisse in Berlin berichten. Insbesondere vom 9. November 1989. Karl empfand große Freude, zum ersten Mal hörte er die Geschichte von Menschen, die beim Mauerfall unmittelbar dabei gewesen waren. Bisher hatte er nur über die Presse, Radio und Fernsehen Informationen erhalten. In diesem Moment sehnte er sich nach seiner Heimatstadt Berlin, versuchte sich Kreuzberg ohne Mauer vorzustellen. Es fiel ihm schwer. Nach dieser interessanten Unterhaltung und einigen Bieren ging Karl schlafen. In dieser Nacht träumte er von grenzenloser Freiheit ohne Mauern, ohne Stacheldraht, ohne Ausbeutung, ohne Unterdrückung, ohne Demütigung. Und seine Stadt Berlin, die er so liebte, stand im Mittelpunkt, war treibende Kraft dieser Bewegung.

Früh am Morgen verließen sie Sikaretti. Ohne größere Probleme meisterten sie die Sandpassagen, die ihnen bei der Hinfahrt Probleme bereitet hatten. In Tsumkwe meldeten sie sich wie verabredet im UN-Office zurück. Auf kürzestem Weg wollten sie nach Otjiwarongo, schon am Vormittag waren sie in Grootfontein. Da hatten sie geplant, in einem Restaurant zu Mittag zu essen, doch alle fanden es noch zu früh, keiner hatte Hunger. Die vier entschlossen sich, erst im nächsten Ort, in Otavi, ein Lokal aufzusuchen. Karl wollte den Kindern auch einmal eine andere Kost bieten, nicht immer nur Grillfleisch. In einem dortigen deutschen Restaurant aßen sie vegetarische Kost, Rührei mit Bratkartoffeln und Tomatensalat. Bereits am Nachmittag kamen sie zu Hause in Otjiwarongo an. John erzählte wie immer sehr ausführlich von den Geschehnissen. Alles, auch noch die kleinste Kleinigkeit, erzählte er seiner Mutter. Er vergaß nichts: die Geschichte mit den Löwen, den Rangern, den skandinavischen UN-Polizisten, Karls Kreisfahrt, um die Sandfelder zu überwinden, selbst von den Tiergeräuschen in der Nacht, die er versuchte nachzuahmen, was ihm aber nur sehr schlecht gelang. Marie benahm sich an diesem Tag besonders liebevoll gegenüber ihren Kindern und Karl. Ihre Harmoniebedürftigkeit in der Familie war groß, aber in der Vergangenheit hatte sie auch immer deutlich gemacht, dass sie das Sagen hatte, und bestimmt, was familiäre Verträglichkeit war. Doch an diesem Tag hielt sie sich mit jedweder Forderung an die Kinder und auch an Karl zurück. All die Wünsche, die die Kinder an sie herantrugen, ließ sie durchgehen. Selbst als John am späten Abend noch die Idee hatte „Mensch ärgere dich nicht" zu spielen, machte Marie keine Anstalten, dies zu verbieten. Karl schaute ihr in die Augen, er sah Traurigkeit dort.

Spät am Abend, die Kinder waren schon im Bett, gingen auch Karl und Marie schlafen. Sie umarmte ihn, er spürte, dass diese Umarmung nichts mit sexueller Lust oder irgendwelchen erotischen Bedürfnissen zu tun hatte. Er dachte bei sich: Marie ist verzweifelt, sie braucht Hilfe. Auch er drückte sie innig an sich.

„Halt dich an mir fest, halt dich an deiner Liebe fest", sagte er zärtlich zu ihr.

Marie weinte. Karl spürte ihre Tränen an seiner Wange. Er fragte nicht, er küsste sie auf die Stirn, hielt sie eng in seinen Armen. In seiner festen aber liebevollen Umarmung beruhigte sie sich. Als sie sich wieder gefasst hatte, erklärte sie ihm ruhig und vertrauensvoll unter trotzdem fließenden Tränen, dass sie am Unterleib operiert werden müsste. Schon seit einigen Wochen wüsste sie das, es wäre für sie ein langer Kampf gewesen, einen Kostenträger zu finden. Die staatliche Fürsorge hätte sich nun endlich bereiterklärt, die Kosten für die Operation und die Behandlung zu übernehmen, sie müsste nur für den Krankenhausaufenthalt aufkommen. Beide weinten, Karl tröstete sie:

„Mach dir keine Sorgen, es wird alles gut, ich helfe dir mit allem, was ich dir geben kann."

Sie wischte sich mit dem Betttuch die Tränen aus den Augen und wurde wieder die selbstbewusste und kämpferische Marie.

„Die Kinder werden, während ich im Krankenhaus bin, hier in Otjiwarongo bleiben. Ich habe mit dem Rektor der Schule gesprochen, die können in der Schule betreut werden und dort wohnen. Sie sind ja nicht die einzigen, die dort wohnen. Einige Farmkinder werden dort sogar über die Wochenenden betreut. John wird mit mir nach Windhoek kommen. Er wird für die Zeit bei meiner Schwester und meiner Mutter wohnen, das habe ich mit denen bereits abgesprochen! Von dir, Karl, wünsche ich mir nur, dass du hin und wieder vorbeikommst.

Es wäre auch schön, wenn du John einige Male besuchen würdest, du weißt ja, er hängt an dir."

Karl fragte: „Wann musst du ins Krankenhaus?"

„Ende nächster Woche", gab Marie ihm zur Antwort.

Die beiden schliefen in dieser Nacht kaum, sie hielten sich fest in den Armen, manchmal flossen Tränen, sie küssten sich und streichelten sich liebevoll.

Auflösung der Werkstatt und Maries Krankenhausaufenthalt

Auf der morgendlichen Dienstbesprechung teilte Erich Alois und Karl überraschend mit, dass sie sofort mit der Auflösung der Werkstatt beginnen sollten. Sie sollten die Reifen im Hof ordnungsgemäß aufstapeln, alte Schrottteile auf einen Haufen packen, nicht verarbeitete Ersatzteile auflisten und vieles mehr.

„Wir haben aber noch einige Fahrzeuge zur Reparatur da", meinte Alois.

„Die müsst ihr noch fertigmachen. Ihr müsst auch noch Reparaturen annehmen, aber nur solche, mit denen ihr bis spätestens Donnerstagnachmittag fertig werdet. Denkt daran, dass die Werkstatt am Freitag besenrein an den Vermieter übergeben werden muss. Größere Reparaturen lehnt ihr ab, schickt die dann in die Werkstatt nach Windhoek oder in eine Vertragswerkstatt hier am Ort."

„Heißt das, wir sind die letzte Woche in Otjiwarongo?", fragte Karl.

„Ja", antwortete Erich, „spätestens am Samstag fahre ich nach Windhoek und eine Woche darauf fliege ich nach Österreich."

Karl kam das alles zugute, er hoffte nach Windhoek versetzt zu werden. Dann könnte er Marie oft und ohne weite Anreise im Krankenhaus besuchen. Am Mittag telefonierten er und Alois mit dem Beauftragten vom DED. Dieser erzählte ihnen von einem Haus, das in Windhoek für sie angemietet würde. Sobald sie mit der Auflösung ihrer Werkstatt und ihres Hauses fertig wären, könnten sie dort einziehen.

Karl überbrachte Marie am Abend die Nachricht, sie freute sich: „Dann kannst du mich ja jeden Tag im State Hospital besuchen."

Für alle UN-Mitarbeiter begann jetzt eine stressige Woche: eine Zeit des Packens und der Auflösungen von Büros, Werkstatt und privaten

Unterkünften. Schon einen Tag vor der offiziellen Übergabe an den Vermieter war die UN-Werkstatt in Otjiwarongo nicht mehr einsatzbereit. Alles, was man für Reparaturen benötigte, war auf große Lkw geladen und in die Hauptstadt geschafft worden. Die drei Mechaniker feierten an ihrem letzten Arbeitstag der UN-Mission in Otjiwarongo. Erich lud Karl und Alois in den Hamburgerhof zum Essen ein. Er bedankte sich damit für ihre Loyalität, die die beiden ihm entgegengebracht hatten. Am nächsten Morgen fuhr er nach Windhoek.

Marie war schon am Freitagmorgen mit ihrem Ford zu ihrer Schwester gefahren. Da sie erst am Montag ins Krankenhaus musste, übernachtete sie mit John zwei Nächte dort.

Alois und Karl reinigten am Samstag das Haus von Frau von Maerz, das Karl nur sehr selten bewohnt hatte, und packten ihre Sachen. Sonntagmorgen fuhr jeder mit seinem Cruiser nach Windhoek.

Fast zeitgleich trafen beide im Büro des DED ein. Sie waren nicht die ersten Entwicklungshelfer, die ihre UN-Werkstatt bereits aufgeben mussten. Kollegen aus Opuwo und Katima Mulilo waren schon einige Tage vor ihnen angekommen. Weitere Mechaniker aus anderen Orten wurden in den nächsten Tagen in Windhoek erwartet. Der DED-Beauftragte nahm sich Zeit für sie und begleitete Alois und Karl zu ihrer neuen Unterkunft. Es war ein sehr schönes Haus, gelegen im Stadtteil Olympia, mit mehreren Zimmern, einer großen und gut eingerichteten Küche, einer Garage mit Platz für zwei Autos und einem kleinen Garten. Die beiden waren die ersten DED-Bewohner in diesem schicken Haus, sie konnten sich ihre Zimmer noch aussuchen. Alois entschied sich für das größte mit einer Veranda. Karl war bescheidener, sein Zimmer war kleiner, dafür hatte er aber Aussicht auf den schönen und gepflegten Garten. Bevor sich der Beauftragte von den beiden verabschiedete, teilte er ihnen noch mit, dass sie am nächsten Morgen um acht Uhr im DED-Büro zu erscheinen hätten. Die UN-Mission wäre noch nicht beendet, für die Werkstätten in Windhoek würden wahrscheinlich noch Mechaniker gebraucht, er müsste sich diesbezüglich noch mit den Verantwortlichen der UN in Verbindung setzen.

Karl hielt sich in seinem Zimmer auf und räumte seine Kleider in den Schrank, als er einen lauten Schrei hörte: „Aua, Scheiße!" Er machte sich sofort auf den Weg in Richtung Küche, von wo der Schrei gekommen war. Alois saß kreidebleich und stöhnend am Küchentisch, fest umklammerte er mit der rechten Hand Zeige- und Mittelfinger seiner linken. Karl brauchte nicht zu fragen, was passiert war, er sah Alois' großes „Abenteuermesser", eine Blutlache und ein Stück Schinken auf dem Küchentisch. Er rannte aus dem Haus zu seinem Cruiser und holte einen Verbandkasten. Als er wieder zurück in die Küche kam, saß Alois fast ohnmächtig und leichenblass auf seinem Stuhl, drückte sich fest an die Rückenlehne und umklammerte noch immer verkrampft Zeige- und Mittelfinger. Karl hatte Mühe, ihn dazu zu bewegen, seine rechte Hand von der Schnittwunde zu lösen, damit er sich das anschauen und ihn verarzten konnte. Nach einigen tröstenden, mitleidigen Worten öffnete Alois seine Hand. Karl sah einen tiefen Schnitt in beiden Fingern und verband sie, so gut er konnte, doch fachgerecht war das nicht. Er machte ihm den Vorschlag, ihn ins Krankenhaus zu fahren, aber er lehnte ab.

Karl schlief tief und fest im neuen Haus. Alois dagegen konnte vor Schmerzen kaum ein Auge zumachen. Schon um fünf Uhr in der Früh stand er auf, denn das Pochen und die Schmerzen in seinen verletzten Fingern machten ihm Angst. Er weckte den noch im Tiefschlaf befindlichen Karl und bat ihn, er möge ihn ins Krankenhaus fahren. Karl machte Kaffee und während er diesen trank, sah er auf der Suche nach dem Staatshospital in den Stadtplan von Windhoek. Alois hatte keine Geduld mehr:

„Nun beeil dich mit dem Kartenlesen! Oder soll ich hier an einer Blutvergiftung sterben? Mein Arm wird schon blau."

„Okay, wir können los. Ich finde den Weg dorthin."

Karl fuhr schnell, das konnte er auch, denn es war früh am Morgen, die Straßen waren noch frei. Von Olympia nach Windhoek Nord, wo sich das Staatshospital befand, war es ein weiter Weg. Sie mussten durch die ganze Stadt. Alois saß jammernd auf dem Beifahrersitz und fragte:

„Wie lange dauert das noch?"

Endlich erreichten sie die Straße TV More. Karl wusste, sie mussten bis zur Pasteurstraße, diese dann links, bis zur Florence Nightingale, dann müsste das Krankenhaus zu sehen sein. Er hatte recht, auf dem großen Parkplatz stellte er das Auto ab. Schnell hatten sie die Notaufnahme gefunden, doch das, was sie dort sahen, war erschreckend: Der Wartesaal war voller Menschen. Einige der Wartenden hatten schreckliche Verletzungen, man hätte meinen können, die Stadt hätte gerade einen Bombenangriff oder ein Erdbeben hinter sich. Alois war entsetzt und sagte:

„Mein Gott, wann komme ich da dran, wann werde ich da behandelt? Warum sind wir überhaupt hierher gefahren? Wir hätten doch auch zu dem Schweizer Gesundheitspersonal gehen können, die sind doch für die UN-Leute zuständig."

„Ja", antwortete Karl, „das ist richtig, aber ich weiß nicht, wo sich ihr Krankenhaus oder ihre Behandlungsräume befinden."

Jetzt rächte sich, dass sie sich nicht für solche Eventualitäten vorbereitet hatten. Zu Beginn der UN-Mission waren ihnen auch die Adressen dieser Örtlichkeiten mitgeteilt worden. Alois meldete sich an dem Schalter der Notaufnahme an. Er betonte, er wäre UN-Mitglied und deshalb gut krankenversichert. Die Frau am Schalter nahm das zur Kenntnis und bat ihn, sich hinzusetzen und zu warten, bis er aufgerufen würde. Hinsetzen konnte er sich nicht, es war kein Stuhl mehr frei. Karl konnte für ihn nun nichts mehr tun, er versuchte ihn aufzumuntern:

„Kopf hoch, es wird alles gut."

Danach verabschiedete er sich und ging. Alois rief ihm noch hinterher:

„Entschuldige mich beim Beauftragten."
„Na klar."
Karl wusste, er würde bald wieder in diesem Krankenhaus sein und Marie besuchen.

Pünktlich um acht Uhr erschien Karl im DED-Büro. Dort erzählte er dem Beauftragten und den wenigen bereits eingetroffenen Mechanikern von Alois' Missgeschick. Ein Kollege aus der UN-Zentralwerkstatt von Windhoek meinte, das wäre jetzt schon der dritte, der krankgeschrieben wäre. Erst gegen zehn Uhr waren alle zu erwarteten Kollegen eingetroffen. Die aus Keetmanshoop und Swakopmund wurden erst in einigen Tagen erwartet. Nun begann der Beauftragte, die Mechaniker auf die zwei noch verbliebenen Werkstätten aufzuteilen. Es wurde heftig diskutiert, kaum einer hatte noch Lust in den Werkstätten zu arbeiten. Die Männer aus der Zentralwerkstatt waren der Meinung, dass da nichts mehr zu tun wäre. Fast alle Fahrzeuge wären bereits den namibischen Regierungswerkstätten übergeben worden, für Aufräumarbeiten wären sie nicht zuständig, die UN sollte dafür kurzzeitig Einheimische einstellen. Der Beauftragte vertrat einen anderen Standpunkt: Er hatte sich mit einem Verantwortlichen der UN auf mindestens vier Mechaniker geeinigt, die bis zum Schluss der Mission in den Werkstätten weiter arbeiten sollten.
„Unsinn", meinten die Zentralwerkstattkollegen.
Besonders heftig wehrten sich die Entwicklungshelfer, die schon einen großen Teil ihres Jahresurlaubs verbraucht hatten. Sie hatten Angst, dass sie bis zum Schluss arbeiten müssten, und genötigt würden, den liegengebliebenen Dreck zu beseitigen. Viele beantragten Urlaub, einige klagten über gesundheitliche Probleme. Der Beauftragte ließ sich dazu hinreißen, den Antragsstellern ihren Urlaub zu gewähren und die über ihren schlechten Gesundheitszustand Klagenden zum Arzt zu schicken. Nur zwei blieben übrig, einer davon war Karl. Ausgerechnet Karl, der noch keinen einzigen Urlaubstag verbraucht

hatte, sah man davon ab, dass er zwei Tage Sonderurlaub von Erich bekommen hatte, die aber wohl kaum zählten. Er wurde der kleinen UN-Werkstatt von Windhoek zugeteilt, diese war zuständig für die Reparatur von VWs und Toyota Crowns. Am nächsten Tag hatte er sich um acht Uhr dort einzufinden.

Nach dem DED-Meeting hatte Karl frei. Sofort fuhr er mit dem Cruiser ins Staatshospital. Er durfte den Wagen noch behalten, während alle anderen Kollegen, die sich krankschreiben ließen oder ihren Urlaub antraten, ihre UN-Fahrzeuge in einem guten Zustand abgeben mussten. Für den guten Zustand und den letzten Service waren selbstverständlich die Mechaniker selbst verantwortlich.

Karl ging zur Rezeption des Krankenhauses und ließ sich die Zimmernummer von Marie geben. Sie lag mit acht anderen Frauen in einem Zimmer. Als sie Karl sah, strahlte sie.

„Du besuchst mich heute schon! Ich bin doch erst seit heute Morgen hier."

Karl erzählte ihr, dass er am Morgen schon hier gewesen war und Alois zur Notaufnahme hergebracht hatte. Marie wusste noch nicht, wann sie operiert würde, vielleicht morgen, vielleicht aber erst übermorgen.

„Komm, wir können zusammen einen Kaffee trinken gehen. Ich bin froh, wenn ich aus dem Bett und aus dem Zimmer komme."

An einem Kaffeeautomaten in einem der Aufenthaltsräume holten sie sich einen schlecht schmeckenden Kaffee und unterhielten sich. Karl versuchte, Marie mit witzigen Sprüchen fröhlich zu stimmen. Sie machte aber nicht den Eindruck, als wäre sie besonders deprimiert, sie klagte auch nicht. Nach seinem Abschied fuhr er hoffnungsvoll und gut gelaunt zu seinem neuen Haus nach Olympia.

Am Küchentisch saß vor einem großen Stück Schinken Alois, der einen riesigen Verband um seine Hand gewickelt trug.

„Na endlich bist du da. Ich möchte von dem Schinken essen, aber alleine kann ich das nicht, bitte hilf mir!"

Karl schnitt mit dem scharfen und großen Messer von Alois den Schinken in Scheiben. Dann machte er Kaffee und schnitt noch einige Scheiben Brot auf. Während sie aßen, erzählten sie sich von ihren Tageserlebnissen.

Karl fuhr am nächsten Morgen zur kleinen UN-Werkstatt von Windhoek. Als er um acht Uhr dort ankam, sah er schon einen Mechaniker an einem Auto herumwerkeln. Er stellte seinen Wagen ab und machte sich auf den Weg zu ihm. Der Mann, ein Schwarzer, drehte sich zu ihm und schaute ihn fragend an.

„Mein Auto ist in Ordnung. Ich bin hier, um dir zu helfen, mein Name ist Karl. Ich war vorher Mechaniker in Otjiwarongo."

„Oh, niemand hat mir gesagt, dass ich Hilfe bekomme. Ich freue mich, ich brauche deine Hilfe dringend. Herzlich willkommen!"

Der Mechaniker, er hieß Bob und war aus Trinidad Tobago, wies Karl ein. Er war überrascht über die viele Arbeit, die hier noch auf beide wartete.

„Du musst zuerst einen Service bei einem Crown machen und danach eine Kupplung bei einem Golf austauschen."

Karl hatte sich die letzten Tage der UN-Mission anders, ruhiger vorgestellt. Hier stand der Hof voller Autos. Alle mussten noch repariert werden, es war so schlimm wie damals in Otjiwarongo, als Alois auf der Jagd gewesen war. Gegen Mittag kam ein Mann mit einem Landrover an, der Probleme mit der Zündung hatte. Karl schickte ihn zur Zentralwerkstatt, worauf der Mann sich empörte, von dort käme er gerade und die hätten ihn hierher geschickt.

„Trotzdem, wir haben hier genug zu tun", entgegnete Karl ihm. Bob hörte die Auseinandersetzung zwischen den beiden. Als Leiter dieser Werkstatt, der das Sagen hatte, begab er sich sofort zu den Streitenden.

„Wir werden das in Ordnung bringen, kommen Sie gegen 16 Uhr wieder."

Der Fahrer des Landrovers verschwand zufrieden. Karl schüttelte den Kopf und fragte Bob:

„Was soll das?"

Der antwortete: „Da, wo ich herkomme, verdient ein Mechaniker nur einen Bruchteil dessen, was ich hier bei der UN verdiene. Ich möchte weiter hier arbeiten dürfen. Du bist aus Deutschland, dir kann es egal sein, ob du deinen Job verlierst."

Karl verstand ihn, versuchte ihm aber auch klarzumachen, dass sich einige Mechaniker auf Kosten anderer ausruhen:

„Die in der Zentralwerkstatt machen so gut wie nichts mehr, sie schicken die Fahrzeuge einfach zu uns."

„Ich habe nur einen Zweijahresvertrag, der läuft nach dieser Mission aus. Ich brauche dringend eine Verlängerung. Die Verantwortlichen der UN erwarten von mir mehr Einsatz als von euch Entwicklungshelfern", klagte Bob.

Karl kapierte, er hatte ein schlechtes Los gezogen.

Während Bob die Mittagspausen in der kleinen UN-Werkstatt wegen des Personalmangels fast immer durcharbeitete, verließ Karl pünktlich um zwölf Uhr für zwei Stunden die Werkstatt. In dieser Zeit besuchte er Marie im Krankenhaus. Sie war immer noch nicht operiert und das, obwohl sie schon seit vier Tagen im Krankenhaus lag.

Karl hatte sich für das kommende Wochenende mit John zu einem Ausflug nach Großbarmen verabredet. Annemarie und Fiona hatten sich für Sonntag vorgenommen, Marie im Krankenhaus zu besuchen.

John lernt schwimmen

Auf der Fahrt nach Großbarmen fragte John Karl:
„Was ist Großbarmen?"
„Es ist ein Restcamp mit einer Thermalquelle. Das Wasser soll dort sehr heiß aus dem Boden sprudeln und das Baden darin soll gesund sein."
John schaute skeptisch von seinem Beifahrersitz zu Karl hinüber.
„Wenn das Wasser zu heiß ist, dann kann man darin nicht baden", meinte er. Dann erzählte er, dass seine Tante Fiona ihm gestern beim Baden in der Badewanne untersagt hätte, zu viel heißes Wasser zufließen zu lassen, da es ungesund wäre. Karl beruhigte ihn:
„Das Wasser in Großbarmen ist bestimmt so warm, dass Menschen davon keinen Schaden nehmen."
Er wusste, dass die Menschen an Energie, aber vor allem an Wasser sparen mussten. Das Land war arm an Wasser und so war dieses sehr teuer. Karl war neugierig geworden, deshalb fragte er John:
„Haben die anderen auch gebadet?"
John erzählte offen: „Erst hat Tante Fiona gebadet, dann die Oma, danach meine Cousins Simon und Paul, zum Schluss ich."
Karl hörte sich das an, grinste und fragte weiter:
„Alle im gleichen Wasser?"
„Ja, aber nach jedem Bad wurde wieder etwas Wasser nachgefüllt, nur heiß durfte es nicht sein."
In Großbarmen angekommen, bezogen sie einen kleinen Bungalow mit Schlafzimmer, Dusche, Toilette und einer kleinen Küche. Sie hätten auch zelten können, doch Karl wollte das nicht. Zelten inmitten der Zivilisation machte für ihn keinen Sinn. An den Jungen gewandt sagte er:
„Wir lassen es uns hier gut gehen! Wir essen lecker, gehen schwimmen und relaxen."

John nickte zustimmend mit dem Kopf. Karl wollte ihm das Schwimmen beibringen. Nach einer Stunde Schwimmtraining machte er, der als Kind Mitglied in einem renommierten deutschen Schwimmverein gewesen war, schlapp. John dagegen konnte zwar noch nicht schwimmen, war aber noch längst nicht bereit, das Schwimmbecken zu verlassen. Karl bat ihn inständig, aus dem Becken herauszukommen.

„Warum, Onkel? Das Wasser ist angenehm warm, es ist schön hier."

„Ich will nicht mehr, es ist genug", sagte er streng, fast aggressiv.

Gemeinsam verließen sie das Becken, der Kleine allerdings nur widerwillig. Karl, der John vor der Fahrt Hoffnungen gemacht hatte, dass er nach dem Besuch in Großbarmen würde schwimmen können, war von sich selbst enttäuscht. Er dachte: Der Junge ist ein guter Schüler, er hat das bald drauf. Ich bin ein schlechter Lehrer, ich habe zu wenig Geduld.

„Onkel, ich habe gesehen, dass es in dem Laden Schwimmreifen gibt. Wenn du mir einen kaufst, kann ich alleine weiterüben."

Zusammen gingen sie in das Geschäft des Restcamps, wo John sich einen Reifen aussuchte. Sofort rannte er damit wieder zum Schwimmbecken. Karl folgte ihm. Als der Kleine gerade mit dem Ring hineinspringen wollte, rief er ihm zu: „Stopp!"

John hatte schon zum Sprung angesetzt, es fiel ihm schwer ihn abzubrechen.

„Ich setze mich jetzt an den Beckenrand und trinke einen Kaffee. Du übst derweil schwimmen und machst das, was ich dir gezeigt habe. Ich schaue dir von hieraus zu."

„Ja, Onkel."

Mit großem Ehrgeiz und sehr ausdauernd verfolgte John sein Ziel. Mittlerweile wurde es Abend und die beiden gingen in ihre Unterkunft. Sie zogen sich für das Abendessen andere Kleidung an. Das Restaurantmanagement schrieb lange Hosen und eine angemessene Oberbekleidung vor. Die Essensauswahl war riesengroß: Fischgerichte, Geflügel, Schwein, Rind, Lamm und natürlich auch Wild aus der

Region, Strauß, Warzenschwein, Kudu und Elenantilope, aber auch vegetarische Kost. John entschied sich für sein Leibgericht, Wiener Schnitzel. Karl beschloss, Fisch zu essen, Tigerfisch, gefangen im Okavango.

„Wenn wir morgen noch mal schwimmen gehen, kann ich es", sagte John stolz beim Essen.

Karl fragte zurück: „Bist du dir da sicher?"

„Ja Onkel, du hast es mir doch versprochen."

Karl musste lachen und er war sich nicht sicher über was, über sich selbst oder über Johns Spruch.

Am nächsten Morgen standen sie früh auf, Karl wollte unbedingt noch die Umgebung des Camps erforschen. Der Junge wollte lieber sofort zum Schwimmbad. Der Erwachsene setzte sich natürlich durch. Die beiden durchstreiften die Umgebung und stießen nach wenigen Metern auf eine Ruine. Karl versuchte, John Geschichte zu erklären: „Ich glaube, weiß es aber nicht genau, dies könnte zur Rheinischen Missionsstation Großbarmen gehört haben. Der deutsche Missionar Hugo Hahn hatte sie schon 1844 gegründet, während des Hererokrieges wurde sie 1904 aufgegeben."

Johns alleiniges Interesse galt dem Schwimmen.

„Onkel, wie lange bleiben wir noch hier?"

„Am Nachmittag fahren wir zurück."

„Gehen wir noch zum Schwimmen?"

„Natürlich John, jetzt gehen wir wieder zurück, packen unsere Sachen zusammen, gehen an die Rezeption und bezahlen. Danach gehen wir wieder ins Wasser."

Nach nur wenigen Minuten, die sie gemeinsam im Schwimmbecken waren, legte John, der von Anfang an ohne Schwimmweste im Wasser war, seine ersten alleine und ohne Hilfe geschwommenen Meter zurück.

„Wenn du alleine 25 Meter schwimmst, dann kannst du sagen, dass du schwimmen kannst", ermunterte Karl ihn. Der Junge schaffte sogar einige Meter mehr. Karl war längst aus dem warmen und leicht nach Schwefel riechenden Wasser herausgekrochen. Er ließ John nicht aus den Augen, er vertraute seinen Schwimmkünsten noch nicht. Er saß am Beckenrand mit einer Tasse Kaffee und Mineralwasser und schaute dem Treiben im sowie außerhalb des Schwimmbeckens zu. Der Kleine dagegen schwamm und schwamm, immer mindestens 25 Meter, dann machte er eine kurze Pause und schwamm wieder eine Bahn. Endlich, nach langem Hin- und Herschwimmen, stieg John aus dem Wasser und rannte zu Karl.

„Nur eine kurze Pause, Onkel, dann gehe ich wieder rein."

„Zeig mir deine Hände", forderte Karl ihn in einem freundlichen Ton auf.

John zeigte sie ihm.

„Schau mal, wie schrumpelig die sind."

„Warum sind die denn so, Onkel?"

„Du warst zu lange im Wasser, du musst jetzt eine längere Pause machen", entschied Karl.

Für John war es ein großes Erfolgserlebnis, er konnte jetzt schwimmen. Nach einer halben Stunde quälenden Sitzens am Beckenrand ließ ihn Karl wieder ins Wasser.

Erst am Nachmittag hatten beide genug, Karl vom Zuschauen und John vom Schwimmen. Der Junge sagte überschwänglich:

„Ich brauche den Schwimmring nicht mehr, den können wir wieder zurückgeben."

„Die werden den wohl nicht mehr zurücknehmen", wiegelte Karl ab.

John nahm den Schwimmring, ging mit ihm in den Laden und kam ohne ihn, aber mit Geld, das er stolz zurückgeben wollte, wieder heraus. Karl ließ ihm das Geld. Er lieferte den Kleinen am Abend im Pionierspark bei seiner Großmutter und Tante ab. John wollte selbstbewusst und auch etwas protzig, wie es nun mal seinem Charakter entsprach, seiner Großmutter, seiner Tante und seinen Cousins über sein großes Erfolgserlebnis berichten.

„Ich kann jetzt schwimmen", rief er laut.

Niemand nahm davon Notiz, niemand hörte ihm zu. Karl spürte seine Enttäuschung und versuchte, die Aufmerksamkeit auf John zu lenken.

„Habt ihr gehört, John kann schwimmen."

Doch niemand nahm Karls Worte zur Kenntnis, jegliches Lob blieb aus. Annemarie sagte Karl, dass Marie am Montag operiert würde, er bräuchte deshalb nicht während seiner Mittagspause ins Krankenhaus fahren, er solle es lieber am Abend versuchen. Er verabschiedete sich und ging zur Tür. John lief ihm hinterher und weinte, er umarmte ihn und fragte:

„Warum kann ich meine Mutter nicht auch im Krankenhaus besuchen?"

Karl war sehr gerührt, er streichelte John über den Kopf und sagte ihm:

„Wenn deine Mutter operiert ist und es ihr wieder besser geht, werde ich dich mitnehmen, egal ob es für Kinder unter zwölf Jahren verboten ist. Ich werde dich einfach mitnehmen."

Nach Maries Operation

Am Montagnachmittag nach seiner Arbeit besuchte Karl Marie im Krankenhaus. Als er das Krankenzimmer betrat, sah er sie an Schläuchen hängen. Er trat an ihr Bett und streifte ihr zärtlich übers Haar. Marie öffnete mit Anstrengung ihre geschlossenen Augen, mühevoll und enttäuscht sagte sie:
„Ich kann dir jetzt kein Kind mehr schenken."
Karl lächelte sie an und erwiderte: „Wir haben doch genug Kinder."
„Aber keines ist von dir, Karl."
Er sah, dass sie entkräftet in ihrem Bett lag, das Sprechen fiel ihr schwer. Er sagte nichts mehr, sie schloss wieder ihre Augen und umfasste Karls Hand. Er saß noch lange schweigend an ihrem Bett.

Karl wurde ins DED-Büro berufen, wo man ihm mitteilte, dass er nach Beendigung der UN-Mission einen Arbeitsplatz als Entwicklungshelfer im Norden Namibias, in einer katholischen Missionsstation, erhalten würde, falls er es wollte. Der Beauftragte des DED in Namibia gab ihm die Arbeitsplatzbeschreibung, Karl las sie durch. Er war skeptisch, es wurde viel verlangt. Obwohl er kein Hochstapler war, wusste er, dass er seine Arbeit in der UN-Mission gut bewältigt hatte. Er kannte seine Kollegen und glaubte, fachlich trotz anfänglicher Schwierigkeiten besser zu sein als so manch einer seiner Berufsgenossen, von denen der eine oder andere zwar ein großes Mundwerk hatte, sich dann aber schwertat. Karl stimmte trotz seiner Zweifel zu, denn so konnte er in Namibia bleiben – seine Liebesbeziehung zu Marie war damit gerettet. Der Beauftragte zeigte sich erfreut über diese Entscheidung. Karl sollte seinen Jahresurlaub noch vor Antritt seiner neuen Stelle nehmen.

Bei seinem nächsten Besuch musste Karl erschrocken feststellen, dass

Marie nicht mehr in ihrem Krankenzimmer lag. Ihr Bett war leer. Er schaute sich wie erstarrt, ängstlich und fragend um. Eine Zimmergenossin, die Karl von seinen vorigen Besuchen kannte, sagte ihm:
„Deine Frau hat eine Wundentzündung bekommen, sie ist gerade im OP."

Karl wollte einen Arzt sprechen, fand aber keinen. Eine Krankenschwester erklärte ihm, dass das momentan nicht möglich wäre, da der behandelnde Arzt gerade operierte. Sie bat ihn aber am nächsten Tag wiederzukommen.

Bob machte in der kleinen UN-Werkstatt noch immer keine Mittagspausen, manchmal arbeitete er sogar bis in den späten Abend. Karl dagegen blieb hart, er wollte die ungerechte Arbeitsverteilung nicht unterstützen, er arbeitete seine acht Stunden ab. Natürlich wusste er, dass auch er ein Verlierer der letzten Tage der Mission war, denn jeder versuchte, sich davonzustehlen, es konnte ihnen ja nichts mehr passieren. Bob wusste Karls Arbeit zu schätzen, er lud ihn zu einem Essen ein. Dieser nahm die Einladung gerne an. Als er am Abend ins Restaurant kam, saß Bob bereits am Tresen und wartete. Jetzt erst konnte er an der Kleidung erkennen, dass Bob ein Mann aus der Karibik war. Zum ersten Mal sah er ihn ohne Arbeitsanzug. In Karl erwachte Sympathie für seinen Chef, der während des Essens und Trinkens offener wurde. Er erzählte ihm, dass er eine Frau und drei Kinder auf Trinidad zu ernähren hätte und das wäre, wenn er dort arbeiten würde, nicht leicht. Jetzt aber hätte er einen festen Arbeitsvertrag von der UN erhalten. In zwei Wochen würde er für drei Monate in seiner Heimat Urlaub machen und endlich seine Familie wiedersehen können, danach würde er wieder für die UN arbeiten, dann im Libanon. Beide erzählten sich von ihren Erfahrungen und Erlebnissen, die sie in Namibia gemacht hatten. Erst jetzt, drei Wochen nach Beginn ihrer Zusammenarbeit, kamen sie sich näher. Bob bedankte sich für Karls geleistete Arbeit und meinte, ohne ihn wäre er verloren gewesen.

„Du hättest dich ja auch krankschreiben lassen können."

Karl lachte und sagte: „Unser beider Dienstbeflissenheit ist nicht karibisch."

Marie lag wieder in ihrem Bett im Krankenzimmer, doch sie sah elend aus. Sie hing immer noch an Schläuchen und war nicht ansprechbar. Karl hielt nur ihre Hände fest und streichelte sie zuweilen.
Erst einige Besuche später, sie erholte sich nur sehr langsam, erwachte sie. Karl saß bei ihr, sie stammelte und sah ihn dabei an:
„Ich habe dich immer gespürt. Ich wusste immer, wann du da warst. Das werde ich dir nie vergessen."
Nach und nach blühte Marie wieder auf. Der Tag, an dem Karl sein Versprechen gegenüber John, ihn ins Staatshospital mitzunehmen, wahr machen konnte, rückte näher.
Er holte ihn im Pionierspark ab und schärfte ihm ein, dass er, wenn er nach seinem Alter gefragt würde, sagen sollte, er wäre zwölf.
„Aber die sehen doch schon an meiner Größe, dass ich nicht so alt sein kann."
„Ach, die Größe! Es gibt ja auch Kleinwüchsige, du bist eben kleinwüchsig."
John gefiel es nicht, sich als Kleinwüchsiger auszugeben. Im Gegenteil: Er wollte sich lieber größer ausgeben, als er war.
„Wenn du deine Mutter sehen willst, musst du dieses Opfer bringen."
„Ja, Onkel, ich will meine Mutter endlich wiedersehen."
Als sie am Staatshospital ankamen, lief Karl vorneweg und John hinterher. Kein Mensch nahm Notiz von den beiden und so betraten sie Maries Krankenzimmer. Als sie ihren jüngsten Sohn sah, strahlte sie. Der Kleine rannte sofort zu ihr ans Bett und umarmte sie. Karl wartete die innige Begrüßung der beiden ab, danach trat auch er an ihr Bett und küsste sie zärtlich. Marie deutete kraftlos mit einem Finger auf John:
„Der darf doch eigentlich gar nicht hier sein."

„Ja, aber er wollte dich unbedingt sehen. Es ist doch eine grausame Regelung, Kinder nicht als Besuch zu ihrer kranken Mutter zu lassen."
Gerade hatte Karl den Satz ausgesprochen, da kam eine Krankenschwester ins Zimmer und keifte:
„Der ist doch noch zu jung!"
Karl stellte sich ihr aufplusternd und kämpferisch entgegen:
„Er ist klein, aber alt genug, seine Mutter zu besuchen."
Die Schwester wollte sich wohl nicht mit ihm anlegen, schüttelte deshalb nur empört und voller Abscheu ihren Kopf und verschwand. Marie lachte und ihre beiden Besucher stimmten ein. Sie war auf dem Weg der Genesung und würde bald aus dem Krankenhaus entlassen werden können.

Die UN-Mission war vorbei, Karl musste seinen hochgeschätzten Toyota abgeben. Noch am selben Tag kaufte er sich einen gebrauchten VW Golf, der aber nicht vergleichbar war mit dem geländegängigen Cruiser. Doch ein Auto mit Vierradantrieb konnte er sich nicht leisten. Er hoffte auf seinen neuen Arbeitsplatz, dort würde er vielleicht wieder ein solches Fahrzeug gestellt bekommen. Mit seinem neuen Wagen fuhr er nach Otjiwarongo. Marie und John waren schon einen Tag vor ihm dort eingetroffen. Als er dort am Nachmittag ankam, fand er alles so vor, wie er es kannte und gewohnt war. Die Kinder spielten mit dem Ball im großen Garten. Paula, Willem und Anne rannten übereifrig und schwitzend dem Ball hinterher, während John zusah und nicht mitspielen wollte, weil er wieder der Unterlegene gewesen wäre. Er wollte nicht der Verlierer sein. Er wollte immer der Beste sein, da er es altersbedingt aber nicht war, schaute er lieber zu und feuerte seine Favoriten an. Er kritisierte die Spieler, ganz so, als würde er es, wenn er mitspielte, viel besser können. Zu Karls Begrüßung hatte Marie sogar gekocht. Sie hatte Würste in der Pfanne gebraten, dazu gab es Kartoffelbrei, der allerdings etwas wässrig war. Sie hatte Wasser statt Milch zum Anrühren genommen, dennoch bekam sie Lob. Nach dem Essen erklärte Karl ihr und den Kindern, dass er übermorgen nach Nyangana zu der katholischen Missionsstation fahren würde.

„Aber warum? Du hast doch Urlaub, du musst da doch noch nicht hin."

„Ich möchte mir meinen Projektplatz anschauen. Ich möchte wissen, was mich dort erwartet."

Marie war enttäuscht: „Warum arbeitest du nicht hier in Otjiwarongo?"

Karl musste tief durchatmen, bevor er ihr eine Antwort geben konnte.

„Aber Marie, ich bin Entwicklungshelfer. Ich kann mir nicht aussuchen, wo ich arbeite."

„Musst du denn ausgerechnet bei den Papsttreuen arbeiten? Das sind doch Teufel", sagte Marie ganz evangelikal.

Karl war der Diskussion überdrüssig, dennoch bemühte er sich, ihr zu antworten:

„Ich glaube, dass es in Nyangana, in dieser katholischen Missionsstation, einen Menschen wie mich braucht, sonst hätte mich der DED nicht da hingeschickt."

„Aber unsere Kirche braucht auch Menschen wie dich."

Diese Aussage überraschte Karl: „In eurer Kirche wird gepredigt, dass nur Gott helfen kann."

„Aber das ist doch auch so, Schatzi."

„Nein Marie, auch Menschen müssen Menschen helfen. In eurer Kirche müsste ich nur missionieren. Ich bin aber kein Missionar, ich kann das gar nicht. Ich bin Mechaniker und da kann ich vielleicht einigen Menschen helfen."

„Wie kann ein Mechaniker Menschen helfen?", fragte sie ihn.

„Habe ich nicht auch dir geholfen? Habe ich nicht dein Auto wieder einigermaßen auf Vordermann gebracht?"

„Ja", sagte Marie, „aber ich meine seelische und geistige Hilfe."

„Menschen brauchen mehr, sie brauchen oft materielle Hilfe. Wenn ich ihnen zeige, wie man Autos repariert, dann können sie vielleicht ihren Lebensunterhalt mit dem Wissen bestreiten, das ich ihnen vermittle."

Lange diskutierten sie noch darüber, ob Gott und Teufel das Weltgeschehen bestimmen oder ob die Menschen die Welt, natürlich mit Gotteshilfe, gestalten können. Beide dachten über ihre Beziehung nach. Marie betete zu Gott, dass er Karl zu einem gläubigen Christen machen sollte. Karl erhoffte sich von ihr, sie möge ihren extremen und widersprüchlichen Glauben endlich aufgeben.

Urlaubsfahrt zum Okavango

Karl fuhr mit seinem Golf immer in Richtung Norden, vorbei an den Städten Otavi und Grootfontein. Nach über 500 Kilometern kam er in Rundu an, einer Stadt, die direkt am Okavango liegt. Auf der anderen Seite des Flusses befand sich Angola. Es war spät am Nachmittag, er überlegte, ob er noch bis Nyangana fahren sollte, entschied sich aber zu bleiben und erst am nächsten Morgen die noch ausstehenden 110 Kilometer in Angriff zu nehmen. In einem Supermarkt fragte er nach Unterkunftsmöglichkeiten im Ort. Der Besitzer des Supermarkts, ein freundlicher Portugiese, wies ihm den Weg. Karl steuerte seinen Golf in die ihm angezeigte Richtung zum Flussufer. Es ging bergab und sein Wagen schlitterte im Sand hin und her. Endlich war das Restcamp zu sehen. Er stellte sein Auto vor einem längeren Gebäude ab, das aus Holz und Ried bestand und dessen unterer Teil mit Natursteinen gemauert war. Karl stieg aus dem Auto und schaute sich um, es gefiel ihm hier. Nicht weit von dem langen Haus, in dem sich ein Restaurant befand, man konnte von außen den Tresen sehen, entdeckte er einfache Hütten, die Unterkünfte für die Gäste. Kein Mensch ließ sich blicken. Karl betrat das Haus, setzte sich an den Tresen und wartete. Nach einigen Minuten hörte er eine Stimme nahe bei sich, die ihn auf Deutsch ansprach:

„Hallo. Kann ich Ihnen helfen?"

Karl schaute sich um, er konnte niemand sehen. Er fühlte sich an die Fernsehsendung „Versteckte Kamera" erinnert. Plötzlich sah er zwei Hände hinter dem Tresen, die sich angespannt dort festklammerten. Er beugte sich hinüber und erspähte einen auf dem Boden kriechenden Mann, der sich bemühte, auf den vor ihm stehenden Barhocker zu klettern. Er zog sich kraftvoll nach oben, bis er endlich auf Karls Ebene angelangte. Karl brachte sein Anliegen vor und der Mann gab ihm einen Schlüssel.

„Nummer drei", sagte er. „Sie haben ein Zimmer mit einer Veranda, auf der befindet sich ein Gaskocher, mit dem Sie sich, wenn Sie mögen, auch etwas kochen können. Vor Ihrer Hütte ist ein Grill, den können sie natürlich auch benutzen. Sie können aber auch in unserem Restaurant essen, unsere Spezialität ist Pizza, im Steinofen gebacken."
Karl bestellte erst mal ein Bier. Der Mann brauchte dazu nicht aufzustehen, das hätte er auch gar nicht gekonnt. Er wendete sich stattdessen mit seinem drehbaren Hocker in Richtung Zapfhahn, schenkte ein Bier ein und stellte es ohne ein Wort zu verlieren und grimmig dreinschauend Karl vor die Nase. Danach tauchte er wieder ab. Karl dämmerte es: Er hatte von diesem Mann schon gehört. In den Kreisen der DED-Mechaniker erzählte man sich, dass es in Rundu einen Deutschen gäbe, der ein Restcamp betriebe. Er wäre von Beruf Bauingenieur und sehr rassistisch. In Kapstadt wäre er sogar wegen seiner rassistischen Einstellung von einem schwarzen Freiheitskämpfer aus dem Fenster eines Hochhauses gestoßen worden, das sich noch im Bau befunden habe. Den Täter hätte man nie erwischt. Seine Beine wären seither verkrüppelt und er könnte sich nur noch mit den Händen fortbewegen. Ein Rollstuhl wäre zwar in Deutschland, ja auch in Windhoek angebracht, würde aber in dem Sand von Rundu nichts bringen. Karl dachte über den Vorfall nach. Wer hatte recht und wer unrecht? Er fand zu keinem gerechten Urteil. Er hasste Gewalt, er hasste aber auch Rassisten. Nach seiner kurzen Überlegung trank er genüsslich sein Bier, er hatte es sich nach der langen Fahrt ja verdient. Am Tresen sitzend wartete er. Als er sein erstes Bier schon fast ausgetrunken hatte und überlegte, ein zweites zu bestellen, erschien eine sehr hübsche Frau.
„Hallo. Wollen Sie noch eines?"
„Ja, machen Sie mir noch ein Bier, bitte."
Die Frau zapfte Karl ein frisches Bier. Er sah ihr dabei zu und, von ihrer Schönheit ergriffen, erfreute er sich an ihrem Anblick. Plötzlich hörte er den verkrüppelten Mann sprechen:

„Evi, denk daran, du hast noch mehr zu tun!"
Evi schaute nach unten, seufzte leise und sagte:
„Ja, ich weiß."
Karl sah, wie sich die Finger des Mannes wieder an den Tresen krallten und er sich wiederum kräftig, aber auch schwerfällig daran hochzog. Er beäugte Karl misstrauisch.

Es war schon dunkel geworden, als sich einige Gäste zum Essen einfanden, natürlich nur Weiße. Auch der portugiesische Supermarktbesitzer war mit seiner Frau gekommen, er bat Karl an seinen Tisch. Dieser erzählte, dass er bald in der Missionsstation Nyangana arbeiten würde.

„Na ja, dann werden wir uns öfter sehen. Die Nyangana-Mission ist bei mir Kunde."

Karl bestellte eine Steinofenpizza. Nach dem Essen ging er zum Schlafen in seine Hütte.

Auf dem Weg zur Sammeldusche des Restcamps begegnete er am nächsten Morgen Evi, der Frau, die ihm am Vorabend ein Bier gezapft hatte. Wieder war er überwältigt von ihrer Schönheit und fragte sie zaghaft:

„Bekomme ich hier ein Frühstück oder muss ich dafür in den Ort fahren?"

„Sie können auch hier frühstücken. Mein Mann ist im Restaurant, Sie können bei ihm bestellen, ich werde es Ihnen dann zubereiten."

So erfuhr Karl, ohne nachfragen zu müssen, die familiären Verbindungen zwischen Evi und dem behinderten Mann. Als er das Lokal betrat, saß der Gatte auf seinem Hocker hinter dem Tresen. Niemand war im Restaurant und für Karl sah es so aus, als würde der Mann auf ihn warten. Er bestellte ein Kontinentalfrühstück bei ihm, woraufhin dieser seinen Kopf nach hinten in Richtung Küche drehte und rief:

„Evi, ein Kontinental!"

Um die Mittagszeit machte sich Karl auf den Weg nach Nyangana. Anfangs fuhr er auf einer neuen und guten Teerstraße, die aber nach einigen Kilometern endete. Er musste nach links abbiegen und fuhr nun auf einer Pad Richtung Okavango. Dann ging es nach rechts, immer ostwärts am Okavango entlang. Weil immer mal wieder Rinder über die Straße getrieben wurden, musste er hin und wieder anhalten. Er kam durch eine Örtlichkeit nach der anderen, es zeigte sich Leben in dieser Region. Karl freute sich, er war endlich in Afrika angekommen. Windhoek und Otjiwarongo kamen ihm jetzt viel zu europäisch vor.

„Hier will ich arbeiten, hier kann ich was tun, hier kann ich helfen."

Er war begeistert. Als er ein gut besuchtes Geschäft mit Getränkeausschank sah, hielt er an. Skeptisch schauten ihn die Gäste dort an, viele von ihnen waren schon betrunken. Sofort bedrängten einige Karl, er möge doch ein Bier ausgeben. Er ließ sich überreden.

„Das ist ein Cuca Shop", sagte einer lallend. „Du kannst auch ein traditionelles Kavango-Bier trinken, ein ‚Tombo', gebraut aus Mahango, einer Hirseart."

Karl wurde ein Glas des gelblichen Gebräus gereicht. Die Umstehenden fingen an zu lachen, einer sagte:

„Der erste Schluck gehört aber den Ahnen. Du musst dein Glas leicht überschwappen lassen, sodass ein wenig von dem Tombo auf den Boden tropft. Dann erst kannst du trinken."

Er folgte dem Gesagten, schwenkte sein Glas, sodass ein wenig von dem Bier auf den Boden floss, danach nahm er einen großen Schluck. Es war trinkbar. Er hatte seinen ersten Kontakt, seine ersten Erfahrungen mit den Einwohnern der Region Kavango gemacht. Auf dem Weg nach Nyangana stoppte er noch einmal, um sich etwas zu essen zu kaufen. Er wusste, viel gab es hier nicht zu kaufen, aber eine Packung Kekse vielleicht, etwas Süßes, darauf hatte er Appetit. Er hielt an einem Gebäude an, das sogar aus Stein erbaut worden war, dort gab es auch Kekse. Vom hinteren Teil des Hauses hörte er lärmende und johlende Frauen, die viel mit ihren Zungen schnalzten. Er wagte einen Blick hinter das Gebäude, wo sich wieder ein Cuca Shop befand, der anscheinend vorwiegend von Frauen besucht wurde. Die sind hier alle außer Rand und Band, war Karls spontaner und subjektiver Eindruck.

Nur noch wenige Kilometer trennten ihn von seinem neuen Arbeitsplatz, der Missionsstation mit angeschlossenem Krankenhaus: Nyangana.

Langsam fuhr Karl mit seinem Golf auf der Pad, angestrengt suchte er mit seinen Augen nach einem Hinweis auf die Missionsstation. Endlich entdeckte er am Straßenrand ein kleines Schild mit einem nach links zeigenden Pfeil und einer für ihn nicht lesbaren Schrift. Er stoppte das Auto, stieg aus und näherte sich dem Schild, sodass er einige Buchstaben der ausgeblichenen Schrift erkennen konnte, Ny, M, darunter Hos. Karl reimte sich aus diesen Buchstaben die Wörter „Nyangana Mission Hospital" zusammen. Nach wenigen Metern Fahrt stellte er fest, dass er richtig war. Vor sich konnte er eine Kirche sehen, fest aus Stein gemauert und mit Glockenturm, rechts und links davon Steinhäuser. In der Mitte einer freien Fläche stand ein großer, Schatten spendender Baum. Unter diesem stellte er sein Fahrzeug ab und stieg aus. Was fehlte, waren Menschen, niemand war zu sehen. Nach einigen Minuten des Wartens machte sich Karl auf die Suche nach ihnen. Er lief in die Richtung, in der mehrere Gebäude standen, denn er nahm an, dass diese zum Hospital gehörten. Dort traf er auch tatsächlich Menschen an, die alle in blaue Hemden gekleidet waren. Karl fragte einen von ihnen nach dem Missionsvorsteher, doch der Mann verstand ihn nicht, er schüttelte nur den Kopf. So lief er weiter und erkundete das Areal. Er stieß auf einen Kinderspielplatz, der bestückt war mit einer Rutsche und einem Sandkasten. Einige Kinder waren dort zu sehen, auch sie gekleidet mit blauen Hemden. Karl verstand sofort, die Patienten hier hatten einheitliche Kleidung an. Auch der Grund war ihm klar, niemand brauchte es ihm erklären: Die Menschen besaßen keine Pyjamas oder Morgenröcke. Ohne mit irgendeinem Verantwortlichen der Mission oder des Krankenhauses gesprochen zu haben, hatte er schon einiges gelernt. Seine Annahme war wieder bestärkt, dass das hier das Afrika wäre, wo er gebraucht würde. Auf seiner Suche nach Zuständigen fand er auch das Büro des Krankenhauses, leider war es geschlossen. Auf einem Schild war zu lesen, dass es erst wieder um 15 Uhr aufmachen würde.

Karl trabte gemächlich wieder in die Richtung seines Autos, das unter dem großen Baum stand. Auf dem Weg dorthin traf er unerwartet einen Mann, der einen Arbeitsanzug trug. Er trat ihm entgegen und fragte ihn nach dem Missionsverantwortlichen. Der Mann schaute ihm forschend ins Gesicht, warf einen Blick auf seine Armbanduhr und fragte wichtigtuerisch:

„Was wollen Sie vom Pater?"

Karl stellte sich vor: „Ich heiße Karl und werde ab dem nächsten Monat hier arbeiten. Ich möchte mich heute vorstellen, damit wir uns schon vor Beginn meiner Arbeit kennenlernen."

Der Mann grinste ihn an, reichte ihm die Hand und sagte:

„Mein Name ist Augustinus. Der Pater hat mich in Kenntnis gesetzt, dass nächsten Monat ein Entwicklungshelfer bei uns anfangen würde. Das sind also Sie."

Augustinus erwähnte auch, dass es zwischen zwölf und drei Uhr eine Siesta in der Mission und auch im Krankenhaus gäbe, die allerdings umständehalber in Letzterem nicht immer möglich wäre. Er schaute noch mal auf seine Uhr und meinte:

„Wir können jetzt zum Haus des Paters gehen."

Vor dem Haus angekommen, rief Augustinus:

„Pater, Pater!"

Verschlafen und mit einem Schlafanzug bekleidet, trat der Pater auf seine Veranda.

„Was ist denn, Augustinus?"

„Der Entwicklungshelfer ist da."

„Ach, heute schon?", wunderte sich der Pater noch etwas unbeholfen, halb dösend. „Der soll doch erst Anfang nächsten Monats kommen."

Karl sah den verschlafenen Pater an und erzählte ihm auf Deutsch, dass er noch Urlaub hätte, sich aber trotzdem schon jetzt mal vorstellen wollte.

„Warte, ich ziehe mich nur an. Du kannst gehen, Augustinus."

Augustinus ging. Nach einigen Minuten trat der Pater, sichtlich von seinem Schlaf erholt, vor sein Haus und begrüßte Karl freundlich:

„Ich bin der Pater und für die Mission hier verantwortlich. Du heißt Karl, Entwicklungshelfer vom DED, richtig? Ich freue mich, dass du hier bist, obwohl du noch in Swakopmund oder gar in Deutschland sein könntest."

„Ja, könnte ich noch", sagte Karl, „aber ich verbringe meinen Urlaub weder in Deutschland noch in Swakopmund. Ich möchte an meinem zukünftigen Arbeitsplatz mal vorbeischauen."

Dem Pater war das recht, sehr sogar, denn er hatte gewaltige technische Probleme. Bevor er sich aber darüber äußerte, bot er Karl das Du an. Der hatte schon längst bemerkt, dass er geduzt wurde.

„Wir haben große Probleme mit unseren Stromerzeugern – von den drei Generatoren ist einer ausgefallen, nur noch einer ist in der Lage, die Energie für das Krankenhaus zu liefern."

Karl erschrak und dachte bei sich: Um Gottes willen, ich habe keine Ahnung von Stromgeneratoren. Was erwartet man von mir? Ich bin nur ein Kfz-Mechaniker und auch da habe ich nur ein beschränktes Wissen.

Der Pater führte ihn in das Gebäude, in dem die Generatoren standen, und zeigte auf einen alten Deutz-Generator.

„Der funktioniert nicht."

Karl sah sofort, woran es lag: „Schau mal, die Leitung für die Kraftstoffzufuhr, die ist doch unterbrochen, da ist ein Leck. Ich verstehe das nicht, das müsste doch erkannt worden sein."

„Aber wir sind doch keine Mechaniker", warf der Pater ein.

„Um das zu reparieren, brauche ich nur einen Seitenschneider, mehr nicht", sagte Karl.

Aus seinem Auto holte er das benötigte Werkzeug, schnitt den Schlauch hinter der defekten undichten Stelle ab, zog den Restschlauch vom Stutzen und stülpte den übrig gebliebenen intakten Schlauch auf den jetzt frei gewordenen Metallstutzen. Abschließend entlüftete er noch die Kraftstoffanlage und war sich sicher, dass der Generator wieder funktionieren würde. Skeptisch schaute der Pater drein und fragte: „Das war es schon?"

„Vorerst", antwortete Karl. „Wenn ich nächsten Monat mit meiner Arbeit hier beginne, werde ich den Schlauch austauschen."

„In einer Stunde kommt eine Schwester und schaltet den Generator ein, wir sollten dann dabei sein. Aber jetzt stelle ich dich erst mal einigen Mitarbeitern vor", sagte der Pater mit einer heiteren Stimme.

Karl hörte aus der Tonlage des Missionsvorstehers die hohe Bedeutung seiner gelungenen Generatorreparatur heraus. Der Pater besuchte mit ihm die vielen Gebäude der Missionsstation, in jedem befanden sich fleißige Menschen. Karl lernte die Küchenschwestern, die Nähschwestern, die Erzieherinnen für das Mädchenwohnheim, den Bäcker und den Schweinehirten kennen. Zum Abschluss des Rundgangs besuchten sie das Hospital, wo er den Krankenschwestern, dem Verwaltungspersonal und den beiden Ärzten vorgestellt wurde. Stolz verkündete der Pater:

„100 Menschen arbeiten hier, wir sind der größte Arbeitgeber in der Region."

Nach dem Rundgang und dem vielen Händeschütteln gingen die beiden wieder zurück zum Generatorgebäude. Kaum dass sie dort angekommen waren, eilte auch schon eine Schwester mit schnellem Schritt herbei. Der Pater wies sie an, den Deutz und nicht den MAN zu starten. Die Schwester, eine von dreien, die dafür extra eine Einweisung erhalten hatten, legte an einer großen Armatur mehrere Schalter um und startete den Deutz-Generator. Gespannt lauschten und achteten die drei auf die Geschehnisse. Der Generator startete. Begeistert und triumphierend schaute die Schwester die beiden Männer an. Der Pater gab Karl einen anerkennenden Klaps auf seine Schulter.

Karl übernachtete in der Mission. Am nächsten Morgen verabschiedete er sich nach einem guten Frühstück. Die Küchenschwestern gaben ihm ein Essenspaket mit auf den Weg und der Pater bedankte sich noch mal für die Generatorreparatur. Er meinte:

„Ich freue mich schon auf unsere Zusammenarbeit, die in 14 Tagen beginnt!"

Karl hatte seine Generalprobe in Nyangana bestanden.

Jakob und Swakopmund

Ohne anzuhalten fuhr Karl mit seinem Auto bis nach Rundu, dort ließ er seinen Golf volltanken und begab sich weiter Richtung Süden. Erst nach einigen Hundert Kilometern bemerkte er ein Hungergefühl. Da er die Strecke kannte, wusste er, dass bald ein kleiner Rastplatz mit einer Schatten spendenden Schirmakazie auftauchen musste. Es waren nur noch wenige Kilometer bis nach Otjiwarongo. Als er den kleinen Rastplatz sah, steuerte er sein Fahrzeug dorthin. Mit dem Essenspaket, das er von den Schwestern in Nyangana als Reiseproviant mitbekommen hatte, setzte er sich an einen runden Steintisch. Darin fand er geschmackvolle Leckereien – Buletten, Kartoffelsalat, Schwarzbrot vom Missionsbäcker, einen kleinen Vanillepudding und zwei Dosen Orangenlimonade. Karl aß und trank genießerisch und schaute dabei in die flache weite Landschaft. In der Ferne, auf der anderen Seite der Straße, erblickte er ein undefinierbares Fahrzeug, das mitten durch die Pampa rollte. Eigentlich flog es mehr, jedenfalls war das Karls erster Eindruck. Er dachte an eine Sinnestäuschung, eine Fata Morgana. Je näher das Gefährt kam, desto deutlicher wurde, dass es eine Luftspiegelung war. Es entpuppte sich als ein Eselskarren, auf dem zwei Männer saßen. Als sie an der Straße ankamen, stieg einer der Männer ab und verabschiedete sich von dem Kutscher, der seinen Wagen umdrehte und wieder in die Richtung fuhr, aus der er gekommen war. Der Mann überquerte die Straße und lief auf Karl zu. Der schaute den Näherkommenden an, doch dieser ging langsam ohne ihn eines Blickes zu würdigen. Seine ganze Aufmerksamkeit galt dem Tisch, auf dem das Essen stand. Karl fragte auf Englisch:
„Hast du Hunger?"
Der Mann, ein Schwarzer, antwortete in gutem Deutsch: „Buletten, die mag ich sehr gerne."

Karl reichte ihm erstaunt eine Bulette mit einer Scheibe Brot. Der Mann nahm dankend an und stellte sich vor:
„Ich heiße Jakob, und du?"
„Ich bin Karl."
Jakob biss in die Bulette.
„Oh, ist die gut, schmeckt wie in Berlin! Dort bekomme ich die nicht besser", meinte er.
Karl sagte ihm, dass die Buletten in Namibia gemacht worden waren, sogar weit im Norden, in Nyangana am Okavango Fluss, und dass die Produzenten keine Berliner, ja noch nicht mal Deutsche waren, sondern namibische Ordensschwestern, Benediktinerinnen. Jakob war davon nicht überrascht, es berührte ihn auch nicht.
„Wo fährst du hin?", fragte er resolut.
„Nach Otjiwarongo", antwortete Karl jetzt forsch, denn er wollte dem überheblichen Verhalten entgegentreten.
Jakob fragte ihn, ob er ihn bis Otjiwarongo mitnehmen könnte.
„Kein Problem", meinte Karl.
Während Jakob Buletten verschlang, dachte Karl nach. Er war sich nicht sicher, ob er jetzt schon nach Otjiwarongo zurückkehren sollte, schließlich lagen noch 14 Tage Urlaub vor ihm. Wenn er so früh zu Marie und den Kindern zurückkehrte, müsste er sich auch früher mit den familiären Problemen herumschlagen. Ich liebe Marie, dachte er, ich mag die Kinder, aber was ist mit meiner Freiheit? Ich bin ja auch in dieses Land gekommen, um mich von den traditionellen Einschränkungen, die ich in Deutschland erlebt habe, zu befreien. Den neuen Problemen weiche ich nicht aus, aber verschieben, ja, verschieben kann man sie.
Karl fragte Jakob, von wem er so gut Deutsch gelernt hätte.
„Ich lebe seit 18 Jahren in Deutschland. Ich bin wie du Deutscher, wenn auch schwarz. Ich bin hier nur zu Besuch."
Anschließend wollte er wissen, was Karl in diesem Land machte. Dieser erzählte ihm seine Geschichte, er erzählte auch von Marie und

den Kindern. Doch Jakobs Geschichte war spannender, denn er hatte sich mit dem Apartheidsystem angelegt. Er erzählte:

„Ich musste während der Apartheid Namibia verlassen, hätte ich das nicht getan, wäre ich im Knast gelandet. Mehrere Wochen war ich in Angola, von dort aus bin ich dann als blinder Passagier auf einem Schiff in die BRD gereist, genauer nach Hamburg. Dort konnte ich mit der Hilfe eines Rechtsanwalts nachweisen, dass mein Urgroßvater ein Deutscher gewesen war, der meine Urgroßmutter vergewaltigt hatte. Die Unterlagen wurden in einem Militärarchiv gefunden. Es war eine der wenigen Vergewaltigungen, die die deutsche Kolonialbürokratie damals aktenkundig machte. Ja, und so wurde ich Deutscher. Jetzt besuche ich meine Schwester in Mondesa, das ist eine Township in Swakopmund. Wenn sie will, kann sie mit ihrer Familie auch nach Deutschland, die Gesetze dort lassen das zu, schließlich fließt deutsches Blut in ihren Adern."

Laut musste Karl lachen, Jakob stimmte ein. Die beiden verstanden sich immer besser. Sie stellten fest, dass sie in Berlin in den gleichen Kneipen verkehrt hatten, in der „Ruine" in Schöneberg und in der „Nulpe" in Kreuzberg.

„Bestimmt", meinte Karl, „sind wir uns dort mal begegnet."

Als sie Otjiwarongo erreichten, fuhr Karls Golf wie von Geisterhand gesteuert nicht weiter zum Ortsausgang, wo sich das Haus von Marie befand, sondern bog vor der Stadtmitte nach rechts ab in die C33 Richtung Karibib, Usakos und Swakopmund. Jakob blieb das nicht verborgen, er fragte:

„Wo fährst du hin?"

„Nach Swakopmund."

Kurz hinter Otjiwarongo legte Karl eine Musikkassette in den Rekorder, laut tönte Bob Marleys „No Woman, No Cry" durchs Auto. Beide sangen mit. Nach dem Song stellte Jakob den Rekorder leiser und fragte Karl:

„Warum willst du so plötzlich nach Swakopmund?"

„Ich habe noch 14 Tage Urlaub, einige Tage davon möchte ich noch unabhängig und frei verbringen", antwortete er.

„Aha, no woman, no cry", meinte Jakob höhnisch lächelnd.

Karl wehrte sich gegen diese Aussage: „Nein, nein, so ist das nicht."

Er klärte seinen Mitreisenden über seine neue Arbeitsstelle in der katholischen Missionsstation auf. Bestimmt würde er dort viel enthaltsamer leben müssen, schließlich sei sein Vorgesetzter ein geistlicher Würdenträger und die Mission hätte auch eine gewisse Vorbildfunktion.

„Da werde ich mich wohl etwas anpassen müssen."

Jakob erwiderte darauf: „Da hab mal keine Angst! Viele Missionare in diesem Land haben sich nicht vorbildlich verhalten." Er fragte forschend weiter: „Was ist denn mit deiner Freundin in Otjiwarongo, wartet die nicht auf dich?"

Auf eine solche Frage war Karl nicht gefasst. Er atmete tief durch und sagte etwas verlegen und schuldbewusst:

„Das tut sie, denke ich, aber: no woman, no cry."

Auf der langen Fahrt nach Swakopmund redeten die beiden viel miteinander. Karl erfuhr von Jakob, dass er als 20-Jähriger wegen einer Nichtigkeit von seinem „Bas", seinem weißen Farmbesitzer, einem Deutschen, geschlagen worden wäre. Er hätte sich gewehrt und zurückgeschlagen. Der Farmer, der „alte Sack", so formulierte er es, wäre mit dem Hinterkopf auf den Boden geschlagen und für einige Zeit ohnmächtig gewesen. Dessen Frau, die Madame, hätte die Polizei telefonisch alarmiert.

„Ich musste fliehen, sonst wäre ich wahrscheinlich für einige Jahre hinter Gittern gelandet. Einen Weißen zu schlagen war damals ein schlimmes Verbrechen. Mein Vater, der genauso wie mein Bruder auf der Farm beschäftigt war – sie sind es heute noch –, wollte sogar, dass ich mich der Polizei stelle. Ja, er hat mich sogar festgehalten, aber ich konnte mich von ihm losreißen und bin zum Glück unbehelligt in den Norden gelangt. Illegal bin ich dann über den Kunene nach Angola."

Karl wusste viel über dieses Land, manches hatte er gelesen, aber auch während seines Aufenthalts dort hatte er einiges erfahren können. Er hatte Weiße kennengelernt, die immer noch die alte Ordnung aufrechterhalten wollten. Zum ersten Mal aber hatte er nun einen Menschen getroffen, der unter dem Apartheidsystem gelitten hatte, sein Land und seine Familie hatte verlassen müssen. Karl war von Jakobs Erzählung erschüttert und berührt. Sein Begleiter merkte das, er sprach weiter, ganz so, als wollte er Karl mit zur Verantwortung ziehen. Ganz so, als wollte er alle Deutschen verantwortlich machen. Seine anklagende Stimme verriet das, zumindest empfand Karl das so.

„Mit der Unterstützung der MPLA, der angolanischen Regierungspartei, bin ich dann nach Luanda gekommen, ich hatte ja kein Geld. Ich wollte unbedingt nach Deutschland, schließlich war einer meiner Vorfahren Deutscher. Er und das Deutsche Kaiserreich waren schuld an der Misere unseres Volkes und an meinem Unglück. Das war damals meine Ansicht, heute sehe ich das etwas differenzierter." Er machte eine kurze Pause und fuhr fort: „Ich war bis dahin ein unpolitischer Mensch. Meine Freiheit war mir wichtig, meine individuelle Freiheit. Nun habe ich von den Genossen der MPLA gelernt, dass der Einzelne nur frei sein kann, wenn auch sein Volk frei ist."

Karl widersprach: „Nicht die nationale Frage entscheidet über Freiheit und Unfreiheit, sondern die soziale Frage."

„Ja, ja", meinte Jakob, „ich will dir jetzt noch berichten, wie ich nach Deutschland kam."

„Erzähl."

„Fast fünf Wochen habe ich mich in Luanda aufgehalten. In dieser Zeit habe ich Kontakt zu SWAPO-Genossen bekommen, bei denen habe ich auch gewohnt. Zu fünft haben wir in einem 20-Quadratmeter-Zimmer gehaust."

„Waren das führende SWAPO-Funktionäre?", warf Karl ein.

„Natürlich nicht", entgegnete Jakob, „unterbrich nicht dauernd! Ich habe in Luanda Hafenarbeiter kennengelernt, mit denen war ich in einer Hafenkneipe saufen. Die meinten, sie könnten jeden unbehelligt auf ein Schiff bringen, illegal."

Drei Wochen später hatte er in einer unbequemen Ecke im unteren Deck auf einem Schiff gesessen, das unter der Flagge Liberias für eine deutsche Rederei unterwegs war. Der Kapitän war deutsch gewesen, an Bord hatten sich deutsche Offiziere befunden und die Mannschaftsmitglieder waren von den Philippinen, einige auch aus Liberia. In Hamburg verließ er unentdeckt das Schiff, Matrosen aus Liberia halfen ihm dabei. In recht gutem Deutsch, schließlich hatte er die Sprache schon als Kind als Herero auf einer deutschen Farm gelernt, bat er bei der Ausländerbehörde um politisches Asyl. Er nahm sich einen Rechtsanwalt, einen, der politisch sehr links stand. Jakob erzählte ihm beiläufig von der Vergewaltigung seiner Urgroßmutter durch einen deutschen Schutztruppler. Der Rechtsanwalt hörte aufmerksam zu und begann in Militärarchiven zu suchen. Er fand etwas sehr Erstaunliches: Der Urgroßvater war ein solcher Sadist gewesen, dass nicht mal die Militärverwaltung bereit war, seine Untaten zu decken. Wäre es eine „normale" Vergewaltigung gewesen, wäre es unerwähnt geblieben. Doch der Mann hatte viele Hererofrauen vergewaltigt, die meisten auf eine sadistische Art. Aber nur eine wurde in den Akten mit Namen erwähnt, Jakobs Urgroßmutter. Als junge Erwachsene hatte sie sich von dem Missionar Heinrich Vetter in Großbarmen taufen lassen, von ihm hatte sie ihren Vornamen Luzia erhalten. Sie war eine gläubige Christin gewesen. Karl äußerte den Verdacht, dass es bestimmt viele Herero und Nama gäbe, die einen deutschen Großvater oder Urgroßvater haben könnten. Er fragte:

„Wer war eigentlich der Mann, der dich mit dem Eselskarren an die Straße gebracht hat?"

„Das war mein Vater. Ich habe meine Familie seit meiner Flucht zum ersten Mal wieder besucht. Meine Mutter ist schon tot, sie ist kurz nach meiner Flucht gestorben. Bekannte erzählen, der Kummer habe sie umgebracht. Sie habe so sehr um mich getrauert, ich war ihr sehr wichtig.

Mein Vater arbeitet noch immer für dieselbe deutsche Farmerfamilie. Der Mann, der mich damals geschlagen hat oder, wenn man so will, den ich geschlagen habe, ist schon seit mehreren Jahren tot. Sein Sohn hat das Sagen auf der Farm. Ich kenne ihn gut, ich habe oft als Kind mit ihm gespielt. Er war sogar mein Freund, zumindest habe ich es als Kind so empfunden und er bestimmt auch, jedenfalls bis zu einem bestimmten Alter. Bis ihm klar gemacht worden war und er es verstanden hatte, dass er die Herren- und ich die Sklavenfunktion innehaben würde."

„Hast du dich mit deinem Vater wieder versöhnen können? Ich meine, nachdem er dich damals festgehalten hat …", fragte Karl zögerlich und zurückhaltend.

„Ja", erklärte Jakob, „es waren die Gegebenheiten damals. Er wollte seine Familie vor dem Terror der Apartheid schützen. Er empfand Widerstand als selbstzerstörerisch. Es ist allerdings erstaunlich, dass die Farmarbeiter auch jetzt nach den Wahlen noch immer keine Verbesserungen ihrer Wohn- und Arbeitsbedingungen einfordern."

„Muss man ihnen Zeit lassen?", vermutete Karl.

„Wem denn?", fragte Jakob zurück. „Den Farmern oder den Farmarbeitern?" Er wartete die Antwort nicht ab, sondern sprach sofort weiter: „Die Leute leben noch wie vor 50 Jahren auf der Werft."

„Welcher Werft?"

„Ach ja, welche Werft!"

Jakob erklärte Karl, dass mit einer Werft im Sprachgebrauch der Deutsch-Südwester die Behausungen der Farmarbeiter, der Eingeborenen, gemeint wären. Er entschuldigte die Unwissenheit, denn er verglich sie mit seiner eigenen früheren Unwissenheit. Als er in Hamburg Arbeit gesucht hatte, hatte man ihn auf die Werft verwiesen, da sollte er sich nach Arbeit umschauen. Damals war er entsetzt gewesen, weil er meinte, man wollte ihn wegen seiner schwarzen Hautfarbe aufziehen.

Mit jedem Kilometer Fahrt wurde die Landschaft immer wüstenähnlicher, hier und da lag durch Verwehungen Sand auf der Straße. Karl musste dann sein Auto stark abbremsen. Kurz vor Swakopmund kamen sie an einem Schild vorbei, auf dem ein Pfeil nach links zeigte, darunter die Aufschrift „Martin Luther". Beide sahen nach links, konnten aber von der dort stehenden Dampfmaschine nicht viel erkennen, sie war zu weit weg. Karl fragte Jakob:

„Kennst du die Geschichte der Dampfmaschine mit Namen ‚Martin Luther'?"

„Ja, die kenne ich. So um 1900 wurde die aus Deutschland hierher geschafft. Sie sollte Güter von hier nach Windhoek transportieren. Wie man sieht, kam sie nicht weit. Der Sand machte ihr Probleme, außerdem hätte diese Maschine mehr Wasser verbraucht, als sie durch die Wüste hätte schleppen können. Man nannte sie dann ‚Martin Luther' – ‚Hier stehe ich, ich kann nicht anders'."

Sie lachten sich an, Jakob sagte:

„Auch Deutsche können sich irren, sie sind ja auch nur Menschen."

Sie erreichten die Stadt, die ersten Häuser kamen in Sichtweite. Sie fuhren auf der Kaiser-Wilhelm-Straße immer weiter in westliche Richtung. Beide waren zum ersten Mal in Swakopmund, sie staunten über die herrschende Sauberkeit und Ordnung. Jakob zeigte seinen Gefallen:

„Ich war mal an der Nordsee, in Sankt Peter-Ording. Von dieser Stadt war ich beeindruckt, aber diese Stadt hier, mitten in der Wüste in Afrika – welch herrliche Architektur! Ich bin fasziniert."

Spontan entschloss sich Karl für eine Stadtrundfahrt. Von der Kaiser-Wilhelm-Straße bog er rechts ab in die Breitestraße, dann noch mal rechts in die Bahnhofstraße. Sie fuhren an dem wunderschönen Bahnhofsgebäude vorbei bis zum Südring. Von dort bis zur Lazarettstraße, dann ging es wieder westlich bis zum Meer. Längst war es dunkel geworden, Zeit, sich um eine Unterkunft zu kümmern. Für Jakob war klar, dass er heute nicht mehr seine Schwester in Mondesa besuchen konnte. Er wusste auch gar nicht, wie weit die Township Mondesa von der Innenstadt entfernt war. In Nähe der Strandstraße entdeckte Karl eine touristische Bungalowsiedlung. Die kleinen Häuschen waren sehr einfach eingerichtet, dafür aber billig. Die meisten Gäste waren Hobbyangler aus Südafrika. Die beiden mieteten sich dort ein.

Am nächsten Morgen nahmen sie ein ausgedehntes Frühstück in einem deutschen Kaffeehaus. Es gab weichgekochte Eier, Schinken, Emmentaler Käse, Brötchen und auch guten Kaffee. Sie hätten sogar Harzerkäse bestellen können, das wollten die beiden aber nicht. Danach machten sie sich auf die Suche nach dem Stadtteil Mondesa. Jakob, der Erfahrung mit Diskriminierung hatte, behauptete:

„Hier können uns am ehesten schwarze Eingeborene helfen, denn die meisten von denen werden auch dort wohnen."

Er lag richtig, der erste Schwarze, den sie fragten, wusste sofort den Weg. Es war nicht besonders kompliziert, erst ging es auf der Kaiser-Wilhelm-Straße bis zum Südring, dann weiter bis zum Nordring, danach rechts ab zur Feldstraße und immer geradeaus. Nach etwa zwei Kilometern verlor Swakopmund sein schönes Gesicht. Die Straßennamen änderten sich, waren nun amerikanisch, wie 3rd Street. Aus den schönen architektonischen Kolonialbauten wurden kleine unschöne Häuser, manche davon waren eher Hütten.

„Meine Schwester wohnt in der 7th Street."

„Ja, schön", meinte Karl, „aber wo ist die?"

Auf der 7th Avenue spielten zwei Jungen. Karl hielt sein Auto bei ihnen an und Jakob fragte sie nach dem Weg. Die Kinder wussten wohin, wollten es aber nur gegen Süßigkeiten oder Geld verraten. Jakob sagte ihnen:

„Jeder von euch bekommt einen Rand, aber ihr müsst uns den Weg zeigen. Steigt ein!"

Die Jungen stiegen ins Auto und lotsten die beiden von der 7th Avenue in die 7th Street. Jakob stieg mit seinem Rucksack in der Hand aus und gab den Kleinen je einen Rand. Auch Karl erhob sich aus seinem Sitz und umarmte seinen Mitfahrer.

„Morgen und übermorgen bin ich noch hier in Swakopmund in den Bungalows. Wenn du willst, besuche mich mit deiner Schwester, vielleicht können wir etwas gemeinsam unternehmen."

Am nächsten Morgen genoss Karl den Strand. Die Temperaturen waren angenehm. Während seines Spaziergangs war es noch trüb, schnell aber löste sich der Nebel auf. Er besuchte unter anderem das Museum in Swakobmund, wo er wieder etwas dazulernen konnte, diesmal über die Gegensätze zwischen der Namibwüste und dem Meer. Der kalte Benguelastrom, der aus der Antarktis kommt und hier auf die warme Luft der Wüste trifft, regelt das Klima und ist für den Nebel verantwortlich. Auch die Flora und Fauna wird davon beeinflusst.

Nach dem Museumsbesuch lief Karl durch die Stadt und bewunderte die Kolonialarchitektur. Auch die Evangelisch-lutherische Kirche, die 1912 geweiht worden war, besuchte er und betete dort. Für das Marinedenkmal, an dem er vorbeikam, empfand er nur Abscheu. Es stand für einen Völkermord und erinnerte, wie das Reiterdenkmal in Windhoek, nur an gefallene deutsche Soldaten, nicht aber an die vielen getöteten Herero und Nama.

Am frühen Abend fand er sich in der Bungalowsiedlung ein. Gerade als er seine Dusche mit dem kalten Wasser der „Holiday"-Bungalowanlage beendet hatte, stand Jakob vor der Tür.

„Hey Karl, ich bin es mit meiner Schwester Simona und meinem Schwager Nathaniel."

Karl öffnete in Badehose die Tür und schaute überrascht drein. Unaufgefordert, Jakob voran, betraten die Besucher seinen Bungalow.

„Leider kann ich euch nichts anbieten, ich hab nichts eingekauft", sagte er verschämt und verlegen.

„Macht nichts, mein Freund", meinte Jakob, „du bist heute mein Gast. Wir werden zusammen ausgehen, gut essen und trinken. Ich lade dich ein."

Für Karl war das in Ordnung, er wollte sowieso irgendwohin essen gehen. Nun erkannte er aber, dass seine Besucher, ja sogar Jakob, besonders gut und sauber gekleidet waren. Er hatte nur eine Jeans mit auf seine Reise genommen. Die war nicht nur sehr ausgewaschen, sondern auch richtig schmutzig. Ein frisches Hemd hatte er noch in seiner Tasche, das zog er an. Gemeinsam liefen sie an der Strandstraße entlang bis zur Brückenstraße. Simona, Jakobs Schwester, stolzierte vorneweg, sie gab den Weg vor.

„Hier gehen wir essen, hier ist das Essen gut", verkündete sie schon bald.

Sie hatte Blässe von ihrem Urgroßvater mitbekommen. Während Jakob schwarz war, war sie braun und tendierte mehr zum Weißen. In ihrem Land, das die Qualität eines Menschen nach Farben einteilte, war sie eine Gewinnerin, sie wurde als Farbige eingestuft. Hätte sie einen anderen Mann und nicht Nathaniel geheiratet, der ein richtig dunkler, schwarzer Ovambo war, hätte sie sich während der Apartheid auch in dem Farbigenviertel von Swakopmund, in Tamariskia, einquartieren können. Dort waren die Häuser besser und die Straßen fast alle asphaltiert. Aber sie hat einen Ovambo geheiratet, deshalb mussten die beiden in Mondesa leben. In dem Restaurant suchten sich die vier einen Tisch, obwohl sie mehr der agilen Simona hinterherliefen, die einen Tisch suchte, voranging und den Männern den Weg zeigte.

„Hier habe ich bis vor Kurzem als Tellerwäscherin gearbeitet. Ich war denen wohl zu vorlaut, oder genauer zu politisch, deshalb haben die mich entlassen. Ich habe aber sehr schnell in einem anderen Restaurant wieder Arbeit gefunden", erzählte sie voller Stolz und sehr laut, sodass auch andere Gäste mithören konnten.

Simona empfahl der Tischrunde Wiener Schnitzel, denn das wäre hier besonders gut. Und so bestellten alle Wiener Schnitzel. Nathaniel erzählte von seiner Mitgliedschaft bei der SWAPO, viele Jahre wäre er aktiver Kämpfer gewesen: Seine Partei würde ihn vielleicht auf die Universität nach Windhoek schicken, dort würde er dann Pädagogik studieren. Das Land bräuchte Lehrer. Jakob fragte:

„Hast du Abitur?"
„Nein, das brauche ich nicht, ich bin im Parteikader."
Die agile Simona schüttelte ihren Kopf und schaute ihren Mann böse an.
„Bei der nächsten Wahl wird Nathaniel für den Stadtrat kandidieren, vielleicht auch ich. Einer von uns wird es ins Stadtparlament schaffen, möglicherweise sogar wir beide."
Karl war fest davon überzeugt, dass, wenn es jemand von den beiden schaffte, dann würde es Simona sein. Die vier tranken nach dem Essen noch einige Gläser Wein. In eine Kneipe wollten sie dazu nicht gehen, weil sie Bedenken hatten, dass sie in einer Südwester- oder Burenkneipe möglicherweise nicht erwünscht wären und das harmonische Beisammensein gestört werden könnte. Erst spät am Abend verabschiedeten sie sich voneinander. Simona, Nathaniel und Jakob mussten noch vier Kilometer bis nach Mondesa laufen und Karl entschuldigte sich dafür, dass er sie nicht fahren konnte, da er zu viel Wein getrunken hatte.
„Mach dir mal keine Sorgen, wir sind das Laufen gewöhnt", beschwichtigte Simona ihn. Das wusste er freilich schon. Nach dem freundlichen Abschied rief Jakob ihm noch hinterher:
„Wir sehen uns in Berlin, in der ‚Nulpe' oder in der ‚Ruine'."
Karl stimmte ihm laut rufend zu.
Am nächsten Tag machte er noch einen Abstecher in die Republik Südafrika, genauer in die Enklave Walfis Bay.

Eine Woche war er nun schon weg von Marie und den Kindern. Karl bekam langsam Gewissensbisse, aber auch Sehnsucht nach seiner Familie. Also machte er sich auf den Weg nach Otjiwarongo. Seine Freundin und die Kinder freuten sich, ihn wiederzusehen. John wollte genau wissen, wo er gewesen war und was er alles erlebt hatte. Die anderen, einschließlich Marie, hielten sich mit solchen Fragen zurück. Karl lud sie in den Hamburgerhof zum Abendessen ein und erzählte ihnen dort von seinen Erlebnissen, von dem behinderten Mann in Rundu, von der Mission und dem Pater, von Jakob, dem schwarzen Namibiadeutschen aus Berlin, und natürlich auch von Swakopmund. Nachdem Marie erfahren hatte, dass Karl auch in Swakopmund gewesen war, schaute sie unglücklich in die Runde. Jeder merkte ihr es an, aber nur der kleine John traute sich, sie zu fragen.

„Was ist mit dir, Mama?"

Marie antwortete traurig grübelnd: „Mein Papa, euer Großpapa, den haben wir schon über ein Jahr nicht mehr gesehen. Wir sollten ihn auch mal wieder in Swakopmund besuchen."

„Nein, nein, nicht den!", stieß John aus und auch die anderen Kinder reagierten nicht besonders begeistert auf Maries Vorschlag.

Während des Essens teilte Marie Karl mit, dass ihre Schwester in Windhoek für sie Arbeit suchte. Bei der Bäckerei hier in Otjiwarongo hätte sie keine Chance ganztags zu arbeiten. Sie erzählte ihm, dass Paula und Willem in der Schule in Otjiwarongo bleiben würden, bis sie ihren Schulabschluss fertig hätten. Das Hostel hätte noch Platz, mit dem Rektor wäre es schon vereinbart. Anne und John würden mit ihr nach Windhoek gehen. Karl nahm es zur Kenntnis, betonte aber, dass er beim Umzug nicht helfen könnte, da er ja dann in Nyangana arbeiten würde. Marie meinte:

„Ich werde mir einen Lieferwagen mieten. Pieter und Willem werden mir dabei helfen, den zu beladen."

„Ich auch", meldete sich John sogleich.

„Wir alle werden helfen", sagte Paula und legte ihrer Mutter aufmunternd und tröstend ihren Arm auf die Schulter.

Die letzte Nacht vor Karls Abreise an den Okavango hatte zwei Gesichter: Zärtlichkeit, intime Nähe und Liebe, aber auch Tränen und Abschiedsschmerz bestimmten die Stimmung in Maries Schlafzimmer.

Arbeitsantritt in der Mission

Karl fuhr am Morgen los. In Grootfontein hielt er zum Tanken an, dann fuhr er ohne einen weiteren Stopp durch bis nach Nyangana zur Missionsstation.

Spät, erst gegen 18 Uhr, kam er dort an. Freundlich und überschwänglich wurde er vom Pater begrüßt.

„Hast du schon zu Abend gegessen?", fragte er.

Karl verneinte. Gemeinsam liefen sie zum Missionsspeiseraum, wo eine Küchenschwester die Reste des Abendessens für ihn aufwärmte, Kasseler mit Kartoffeln und Sauerkraut. Der Pater, der schon gegessen hatte, schaute nur zu, trank dabei eine Limonade und bat seinen neuen Mitarbeiter darum, etwas schneller zu essen, denn die Mädchen vom Hostel, vom Internat, würden schon auf ihn warten. Karl horchte auf.

„Was wollen die von mir?"

„Zur Begrüßung wollen sie dir einen traditionellen Tanz der Diricu vorführen."

Karl begann sein Essen in sich hineinzuschlingen. Im Festsaal der Mission warteten schon viele Menschen auf ihn. Die schwarzen Missionsschwestern, allesamt Benediktinerinnen, die weißen Schwestern aus Würzburg und die beiden deutschen Ärzte, ein Internist und ein Chirurg, beide deutsche Entwicklungshelfer, mit ihren Frauen. Angestellte aus der Krankenhaus- und Missionsverwaltung, meist mit schwarzer Hautfarbe. Als Karl mit dem Pater dort ankam, erhob sich ein stürmischer Applaus. Er war gerührt, denn mit solch einer Begrüßung hatte er nicht gerechnet. Man erwartete jetzt eine Ansprache von ihm. Er bedankte sich für den freundlichen Empfang, bat aber um Entschuldigung, eine Ansprache könnte er nicht halten, er wäre Mechaniker und kein Entertainer. Von seinen zukünftigen Kollegen erhielt er trotz seiner kurzen Rede viel Beifall. Von dem traditionellen Tanz der Internatsschülerinnen war Karl beeindruckt. Er nahm nach der Tanzveranstaltung all seinen Mut zusammen und richtete doch noch ein paar Worte in englischer Sprache an die Mitarbeiter. Dabei lobte er die tänzerische Begabung der Schülerinnen und bedankte sich für die Vorstellung. Die Mädchen gaben den Dank mit lautem Zungenschnalzen zurück.

Nach der Veranstaltung wurde Karl noch vom Pater eingeladen. In dessen Unterkunft tranken sie Whisky, das Lieblingsgetränk des Paters, und ließen den Begrüßungsabend angetrunken ausklingen. Als Karl wissen wollte, wo sich seine Unterkunft befände, erhob sich der Pater leicht wackelig von seinem Stuhl.

„Du bist ein Glückspilz! Du brauchst nicht mehr im Gästehaus übernachten. Deine Unterkunft ist im ehemaligen Jungenwohnheim, neu gestaltet und renoviert. Dein direkter Nachbar ist ein Angestellter des Krankenhauses, im Nachbarhaus wohnen der Chirurg und seine Frau."

Das Missionsgelände war groß und der Weg vom Haus des Missionsleiters zum ehemaligen Jungenwohnheim einige Hundert Meter lang. Der Pater wies ihm den Weg und fuhr mit seinem Landcruiser vor, sodass Karl mit seinem Golf folgen konnte. An dem Gebäude angekommen, stiegen beide aus ihren Autos aus.

„Hier ist dein neues Zuhause!"

Die hell erleuchteten Scheinwerfer des Cruisers zeigten auf Karls neue Unterkunft. Er versuchte, die Tür zu öffnen, doch die war abgeschlossen. Der Pater kramte in seiner Hosentasche, zog einen Schlüssel hervor und gab ihn weiter.

„Licht gibt es allerdings nicht, die Generatoren sind ausgeschaltet", erklärte er. „Ich werde dir morgen eine Petroleumlampe geben."

Er leuchtete mit seinen Autoscheinwerfern noch einige Zeit auf Karls neue Behausung, sodass dieser sein Gepäck ausladen und in die Wohnung bringen konnte. Natürlich war es unter diesen Bedingungen nicht möglich, sich die Räumlichkeiten anzuschauen, geschweige denn sich einzurichten. Das Bett konnte er erkennen und in seinem Schlafsack, der auch im Halbdunkel leicht zu finden war, konnte er die erste Nacht in der Mission auch ohne Beleuchtung verbringen.

Mit den ersten Sonnenstrahlen wachte Karl am nächsten Morgen auf. Es war ein angenehmes, ein glückliches Aufwachen. Er schaute sich in der kleinen Einzimmerwohnung um. Die Wände waren weiß gestrichen, alles war hell und freundlich. Das eindringende Sonnenlicht erhellte die Wohnung noch mehr. Er entdeckte eine Küche mit einem Tresen, der als Grenze zum Zimmer diente und als Esstisch benutzt werden konnte. In dem Raum befanden sich außer dem Bett ein großer Einbauschrank, ein Schreibtisch mit Stuhl und eine Schreibmaschine, ein Tisch und zwei Sessel sowie ein Gaskühlschrank mit Gefrierfach. Eine Tür führte zur Toilette und Dusche. Karl war begeistert von dem, was er sah: Alles war einfach, dennoch wirkte es freundlich – ganz so wie er es liebte. Zum ersten Mal in seinem Leben fühlte er sich am richtigen Platz, fühlte sich zu Hause angekommen. Hier bin ich, nirgendwo anders will ich sein, dachte er sich. Es hupte laut, er wurde aus seinen Gedanken gerissen. Der Pater kam mit seinem Auto auf das Haus zugerast und bremste seinen Wagen vor Karls Veranda ab, sodass der Sand spritzte und zur Seite wirbelte. Karl kam heraus, der Pater drehte seine Scheibe herunter und rief ihm zu:

„Komm Karl, frühstücken!"

Im Speiseraum neben der Missionsküche servierte ihnen eine Ordensschwester, eine Benediktinerin, das Frühstück. Der Pater fragte Karl, ob er das Tischgebet sprechen wollte. Er verneinte und entschuldigte sich, dass er keine Erfahrung mit Tischgebeten hätte. Deshalb sprach der Pater das Tischgebet. Während des Frühstücks erfuhr Karl, dass normalerweise noch zwei deutsche Brüder auf der Missionsstation arbeiteten, doch leider wären beide krank geworden. Einer, ein Tischler, wäre zurzeit in Deutschland auf Genesungsurlaub, es würde wohl noch einige Monate dauern, bis er wieder zurückkäme. Der andere, von Beruf Elektriker, wäre leider psychisch erkrankt, er würde zwar bald wieder hier in der Mission sein, wäre dann aber nur eingeschränkt einsetzbar. Indirekt schob der Pater alle Probleme im technischen Bereich auf Karl ab, der sich kauend alles anhörte. Er begann nun in Gedanken an der Richtigkeit seiner Platzierung zu zweifeln. Er fragte sich, ob er eine so große Verantwortung überhaupt würde tragen können.

Wie jeden Morgen erwarteten die Missionsarbeiter den Pater unter dem großen Baum vor der Missionskirche zur Arbeitseinteilung. Gemeinsam traten er und Karl vor die Arbeiter. Er stellte seinen Begleiter als Entwicklungshelfer vor und vergaß nicht zu erwähnen, dass er zuvor Mitglied der UN-Friedensmission gewesen war. Weiter erklärte er den anwesenden Arbeitern, dass sich Karl auch ihrer Aus- und Weiterbildung widmen würde. Bevor der Pater mit der Arbeitseinteilung begann, stellte er den etwa 15 gespannt wartenden Männern die Frage:

„Wer will mit dem Entwicklungshelfer zusammenarbeiten und etwas lernen?"

Sieben meldeten sich, aber es waren nur vier vorgesehen. Zunächst teilte der Pater die Männer zur Arbeit ein und wandte sich anschließend nochmals mit der Bitte an die sieben Bewerber, sie sollten sich Gedanken machen, denn am nächsten Tag würden sie ihm und Karl ihre Zukunftsvorstellungen und ihre Erwartungen an das handwerkliche Training in einem Gespräch erläutern müssen.

Der Pater führte Karl in die Werkstatt, wo ein alter Diesel Landcruiser stand. Es gab dort auch eine Grube, die sie in der UN-Werkstatt in Otjiwarongo nicht gehabt hatten. Karls Interesse galt sofort dem alten Allradauto.

„Was ist mit dem?", fragte er.

„Das weiß ich nicht, seit drei Jahren steht er unbewegt in der Werkstatt. Die Brüder konnten ihn nicht reparieren, die sind aber auch keine Kfz-Mechaniker. Wenn du den repariert hast, wird er dein Dienstfahrzeug", versprach der Pater.

In der Werkstatt befanden sich außerdem noch ein Batterieladegerät, eine Handbohrmaschine, zwei heruntergewirtschaftete Winkelschleifer, ein Elektroschweißgerät, Aggregate zum Autogenschweißen, allerdings ohne Acetylen und Sauerstoffflaschen, und zwei Werkbänke. Besonders interessant fand Karl eine große Standbohrmaschine, die nicht mit Strom angetrieben wurde. Sie war so konzipiert, dass, nur mit menschlicher Kraft angetrieben, auch Metall durchbohrt werden konnte. Werkzeug war nicht viel vorhanden: einige alte verbogene Schraubendreher und abgenutzte Schraubenschlüssel. Zum Glück hatte Karl sein Werkzeug, das von Volkswagen gespendet worden war, von der UN-Mission mit nach Nyangana gebracht.

„Eigentlich solltest du dich an deinem ersten Arbeitstag hier auf der Mission umschauen und dir deine Wohnung einrichten. Aber ich habe ein Problem, das ich nicht aufschieben kann", sprach ihn der Pater nach der Werkstattbesichtigung an.

Einiges hatte Karl an diesem Morgen schon belastet, seine Hoffnungen auf ein stressfreies Leben im Busch, am Okavango, das er sich sehnlich wünschte, hatte er schon wenige Minuten nach dem Aufwachen aufgegeben. Der weiteren Belastung, die sein Leben eventuell einschränken würde, trat er nun mutig entgegen. Der Pater erzählte ihm von seinem Unimog, 31 Jahre wäre der alt. Karl hatte den schon in der Nähe des Hauses, in dem der Pater wohnte, gesehen.

„Er springt nicht mehr an. Ich brauche ihn aber am Wochenende, ich muss einige Außengemeinden im Busch besuchen. Du kannst mich begleiten, wenn du willst. Allerdings müssen beide Autos, der Unimog und der Cruiser, fahrbereit sein. Ich nehme mal an, dass dir das gelingt."

„Na ja", meinte Karl, „schauen wir mal."

Auf dem Weg zum Unimog redete der Pater auf ihn ein:

„Für meine Gemeinden tief im Busch, weit weg vom Fluss, brauche ich dieses Fahrzeug. Ich schlafe darin und das Gelände sowie die Pad sind manchmal so schwierig zu befahren, dass es ein normales Geländefahrzeug nicht schaffen würde."

Am Wagen angekommen, öffnete der Pater die Motorhaube des

Unimogs. Noch bevor Karl auf die Stoßstange geklettert war, um den Motor gut zu sehen, erkannte er schon, dass dieser nicht dem Original entsprach. Er fragte deshalb:
„Was ist das für ein Motor?"
Stolz verkündete der Pater: „Das ist ein Sechszylinder-Chevroletmotor."
Auf der Stoßstange stehend meinte Karl kopfschüttelnd: „Um hier etwas reparieren zu können, braucht man Finger wie eine Hebamme."
Etwas beleidigt versuchte der Pater sich zu rechtfertigen: Der beste Mechaniker in diesem Land hätte ihm diesen Motor verkauft und eingebaut. Für ihn wäre es nun mal notwendig, ein für die Bedingungen dieses Landes gut ausgerüstetes Fahrzeug zu haben. Karl hörte aufmerksam zu, äußerte sich aber erst mal nicht. Er schaute nach den Kontakten am Verteiler und konnte das viel zu weite Kontaktspiel nur mit umständlichen und für ihn schmerzlichen Verdrehungen seiner Hand neu einstellen. Danach schraubte er die Zündkerzen raus. Der Platz dafür war eng und nur mit einigen Tricks gelang es ihm. Die beiden hinteren waren mit einem Kerzenschlüssel alleine nicht herauszudrehen, sie ließen sich so nur lösen. Mit einem Stück Wasserschlauch, den er über die Kerzen stülpte, gelang es ihm mit Mühe endlich. Er schaute sich die Zündkerzen an und sagte geradeheraus:
„Die sind hinüber."
Sofort stieg der Pater in den hinteren Teil des Unimog, in den Camper, und kramte in Schubfächern, wo er sechs neue Zündkerzen fand. Karl schraubte diese wiederum mit viel Mühe ein. Er bat den Pater, den Motor zu starten, der daraufhin sofort und ohne Verzögerung ansprang.
„Na siehst du, es gibt doch keine Probleme", meinte der Pater.
Karl aber äußerte sich hart zu der „Verstümmelung" des Wagens:
„Nichts ist stimmig an diesem Fahrzeug, nichts ist passend – das Zusammenspiel, Bremsen, Achsen, Lenkung –, alles ist unkalkulier-

bar! Ingenieure haben das alles berechnet und aufeinander abgestimmt und der ‚beste Mechaniker von Namibia' will das nun infrage stellen."

Der Pater empfand Karls Worte als frech, hörte aber auch eine gewisse Selbstsicherheit heraus, was ihm gefiel. Das Wichtigste für ihn war vor allem, dass der Unimog wieder lief. Vor drei Wochen wollte er die Außengemeinde Dcancene besuchen, doch seitdem streikte das Auto. Vieles hatte er versucht, um es wieder in Gang zu setzen. Seinen am besten ausgebildeten Arbeiter Bonifatius, dem man als Soldat und Fahrer in der südafrikanischen Armee einen großen Lkw anvertraut hatte, sollte es reparieren, aber er scheiterte am Herausschrauben der hinteren zwei Zündkerzen. Das aber erzählte der Pater nicht, Karl erfuhr erst einige Tage später davon, als Bonifatius es ihm erzählte.

In der Werkstatt schaute Karl nach dem Cruiser. Als erstes baute er die völlig leere Batterie aus und hängte sie ans Ladegerät. Er reinigte die Glühkerzen, besah sich die elektrischen Kabelverbindungen, doch einen großen Fehler konnte er erst mal nicht erkennen. Er musste warten, bis die Batterie geladen war. Derweil ging er in seine Wohnung und räumte seine Kleidung in die Schränke. Zur Mittagszeit, gegen zwölf Uhr, lief er zur Missionsküche. Unterwegs traf er den Pater, der eine Petroleumlampe in der Hand hielt. Er überreichte sie Karl mit den Worten:

„Petroleum findest du in der Werkstatt."

Gemeinsam gingen sie zum Mittagessen.

Nachdem eine Ordensschwester eine Kartoffelsuppe als Vorspeise serviert hatte, sprach der Pater das Tischgebet. Während die beiden ihre Suppe genüsslich schmatzend schlürften, fragte Karl:

„Warum gibt es hier nur deutsche Küche?"

„Die haben das so gelernt, das ist Tradition. Die ersten Benediktinerinnen waren Deutsche aus Tutzing. Im Laufe der Jahre wurden Einheimische ausgebildet, sie mussten auch das Kochen erlernen. Alle Benediktinerinnen in diesem Land gehören zu einem Mutterhaus, das in Tutzing steht. Einige der Schwestern waren auch schon in Deutschland und haben ihr Mutterhaus besucht. Die, die es noch nicht besucht haben, werden in ihrem Leben noch mindestens einmal dorthin kommen."

Nach der Vorspeise gab es Kohlroulade mit Salzkartoffeln, als Nachtisch Schokoladenpudding.

An diesem Nachmittag, seinem ersten Arbeitstag in der Mission, wollte sich Karl nur um seine eigenen, privaten Dinge kümmern. Er wollte seine wenigen Bücher, die er aus Deutschland hatte mitnehmen können, in ein Regal einräumen. Außerdem wollte er den nächsten Laden aufsuchen, um sich einige Lebensmittel für seinen Kühlschrank mit Gefrierfach zu kaufen. Dadurch wollte er eine gewisse Unabhängigkeit von der Missionsküche erhalten. An seiner Tür klopfte es, es war Pankratius, dessen Wohnung direkt neben seiner lag. Karl hatte ihn auf der Tanzveranstaltung der Diriku-Mädchen am Vortag kennengelernt. Pankratius entschuldigte sich für die Störung, aber die Krankenschwestern hätten eine Bitte an ihn:

„Seit einigen Tagen können sie nicht mehr warm duschen, obwohl im Kessel immer Feuer gemacht wird, kommt nur kaltes Wasser aus dem Hahn."

Oh Gott, dachte Karl, ich kenne weder Kessel noch Hahn, nichts kenne ich hier. Er ging dennoch mit Pankratius und ließ sich von ihm den Standplatz des Kessels zeigen. Ein Arbeiter bestückte mit Holz die Feuerstelle und als er die beiden sah, meinte er mit seinem Zeigefinger auf das Feuer deutend:

„Das hat keinen Sinn, das Wasser kommt trotzdem kalt aus der Dusche."

Karl lachte über den Ausspruch, Pankratius stimmte ein, doch der Arbeiter war sauer, denn er fühlte sich nicht ernst genommen. Wieder ernster fragte Karl den Arbeiter:

„Du erwärmst hier das Wasser mit dem Feuer unter dem Kessel. Wo soll das warme Wasser danach hinfließen?"

Der Mann sagte: „Die Wasserleitungen sind unterirdisch verlegt, sie führen zum Bad ins Schwesternwohnheim."

„Von wo kommt das Wasser?"

„Vom Fluss, mit einer Pumpe wird das hier hochgepumpt."

Sehr sachlich und wissend klärte der Arbeiter Karl, der nichts über die technischen Gegebenheiten der Mission wusste, außer dass sie über 15 Fahrzeuge verfügte, auf. Nach kurzem Nachdenken fragte er den Mann nach einer Leiter, der sie ihm schnell besorgte. Karl lehnte sie an den Kessel, stieg hoch, öffnete einen schweren Deckel und schaute hinein. Es war genug Wasser darin und als er hineinlangte, stellte er fest, dass es warm war. Es befand sich auch ein Schwimmer im Kessel, der mit einem Gestänge verbunden war, das nach unten, Karl nahm an, zu einem Ventil führte. Er bewegte es auf und ab und merkte, dass es mit jeder Bewegung leichter ging. Nach einigem Werkeln war er sich sicher, dass er den Fehler behoben hatte. Er stieg von der Leiter und strahlte Pankratius und den Arbeiter an. In die Runde sagte er salopp:

„Wer braucht hier bei der Hitze schon warmes Wasser?"

Die beiden Männer antworteten ihm nicht, denn sie waren schwarz und brauchten zum Duschen kein warmes Wasser, aber über die Bedürfnisse der Weißen wollten sie sich nicht äußern, vielleicht weil die Apartheid noch fest in ihren Gedanken verankert saß.

„Na kommt, wir testen, ob das Wasser warm aus der Leitung kommt und ..."

„Ins Schwesternwohnheim dürfen wir nicht alleine und ohne Schwestern hinein", fiel der Arbeiter Karl ins Wort.

Pankratius, der Angestellter im Krankenhaus war, machte sich auf den Weg, eine Schwester zu holen. Die, mit der er zurückkam, überprüfte, ob das Wasser nun warm aus der Leitung floss. Die drei Männer warteten gespannt.

„Alles in Ordnung", rief sie ihnen zu. Karl aber wollte noch wissen, wie lange sie schon nicht mehr warm hatten duschen können, und lief ihr hinterher, um sie danach zu fragen.

„Das ist schon vier Wochen her. Wir sind dir wirklich sehr dankbar, endlich ist wieder ein Handwerker hier."

Karl entspannte sich etwas, denn alles, was hier an Arbeit an seinem ersten Tag angefallen war, hatte er reparieren können. Morgen, wenn die Batterie des alten Cruisers aufgeladen sein würde, würde er auch den wieder fahrbereit machen können, davon war er überzeugt. Aber er wusste auch, der Pater hatte es ihm ja gesagt, dass er alles, was in dieser Mission an handwerklichen Dingen anfallen würde, würde bewerkstelligen müssen, schließlich war er der einzige Handwerker. Über 100 Menschen arbeiteten auf dieser Mission, das Krankenhaus verfügte über 150 Betten. Es war der größte Arbeitgeber in der Region.

Am späten Nachmittag machte sich Karl mit seinem Golf auf den Weg, er fuhr in Richtung Osten. Nach wenigen Kilometern sah er auf der Pad ein Schild mit der Aufschrift „Supermarkt". Er hielt sein Auto vor dem kleinen Steingebäude an und ging in den Laden. Er kaufte einige Dosen Ölsardinen und eine Dose Corned Beef sowie eine große Packung Kekse, an Lebensmitteln gab es dort auch nicht viel mehr zu kaufen. Die Bezeichnung „Supermarkt" war irreführend, denn es war eher ein „Bottle Store", dort gab es Bier, Wein und Schnaps. Karl traute seinen Augen nicht: Ganz rechts, man musste sehr genau hinschauen, stand ziemlich versteckt eine verstaubte Flasche Steinhäger, original abgefüllt in einer Tonflasche. Er zeigte auf die Flasche und fragte:

„Was soll die kosten?"

„Na ja", sagte der Händler, „sie ist schon alt, aber noch trinkbar, glaube ich."

Er nannte ihm den Preis und Karl kaufte die Flasche, auf dem Etikett stand Jahrgang 1975. Er ließ sich noch eine Dose Bier geben und sah, während er sie trank, einigen jungen Männern beim Tischfußball zu. Es dauerte nicht lange und er spielte mit. Er erzählte, dass er in der Mission arbeitete und nun für einige Monate, vielleicht sogar für Jahre, hier in Nyangana leben und arbeiten würde.

Am nächsten Morgen trafen sich der Pater und Karl wieder mit den

Arbeitern unter dem großen, Schatten spenden Baum zur täglichen Arbeitsbesprechung. Von den sieben Bewerbern, die sich am Vortag für das Mechanikertraining gemeldet hatten, blieben nur noch vier übrig, die anderen hatten es sich anders überlegt. Eine Auswahl erübrigte sich dadurch. Karl ging mit seinen Auszubildenden Michael, Rudolf, Ignatius und Bonifatius in die Werkstatt und machte sich sogleich an den alten Diesel Landcruiser, seine Arbeiter ließ er dabei zuschauen. Es war ihm wichtig, dass der Cruiser zum Laufen gebracht würde, denn er wollte am Wochenende mit dem Pater in die Buschgemeinden fahren, dazu brauchte er das Fahrzeug. Nach einer Stunde Arbeit war es so weit, er startete den Motor. Der tat sich schwer, nur unwillig, stotternd und zögerlich sprang er an, dabei stieß er viele schwarze rußige Abgase aus. Nach mehrmaligen Startversuchen lief er endlich. Karl setzte sich ans Steuer, ließ die Männer einsteigen und machte mit ihnen zusammen eine lange Probefahrt. Während dieser stellte er einige Mängel am Auto fest, die aber alle ohne großen Aufwand in wenigen Stunden zu reparieren waren. Mit der Hilfe seiner Trainees machte er es bis zum Wochenende fit.

Rudolf, Michael und Ignatius hatten wegen ihres jungen Alters, aber auch wegen ihrer Lebensgewohnheiten und Lebensumstände im Busch, nur wenig Erfahrung im Umgang mit Werkzeug und technischen Geräten. Mit Vieh, insbesondere mit Rindern, konnten sie umgehen, da ihre Eltern Viehzüchter und Mahango-Bauern waren. Auch ihre Schulbildung war sehr mangelhaft, sie waren nur sechs Jahre in der Schule gewesen und ihre kurze Schulausbildung war auch noch geprägt gewesen vom schlechten Bildungssystem für Schwarze während der Apartheid. Bei Bonifatius sah es anders aus, denn er hatte als Soldat bei der südafrikanischen Armee gedient. Seine Schulausbildung war zwar auch kurz gewesen, aber er hatte in der Armee viel Technisches gelernt. Karl wusste das zu schätzen, es half ihm bei seiner Arbeit, er brauchte die Unterstützung von Bonifatius. Trotzdem bevorzugte er die Jungen in seinem Team. Den ehemaligen Soldaten der

Apartheidarmee ließ er manchmal seine Abneigung spüren, bisweilen taten das auch seine jungen Auszubildenden. Hinter seinem Rücken nannten sie ihn hin und wieder Kollaborateur. Bonifatius war nicht nachtragend, mit Engagement und Freundlichkeit versuchte er Karls Vertrauen zu gewinnen. Er lud ihn zum Essen in sein Pontok, in seine Rundhütte, ein, es gab Hühnchen mit Mahango. Im Gespräch mit ihm und seiner Familie erkannte Karl die Not, die ihn zu einem solchen Verhalten getrieben hatte. Er verzieh ihm und auch die anderen Kollegen taten es nach und nach.

Der Besuch der Buschgemeinden

Die beiden Fahrzeuge, der Unimog und der Toyota, wurden mit Lebensmitteln, Wasser, Liegen, Schlafsäcken und Utensilien für den Gottesdienst in Dcanene beladen. Der Pater teilte die mitfahrenden Personen ein: Zwei Schwestern wurden in den Unimog, den natürlich er selbst fuhr, beordert, eine weitere Schwester, die Küchenschwester Hiltrud, musste zu Karl in den Toyota Cruiser.

„Schwester Hiltrud hat schon einige Fahrstunden, sie wird bald ihre Fahrprüfung machen. Lass sie bitte auch mal ans Steuer, in Zukunft muss sie auch im Busch Auto fahren. Ansonsten fahrt ihr mir hinterher, ich gebe das Tempo vor. Solltest du Probleme haben, benutze deine Lichthupe!"

Nach Dcancene war es an der Luftlinie gemessen nicht weit, höchstens 30 Kilometer, aber auf dieser schwierigen Pad, die nur mit Allradfahrzeugen zu befahren war, konnte sich eine solche Fahrt über Stunden hinziehen. Es ging los, Karl war gespannt, was ihn auf dieser Strecke alles erwarten würde. Eigentlich ging es immer nur geradeaus. Sofort nach Erreichen der Pad musste der Allradgang eingelegt werden, nur mühsam und schleppend kamen die beiden Fahrzeuge vorwärts. Manchmal ging es etwas schneller, dann aber verschlechterte sich Karls Sicht, denn der vorausfahrende Unimog wirbelte zu viel Staub auf. Nach einer Stunde, sie waren gerade mal sieben Kilometer gefahren, war es plötzlich ein Gefühl wie auf Schienen. Die Fahrzeugspuren waren tief im Sand eingegraben, die Räder rollten aber trotzdem auf festem Untergrund. Der von den Fahrzeugen aufgetürmte Sand links und rechts verhinderte ein Ausbrechen. Karl ließ für einige Minuten das Steuer los und fuhr, ohne zu lenken, das Auto auf der Pad. Er stoppte das Fahrzeug und meinte, nun wäre der Zeitpunkt gekommen, um der Schwester das Lenkrad zu übergeben. Gerne übernahm Hiltrud, sie war ohnehin schon in großer Erwartung und bettelte Karl von Fahrtbeginn an um der Erlaubnis, fahren zu dürfen. Sie fuhr nun schneller, da sie nach dem Zeitverlust, den der Stopp für den Fahrerwechsel verursacht hatte, wieder zum Unimog aufholen wollte. Aber sie hielt das Lenkrad nicht fest in ihren Händen, sie wollte zeigen, dass nicht nur Karl freihändig fahren konnte, sondern, dass es auch ihr gelang. Ihr fahrerischer Mut wurde jedoch sehr bald gestoppt: Während sie freihändig das Fahrzeug „steuerte" und dabei Karl fröhlich und stolz anlachte, prallte sie mit dem Cruiser gegen einen Baum. Wegen des geringen Tempos passierte zum Glück nichts. Karl überließ ihr bis nach Dcancene weiterhin das Steuer. Vor einer Hütte, in der normalerweise Schulunterricht stattfand und an Sonntagen Gottesdienst gefeiert wurde, parkten sie die Autos. Der Pater begab sich zum Chef der Gemeinde und meldete sich an. Am Abend saßen Schwestern, Pater und Karl gemeinsam unter dem Sternenhimmel des südlichen Afrikas und aßen ihr Abendessen. Die Frauen verbrachten die Nacht in der Hütte, während die Männer im Unimog schliefen.

Von den ersten Sonnenstrahlen wurden alle geweckt. Die Schwestern bereiteten das Frühstück vor. Als Karl helfen wollte, wurde seine Hilfsbereitschaft von den Benediktinerinnen zurückgewiesen. Der Pater und eine Schwester richteten die Schulhütte für den Gottesdienst ein. Nach einiger Zeit kamen die ersten Gläubigen herbei. Karl stellte fest, dass alle ihre besten Kleidungstücke anhatten, nur wenige kamen in zerrissener Kleidung. Einige Männer gingen mit riesigen Trommeln in der Hand ins Innere der Hütte und stellten sie dort auf. Der Pater begann in der Sprache der Diriku mit dem Gottesdienst. Nach seiner kurzen Anfangspredigt begannen die Trommler laut zu spielen, die Gottesdienstteilnehmer sangen und tanzten, aber keiner geriet so sehr in Trance, wie es Karl in Otjiwarongo in der evangelikalen Kirche erlebt hatte. Nach einer weiteren Predigt, der Pater sprach wieder in der Sprache der Diriku, wurde wieder laut getrommelt und gesungen. Zum Schluss gab es das Abendmahl. Karl hätte gerne daran teilgenommen, durfte aber nicht, da er ja evangelisch war.

Nach dem Gottesdienst und der Abnahme der Beichte, die nur wenige Gemeindemitglieder ablegen wollten, teilte man dem Pater mit, dass sich auch die sogenannten Propheten in Dcancene aufhielten. Der Pater war außer sich, als er das erfuhr, Karls Interesse aber war geweckt.

„Wer sind denn die Propheten?", fragte er Schwester Hiltrud. Sie hatte keine Ahnung und wusste nur, dass die Gruppe etwas gegen Katholiken hatte. Deshalb lehnte auch sie die Propheten ab, schließlich war sie eine katholische Ordensschwester. Sie konnte Karl den Weg zu ihnen weisen. Hiltrud war eine aufmerksame Beobachterin, während des Gottesdienstes hatte sie ihre Augen manchmal nach draußen gerichtet. Während der Pater gepredigt hatte, waren einige junge Menschen hier vorbeigelaufen, ein paar von ihnen trugen auf ihrer Kleidung ein aufgemaltes Kreuz.

„Komm, die suchen wir", forderte Karl Hiltrud auf.

Sie war sofort begeistert von der Aufforderung. Sie liefen gemeinsam aus dem Dorf hinaus, genau in die Richtung, in die Hiltrud die Propheten hatte laufen sehen. Nach wenigen Metern sahen sie sie in Trance tanzen. In der Mitte ihres Tanzplatzes war eine große Trommel aufgebaut, auf der einer der Anwesenden spielte. Nur wenige Meter davon entfernt stand ein großes, überdimensionales Buch, das an einen in den Boden gerammten Holzpfahl angelehnt war. Hiltrud und Karl beobachteten die Szenerie, plötzlich stoppte der Tanz. Ein Mann gekleidet mit einem weißen Umhang, möglicherweise geschneidert aus einem Betttuch, und einem großen roten, auf seinen Rücken gemalten Kreuz nahm das Buch in seine Hände und las daraus vor. Hiltrud meinte, dass er aus der Bibel lesen würde. Es dauerte nur kurz, dann wurde wieder getanzt. Die jungen Leute, darunter viele Kinder, tanzten sich in einen Traumzustand. Sie tanzten wie die Derwische, ihre Hände nach außen gestreckt, sie drehten sich um sich selbst und im Kreis um die Trommel und um die in der Mitte liegende überdimensionierte Bibel. So wie sich die Erde um die Sonne dreht.

Der Pater war mit seinem Gottesdienst zufrieden, nur über die Störung durch die Propheten war er verärgert, er fand das unerträglich.

„Was ist denn so gefährlich an den Propheten?", fragte Karl ihn am Abend.

„Das Gefährliche an den Brüdern ist, dass sie sich als Christen ausgeben, in Wirklichkeit sind das aber Animisten. Der namibische Rundfunk warnt ständig von den Machenschaften dieser Irren. Leider haben wenige Menschen in dieser Region ein Radio."

Karl fragte noch mal nach: „Was ist so schlimm an den Propheten?"

„Besonders schlimm ist, dass diese Gruppierung bei Ernteausfällen und bei anderen naturbedingten, ökonomischen Schäden immer eine oder mehrere Personen einer Dorfgemeinschaft dafür verantwortlich macht. Meist sind das alte Menschen, manchmal werden diese dann sogar aus der Gemeinschaft ausgeschlossen. Es sollen sich deswegen schon Menschen selbst getötet haben."

Er erzählte auch, dass er in seiner Predigt darüber gesprochen und die Menschen vor ihnen gewarnt hätte.

Die fünf Missionsreisenden wollten am nächsten Morgen wieder zurück zur Missionsstation Nyangana. Der Pater aber meinte während des Frühstücks, er hätte ein ungutes Gefühl, irgendetwas in ihm sträube sich, die Heimreise anzutreten. Er fragte die beiden Schwestern, ob noch genügend Proviant da wäre. Sie bejahten die Frage, nur Wasser bräuchten sie noch. Karl nahm einen leeren Wasserkanister aus dem Unimog und lief damit zum Dorfbrunnen. Das Wasser wurde von einem langsam laufenden Motor nach oben gepumpt. Er hatte ihn am Vortag noch gewartet. In Gedanken versunken saß der Pater am Campingtisch, als Karl mit dem gefüllten Kanister dort ankam. Plötzlich hob er seinen Kopf, schaute die Schwestern und Karl an und sagte laut und entschlossen:

„Ich habe mich entschieden, wir fahren erst mal nicht nach Nyangana. Wir fahren nach Ncame, dort war ich schon seit mehreren Monaten nicht mehr."

Am frühen Nachmittag kamen sie in Ncame an. Auch dort wurde in einer Hütte, in der normalerweise Schulunterricht stattfand, an den Wochenenden Gottesdienst gefeiert. Sie wurden hier genauso wie in den anderen Buschgemeinden von sogenannten Katecheten geleitet. Diese erhielten, um ihrer Aufgabe gerecht zu werden, eine Ausbildung in den jeweiligen Hauptgemeinden ihrer Pfarreien. Die Katecheten von Ncame und Dcancene hatten ihre in Nyangana erhalten. Sakramente durften sie den Gemeindemitgliedern nicht spenden, die waren den Priestern vorbehalten. Der Pater besuchte mindestens einmal im Jahr eine seiner vielen Pfarrgemeinden, die verstreut auf einem Gebiet größer als das Saarland lagen. Der Katechet von Ncame hatte die Fahrzeuge schon von Weitem gehört und lief ihnen entgegen. Der Pater im Unimog steuerte konsequent die Schulhütte an, den ihnen entgegenlaufenden Katecheten beachtete er nicht und überholte ihn, sodass dieser wieder einige Meter hinter dem Unimog her zurück zur Hütte laufen musste. Dort angekommen, parkten die beiden Fahrzeuge. Katechet und Pater führten ein langes, teilweise sehr emotionales Gespräch. Karl fragte die Schwestern, um was es dabei ging, doch auch sie verstanden kein Diriku. Sie waren aus dem Ovamboland, sie konnten nur ihre Ovambo-Sprache und Englisch als Fremdsprache, mit Diriku waren auch sie überfordert. Der Pater lief mit dem Katecheten in die Richtung, in der die größte Hütte des Dorfes stand. Die Schwestern und Karl gingen ihnen neugierig hinterher. Vor der Hütte stoppte der Tross. Ein älterer Mann trat hinaus und begann ein Gespräch mit den beiden, das teilweise heftig und laut geführt wurde. Viele Dorfbewohner gesellten sich hinzu, manche lachten, andere wiederum gaben sich empört. Nur Karl und die Schwestern wussten nicht, um was es hier ging. Alle schauten plötzlich auf eine junge Frau, die mit einem Bündel dreckiger Kleider auf ihrem Arm daherkam. Unter dem Bündel bewegte sich etwas, dann hörte man Schreie – Babyschreie. Die drei Benediktinerinnen gingen zu der Frau und schauten unter die schmutzigen Lumpen, wo sie zwei Säuglinge entdeckten. Die Frau, die offensichtlich die Mutter der Zwillinge war, hatte Tränen in ihren Augen. Die Nyangana-Schwestern trösteten sie liebevoll. Noch eine Weile wurde diskutiert, dann verließ man den Platz. Bei der großen Hütte, die Dorfschule und Sonntagskirche war, luden sie die Utensilien für den Gottesdienst aus. Dieser sollte am nächsten Tag, obwohl es diesmal kein Sonntag, sondern ein Montag war, stattfinden. Natürlich diente auch diese Hütte als Übernachtungsplatz der Schwestern. Zum Abendessen gab es nur altes Brot, die Frauen zauberten aber einen köstlichen Salat dazu. Der Pater genehmigte sich einen doppelten Whisky, während Karl und die Schwestern sich eine gute Flasche südafrikanischen Wein zu ihrem Essen teilen konnten. Karl wusste, dass die Frauen gerade mal ein kleines Glas trinken würden und der Rest ihm vorbehalten wäre. Endlich konnte ihre Neugierde befriedigt werden: Der Pater erzählte ihnen die Geschichte, von der er zuvor gehört hatte und mit der er sich auseinandersetzen musste. Der Häuptling, der Chef des Dorfs, wäre Animist und eine Frau, eine seiner Verwandten – er erwähnte, dass hier eh alle miteinander verwandt wären –, hätte Zwillinge geboren. Die Babys wären sehr schwach und auch krank, sie bräuchten medizinische Hilfe, um überleben zu können. Er aber, der Stammesführer, verträte die Meinung, es wäre gut, wenn die Babys es schaffen würden zu überleben, aber auch wenn nicht. Auf keinen Fall aber wollte er die Mutter mit nach Nyangana ins Krankenhaus lassen. Sie würde hier gebraucht, sie müsste helfen, die Ernte einzubringen und ihren Mann zu versorgen. Der Katechet und die anderen Christen in dem halb animistischen, halb christlichen Dorf wollten dagegen, dass die Frau mit ihren Kindern ins Krankenhaus gebracht würde. Noch wäre nichts entschieden. Morgen aber wollte er mit einem Gottesdienst die Dorfgemeinde aufrütteln und ihr klarmachen, dass der Mensch im Mittelpunkt von Gottes Aufmerksamkeit stünde. Dass der Mensch sich die Erde untertan machen sollte, dass das Leben eines Menschen das wichtigste Gut auf Gottes Erden wäre. In der Bibel wollte er noch nach passenden Passagen suchen. Früh wollte er deswegen zu Bett, um am nächsten Morgen zeitig aufstehen und in der Bibel noch nach aussagekräftigen Sätzen suchen zu können. Er war sich auch sicher, dass sein Gefühl, nicht sofort nach Nyangana, sondern erst hierher, nach Ncame, zu fahren, eine Eingebung Gottes gewesen war. Der Pater verschwand früh in seinem Bett und auch die Schwestern gingen nach dem Abwasch des Geschirrs in die Hütte zum Schlafen. Nur Karl blieb noch eine Weile länger davor sitzen und dachte an Marie, er sehnte sich nach ihr.

Um neun Uhr am Morgen begann der Gottesdienst. Die Hütte, die wie üblich zur Kirche umfunktioniert wurde, war übervoll. Die meisten Zuhörer passten nicht hinein und hielten sich so davor auf. Nicht nur Christen, auch Animisten waren erschienen. Alle wollten die Auseinandersetzung zwischen dem Pater und dem Häuptling miterleben. Der Gottesdienst lief wie in Dcancene ab: Es wurde getrommelt, gesungen und gepredigt, dann wieder getrommelt, gesungen und gepredigt. Dann aber wurde die Stimme des Paters lauter und durch die Hütte erschallten drohende Worte. Alle erschraken, nicht nur die Besucher des Gottesdienstes, auch die Schwestern, die wie Karl nichts verstanden, erschauderten. Alle waren entsetzt, die Animisten sowie die Christen. Schließlich wurde die Stimme des Paters leiser, weicher, sachter, friedfertiger. Die Leute klatschten und bejubelten den Pater freudig. Es sah aus, als wären alle zufrieden. Der Pater lud die Gemeinde zum Abendmahl ein, an dem sich die Christen beteiligten. Auch die Benediktinerinnen reihten sich bei den Wartenden ein. Karl, der Lutheraner, der auch gerne das Abendmahl empfangen hätte, blieb wieder außen vor.

Nach dem Gottesdienst versammelten sich die Dorfbewohner vor der Hütte. Auch der Dorfälteste und die wenigen Einheimischen, die nicht an dem Gottesdienst teilgenommen und der Rede des Paters zugehört hatten, erschienen. Als die Frau mit den Zwillingen kam, schob sich der Pater durch das Menschengewimmel zu ihr. Laut fragte er sie:

„Willst du mit deinen beiden Kindern mit uns nach Nyangana zum Krankenhaus kommen?"
Kraftvoll antwortete die Frau mit „Ja".
Die meisten der Anwesenden jubelten, nur einige wenige „Häuptlingstreue" buhten. Der Stammesführer gab sich geschlagen, er stimmte der Überführung der kranken und schwachen Kinder nach Nyangana zu. Die göttliche Eingabe des Paters und das demokratische Verständnis des Dorfs hatten das ermöglicht, so Karls Einschätzung.

Dienstags, spät am Abend, kamen sie in Nyangana an. Die Zwillinge und ihre Mutter wurden sofort ins Krankenhaus zur ärztlichen Behandlung und Betreuung gebracht. Die Fahrzeuge sollten erst am nächsten Tag ausgeladen werden, so die Anweisung des Paters.

Karl hatte zum ersten Mal Post von Marie erhalten, er hatte ihr schon kurz nach seiner Ankunft in Nyangana geschrieben. Sein Brief war sachlich, was den Umständen und seinem Leben in dieser Region geschuldet war. Die Erfahrungen, die er hier machte, und seine Sehnsucht nach ihr hatte er nur kurz am Schluss des Briefs erwähnt. Einen netten, einen wirklichen Liebesbrief erhielt er dagegen von Marie. Einen Brief, der die Schwerpunkte Sehnsucht und Liebe hatte und immer wieder die Frage „Wann sehen wir uns wieder?" aufwarf. Am Schluss erwähnte sie, dass sie bald nach Windhoek umziehen würde. Arbeit hätte sie dort schon, aber leider noch keine Wohnung, vorerst würde sie bei ihrer Schwester wohnen müssen. Sie bat Karl, sich telefonisch bei Fiona zu melden. Doch als Namibierin wusste sie, dass das nicht so einfach für Karl sein würde. Ihr war klar, dass die Telefonverbindungen in den Norden des Landes nur sehr beschränkt funktionierten. Die Mission verfügte über ein Telefon, in der Region nannte man es Buschtelefon. Sechs Anschlüsse teilten sich dieselbe Telefonnummer, bei jedem dieser Anschlüsse war der Klingelton anders. Für die Angerufenen war es wichtig, den für sie richtigen Klingelton zu erkennen.

Für Karl, der in der Werkstatt und in den Gebäuden der Mission arbeitete und deshalb dort umherstreifte, war es schwierig, sich den passenden Klingelton zu merken. Auch ein Anruf nach draußen war nicht einfach, denn er musste vermittelt werden. Sprachprobleme und Leitungsüberlastungen machten das Telefonieren oft unmöglich.

Der geistige Krüppel

Am darauffolgenden Samstagnachmittag fuhr Karl nach Rundu. In einem portugiesischen Restaurant aß er zu Abend und entschloss sich, zu dem Restcamp am Ufer des Okavangos, zu dem behinderten Mann, zu fahren, um dort zu übernachten. Als er ankam, ging er in das Restaurant im langen Haus, wo einige Weiße beim Essen saßen. Er lief hinüber zum Tresen, denn dort saß der, zu dem er wollte. Als der ihn sah, wurde sein Blick ernst. Karl begrüßte ihn freundlich, mürrisch wurde der Gruß erwidert. Er bestellte ein Bier, das der behinderte Mann zapfte und ohne Worte vor ihm auf die Theke stellte. Evi, die Frau des Mannes, hastete mit den Essensbestellungen eilig im Restaurant umher. Oft sah Karl der gut aussehenden Frau nach. Langsam wurde es ruhiger, die Einheimischen verließen das Restcamp. Es lag zu weit außerhalb der Stadt. Zu Hause trinken war billiger, aber auch in einer Kneipe in der Stadt war es angenehmer, man konnte dann auch angetrunken heimlaufen. Das Restcamp wurde mehr als „Pizzahochburg" gesehen, weniger als Bar. Nur noch wenige Gäste waren da, allesamt Touristen, die hier eine Hütte bewohnten. Evi hatte nun etwas Zeit und trat an Karl heran.

„Wie ist es dir in deiner neuen Arbeit ergangen?"

Karl erzählte ihr von den Propheten und den Zwillingen. Hinter dem Tresen saß ihr Ehemann und beäugte die beiden. Noch bevor Karl sein zweites Bier bestellen konnte, verließ er seinen Platz und verschwand robbend in einer der privaten Räumlichkeiten. Evi räumte derweil die Tische ab, wobei Karl sie beobachtete. Unerwartet richtete der behinderte Mann freundliche Worte an ihn und zog sich plötzlich aus der Tiefe auf seinen Barhocker.

„Ich heiße Achim, und du?"

„Karl heiße ich."

Achim hielt in seiner Hand einen kleinen Plastikbeutel mit glitzernden Steinen, die er Karl vor die Augen hielt.

„Das sind Diamanten, die sind auf dem Markt 3000 Mark wert. Ich gebe sie dir für 1000 Mark."

Karl schaute erstaunt auf die Diamanten. Achim schüttete sie auf den Tresen und meinte:

„Alles Flussdiamanten, sie sehen aus, als wären sie schon geschliffen."

Karl brauchte nicht zu überlegen, er wusste sofort, dass er keine Diamanten kaufen würde und schon gar keine, von denen er nicht genau wusste, wo sie herkamen. Er bestellte noch ein Bier und der behinderte Mann packte die Diamanten wieder in die Plastiktüte, steckte sie in seine Hosentasche, drehte sich auf seinem Drehbarhocker zur Zapfanlage und fing an, das Glas zu füllen. Achim ließ nicht locker, während er langsam und fachgerecht sein Sieben-Minuten-Bier zapfte, begann er Karl ins Gewissen zu reden.

„Du bist doch Entwicklungshelfer. Die Steine haben mir Schwarze von der anderen Seite des Flusses, Angolaner, denen es sehr dreckig geht, gebracht. Mit einem Kauf würdest du die Menschen drüben unterstützen."

Er konnte Karl nicht überzeugen, denn der wusste ja, dass der behinderte Mann Rassist war.

„Ich glaube, die Diamanten stammen von der Unita, die sich Befreiungsbewegung nennt, aber nichts anderes im Schilde führt, als die Kontrolle über Angola zu erlangen. Und Savimbi, der Führer dieser Organisation, ist nur daran interessiert, sich die Reichtümer Angolas unter den Nagel zu reißen. Für mich", so erklärte er weiter, „sind das Blutdiamanten. Würde ich die kaufen, würde ich den Bürgerkrieg damit unterstützen."

Achim hatte auf Mitleid und Naivität gehofft. Karl konnte zwar das Leid anderer nachempfinden, auch aus diesem Grund war er Entwicklungshelfer geworden, aber er war alles andere als naiv. Zumindest nicht in Dingen, die das südliche Afrika betrafen, mit dieser Problematik hatte er sich ausgiebig befasst. Vor Jahren war er Mitglied einer antiimperialistischen Organisation gewesen und hatte in dieser in einem Ausschuss, der sich speziell mit Fragen Afrikas beschäftigte, gearbeitet. Der behinderte Mann gab sich noch nicht geschlagen. Er redete jetzt von der Ausbeutung der Entwicklungshelfer.

„Ihr werdet schlecht bezahlt. Während die Botschaftsangehörigen in der Hauptstadt herumlungern, sich von Party zu Party begeben und wirklich gut verdienen, müsst ihr euch mit den Kaffern im Busch herumschlagen."

Ein kleiner Nebenverdienst mit Diamanten wäre doch gerechtfertigt, meinte er. Außerdem wären das keine Blutdiamanten, niemand hätte für die Diamanten, die er anböte, sterben müssen. Karl war entsetzt über das, was er zu hören bekam.

„Du nennst die Menschen ‚Kaffer' und zeigst mir damit, dass du Rassist bist und kein Interesse daran hast, dass es den Menschen weder auf dieser Seite des Flusses noch auf der anderen in Angola gut geht."

Achim sah nun ein, dass er keine Chance hatte, Diamanten an Karl zu verkaufen. Enttäuscht darüber versuchte er ihn nun von der Schlechtigkeit der Kaffer, wie er sie nannte, zu überzeugen. Dabei machte er tatsächlich Unterschiede zwischen den auf der südlichen Seite des Okavangos Lebenden, den Namibiern, und den auf der nördlichen Seite Lebenden, den Angolanern. Die Namibier wären unverschämt und faul, die Angolaner hingegen dankbar und fleißig. Karl musste sich diesen Unsinn anhören, schüttelte aber den Kopf. Der behinderte Mann versuchte ihm zu erklären, warum das so wäre:

„Die Kaffer in Namibia glauben, dass sie sich durch den Wahlsieg der SWAPO gegenüber den Weißen alles herausnehmen können. Die Kaffer im südlichen Angola aber haben, wenn auch von Schwarzen geführt, immer noch Respekt vor den Weißen. Die UNITA ist eine Bewegung, die die Gleichberechtigung von Schwarzen und Weißen im südlichen Afrika erhalten will. Auch Kriminalität ist hier an der Tagesordnung. Die klauen, was nicht niet- und nagelfest ist."

Karl hatte das Gefühl, er säße einem Idioten gegenüber. Dabei wusste er schon aus Erzählungen, dass der Bauingenieur war und studiert hatte. Er fragte ihn trotzdem:
„Was bist du von Beruf?"
„Bauingenieur", antwortete Achim stolz.
Karl bestellte noch ein Bier, sein drittes. Während der behinderte Mann zapfte, erklärte er ihm, dass er der Meinung wäre, dass Achim Schwachsinn von sich gäbe und sich damit nur lächerlich mache. Der machte sich nun Luft:
„Der Kolonialismus ist rechtens gewesen. Es ist normal und menschlich, dass der Stärkere das Recht hat, Schwächere zu unterdrücken. Das hat schon der Naturforscher Darwin erkannt."
„Die anderen, die Afrikaner, sind aber nun stärker geworden", erwiderte Karl darauf.
Evi, die wohl gerade mit dem Abwasch des Geschirrs fertiggeworden war, mischte sich ins Gespräch ein:
„Streitet euch nicht, ihr könnt sowieso nichts ändern."
Karl strahlte sie an, Achim schaute misstrauisch zu seiner Frau. Während sich Karl nun mit ihr über alltägliche Dinge und Probleme in der Region unterhielt, tauchte ihr Mann wieder ab und verschwand in den hinteren Raum des Restaurants. Nach einer Weile saß er wieder auf seinem Drehbarhocker.
Die letzten Touristen hatten das Lokal verlassen. Karl nahm einen kräftigen Schluck von seinem Bier, der behinderte Mann schaute ihm dabei frech grinsend ins Gesicht. Ihm wurde schwindelig, er hatte das Gefühl er wäre total besoffen, nahm sich aber zusammen. Angestrengt zog er seinen Schlüssel vom Tresen, hielt ihn fest in seiner Hand umklammert und lief schwankend in Richtung seiner Übernachtungshütte. „Karl, Karl" rufend lief ihm Evi hinterher. Sie half ihm, die Tür zu seinem Nachtlager aufzuschließen. Mit großer Mühe und hin- und herwankend rettete er sich mit Evis Hilfe in sein Bett. Er schlief tief und lang. Als er gegen Mittag mit starken Kopfschmerzen erwachte

und mit blinzelnden Augen nach draußen schaute, erkannte er, dass sein Golf nur noch auf zwei Rädern stand. Wackelig auf den Beinen und zitternd lief Karl in das lange Haus hinüber, wo der behinderte Mann schon hinter seinem Tresen wartete.

„Siehst du, ich habe dir doch gesagt, dass das alles Diebe sind."

Karl blieb ruhig und bestellte ein Kontinentalfrühstück. Evi brachte es ihm wortlos, sie schaute ihn dabei milde und mitfühlend an. Ohne sich zu verabschieden, verließ er nach dem Frühstück zu Fuß das Restcamp. Er hatte in Rundu schon einige Menschen kennengelernt, insbesondere Namibier portugiesischer Abstammung. Von ihnen bekam er Hilfe, sie verschafften ihm Ersatzräder. Mit dem Eigentümer des Supermarkts fuhr er in das Restcamp zurück und ergänzte sein Fahrzeug um die fehlenden Räder. Es kam ihn teuer zu stehen, denn die Räder kosteten viel Geld. Von nun an aber wusste er, dass er das Restcamp des behinderten Mannes nie wieder besuchen würde. Der hatte ihn, davon war Karl fest überzeugt, mit irgendwelchen Medikamenten schachmatt gesetzt und die Räder gestohlen. Karl nannte ihn ab jetzt nur noch den „geistigen Krüppel".

Die versteckte Buschkneipe

Mit Pankratius, dem Krankenhausangestellten und Nachbarn, schloss Karl schnell Freundschaft. Von ihm erfuhr er viel über das Leben der Menschen im Kavango-Gebiet. Er war ein Diriku, der am Okavango geboren und groß geworden war. Nach Feierabend saßen sie auf der gemeinsamen Veranda, die vor ihren beiden kleinen Wohnungen lag und mit Moskitogaze bespannt war. Pankratius, der einige Monate in Südafrika ein Priesterseminar besucht, es dann aber abgebrochen hatte, weil er weder sexuell enthaltsam leben konnte noch wollte, war sehr intelligent. Mit ihm konnte sich Karl auch über entwicklungs- und gesellschaftspolitische Themen unterhalten. Er war ein wissender und aufgeklärter Kavango. Karl erzählte ihm von der Begegnung mit dem „geistigen Krüppel".

„Wenn du willst, kannst du mich am kommenden Wochenende in eine Kneipe begleiten, dort sind vernünftigere Menschen als in der Bar in dem Restcamp in Rundu. Dort verkehren die Lehrer aus der nahegelegenen Schule in Katere."

Karl nahm die Einladung an. Am kommenden Sonntagabend fuhren die beiden mit dem Missionscruiser zu der Kneipe. Karl war überrascht, denn sie lag nicht an der Hauptstraße, sondern etwas unzugänglich im Busch. Die beiden wurden von lauter Musik empfangen. Pankratius ging als erster in die große Kneipenhütte, Karl hinterher. Die Anwesenden sahen sie staunend an. Pankratius sprach sie in Diriku an und Karl verstand kein Wort, merkte aber an der Gestik, dass er vorgestellt wurde. Die Begrüßung war nicht euphorisch, die meisten verhielten sich zurückhaltend, einige, so Karls Eindruck, sogar feindselig. In der Kneipe waren mehrere Tische längs zusammengestellt, gerade so, als wollte man hier eine Versammlung abhalten. Pankratius ließ sich zwei Flaschen Bier vom Wirt geben, reichte eine an Karl weiter und bat ihn, sich mit an den langen Tisch zu setzen. Der Wirt machte die Musik leiser, viel leiser, sie war fast nicht mehr hörbar. Ein Mann sprach in Diriku einige Worte zu den am Tisch Sitzenden. Pankratius lachte und prostete Karl zu. Die Stimmung wurde besser und er wurde nun von einigen Männern, aber auch Frauen angesprochen. Neugierig wurde er gefragt:

„Aus welcher Stadt in Deutschland kommst du?"
„Hast du auch gegen die Apartheid demonstriert?"
Karl beantwortete alle Fragen. Die Musik wurde wieder lauter gestellt und man begann zu tanzen. Eine Frau, die große äußerliche Ähnlichkeit mit Nelson Mandela hatte, forderte Karl zum Tanz auf. Er, der sich mit Tanzen eigentlich nicht anfreunden konnte, machte eine Ausnahme und genoss es sogar. Er unterhielt sich aber auch mit anderen Menschen in dieser im Busch versteckten Hüttenkneipe. Von ihnen erfuhr er, dass dies der Haupttreffpunkt der SWAPO während der südafrikanischen Apartheid und Terrorherrschaft in der Diriku-Region gewesen war. Alle Anwesenden waren SWAPO-Aktivisten und Karl fühlte sich wohl unter diesen politisch aktiven Menschen. Ihm wurde nun auch klar, warum sie ihn anfangs so skeptisch angeschaut hatten, schließlich war er weiß. Er war der erste weiße Mensch in dieser Kneipe, die bis vor Kurzem noch als illegal und staatsfeindlich gegolten hatte. Mehrmals wurde er zum Tanzen aufgefordert, immer von derselben Frau. Pankratius, der am nächsten Morgen zum Gottesdienst gehen wollte, bat ihn zum Aufbruch. Während der Heimfahrt fragte Karl ihn über die Frau aus, mit der er, obwohl er nur selten Freude am Tanzen hatte, trotzdem so oft getanzt hatte. Pankratius erzählte ihm, dass die Frau mit dem Diriku-Chef verwandt wäre, die große Ähnlichkeit mit Nelson Mandela wäre ja offensichtlich. Deswegen würde man sie hier auch „Miss Mandela" nennen.

„Manche behaupten sogar, sie sei eine uneheliche Tochter von Nelson, theoretisch könnte das sogar sein", meinte Pankratius. „Ihre Mutter hat sich tatsächlich einige Jahre in Südafrika aufgehalten."

In seiner Wohnung angekommen, zündete Karl nur kurz seine Petroleumlampe an, wusch sich und ging ins Bett. Er war gerade beim Einschlafen, als es an seiner Tür klopfte. Nur zögerlich konnte er sich überwinden von seinem Bett aufzustehen und die Tür zu öffnen. Er war verblüfft, „Miss Mandela" stand vor ihm. Er bat sie verlegen und unbeholfen in seine Wohnung und als sie eintrat, fragte er sie, ob sie einen Kaffee trinken wollte. Sie lächelte ihn an und sagte Ja. Mit zittrigen Händen bereitete Karl aufgeregt den Kaffee zu. Sie tranken ihn nicht aus. Ohne Liebesgefühle, ohne wirklichen Austausch von Zärtlichkeiten, dafür aber mit sexueller Gier verbrachten die beiden die Nacht miteinander. Noch bevor es hell wurde, verließ „Miss Mandela" Karls Wohnung.

Zersägte Giraffenschenkel und Hochzeit feiernde Termiten

Sehr verschlafen und mürrisch zeigte sich Karl am nächsten Morgen seinen Auszubildenden. Es plagten ihn Gewissensbisse, er hatte Marie betrogen. Beim Austausch eines Kühlwasserschlauchs an einem der Missionsfahrzeuge referierte er griesgrämig über die Fahrzeugkühlung. Die Trainees, die scheinbar interessiert zuhörten, konnten aber keine der Fragen beantworten, die er am Schluss seines Vortrags stellte. Karl war unzufrieden mit sich. Er erkannte, dass es den Auszubildenden an grundlegendem Wissen fehlte. Keiner konnte ihm sagen, bei welcher Temperatur Wasser zu gefrieren begann oder bei welcher Temperatur es verdunstete. Karl, der selbst nur die Volksschule besucht hatte, entschloss sich, nach der Mittagspause die Grundlagen der Physik zu lehren. Nach dem Mittagessen begab er sich sofort in seine Wohnung und kramte in seinen wenigen von zu Hause mitgenommenen Fachbüchern nach einem dafür geeigneten. Er fand keines. Warum Wasser bei null Grad gefror und bei etwa 100 Grad verdunstete, blieb nun auch ihm verschlossen. Karl bemerkte, dass auch ihm physikalisches Grundlagenwissen fehlte. Er hatte sich in der Mittagspause von seiner Verschlafenheit, seiner griesgrämigen Stimmung und seinen Selbstvorwürfen wegen des Fremdgehens erholt und machte sich nun selbstbewusst auf den Weg zu den Räumlichkeiten des pastoralen Zentrums, in denen die theoretische Ausbildung seiner Trainees stattfand. Vor dem Gebäude warteten aber nicht nur die Auszubildenden auf ihn, sondern auch eine weiße deutsche Schwester vom Würzburger Orden. Sie teilte ihm mit:

„Wir haben ein Problem. Vom Häuptling haben wir den Vorderlauf einer Giraffe zum zehnten Jahrestag seines Amtsantritts erhalten, aber er ist so groß, dass wir ihn nicht in unseren Kühlraum bekommen. Könnt ihr ihn kürzen?"

Karl wusste erst mal nicht, was er darauf antworten sollte, er war verblüfft. Er stammelte deshalb nur:

„Aber das Jagen von Giraffen ist doch verboten."

„Ja, ich weiß", sagte die Würzburger Schwester, „aber für bestimmte Würdenträger zu bestimmten Anlässen anscheinend nicht."

„Wir haben eine große Kreissäge, mit der können wir auch Vorderläufe einer Giraffe zersägen", antwortete Karl. „Wo ist die Giraffe?"

Die Küchenschwester vom Krankenhaus antwortete: „Ich lass sie euch bringen."

Unter den Auszubildenden entstand Unruhe, denn Karl und die Schwester hatten in Deutsch miteinander gesprochen und seine Trainees nichts verstanden. Karl schloss die Tür zum pastoralen Zentrum auf und machte seinen Auszubildenden klar, dass sie sich ein wenig gedulden sollten. Sie setzten sich und warteten mit ernster Miene auf den Unterrichtsbeginn. Bonifatius, der aus dem Fenster schaute, fing laut an zu lachen und deutete mit seinem Zeigefinger nach draußen. Alle Blicke richteten sich jetzt zum Fenster. Davor erschienen zwei Krankenhausmitarbeiter, die auf ihren Schultern den Vorderlauf einer Giraffe trugen. Der hintere Träger, der die Hauptlast schulterte, stöhnte laut. So laut, dass es auch im geschlossenen Raum hörbar war. Alle mussten lachen. Karl bat seine Auszubildenden, den Männern zu Hilfe zu eilen, sodass ihnen die Last schnell genommen wurde. Er lotste die Träger nebenherlaufend zur Kreissäge. Sie zersägten den Vorderlauf in zwei Stücke. Rudolf besorgte eine Sackkarre, auf der der Oberschenkel des erlegten Tieres platziert wurde. Einer der Träger schob nun die Sackkarre, während der andere den unteren Teil des Vorderlaufs ohne große Mühe ins Kühlhaus zum Krankenhaus trug. Zuvor ließ Karl aber für jeden Trainee und auch für sich selbst einige große Stücke aus dem Oberschenkel herausschneiden. Michael war von dem Ganzen entsetzt:

„Zwei Jahre war ich im Knast wegen Wilderei und der Chef der Diriku nimmt sich einfach das Recht heraus, eine Giraffe zu jagen, ohne dafür bestraft zu werden."

Neugierig fragte Karl ihn: „Was hast du denn gejagt?"

„Auch eine Giraffe, ich habe aber nur so viel an Fleisch genommen, wie ich für meine Familie brauchte. Den großen Rest hatten die Dorfbewohner bekommen. Ich habe nichts verkauft, trotzdem wurde ich angezeigt. Der Richter, ein vollgefressener Weißer, hat mich zu zwei Jahren Haft verurteilt, keinen Tag vorher wurde ich entlassen. Wenn der Häuptling jagt, ist es gerecht, wenn aber ein armer Mensch, dessen Familie fast am Verhungern ist, aus lauter Verzweiflung ein Tier schießt, ist es Wilderei." Michael war sehr aufgebracht. „Und auch du bist privilegiert!", giftete er Karl an. „Du gehst nach deiner Arbeit in die Missionsküche und wirst gut versorgt. Wir aber leben trotzdem erbärmlich, obwohl wir schon ein bisschen besser gestellt sind, weil wir hier in der Mission arbeiten dürfen."

Entschuldigend schaute Karl seinem Auszubildenden ins Gesicht. Er schnitt von seinem großzügig bemessenen Fleischstück noch einiges ab und gab es ihm. Michael nahm es an, nicht dankbar, nicht erfreut – für ihn war es nur gerecht. Nun konnte seine Familie mal wieder Fleisch essen. Karl schickte seine Trainees nach Hause, eine physikalische Vorlesung basierend auf seinen Volksschulkenntnissen empfand er plötzlich als unpassend. Erst einmal wollte er sich sachkundig informieren. Außerdem, so sinnierte er weiter, wusste er gar nicht so recht, ob das im Sinne einer fortschrittlichen Entwicklungsarbeit wäre. Wichtiger wäre doch, dass sie einen Motor zerlegen und wieder zusammenbauen könnten.

Obwohl Karl aus Mitleid ein großes Stück Giraffenfleisch für Michael herausgeschnitten und es ihm zusätzlich zu seiner ohnehin großen Portion überreicht hatte, verfügte er immer noch über eine außerordentlich große Menge. Er entschloss sich, Pankratius zum Abendessen einzuladen. Sein Nachbar und Freund sagte gerne zu, er steuerte sogar noch einige Tomaten dazu bei. Auf ihrer Veranda verbrachten sie gemeinsam ihren Feierabend. Karl war sehr wissbegierig und befragte Pankratius über viele Dinge, insbesondere über die Apartheid. Der erzählte ihm von allem aus seiner Sicht und von seinen persönlichen Erfahrungen.

„In unserer Gymnasialklasse in Rundu waren wir 20 Schüler, alles Schwarze. Nur zwei, einer davon war ich, haben das Abitur bestanden, das System wollte nicht mehr zulassen."

Karl unterbrach ihn und meinte: „Hat man die anderen einfach durchfallen lassen?"

„Nein", antwortete Pankratius, „wir hatten die gleichen Prüfungsaufgaben wie alle, auch wie die Weißen in Südafrika und Namibia. Wir Schwarzen hatten nur schon seit der Grundschule schlechtere Voraussetzungen, denn unsere schwarzen Lehrer waren viel schlechter ausgebildet. Aber auch der Unterricht in den weiterführenden Schulen", so erzählte er weiter, „wurde nicht selten von den Ehefrauen der in Rundu stationierten Offiziere durchgeführt. Die verfügten über keinerlei pädagogische Ausbildung, ihr Fachwissen war gering, da konnten wir nicht viel lernen. Im Religionsunterricht versuchten sie mithilfe der Bibel, die Notwendigkeit der Rassentrennung zu erklären, was ihnen natürlich nicht gelang. Die Priester in den katholischen und evangelischen Gemeinden in dieser Region, auch die Weißen unter ihnen, haben dem widersprochen. Die Offiziersfrauen wurden dennoch für ihre pädagogischen ‚Glanzleistungen' gut bezahlt."

Mittlerweile war es schon dunkel geworden. Der Stromgenerator war noch an und die Lampe vor dem Gebäude hatte sich automatisch eingeschaltet. Ein Windstoß wehte eine angenehm kühle Brise auf die Veranda, die beiden hörten ein Tropfen. Es fing an zu regnen – der erste Regen der sehnlich erwarteten Regenzeit. Die beiden freuten sich, denn es war so wichtig für die Vegetation, für das Wachstum des Mahangos, für das Leben und auch das Überleben der Menschen in dieser Region. Nach einer halben Stunde starken Regens versammelten

sich immer mehr fliegende Geschöpfe an der Lampe vor dem Haus. Karl fragte Pankratius:
„Was sind das für Fliegen?"
„Das sind keine Fliegen, das sind Termiten. Der Beginn der Regenzeit ist für sie auch Paarungszeit. Sie können nur dann fliegen, das ist sozusagen ihr Hochzeitsflug."
Immer mehr Termiten schwirrten um die Lampe herum, viele verloren mit der Zeit ihre Flügel und landeten auf dem Boden. Frösche machten sich aus dem nahegelegenen Okavango auf in ihre Richtung. Die beiden Männer saßen auf ihrer von Insektengaze geschützten Veranda und schauten dem Treiben gespannt zu. Mehr und mehr Frösche versammelten sich quakend vor der beleuchteten Veranda, mühelos konnten sie viele der Termiten fangen und fressen. Nicht mal hüpfen oder springen mussten sie dafür, sie brauchten nur ihr Maul aufzusperren und schon hatten sie wieder ein Insekt darin. Nach einiger Zeit kehrte Ruhe ein. Die Frösche waren so vollgefressen, dass sie nicht mehr hüpfen und quaken konnten, und die Termiten waren plötzlich verschwunden. Allerdings entdeckte Karl noch einige in seiner Wohnung. Dort eilten die Männchen den Weibchen hinterher und Karl folgte ihnen mit einem Turnschuh in der Hand.

Der Betriebsausflug

Das Verhältnis zu seinen Auszubildenden fand Karl gut, er wollte aber mehr Zeit in der SWAPO-Kneipe im Busch bei den Intellektuellen des Dorfs verbringen. Dort hielt er sich mittlerweile öfter auf, doch keiner von seinen Trainees ließ sich da sehen. Außer Bonifatius, der hatte ihn mal zu sich nach Hause eingeladen, aber wohl nur, so empfand es Karl, um sich damit Verständnis für seine Mitgliedschaft in der südafrikanischen Armee zu erkaufen. Er konnte auch etwas an Konsum vorweisen, da er ja in der Armee gut verdient hatte, die anderen aber schämten sich, ihren Ausbilder in ihre Hütten einzuladen. Das vermutete Karl zumindest. Er entschloss sich, einen Ausflug mit seinen Auszubildenden zu machen, um auch privat mehr von ihnen zu erfahren und näher mit ihnen zusammenzurücken. Er wollte nicht nur Dienstliches, sondern auch einiges an Freizeit gemeinsam mit ihnen gestalten. Ein Betriebsausflug sollte es werden, während der Arbeitszeit sollte er stattfinden. Dafür musste er natürlich den Pater fragen. Bevor er seinen Auszubildenden den Vorschlag unterbreitete, sprach er also mit dem Pater. Der hatte nichts dagegen, er war sogar damit einverstanden, den Ausflug während der Arbeitszeit durchzuführen. Er wollte nur früh genug darüber in Kenntnis gesetzt werden. Karl brachte, ohne zu wissen, ob seine Trainees Zeit hätten, seinen Terminvorschlag ein.

„Übermorgen", sagte er zum Pater.

„Okay, ich weise die Küchenschwestern an, sie sollen dafür sorgen, dass ihr genügend Proviant mitbekommt."

In der Werkstatt, alle waren beisammen, erklärte Karl feierlich:

„Übermorgen werden wir einen Betriebsausflug machen! Wohin es geht, überlasse ich euch."

Für einen kurzen Moment herrschte Sprachlosigkeit, dann sprachen alle durcheinander. Es war verwirrend, einer wollte nach Windhoek, ein anderer gar weit in den Süden nach Oranjemund.

„Mein Bruder arbeitet dort in den Diamantenminen."

Sachte versuchte Karl sie zu beruhigen: „Wir haben nur drei Tage Zeit, unser Ziel sollte in einem Bereich von 400 Kilometern liegen."

Ignatius meinte dazu: „Es wäre doch schön, mal die nähere Umgebung zu erkunden. Wir sind Dirikus und haben noch nicht mal unsere Heimat gesehen. Das Kaudom-Restcamp ist noch Diriku-Gebiet und wir alle waren nicht einmal dort, da möchte ich hin!"

„In dem Restcamp zu übernachten, kostet viel Geld", warf Rudolf ein.

„Geld spielt keine Rolle, alles wird bezahlt", antwortete Karl.

Nach dieser Nachricht waren alle für den Besuch des Restcamps Kaudom. Auch für Karl war das interessant. Er war schon einmal in diesem Nationalpark gewesen, allerdings am anderen Ende, in Sikaretti. Jetzt musste er sich um die Organisation kümmern: Er brauchte noch zwei Zelte, doch das war kein großes Problem, denn in der Mission gab es mehrere und er selbst besaß auch ein gutes. Um bequem fahren zu können, brauchte er noch ein weiteres Auto mit Allradantrieb, allein der Cruiser der Mission würde nicht für sie alle reichen. Das konnte er sich nur vom Krankenhaus besorgen, weil er wusste, dass er vom Pater keines bekommen würde, schon gar nicht den Unimog. Nur die Matrone, die Chefin der Würzburger Schwestern und Verantwortliche für das Krankenhaus, konnte ihm da helfen.

Selbstsicher betrat Karl das Krankenhausbüro, in dem auch Pankratius seiner Arbeit nachging. Er trat an den Schreibtisch, hinter dem die Frau saß, die Selbstsicherheit geradezu gepachtet hatte. Doch Karls Auftreten stellte sie nun in den Schatten.

„Wir werden den ersten Betriebsausflug in der Geschichte der Mission durchführen. Der Pater hat das als eine bedeutende Maßnahme begrüßt. Jetzt brauchen wir noch ein Allradfahrzeug."

Pankratius sah zu und schaute Karl dabei ins Gesicht, aber er verstand nichts, weil der natürlich deutsch sprach. Auch Karl sah ihn an. Er ergänzte seine Aussage:

„Es wäre auch schön, wenn sich das Krankenhaus nicht nur mit einem Fahrzeug beteiligen würde, sondern auch einen Angestellten für so eine Neuerung abstellen würde."

Die Matrone gab sich offen für das Anliegen: „Ich gebe euch für einige Tage einen Landcruiser." Lächelnd fragte sie: „Wen soll ich dir für den Betriebsausflug mitgeben?"

Natürlich kannte sie die freundschaftliche Beziehung zwischen Karl und Pankratius.

„Am besten wäre es, wenn Pankratius mitkäme, schließlich ist er von hier und hätte es verdient, seine Region näher kennenzulernen", kam auch prompt als Antwort.

Die Matrone stimmte dem zu: „Ja, ja, Pankratius kann mit."

An der missionseigenen Tankstelle wurden die beiden Cruiser, ein Diesel und ein Benziner, vollgetankt. Außerdem kam für jedes Fahrzeug noch ein 20-Liter-Kanister mit Reservekraftstoff hinzu. Die Küchenschwestern hatten große Kühlkisten mit Proviant für die Betriebsausflügler gepackt. Karl ließ von seinen Auszubildenden noch 120 Liter Wasser in Kanister abfüllen.

„Warum so viel Wasser? Ich dachte, wir trinken Bier", meinte Rudolf.

Für den Kraftstoff und den Proviant kam die Mission auf, Karl hatte sich für die Übernahme der Übernachtungskosten im Restcamp Kaudom bereit erklärt. Bevor die beiden Fahrzeuge aufbrachen, kam der Pater und wünschte seinen Angestellten gutes Gelingen und viel Spaß. Aus seiner privaten Geldbörse gab er Karl noch einige Rand.

„Kauft euch noch ein Bier und denkt daran, am Montagmorgen um acht Uhr beginnt die Arbeit wieder."

Bonifatius fuhr das Auto vom Krankenhaus, seine Mitfahrer waren Ignatius und Rudolf. Karl übernahm das Steuer des Missionsdiesels, mit ihm saßen Pankratius und Michael im Auto. Er hatte Michael bewusst in sein Fahrzeug zitiert, denn er sollte, wenn es nach dem Willen des Paters ging, den Führerschein im Interesse der Mission machen, die ihn natürlich auch bezahlen würde. Karl sollte ihm die ersten Fahrstunden geben. Die beiden Wagen fuhren, Karl vorneweg, auf der Pad am Okavango entlang. Michael, der auf der Rückbank saß, rief laut:

„Halt, stopp! Hier ist ein Bottle Store, wir brauchen noch Bier."

Karl hielt sein Auto vor dem Laden, hinter ihm kam auch Bonifatius zum Stehen. Gemeinsam gingen sie hinein, man kannte sich darin. Auch Karl war nicht fremd, hier hatte er ja schon zu Beginn seiner Missionsarbeit eine Flasche Steinhäger aus den 70er-Jahren gekauft. Der Wirt, der auch Fischkonserven und Kekse verkaufte, war sehr erfreut. Händeschüttelnd begrüßte er alle. Karl entschloss sich einige Dosen Bier und einen Karton mit 2,5 Litern Wein zu kaufen, den üblichen schlechten, aber billigen. Der Wirt aber meinte:

„Billige Weinkartone führe ich nicht, ich habe nur gute südafrikanische Flaschenweine."

Karl erklärte ihm, dass auch er keinen billigen Wein wolle, aber aus Transportgründen wären Flaschen ungeeignet. Trotzdem hatte der Wirt keine Kartons da oder meinte es zumindest. Er bot nur wieder die Flaschenweine an, der Preis wäre natürlich der „höchsten Qualität" entsprechend. Karl entschloss sich, fünf Flaschen zu kaufen, obwohl er wusste, dass der Preis überhöht war. Rudolf wollte für jeden noch mindestens drei Dosen Bier mitnehmen.

„Das ist viel zu wenig", sagte Ignatius, „wir sind vier Tage unterwegs, wir brauchen mindestens sechs für jeden."

Pankratius versuchte seine Kollegen zu beruhigen: „Wir bekommen bestimmt im Restcamp Bier."

„Nein, nein, in Kaudom gibt es weder Bier noch Wein, das weiß ich, ich kenne einen Ranger von dort. Der hat mir das gesagt."

Während Karl zuhörte, bestellte er zu den fünf Flaschen Wein noch

60 Dosen Bier. Der Wirt, der die georderte Ware von einer Angestellten in Kartons packen ließ, sprach Rudolf an:
„Ich habe sehr guten Whisky auf Lager, ihr könnt auch davon eine oder zwei Flaschen mitnehmen."
Karl hörte das und wurde nun richtig böse auf den Wirt.
„Wenn du mich noch als Kunde behalten möchtest, dann sei jetzt ruhig!"
„Ich meine ja nur."
Rudolf aber sagte: „Wir brauchen ja keine ganze Flasche kaufen, wir können hier einen trinken."
„Ja, trinkt doch hier erst mal jeder einen, bevor ihr weiterfahrt", begrüßte der Wirt und Bottle-Store-Inhaber die Aussage. Pankratius und Karl verzichteten auf einen Whisky, dafür tranken Michael, Ignatius und Bonifatius einen doppelten und Rudolf sogar einen dreifachen. Karl hatte eine Stunde nach Fahrtbeginn bereits beachtlich viel Geld ausgegeben.
Endlich fuhren sie weiter. Hinter Katere ging es rechts ab in den Busch, immer nach Süden. Karl kannte den ersten Teil der Strecke von seiner Fahrt mit dem Pater und den Schwestern von Ncame zurück nach Nyangana. Diesmal ging es in die andere Richtung, von Norden nach Süden. Erstaunlich schnell und ohne große Hindernisse legten sie Kilometer um Kilometer zurück. Karl entschloss sich Michael ans Steuer zu lassen, der zwar etwas nervös, aber trotzdem froh war, fahren zu dürfen. Es dauerte nicht allzu lange, bis der Cruiser im Sand stecken blieb. Für Karl war das kein Problem, im Gegenteil, jetzt konnte er die Fahrfehler besser darstellen und erklären. Schnell hatten alle den Cruiser gemeinsam wieder ausgebuddelt.
Nahe bei Cumageashi rannten vor ihren Autos zwei Männer gestikulierend auf die Pad. Es waren die ersten Menschen, die sie seit dem Besuch des Bottle Stores nahe Katere sahen. Die Betriebsausflügler hielten an und die Männer sagten zu ihnen:
„Be careful, here is a man-eater."

Pankratius dankte den Männern für ihre Information. Karl fragte: „Was meinten die mit dem ‚man-eater'?"

Pankratius erklärte ihm, dass es sich um einen kranken oder alten umherstreunenden Löwen handelte, der nicht mehr in der Lage wäre, Tiere zu jagen. Solche Löwen wären für Menschen gefährlich, da sie anscheinend wüssten, dass die nicht über die nötige Schnelligkeit verfügten, um vor ihnen flüchten zu können. Karl kannte solche Geschichten schon aus Sikaretti, nur der Begriff „man-eater" war ihm unbekannt. Sie entschlossen sich, vorsichtshalber noch einige Kilometer weiterzufahren und sich erst dann einen Schlafplatz zu suchen. Zehn Kilometer später fanden sie einen schönen Platz, inmitten der Savanne nahe der Pad standen einige hohe Bäume. Die Zelte bauten sie darunter auf und machten Feuer. Karl packte das von den Schwestern zusammengestellte Essen aus. Alle schauten neugierig auf seine Hände und in die Alukiste, in der er herumwühlte und aus der er die Leckereien herausfischte: Brot, Gemüse, gekochte Eier, Wurst, Fischkonserven, Marmelade und natürlich auch Fleisch von unterschiedlichen Tieren. Die Schwestern waren großzügig gewesen.

„Gibt es immer solche Lebensmittel in der Mission, esst ihr immer so vielfältig?", fragte Michael. Karl reagierte nicht auf die Frage, denn er wusste, worauf der Kollege anspielen wollte, seine zwei Jahre Knast wegen Wilderei. Karl verurteilte es nicht als Wilderei, für ihn war das damalige Jagen eine Art Mundraub, vielleicht sogar ein Akt der Solidarität mit Hungernden. Pankratius beantwortete Michaels Frage:

„Ja, aber wir müssen dafür bezahlen."

„Dann verdient ihr gut. Wir Auszubildenden und auch die meisten anderen Angestellten verdienen in der Mission nicht viel. So ein Essen könnte sich keiner von uns leisten."

Pankratius beruhigte Michael:

„Für die nächsten Tage könnt auch ihr gut essen."

Rudolf, Michael, Ignatius und Bonifatius aßen gierig, das Fleisch war noch nicht einmal durchgebraten, da holten sie es schon halb roh vom Grillgitter. Es ging ihnen nicht schnell genug. In einem Buch hatte Karl mal gelesen, dass die San, die Buschmänner, auch „voressen" könnten. Wenn sie über viele Essensvorräte verfügten und sich sicher waren, dass sie sich in den nächsten Wochen keine oder nur sehr wenige Lebensmittel würden beschaffen können, konnten sie weit über die normale Sättigung hinaus essen. Daran erinnerte sich Karl jetzt und erweiterte die Feststellung des europäischen Autors: Auch die Kavangos konnten „voressen", für sie gab es den Zustand „nach dem Essen" nicht. Nur Pankratius und Karl waren irgendwann satt. Beim Trinken war es ähnlich, die vier tranken schnell ihre Biere und sobald eine Büchse geleert war, griffen sie rasch nach der nächsten. Nachdem Karl genügend Wein getrunken hatte, fragte er:

„Wie seid ihr eigentlich zu euren Namen gekommen? Die klingen alle so christlich, lateinisch oder deutsch."

Alle lachten laut über diese Frage. Pankratius versuchte, Karl darüber aufzuklären, doch Ignatius fiel ihm ins Wort:

„Die deutschen Missionare haben unseren Vorfahren die Namen gegeben, unsere Eltern haben sie übernommen, es sind unsere Taufnamen. Wir haben aber alle auch noch traditionelle Namen. Wenn wir unter uns sind, sprechen wir uns oft mit diesen an."

Pankratius, der im Krankenhaus arbeitete und einige Semester Theologie studiert hatte, wollte noch widersprechen oder etwas ergänzen, aber es gelang ihm nicht. Michael setzte den Kassettenrekorder vom Cruiser des Krankenhauses in Gang und es tönte laut die Musik des namibischen Sängers Jackson Kaujeua durch die Nacht der nördlichen Savanne Namibias. Danach folgte „The Wind of Change" und dann erklang „Black my Story" von Ziggy Marley. Karl sorgte dafür, dass auch deutsche Musik aufgelegt wurde, zum Beispiel „Land in Sicht" von der deutschen Band Ton Steine Scherben. Sie aßen, tranken und tanzten.

Alle kamen am nächsten Tag beim Frühstück überein, dass der gestrige Tag ein lustiger und gelungener Einstieg für den Betriebsausflug gewesen war. Nur Karl hatte mit seinem alten Problem zu kämpfen, das Augenflimmern war wieder da, aber auf den Fusel konnte er es diesmal nicht schieben. Die Qualität des Rotweins vom Bottle Store in Katere war in Ordnung. Stattdessen dachte er: Ich bin auch nicht mehr 30. Er war schon 40. Noch einige wenige Kilometer mussten sie zum Kaudom-Restcamp fahren. Anders als Karl es in Sikaretti erlebt hatte, waren hier bei ihrer Ankunft Ranger anwesend. Einen von ihnen kannte er sogar noch von seiner Reise nach Sikaretti. Auch der Ranger erinnerte sich noch an Karl und die Trainees erkannten in einem der Ranger einen Mann aus ihrem Dorf. Ab diesem Moment war es ein Heimspiel für die sechs Reisenden. Einer der Ranger fragte:

„Warum besucht uns der Pater nie? Wir gehören doch auch zur Gemeinde der Nyangana Mission!"

„Ich werde mit dem Pater reden, ich denke, er wird euch auch gerne mal besuchen und Gottesdienst bei euch abhalten", antwortete Karl.

Kein einziger Tourist befand sich in dem Restcamp. Karl, der sich aufs Zelten eingerichtet hatte, fragte nach dafür geeigneten Stellplätzen. Der Chefranger sagte:

„Wir erwarten für morgen zwei Fahrzeuge mit sechs Touristen, die benötigen höchstens drei Hütten. Da wir aber über acht Hütten verfügen, könnt ihr, wenn ihr wollt, für den Preis der Zeltstandplätze in Hütten übernachten."

„Natürlich", sagte Karl, „das wollen wir."

„Sucht euch die passenden Hütten aus."

Auf einer schönen Anhöhe, hervorragend geeignet um Tiere zu beobachten, nahmen sie zwei Hütten in Beschlag.

Die Missionsangestellten erlebten noch einige schöne Tage im Kaudom-Nationalpark, gemeinsam fuhren sie mit ihren Geländewagen umher und beobachteten Tiere. An den Abenden saßen sie am Lagerfeuer und erzählten sich Geschichten. Karl erzählte viel von seinem Leben in Deutschland, die Trainees und Pankratius von ihrem Leben in Nyangana am Okavango. Karl hatte mit dem Betriebsausflug beabsichtigt, Vertrauen zwischen sich und seinen Auszubildenden zu schaffen, das gelang ihm. Er und Pankratius bewirkten sogar, dass auf dieser Reise alle freundlich und harmonisch miteinander umgingen. Auch Bonifatius, der in der südafrikanischen Apartheidarmee gedient hatte, wurde nach wiederholten Entschuldigungen und Selbstanklagen großherzig verziehen.

Karl ließ Michael den Cruiser der Mission nach Nyangana fahren, er machte seine Sache gut und blieb auf der Heimfahrt nicht mehr im Sand stecken. Karl sagte ihm daraufhin, dass er Auto fahren könnte und sich nun um die Verkehrsregeln kümmern sollte. Vom Pater hatte Michael schon Prüfungsunterlagen für die Theorie erhalten. Die sollte er nun studieren und wenn er das alles begriffen hätte, dann könnte er sich in Rundu zusammen mit Schwester Hiltrud für die Prüfung anmelden.

Bei Maries Vater in Swakopmund

Zwei Briefe hatte Karl erhalten, einen vom DED-Beauftragten, der ihn am kommenden Wochenende zu einer Fachgruppentagung nach Windhoek zitierte, und einen von Marie. Sie fragte wieder mal nach: „Wann kommst du?" Diesmal aber, so meinte Karl aus ihrem Brief herauszulesen, nicht so aufdringlich und beharrlich wie in den Briefen zuvor. Sie schrieb auch, dass sie ihren Vater in der kommenden Woche in Swakopmund besuchen wollte. Karl ließ sich vom Pater eine Woche Urlaub geben. Nachdem die Missionsangestellten erfahren hatten, dass er in die Hauptstadt fahren würde, suchten ihn viele auf. Er sollte ihnen dieses oder jenes von dort mitbringen. Als sich die Anfragen mehrten und Karl zunehmend überforderten, sodass er den Überblick verlor, entschloss er sich schweren Herzens, jeden privaten Besorgungswunsch abzulehnen. Nur wichtige Bestellungen für das Krankenhaus und für die Missionsküche nahm er an.

Für Freitagmorgen war die Fahrt nach Windhoek vorgesehen, dies war kein Urlaubstag, er zählte als Arbeitstag, denn Karl würde am Samstag die Fachgruppentagung haben. An die 1000 Kilometer musste er fahren, erst spät am Abend kam er in Windhoek im Pionierspark an. Marie, John, Anne, Annemarie, Fiona und ihre Kinder begrüßten ihn herzlich. Besonders liebevoll war die Begrüßung von John, Anne und Annemarie, sie lachten und freuten sich. Auch Karl war glücklich sie endlich wiederzusehen. Marie umarmte ihn, küsste ihn aber nur sehr zögerlich und zurückhaltend auf die Wange.

„Schatzi, ich habe eine freudige Nachricht für dich: Ich habe eine Wohnung gefunden, ein Haus! John, Anne und ich wohnen schon seit zwei Tagen dort, wir können gleich hinfahren."

Sie schaute ihm nicht ins Gesicht, als sie das sagte, und Karl hatte das Gefühl, sie bemühte sich liebevoll zu ihm zu sein. Er vermisste ihre Herzlichkeit, ihre Zuneigungen vergangener Tage. Vom Pionierspark fuhren sie mit zwei Autos zum ehemaligen Ausspannplatz, an dem die deutsche Schutztruppe während der Kolonialzeit ihre Pferde aus- und eingespannt hatte. Der Platz trug heute noch den gleichen Namen. John, der in Karls Wagen saß, erzählte von seinen ersten Erfahrungen in der Schule. Er meinte, dass er einer der Besten wäre. Es wären auch viele Schwarze in seiner Klasse, mit einem hätte er sich sogar schon angefreundet. Karl hörte ihm gespannt zu und freute sich über die ersten Erfolge in der Schule. Er wusste aber auch, dass John leicht zum Übertreiben neigte, und war deshalb etwas skeptisch. Der Junge berichtete außerdem von einem Luis, der sehr hilfsbereit gewesen wäre und das Haus vermittelt hätte. Marie fuhr ihr Auto in eine offene Toreinfahrt, Karl folgte ihr. John, Anne und Marie zeigten ihm das Haus, das schon alt war. Er sah sofort, dass vieles technisch nicht in Ordnung war, die Türen quietschten und klemmten, in Küche und Bad tropften die Wasserhähne und er entdeckte feuchte Stellen an den Wänden. Er erkannte, dass es bei stärkerem Regenfall zumindest an einer Stelle reinregnen würde. Die Freude über das Haus, den „Glücksfall", wie sich Marie darüber äußerte, wollte er nicht mit seiner Skepsis trüben und hielt sich zurück.

Karl hatte schon seit langer Zeit keinen Sex mehr gehabt und wartete ungeduldig darauf, dass die Kinder müde wurden. Maries Interesse an seinen Erfahrungen und Erlebnissen des Aufenthalts im Busch hielt sich in Grenzen, sie hatte in diesem Zusammenhang nur eine Frage an ihn:

„Was machen denn die Antichristen mit ihren Schutzbefohlenen am Okavango?"

Karl wollte es sich an diesem Abend nicht mit Marie verderben. Er wusste natürlich, dass sie mit „Antichristen" die katholische Kirche meinte, hielt sich aber zurück und antwortete:

„Das Übliche."

Sie sahen gemeinsam fern und dann endlich schlief John ein. Karl nahm ihn auf den Arm und brachte ihn in sein Bett. Auch Anne war mittlerweile müde geworden und ging schlafen. Lüstern nach Sex, jedoch trotzdem sachte und liebevoll, ganz so wie immer, versuchte er Marie zu umarmen. Die aber zierte sich. Er blieb hartnäckig, mit sanften und zärtlichen Liebkosungen gelang es ihm schließlich, seine Freundin zu verführen.

Schon um acht Uhr hatte Karl am nächsten Tag den Termin im DED-Büro. Am Frühstückstisch erklärte er Marie:

„Morgen können wir nach Swakopmund zu deinem Vater reisen."

Sie war ihm wieder wohlgesonnener, nach dieser schönen Nacht war ihre Zuneigung wieder ganz bei ihm.

Auf der Fachgruppentagung „Technik/Handwerk" wurde Karl von seinen Kollegen in den Mitwirkungsausschuss des DED gewählt. Leider bedeutete das für ihn, dass er am Sonntag nicht nach Swakopmund würde fahren können. Er musste natürlich an der konstituierenden Versammlung teilnehmen, er war ja nun ein Bestandteil, ein neues Mitglied des Mitwirkungsausschusses. Trotz der zu erwartenden Arbeitszunahme freute Karl sich über seine Wahl, denn immerhin gaben ihm die Kollegen ihr Vertrauen. Er war aber auch betrübt, weil er Marie nun klarmachen musste, dass erst am Montag Gelegenheit wäre nach Swakopmund zu fahren. Während seine Kollegen nach der Fachgruppentagung im großen Garten des DED-Büros feierten, begab sich Karl zum Ausspannplatz, wo Marie seit Kurzem wohnte.

Sie hatte sich bereits auf die Reise nach Swakopmund vorbereitet und ihrem Vater telefonisch mitgeteilt, dass sie am Sonntagnachmittag in Swakopmund ankommen würde. Karl musste sie vertrösten:

„Am Montag werden wir fahren."

Marie hatte dafür nur wenig Verständnis, John allerdings war froh, denn wenn es nach ihm ginge, könnte man den Besuch bei seinem Großvater ausfallen lassen. Er würde lieber seine Geschwister in Otjiwarongo besuchen. Auch Anne hatte keine Lust nach Swakopmund zu ihrem Großvater zu fahren, der wäre grob und bestimmend, meinte sie.

In der Sitzung des Mitwirkungsausschusses interessierte sich Karl besonders für den Tagesordnungspunkt, der sich mit externen Finanzierungsmöglichkeiten beschäftigte. Ein Mitarbeiter der deutschen Botschaft referierte darüber. Karl plante, entlang des Okavango mehrere Steinöfen zu bauen, um die Bevölkerung so mit frischem Brot versorgen zu können. Der Missionsbäcker, der in solch einem Ofen gutes Schwarzbrot für die Nyangana-Mission und auch für das Krankenhaus backte, könnte einigen Diriku sein Handwerk beibringen. Es würde den Menschen zu mehr Selbstständigkeit verhelfen und außerdem einer gesünderen Ernährung dienen.

„Wer weiß schon was das pampige Weißbrot aus den Fabriken alles an gesundheitsschädlichen Stoffen enthält."

Natürlich wusste Karl, dass die Menschen in dieser Region mit viel schlimmeren Dingen zu kämpfen hatten als mit ungesunder Ernährung – Malaria, HIV, Unterernährung und vielen anderen Gefahren waren sie dort täglich ausgesetzt. Aber diese winzige, kleine Verbesserung, das hatte Karl sich in den Kopf gesetzt, die wollte er umsetzen. Dafür brauchte er Geld. Der Vertreter der deutschen Botschaft war zwar nicht abgeneigt, doch Geld wollte er für dieses Vorhaben nicht geben. Er verwies Karl an die politischen Stiftungen.

Bis sie endlich nach Swakopmund aufbrechen konnten, dauerte es. Die Kinder hielten mit dem Aufladen ihres Gepäcks alle auf, jede Kleinigkeit trugen sie langsam gehend und einzeln in den Cruiser der Mission. Anders als bei den Fahrten in den Busch, bei denen sie fleißig, übereifrig und oftmals ungestüm mitgearbeitet hatten, um möglichst schnell wegzukommen, war bei ihnen diesmal Langsamkeit und Behäbigkeit angesagt. Karl hatte das Gefühl, dass die Kinder nicht wegfahren wollten. Marie versuchte, ihnen Tempo zu machen.

„Nun beeilt euch mal! Ich habe eurem Opa am Telefon gesagt, dass wir am frühen Abend bei ihm ankommen werden. Wenn wir nicht pünktlich sind, wird Opa böse mit uns sein, schließlich habe ich schon einmal den Termin verschoben."

Als endlich alles in den Wagen geladen und verstaut war, die Kinder zaghaft und widerwillig eingestiegen waren, Marie die Wohnungstür abgeschlossen hatte und Karl gerade dabei war ins Auto einzusteigen, fing Marie an zu schimpfen:

„Mein Gott, müssen wir ausgerechnet mit diesem Teufelsauto fahren?"

Karl wusste nicht, was sie meinte, und schaute sie nur fragend an. Sie kannte diesen Blick und wusste sofort, dass er keine Ahnung hatte. Erzürnt fügte sie hinzu:

„An den Türen des Autos steht ‚Roman Catholic Church'! Mein Vater gehört zur holländischen reformierten Kirche, der wird das nicht gut finden. Ich finde das auch nicht gut, aber das weißt du ja."

Für Karl war das eine unwichtige Nebensache.

„Dein Vater gehört der reformierten Kirche an, du bist evangelikal, ich bin lutherisch-evangelisch und arbeite in einer katholischen Mission – was ist problematisch daran?", entgegnete er ruhig und sachlich. Maries Blick war giftig.

Kurz vor Okahandja meldete sich John zu Wort: „Ich habe Durst!"

„Okay", sagte Karl, „wir können hier in einem Café eine kleine Pause machen."

Marie war erbost darüber, denn sie meinte: „Wir kommen nicht pünktlich an, wenn wir hier schon eine Pause einlegen."

Karl erwiderte ganz entspannt: „Na und?"

Marie, die genug zu trinken mitgenommen hatte, bot John eine von den Flaschen mit Kaltgetränken an. Doch der Kleine wollte, für ihn sehr unüblich, etwas Warmes trinken.

Je näher sie Swakopmund kamen, umso aufgeregter und unruhiger schienen die Kinder zu werden. Karl bemerkte eine gereizte Stimmung und Spannungen sowohl bei ihnen als auch bei Marie.

„In Karibib werden wir essen gehen", verkündete er und die Kinder waren ihm für diese bestimmende Aussage sehr dankbar, verzögerte er doch die Ankunft in Swakopmund.

Im Restaurant versuchte Karl, der jetzt immer mehr den Besuch seines Schwiegervaters in spe infrage stellte, mehr über Maries Vater zu erfahren. Sie aber hielt sich mit Aussagen zu dem Thema sehr zurück.

„Na ja, er ist manchmal hartherzig, aber er ist eben mein Vater."

Ganz anders äußerten sich die Kinder. John sagte:

„Er macht mir Angst, er hat mit mir immer nur geschimpft. Ich hasse ihn."

Anne meinte: „Ich weiß gar nicht, warum wir den besuchen, er ist kein guter Mensch. Onkel, bitte lass uns woanders hinfahren."

Marie schaute besorgt drein, mit gequälter Stimme sagte sie:

„Ich bin Christin, ich muss ihm auch verzeihen können. Er bat mich, ihn zu besuchen, und er bat mich auch darum, seine Enkelkinder sehen zu können. Ich bitte euch, nehmt euch zusammen, auch wenn es schwerfällt."

Karl erfuhr von ihr, dass sie sich für ihn bei ihrem Vater starkgemacht hatte. Ohne dessen Zustimmung, dass Karl sie zu dem Besuch begleiten könnte, wäre sie auch nicht gekommen.

Am Abend, wenn auch nicht am frühen, kam die Familie in Swakopmund an dem schönen Haus des Vaters an. Es lag direkt am Atlantischen Ozean. Marie stieg aus dem Auto, lief zum Haus und läutete. Die anderen, die noch im Wagen saßen, sahen einen großen und kräftigen Mann die Tür öffnen, in dem die Kinder ihren Großvater erkannten. „Da ist er", seufzte Anne erschreckt und ängstlich. Tröstend sagte Karl den Kindern: „Habt keine Angst, ich bin bei euch."

Marie winkte ihren Begleitern zu, es war das Zeichen aus dem Auto zu steigen und sich in die Nähe des Großvaters zu begeben. Karl lief mutig vor den Kindern und trat vollkommen ungehemmt und freundlich Maries Vater entgegen. Der Großvater streichelte seinen Enkelkindern sachte über ihre Köpfe, dabei schaute er sie nicht an. Stattdessen starrte er Karl forsch mit kalter Miene ins Gesicht. Marie stellte ihn ihrem Vater vor:

„Vater, das ist Karl, mein Freund."

Grimmig abwertend sagte der Vater: „Du bist also Karl und arbeitest bei der UNTAG?"

„Nein", sagte Karl selbstbewusst, „ich heiße Karl, das ist richtig. Ich arbeite aber in einer katholischen Mission am Okavango, bei der UN habe ich davor gearbeitet."

„Du kannst ‚du' zu mir sagen, ich heiße Jan!"

Jan bat sie in sein Haus. Marie wunderte sich, dass seine jetzige Frau, seine dritte seit der Scheidung von Annemarie, nicht da war. Verhalten fragte sie ihn nach ihr.

„Die ist nach Bloemfontein gefahren, ihre Schwester besuchen."

Maries Vater war also alleine in dem großen Haus. Sehr sachlich wies er seinen Besuchern, kaum dass sie das Haus betreten hatten, ihre Schlafzimmer zu. Die Kinder und Marie durften im Haus schlafen, während Karl zum Übernachten in ein kleines Nachbarhaus ziehen musste, das ursprünglich Hausangestellte bewohnt hatten. Jans einzige Hausangestellte, eine Reinigungsfrau mit zusätzlichen Aufgaben im Haushalt, und ein Gartenarbeiter wohnten aber in der Township. Deshalb konnte Karl das kleine Haus überhaupt zum Schlafen benutzen. Da er Swakopmunds Township Mondesa kannte, er war ja schon dort gewesen, konnte sich gut vorstellen, wie anstrengend es sein musste, von Montag bis Freitag jeden Morgen zu Jan zu laufen und am späten Nachmittag wieder zurück. Dennoch dachte er sich, dass die beiden Glück hatten, weil auch er lieber jeden Tag bei Hitze oder auch Kälte zehn Kilometer gehen würde, als bei so einem missgelaunten Menschen noch seine Freizeit verbringen zu müssen.

Maries Vater hatte sich in seinem Haus eine Bar eingerichtet. Stolz zeigte er sie Karl: „Solch teure Barhocker besitzen nur Fünf-Sterne-Hotels. Hier, schau mal, die Holzverkleidung – Mahagoni vom Feinsten." Der entdeckte nun doch noch ein menschliches Verhalten in Jan.

Auch wenn er mit luxuriös ausgestatteten Bars nichts anfangen konnte, verlieh er trotzdem seiner Bewunderung Ausdruck. Interessanter als die Bar war für ihn aber die Getränkeauswahl: Zehn unterschiedliche Whiskys konnte Jan anbieten, 100 unterschiedliche Schnäpse, sieben Sorten Fassbier, drei hatte er allerdings zurzeit nur auf Lager.

„Und Wein, was ist mit Wein?", fragte Karl seinen Schwiegervater in spe.

„Wein habe ich nicht, ich mag keinen Wein. Wein gehört nicht in eine Bar."

„Na ja, stimmt", pflichtete der Weintrinker Karl ihm opportunistisch bei.

Die Kinder, die an der Bar saßen, Limonade tranken und sich langweilten, zogen es vor, in ihr Zimmer zu gehen. Auch Marie hatte keine Lust mehr, sich die Gespräche der beiden Männer anzuhören. Nachdem es ihr nicht gelungen war, ihrem Vater etwas über die Beziehung zu seiner vierten Frau zu entlocken, ging auch sie schlafen. Karl saß am Tresen der luxuriösen Bar und trank Lagerbier aus Windhoek. Er wäre auch lieber davongelaufen, aber jetzt, nach einigen Bieren, tat ihm der bestimmende, rechthaberische, patriarchische und sehr kalt wirkende Jan sogar leid. Auch der hatte schon ausgiebig Bier getrunken und erzählte nun von seiner vierten Frau. Sie wäre ihm weggelaufen, warum, wüsste er nicht, er hätte sich ihr gegenüber normal verhalten, ebenso, wie ein Mann sich verhalten müsste.

„Wie muss sich denn ein Mann gegenüber einer Frau verhalten?", fragte Karl.

„Der Mann bestimmt, er sagt, wo es langgeht, was zu machen ist. Das ist christliche Tradition, so haben wir es von unseren Vätern gelernt."

Karl widersprach wegen seines Alkoholgenusses nicht mehr deutlich und nur zögerlich:

„Du hast ja recht, aber Frauen haben auch ihre Rechte."

„Ja, das haben sie, aber Frauen sind nun mal dümmer und launenhafter. Sie bringen öfter das Gefüge in einer Familie durcheinander, deshalb muss der Mann das Familienoberhaupt bleiben. Maries Mutter, meine erste Frau, Annemarie", erzählte Jan weiter, „hat aus lauter Eitelkeit und auch großer Dummheit bei der Polizei angegeben, dass sie ihren Ausweis verloren hätte. Die stellten ihr einen neuen aus. Obwohl sie damals 60 war, erzählte sie der Behörde, sie wäre erst 50. Sie bekam dann tatsächlich einen Ausweis, in dem ihr Alter mit 50 Jahren angegeben wurde. Als sie mit 63 in Rente gehen wollte, war sie laut Ausweis ja erst 53. Fast ein Jahr musste sie kämpfen, bis ihr die Behörden ihr richtiges Alter wieder geglaubt haben."

Karl lachte laut. Maries Schlafzimmer lag nicht weit von der Bar entfernt, ihre Zimmertür war nicht geschlossen. Sie schlief noch nicht und konnte alles, was die beiden miteinander sprachen, verstehen. Aufgebracht brüllte sie:

„Das ist so nicht wahr!"

„Ja, ja", schrie ihr Vater zurück, „du stehst hinter deiner Mutter, ich weiß es aber besser!"

Übellaunig atmete Karl tief durch, er wusste, dass er soeben etwas falsch gemacht hatte. Morgen, schoss es ihm durch den Kopf, werde ich Marie fragen, ob der Mann die Wahrheit gesagt hat. Jan wechselte das Thema:

„Wie gefällt dir Südwest?"

Karl geriet ins Schwärmen: „Die Weite, gerade hier in dieser Gegend nahe der Küste und mitten in der Namib. Aber auch das Damaraland und das Kavango-Gebiet, wo ich arbeite, gefallen mir sehr gut. Das Land ist vielfältig und verfügt über unterschiedliche Landschaften – so habe ich mir das nicht vorgestellt. Und natürlich die Tierwelt! Ich fühle mich wohl hier."

Der Alkohol brachte den verstockten, zugeknöpften, zukunftsängstlichen und reaktionären Jan mit dem fortschrittlich und offen denkenden sowie linksliberalen Karl für kurze Zeit zusammen. Selbst als Jan die neue „Kaffer-Regierung", wie er sich ausdrückte, beleidigte und als Schandfleck Südwestafrikas bezeichnete, verhielt sich Karl ruhig. Als er aber von seiner Teilnahme als junger Freiwilliger für die Alliierten im Zweiten Weltkrieg erzählte, zog sich Karl zurück. Jan stellte seine Beteiligung in einem Krieg gegen Deutschland infrage, weil er damals noch sehr jung gewesen wäre. Heute wäre er der Ansicht, dass Hitlers Ideen so falsch gar nicht gewesen wären, und leugnete den Holocaust. Darüber wollte Karl nicht diskutieren, ohne weitere Worte, ohne Nachtgruß verließ er die Bar und ging leicht schwankend in das kleine Nachbarhaus.

Als Karl am Morgen aufwachte, traute er sich nicht, seine Augen zu öffnen. Er befürchtete, dass nach der Trunkenheit des gestrigen Abends wieder sein obligatorisches Augenflimmern einsetzen würde. Mit geschlossenen Lidern, aber brummendem Kopf blieb er liegen und wartete ab, was passieren würde. Es dauerte nicht lange, bis es an die Tür klopfte.

„Hier Naomi, ich bin das Mädchen. Ich soll Sie wecken."

Karl öffnete seine Augen und schaute hinüber zum Fenster. Keine Sonne schien durchs Fenster, er sah nur Nebel, den typischen Swakopmunder Morgennebel. Er bemerkte, dass er kein Augenflimmern hatte. Noch bevor er sich bei der Frau bemerkbar machte, dachte er, er hätte nun endlich den Grund für sein Augenflimmern gefunden. Die grelle Sonne im Zusammenspiel mit zu viel Alkoholgenuss machte er dafür verantwortlich. Widerwillig und zögerlich machte er sich auf den kurzen Weg zum Haupthaus, alle saßen bereits in der Küche am Frühstückstisch und warteten auf ihn. Angespannt grüßte er mit einem reservierten und leisen „Guten Morgen". Anne und John schauten ihn freundlich an und grüßten zurück. Marie tat so, als nähme sie keine Notiz von ihm, während Jan ihn vorwurfsvoll und verärgert ansah.

„Mädchen!", rief Jan und drehte seinen Kopf zur Küche. „Du kannst jetzt das Frühstück bringen."

Das „Mädchen", Karl schätzte sie auf mindestens 40, servierte das Frühstück. Er fasste sogleich zu.

„Stopp!", dröhnte es laut aus Jans Kehle. „Wir sind es gewohnt, vor dem Essen zu beten."

Mit einem entschuldigenden Blick sah Karl ihm ins Gesicht und legte sein zuvor in die Hand genommenes Brot wieder auf den Teller. Jan sprach ein Dankesgebet zu Gott, danach mahnte er:

„Während des Essens möchte ich keinen Laut hören, von niemandem."

Es wurde still. Ohne großen Appetit begann Karl zu essen. Wo, in welchem Zeitalter leben wir, wenn eine 40-jährige Frau „Mädchen" genannt wird und während des Essens kein Mensch nur einen Ton von sich geben durfte? Er dachte bei sich: Wo bin ich hier gelandet? Er schaute sich die Runde an, alle saßen angespannt am Tisch. Nach dem Frühstück wurde das „Mädchen" von Jan gerufen, sie sollte abräumen. Schnell, ganz so als hätte die Frau in Küchennähe auf ein solches Kommando gewartet, war sie auch schon da und begann das Geschirr vom Küchentisch abzuräumen. Karl wollte nun aufstehen, denn er wollte schnell raus aus dem „Jahrhunderte alten Mief".

„Halt!", rief Jan und pfiff ihn wieder zurück. „Ich lese erst einige Zeilen aus der Bibel, das ist burische Tradition."

Karl beugte sich dem. Jan las und las, er fand kein Ende. Karl wurde es langsam zu bunt, denn er verstand nur wenig, weil Jan in Afrikaans las und sprach. Endlich legte er die Bibel beiseite, hörte aber noch immer nicht auf zu sprechen. In der Mimik der Kinder und von Marie erkannte Karl, dass Jan nun über ihn sprach. Es war ihm mittlerweile völlig egal geworden, ob dieser Mensch ihn verbal niedermachte, er wollte nur weg. Endlich, nach über einer Stunde Bibellesung, Angst machen und Mahnungen kam er zum Ende. Karl fasste Mut, bedankte sich bei Jan für seine „Gastfreundlichkeit", sie wollten nun aber weiter, von Swakopmund aus zum Cape Cross und zum Brandberg. Die Kinder schauten Karl kurz verwundert aber erleichtert an, rannten hastig in das Zimmer, in dem sie die Nacht verbracht hatten, und packten schnell ihre Sachen zusammen. Marie blickte erst bestürzt drein, aber auch sie verstand, dass jeder weitere Aufenthalt bei ihrem Vater sich für alle Beteiligten zum Horror entwickeln würde. Bei der Verabschiedung umarmte nur sie ihren Vater, die Kinder liefen schnell zum Auto und Karl verabschiedete sich mit leichtem Händedruck.

Marie war noch immer sehr sauer auf ihn, auf dem Weg nach Cape Cross liefen ihr Tränen über die Wangen. Verständnisvoll und mitfühlend fragte Karl:

„Warum weinst du?"

„Mein Vater ist kein schlechter Mensch", antwortete sie. „Er ist in einer Zeit groß geworden, als die Unterdrückung der Schwarzen in Südafrika Normalität war. In einer Zeit, in der Kolonialismus noch als legitim bezeichnet wurde. Er tut sich schwer mit den demokratischen Veränderungen, wie jeder alte Mensch, der sich mit Neuerungen abfinden muss, tut er sich damit schwer."

Karl wollte das Thema Jan beenden:

„Jetzt fahren wir zum Cape Cross und schauen uns die Robbenkolonie an und danach am Brandberg vorbei nach Korixas, dort werden wir im Restcamp übernachten."

Obwohl er sich Mühe gab und Marie freundlich anlächelte, wollte sie weiter über den katastrophalen Besuch bei ihrem Vater reden:

„Ich kenne meinen Vater gut, von ihm habe ich nicht erwartet, dass der gut über meine Mutter spricht. Aber dass du meine Mutter auslachst, das hätte ich nicht von dir erwartet."

Jetzt musste Karl sich verteidigen, denn er hatte zwar über das Missgeschick mit dem Ausweis ihrer Mutter gelacht, hatte es aber nicht böse gemeint oder sie ausgelacht.

„Warum hast du denn dann so laut und abwertend gelacht?"

„Dein Vater hat das so trocken rübergebracht, vielleicht habe ich deswegen gelacht, möglicherweise aus Opportunismus, ich weiß es nicht mehr. Es tut mir leid! Tatsache ist, dass ich deine Mutter mag, sehr sogar und besonders wegen ihrer Eitelkeit."

Marie wollte Karl jetzt die Ansprache ihres Vaters und der Bibellesung nach dem Frühstück übersetzen. Er wehrte vehement ab: „Nein, davon will ich nichts wissen, das ist mir schnurzegal, was der über mich denkt und sagt."

Marie drehte sich zu ihren Kindern, die gespannt auf der Rückbank saßen und neugierig zuhörten. Alle drei mussten lachen.

Als sie am Kreuzkap ankamen, sahen sie sich das Kreuz an, das der Seefahrer und Entdecker Diego Cao hatte 1486 aufstellen lassen. Freilich war es nicht mehr das Original, das sollte in einem Museum in Berlin stehen. John fragte Karl, ob er das Original schon gesehen hätte, schließlich wäre er doch Berliner. Karl verneinte.

Nur wenige Meter vom Kreuz entfernt lag die Robbenkolonie. Viele Hunderte, vielleicht sogar Tausende Robben tummelten sich am Strand, sie lärmten, manche rauften, aber vor allen Dingen stanken sie fürchterlich. Es war ein imposantes Schauspiel, das sie zu sehen bekamen, doch gegen einen längeren Aufenthalt sprach der unerträgliche Gestank. Vom Kreuzkap mussten sie wieder einige Kilometer zurück in Richtung Swakopmund bis nach Hentiesbay fahren, dann ging es auf der C35, vorbei am Brandbergmassiv ins Damaraland, in die Stadt Korixas. Im Restcamp der Stadt mieteten sie sich einen Bungalow mit zwei Zimmern. Am Abend besuchten sie das schöne Restaurant des Restcamps. Beim Wienerschnitzelessen schaute John mit glänzenden Augen – sichtlich entspannt – seine Mutter, Anne und Karl an und sagte:

„Ich bin froh, dass wir hier sind. Bei meinem Großvater hatte ich Bauch- und Kopfweh."

Anne meldete sich zu Wort und stimmte ihrem kleinen Bruder zu: „Ich hatte dort auch Bauchschmerzen! Hier fühle ich mich frei."

Marie wurde nach den Äußerungen ihrer Kinder nachdenklich, sie grübelte und bekam ein trauriges Gesicht, ihr Vater tat ihr wieder leid. Karl versuchte sie wieder aufzurichten, ihr die Traurigkeit zu nehmen. Er nahm ihre Hand und streichelte sie.

„Morgen bleiben wir noch hier. Übermorgen fahren wir dann nach Otjiwarongo und besuchen Willem und Paula."

Er merkte, dass sie über ihren Vater nachdachte, und wusste, dass er ihr bei diesem Problem nicht helfen konnte. So, wie Marie ihrem Vater nicht helfen konnte. Karl dachte an Frau von Maerz, auch sie war ein spätes Opfer der „ruhmreichen Kolonialvergangenheit". Für ihn war klar: Diesen Menschen ist nicht zu helfen, sie gehören einer vergangenen Welt an. Sie sind nicht für einen demokratischen Wandel, nicht für eine liberale Gesellschaftsordnung und sie sind auch nicht mehr in der Lage, sich diesen neuen Gegebenheiten anzupassen. In seinen Gedanken hatte Karl sogar Verständnis für diese Menschen. Er versuchte sich vorzustellen, wie er geworden wäre, hätte er diese Erziehung genossen. Er kam aber zu der Erkenntnis, dass dies nicht hätte passieren können, denn er war ein Kind der Arbeiterklasse. Seine Vorfahren waren alle Arbeiter gewesen, wäre er also 100 oder nur 70 Jahre früher geboren worden, wäre er dennoch ein Arbeiterkind gewesen. Bestimmt wäre er Sozialdemokrat geworden, wahrscheinlich sogar ein revolutionärer Sozialist, so wie es einer seiner Großväter auch gewesen war. Der hatte sogar einige Jahre in einem Konzentrationslager der Hitlerdiktatur gesessen. Karls Gedanken halfen niemandem, nicht Marie und schon gar nicht Jan oder Frau von Maerz. Nein, machte er sich klar, es hilft nichts, wir müssen mit der ungerechten Vergangenheit abschließen. Der Jugend gehört die Zukunft, Mitleid mit den Vorgestrigen ist fehl am Platz. Die hatten ja auch kein Mitleid, sie sollten froh sein, dass sie unbehelligt und ungehindert ihre letzten Lebensjahre in diesem Land verbringen können, resümierte Karl seine Gedanken.

Beziehungsspannungen

Die Kinder fühlten sich in Korixas sichtlich wohl, besonders John. Er hatte endlich die Gelegenheit, seiner Mutter und Anne zu zeigen, wie gut er schwimmen konnte. Allerdings hielt er es im Swimmingpool von Korixas nicht so lange aus, das Wasser hier war kälter als in Großbarmen. Öfters verließ er zitternd und bibbernd das Becken, wärmte sich kurz auf und sprang wieder rein. Marie wurde Karl gegenüber immer zurückhaltender, sie grübelte und verlor an Freundlichkeit. Er gab sich Mühe, versuchte alles, um ihre Stimmung zu verbessern. Er bot ihr sogar an, im nächsten Urlaub mit ihr ganz alleine nach Mauritius zu fliegen – es half nichts. Sie verweigerte ihm den Sex und auch Zärtlichkeiten. Er hätte gerne die Probleme angesprochen, doch er kannte sie nicht. Sein Verhalten bei Jan, sein Lachen wegen der Ausweispanne ihrer Mutter, nein, das konnte es doch alleine nicht gewesen sein.

Auf dem Weg von Korixas nach Windhoek machten sie einen Tag und eine Nacht in Otjiwarongo halt und besuchten Paula und Willem. Maries Stimmung wurde merklich besser, nicht gegenüber Karl, nur ihre Freude, ihre beiden großen Kinder wiederzusehen, stimmte sie fröhlicher. Am Nachmittag holten sie die beiden vom Internat ab. Karl mietete Marie, Anne, John und sich für eine Nacht im Hotel Hamburgerhof ein. Gemeinsam aßen alle zu Abend und waren froh, wieder vereint zu sein. Paula sprach von ihren guten Schulnoten, während Willems Noten bescheidener waren. Spätestens um acht Uhr mussten sie wieder im Schulheim sein und das, obwohl ihre Mutter und Geschwister zu Besuch da waren. Es wurde keine Ausnahme gemacht. Nachdem sie die beiden wieder zurück ins Internat gebracht hatten, fragte Karl Marie:

„Wollen wir nicht mal bei Karina und Pieter vorbeischauen?"

„Nein", antwortete sie, „ich möchte die Kinder nicht alleine im Hotel zurücklassen."

Karl, der Marie seit seinem Besuch in Windhoek und besonders nach dem Aufenthalt bei ihrem Vater als verändert empfand, hatte ihr bisher trotzdem Verständnis entgegengebracht. Nun stellte er sich ihrem Missmut entgegen. Er war nicht mehr willens ihre Gefühlskälte ihm gegenüber so einfach hinzunehmen.

„Okay, dann gehe ich heute Abend alleine aus."

Marie gab sich verständnisvoll, er konnte sogar Erleichterung heraushören. Sie sagte ihm auch, dass sie mit Anne zusammen in einem Zimmer schlafen wollte, John sollte dafür bei ihm im Zimmer übernachten. Karl ging für eine Stunde in die Bar, die von Schwarzen besucht wurde. Dort wurde er von einigen Barbesuchern erkannt, sie nannten ihn den „Otjiwarongo-UNTAG".

Nach dem Frühstück, gegen zehn Uhr, fuhren sie nach Windhoek. Karl und Marie waren missgestimmt, John und Anne dagegen gut gelaunt. Die Erwachsenen sprachen während der Fahrt kein Wort miteinander. Kurz vor der Ankunft am Ausspannplatz sagte Karl erregt, aber beherzt:

„Ich suche mir eine Unterkunft in Windhoek. So kann ich nicht mit dir unter einem Dach wohnen!"

„Tu das", antwortete sie gelassen, für ihn klang ihre Stimme sogar befreit.

Karl mietete sich in dem Haus der GTZ, der Deutschen Gesellschaft für Technische Zusammenarbeit, ein. Für die Mission und das Krankenhaus besorgte er die gewünschten Waren. Er sprach auch bei einer großen politischen deutschen Stiftung vor. Höflich wurde er vom Geschäftsleiter empfangen, dem er sein Anliegen vorbrachte: Steinöfen wollte er bauen, damit die Bevölkerung am Okavango gesundes Brot essen könnte. Außerdem könnte man dadurch für manche Einheimische ein einträgliches Einkommen schaffen. Er selbst würde dafür sorgen, dass einige Menschen zu Brotbäckern ausgebildet würden, und sich um den Bau der Steinöfen kümmern, nur Geld bräuchte er. Der Geschäftsleiter der Stiftung gab sich interessiert, er sagte, er würde Karl an seinem Projektplatz bald besuchen und dann würde man weitersehen.

Der Unfall

Wenige Kilometer vor Nyangana, Karl war wie so oft auf dieser Fahrt in Gedanken bei dem Desaster mit seiner Freundin, wurde er plötzlich hupend von einem gepanzerten Militärfahrzeug mit hoher Geschwindigkeit überholt. Auf der Ladefläche saßen mehrere Soldaten, sie schrien, lachten, jubelten und warfen leere Bierdosen von ihrem Wagen. Mit viel Geschick konnte Karl gerade noch einer gezielt auf sein Auto geworfenen Bierdose ausweichen. Er war fassungslos: Sind das etwa die Soldaten der vor Kurzem neu aufgestellten namibischen Armee? Rowdys sind das! Nur kurze Zeit nach dem Vorfall sah Karl eine Menschenansammlung. Er drosselte sein Tempo und fuhr langsam den vielen rechts am Straßenrand stehenden Menschen entgegen. Näher herangekommen, konnte er erkennen, dass der Militärlaster umgekippt am Straßenrand lag. Er hielt seinen Cruiser an, stieg aus, drängte sich durch die Menschenmenge und war erschüttert über das, was er sah. Zwei Soldaten lagen leblos eingequetscht unter dem gepanzerten Fahrzeug. Er hörte vor Schmerzen schreiende Menschen, daneben standen Zuschauer mit verzerrtem und mitleidigem Gesichtsausdruck. Karl handelte sofort, er stützte einen stark blutenden Soldaten, lief mit ihm zu seinem Auto und setzte ihn hinein. Einen anderen, der laut stöhnte, wollte er mit einem Dabeistehenden zur Ladefläche seines Autos bringen, doch er musste diesen erst aggressiv zur Mithilfe auffordern. Schnell schob er die Mitbringsel für Mission und Krankenhaus im Innern des Wagens beiseite und legte den Verletzten hinein. Mit hoher Geschwindigkeit fuhr er dem noch etwa zehn Kilometer entfernten Krankenhaus entgegen. Als er an der Pforte ankam, hupte er, bis die Krankenschwestern aufmerksam wurden und schnell aus dem Gebäude gerannt kamen. Alle zusammen trugen die Verletzten in die Behandlungszimmer. Karl rief der Oberkrankenschwester, die ruhig dastand und professionelle Anweisungen an ihre Schwestern und einen Pfleger gab, aufgeregt zu:

„Das ist nicht alles! Zehn Kilometer von hier warten noch weitere Verletzte, die Hilfe brauchen."
„Wie viele Verletzte sind das noch?"
Karl konnte ihr keine genauen Angaben machen:
„Sieben, vielleicht sogar zehn."
Die Oberkrankenschwester gab die Anordnung, dass alle Krankenhausangestellten, die über einen Führerschein verfügten, sofort zur Unglücksstelle fahren sollten. Karl wusste nicht, wie viele Fahrzeuge dem Krankenhaus zurzeit zur Verfügung standen, aber er wusste, dass es kein wirklich gut ausgerüstetes Krankenfahrzeug und erst recht kein Rettungsfahrzeug gab. Es gab nur Pick-ups, einige davon waren zwar mit Allradantrieb, aber das nützte hier nun auch nichts. Karl suchte den Pater in seinem Haus auf und schilderte ihm die Vorkommnisse. Sofort machte auch der sich bereit, mit seinem Cruiser zur Unglücksstelle zu fahren. Sieben Fahrzeuge vom Krankenhaus und der Mission brachten noch zehn teils schwer Verletzte ins Nyangana-Hospital.

Karl war nach dieser Aktion geschafft. Während er die stöhnenden Soldaten transportiert hatte, war er sachlich geblieben und hatte alles abgebrüht mitorganisiert. Jetzt fühlte er sich leer, er zitterte am ganzen Körper. Nie zuvor in seinem Leben hatte er so etwas Schreckliches erlebt. Er war froh, als ihn der Pater in seinem Appartement aufsuchte. Die Ärzte, die in dieser Nacht viel zu tun hatten, ließen es nicht zu, dass die Stromgeneratoren ausgeschaltet wurden, und so konnten sie sich an diesem Abend bis in die späte Nacht bei elektrischem Licht austauschen.

Der Pater erzählte von seinen Schwierigkeiten während der Zeit der Apartheid, er berichtete, dass ihn eine Sondereinheit der südafrikanischen Armee, die sogenannte Kuhfoot, aufgesucht hatte. Man wollte von ihm erzwingen, dass er in seinen Predigten nicht mehr über die Gleichberechtigung aller Menschen spräche. Er sollte, so wie es die niederdeutsche holländische Kirche, also die burische Kirche, machte, die Unterschiede zwischen den Rassen hervorheben. Außerdem hätte man ihn verdächtigt, die SWAPO zu unterstützen. Er hätte den Kuhfoot-Soldaten erklärt, dass er niemanden unterstütze. Er predige nur Gottes Wort, so wie es in der Bibel geschrieben stünde, davon wollte er nicht lassen. Daraufhin hätten die Soldaten seine beiden Hunde erschossen. Sie hätten ihm gedroht, sollte er sich weiter ihren Anweisungen verweigern, würde man auch ihn erschießen. Der Pater hätte aber auch mit der SWAPO im Streit gelegen, denn er wollte nicht, dass Kinder in militärische Auseinandersetzungen geschickt würden, mit der Hilfe einiger Führungskräfte der PLAN wäre es ihm gelungen, dies zu verhindern. Er hätte an ihre moralische und besonders ihre christliche Haltung appelliert. Viele Kinder hätte er so vor dem Kriegseinsatz gerettet. Er wäre stolz darauf, dass kein Mann unter 18 Jahren aus seiner Pfarrei am Bürgerkrieg teilgenommen hätte, da er das verhindert hätte. Karl hörte den Erzählungen des Paters zu, war jedoch immer noch geschockt von der Katastrophe, die er zuvor erlebt hatte. Der Pater bemerkte das, aber gerade als er ihn mit aufmunternden Worten etwas ablenken wollte, wurde sein tröstender Versuch von Motorengeräuschen unterbrochen. Zwei Fahrzeuge hielten vor dem Haus der Entwicklungshelfer. Das eine Auto war den beiden, die auf der Veranda saßen, bekannt, es gehörte zur Mission. Eine Benediktinerin stieg aus und rief währenddessen:

„Pater, da bist du ja, wir suchen dich schon seit einer Weile."

Während die Schwester der Veranda näher kam, stiegen aus dem zweiten Auto, Karl und dem Pater wurde schnell ersichtlich, dass es ein Militärjeep war, zwei Offiziere aus. Auch sie näherten sich der Veranda. Nachdem die Ordensschwester den beiden die Militärs vorgestellt hatte, ging sie auch schon wieder zu ihrem Auto und fuhr zurück zum Schwesternhaus. Da auf der Veranda nur zwei Stühle standen, besorgte Karl noch zwei sehr unpassende aus seiner Wohnung: einen Schreibtischstuhl und einen gepolsterten Sessel, andere hatte er nicht. Der ältere Mann mit dem höheren Dienstgrad setzte sich in den Sessel, sodass er nun der Kleinste am Tisch war. Mit seinem Kopf konnte er gerade mal über die Tischkante hinaussehen. Als Karl das sah, bot er ihm seinen Stuhl an. Außerdem fragte er die Offiziere, ob sie vielleicht einen Wein trinken wollen würden, doch die verneinten.

„Wir trinken im Dienst keinen Alkohol. Leider halten sich nicht alle unsere Soldaten daran", meinte der jüngere Mann mit dem niedrigeren Dienstgrad.

Karl wollte nicht unhöflich sein und machte Kaffee. Während er sich in der Küche aufhielt, brachten die Offiziere dem Missionsleiter ihr Anliegen vor. Der Ältere von ihnen sagte:

„Wir müssen, so lange noch verletzte Soldaten im Krankenhaus behandelt werden, das Gebiet um die Mission und das Krankenhaus herum bewachen."

„Warum ist das nötig?", fragte der Pater.

„Blutrache", meinte der ältere Offizier knapp.

Der Jüngere erklärte, dass die verunglückten Soldaten alle Ovambos wären, auch der Fahrer des Fahrzeugs. Der liege hier im Krankenhaus und wäre schwer verletzt, aber nicht lebensgefährlich. Es könnte durchaus sein, dass wenn die Familien von den Männern, die bereits tot seien – momentan zwei, doch möglicherweise würden es noch mehr werden –, den Namen des Fahrers erführen, hierher kommen und diesen töten wollen würden.

„Der Fahrer und auch die anderen Soldaten werden ihre gerechte Strafe bekommen, sie werden sich vor einem Militärgericht verantworten müssen. Um aber der Gerechtigkeit zum Sieg zu verhelfen, müssen wir dieses Gebiet bewachen."

Vorsichtig fragte der Pater nach: „Wie sieht so eine Bewachung aus?"

„Wir müssen alle überprüfen, die hierein kommen: Name, wo sie herkommen, was sie hier zu suchen haben und so weiter. Bei Unklarheiten wird ein Soldat die Besucher mit der Waffe in der Hand begleiten."

„Ab wann tritt das in Kraft?", fragte der Pater.

„Ab sofort. Unsere Soldaten stehen schon parat, wir haben bereits mit der Bewachung begonnen."

Dem Pater blieb nichts anderes übrig, er hätte gar nicht Nein sagen können. Er musste zustimmen, betonte aber:
„Nur so lange, bis der letzte verletzte Soldat aus dem Krankenhaus entlassen ist."
Die Offiziere stimmten zu, sie hätten dann ja auch keine Veranlassung mehr, das Gebäude weiter zu bewachen, und verließen dankend die Veranda. Der Pater wandte sich erleichtert an Karl.
„Während der Apartheid hätte man uns gar nicht gefragt. Na ja", setzte er grübelnd hinzu, „so eine richtige Frage war das auch nicht, eher eine Mitteilung, ein Nehmen-Sie-das-zur-Kenntnis."
Karls Nachbar Pankratius, der gerade vom Krankenhaus kam, gesellte sich zu den beiden. Er berichtete von schweren, teils lebensgefährlichen Verletzungen bei einigen Soldaten. Die Ärzte würden die Nacht wohl durcharbeiten müssen. Er erzählte auch von der Abriegelung des gesamten Gebiets, Krankenhaus und Mission wären von Soldaten umstellt. Ihm blieb nicht verborgen, dass Karl sehr unruhig war und beim Einschenken des Kaffees zitterte. Pankratius, der intelligent und einfühlsam war, wusste wohl, dass sein Nachbar solch eine schreckliche Situation noch nicht erlebt hatte. Er und der Pater hingegen hatten viele furchtbare Dinge während des Unabhängigkeitskriegs erfahren müssen. Von Minen zerfetzte Leichen hatten sie gesehen, gefolterte und psychisch tief gedemütigte Menschen hatten sie betreut. Jeder von ihnen war damit in Berührung gekommen, der Pater als Seelsorger und Pankratius als Verwaltungsangestellter im Krankenhaus. Ja, auch er in dieser Position war damit konfrontiert worden, besonders dann, wenn es sich um eigene Landsleute gehandelt hatte, was fast immer der Fall gewesen war. Der Pater wollte die bedrückte Stimmung etwas erhellen und zauberte aus einer Plastiktüte, die er mitgebracht hatte, eine Flasche Whisky hervor. Obwohl es für Karl und Pankratius eher nicht das Richtige war, tranken sie dennoch einen mit, sie wollten den Pater nicht enttäuschen. Karl besorgte Limonadengläser aus der Küche, denn Whiskygläser hatte er nicht. Der Pater schenkte ein und

sie prosteten sich zu. Während sie auf der Veranda saßen, hörten sie das übliche Quaken der Frösche vom nahegelegenen Okavango sowie das Zirpen von Heuschrecken und das Zwitschern von Vögeln. Plötzlich wurden diese schönen Klänge der Natur, die die Abende in dieser Gegend so angenehm und friedlich erscheinen ließen, von Motorengeräuschen durchdrungen. Immer näher kam das Gebrumme und wurde so laut, dass es all das Quaken, Zirpen und Zwitschern übertönte. Der Pater mutmaßte:

„Das sind Militärfahrzeuge, die auf der anderen Flussseite, auf der angolanischen, fahren. Die gehören wahrscheinlich zur Unita. Die führt wieder Krieg gegen die wehrlose Bevölkerung, möglicherweise sind sie auf Beutefahrt und plündern die Bürger aus, sie nehmen ihnen das wenige, das sie noch haben."

Der Pater erklärte Karl, dass die meisten Menschen auf der angolanischen Seite katholisch wären und somit auch zu seiner Gemeinde gehörten, wegen der Rebellen hätte er sie aber schon lange nicht mehr besuchen können. Illegal wäre er schon einige Male drüben gewesen, jetzt aber wären die Rebellen so erstarkt, dass er ein solches Risiko nicht mehr eingehen könnte. Nachdem das Motorenbrummen wieder leiser geworden war, erklärte Karl seinen beiden Gästen, dass er müde wäre. Die beiden verabschiedeten sich verständnisvoll.

In dieser Nacht träumte Karl von Engeln. Sie und nicht die Militärs bewachten ihn, die Mission und das Krankenhaus. In Frieden und Harmonie sollten die Menschen miteinander leben und er selbst sollte zum Vorbild werden. Auch Marie, die doch Christin war, obwohl sie manchmal auf Abwege geriet, sollte er auf den richtigen Weg des Glaubens führen. Als Karl erwachte, fühlte er sich wie gerädert. Er schaute zum Fenster und sah die hell ins Zimmer leuchtende Sonne, keine Engel. Er rieb sich die Augen und streckte sich, es war ein schöner Traum gewesen. Nach solch fürchterlichen Ereignissen hatte er einen Albtraum erwartet.

Die Flüchtlinge

An diesem Morgen ging Karl nicht zum üblichen Missionsfrühstück, er machte sich in seinem Appartement einen Kaffee und ging danach zur Arbeitseinteilung unter den großen Baum. Der Pater gab wie immer die Arbeitsaufgaben vor und machte den Arbeitern klar, dass trotz der großen Militärpräsenz die Arbeit normal verrichtet werden müsste. Auch Karl nahm seine Arbeit in der Werkstatt normal auf. Rudolf und Bonifatius delegierte er zur Reparatur eines defekten Pflugs, den einheimische Mahango-Bauern gebracht hatten, und mit Ignatius und Michael erneuerte er an einem Krankenhausfahrzeug die Bremsen.

Nach der Mittagspause fuhr er mit diesem Wagen Probe. Er wollte testen, ob alles funktionierte. In östlicher Richtung, nur wenige Kilometer hinter der Mission, sah er am rechten Straßenrand einen Sandschlitten auf sich zukommen, der von einem Rind gezogen wurde. Der Mann, der den Schlitten führte, winkte und Karl hielt sein Auto an. Er sagte verstört und entsetzt in schlechtem Englisch:

„Ich komme aus Angola, wir wurden von der Unita überfallen, sie haben unser Haus angezündet. Meine Frau und meine Töchter sind dabei ums Leben gekommen. Nur mein Sohn und ich sind noch am Leben. Der Junge hat schwere Verbrennungen, bitte helfen Sie uns!"

Karl sah die verbrannten, glänzenden Stellen am Körper des jungen Mannes, der auf dem Sandschlitten lag. Er wusste nicht, was er machen sollte. War es besser, ihn in sein Fahrzeug zu laden oder ihn auf dem Schlitten liegen zu lassen, um ihn so zum Krankenhaus zu transportieren? Nach kurzem Überlegen entschloss er sich, den Jungen ins Auto zu legen. In dem Pick-up des Krankenhauses lagen zwei Decken, die er nun ausbreitete. Gemeinsam mit dem Vater legte er den Verletzten vorsichtig darauf. Ganz in der Nähe befand sich der Bottle Store, zu dem Karl den Mann mit Rind und Schlitten schickte. Langsam fuhr er selbst mit dem Brandopfer vor in Richtung des Geschäfts. Während der aus Angola geflüchtete Mann noch unterwegs war, kam Karl schon dort an. Er erklärte dem Inhaber die Umstände und bat ihn, auf Rind und Schlitten aufzupassen. Nur wenige Minuten später hielt der Angolaner vor dem Bottle Store. Sowohl der Betreiber als auch der Flüchtling waren Diriku, einer aus dem Gebiet südlich des Okavango, der andere aus dem Gebiet nördlich davon – sprachlich verstanden sie sich. Der Inhaber versprach, das Schlittengespann zu bewachen, als wäre es sein eigenes. Schnell fuhren die beiden Männer mit dem im hinteren Teil des Pick-ups liegenden Kranken zum Hospital. Als sie dort ankamen, hupte Karl und stieg aus dem Wagen. Die Oberschwester schaute aus dem Fenster, öffnete es und fragte ihn etwas angespannt:

„Wen bringst du uns jetzt schon wieder?"

„Einen Mann mit starken Verbrennungen", erwiderte er.

Die Schwester sorgte dafür, dass der verletzte Mann sachgerecht und schnell in ein Behandlungszimmer gebracht wurde. Im Krankenhausbüro stellte Karl den dort arbeitenden Schwestern und Pankratius den jetzt doch sehr verschüchtert und traurig wirkenden Vater des Verletzten vor. Er erzählte ihnen die Geschichte, so wie er sie von dem Mann erzählt bekommen und verstanden hatte. Pankratius fragte in der Sprache der Diriku noch mal bei dem Mann nach und bestätigte diese Version:

„Der Mann hat gestern bei einem Überfall der Unita-Rebellen seine Frau und zwei Töchter verloren, mit seinem Sohn konnte er hierher flüchten."

Der Mann verlor jetzt, wo er sich und seinen Sohn gerettet sah, seine Fassung. Laut weinend verdeckte er schamhaft sein von Tränen nasses Gesicht. Mitfühlend standen die anderen daneben. Es dauerte, bis der Mann sich wieder erholt hatte. Er schaute Pankratius an und sprach einige Sätze mit ihm. Pankratius übersetzte:

„Er will zum Bottle Store zurück, seine Kuh und seinen Schlitten abholen. Das ist alles, was er noch besitzt."

Karl sah hinüber zur Oberschwester und fragte:

„Wo soll er schlafen?"

„Das musst du mit dem Pater besprechen, bei uns ist alles belegt."
Mit dem Krankenhaus-Pick-up brachte Karl den Angolaflüchtling wieder zum Bottle Store, Kuh und Schlitten standen noch davor. Der Mann wollte mit seinem Gespann zur Mission zurücklaufen, während Karl mit dem Auto fahren sollte. Auf der Fahrt dachte er an das, was ihm ein Bekannter vor der Versetzung erzählt hatte: „Ach, du kommst zum Kavango, dort haben sie das Rad noch nicht erfunden. Dort transportieren sie ihre Fracht noch mit Ochsen auf Schlitten." Karl hatte während seines Aufenthalts hier mittlerweile schon oft solche archaischen Transportmittel gesehen, er fand sie nicht mehr ungewöhnlich.

Kurz vor der Einfahrt zur Mission standen die Wachposten des Militärs, Karl winkten sie sofort durch, man kannte ihn schon. Er steuerte sein Auto direkt zum Haus des Paters, den er davor antraf. Er erzählte ihm von dem entsetzlichen Vorfall und während sie gemeinsam auf den Flüchtling mit seinem Gespann warteten, sagte der Pater:

„Das wird wohl nicht der letzte sein, der zu uns kommt. Der Terror auf der anderen Seite des Flusses verschärft sich."

Lange warteten sie, doch der Mann kam nicht. Der Pater befürchtete, dass der Angolaner von den Militärposten aufgehalten worden wäre, und so entschlossen sie sich, ihm entgegenzufahren. Tatsächlich ließen die Wachsoldaten ihn nicht auf das Gelände. Als sie ankamen, fragte der Pater in einem militärischen Tonfall:

„Warum lasst ihr den Mann nicht durch?"

„Er sagt, er sei aus Angola. Er kann sich nicht ausweisen und hat natürlich auch kein Visum", war die Antwort.

Der Pater wurde daraufhin sehr böse. Aggressiv und zornig brüllte er die Soldaten an, sie hätten mit Grenzkontrollen überhaupt nichts zu tun, sie würden ihre Kompetenzen überschreiten. Ihre Aufgabe wäre es, ihre kranken Kameraden vor Übergriffen zu schützen, sonst nichts. Mit seinem rechten Zeigefinger deutete er auf den Angolaner und sagte entschlossen:

„Dieser Mann bekommt von uns Kirchenasyl, er ist Gast unserer Gemeinde."

Nach einer kurzen durchwinkenden Handbewegung trieb der Mann seine Kuh mit „hopp, hopp, tsch, tsch" voran und steuerte sein Gefährt, neben dem er herlief, zu den Missionsgebäuden. Der Pater ließ es sich nicht nehmen, den Flüchtling zu begleiten. Karl fuhr mit dem Auto zurück zu seiner Wohnung.

Am Abend, noch vor dem Abendessen, besuchte der Pater ihn dort. Er erklärte Karl, dass er von dem Mann erfahren hätte, dass dessen Zuhause ganz in der Nähe der Ortschaft Diricu läge. „Na ja", fügte er traurig hinzu, „da hat es bisher gelegen." Karl erfuhr so, dass der Hauptort des Kavango-Volkes der Diriku nicht das namibische Nyangana, sondern das nach dem Volk benannte Diriku in Angola war. Er fragte den Pater:

„Wo ist der Mann jetzt?"

„Ich habe ihm das beste Gästezimmer, über das die Mission verfügt, zugewiesen. Die Kuh steht neben dem Schweinestall, dort hat sie genug Gras. Der Schweinehirt der Mission passt auf sie auf, der hat sowieso zu wenig zu tun."

Mit dem Cruiser des Paters fuhren sie gemeinsam zum Abendessen. Auch den Mann aus Angola holten sie ab. Vor seiner Unterkunft hupten sie nicht wie sonst in Mission und Krankenhaus üblich, um sich Aufmerksamkeit zu verschaffen. Stattdessen schickte der Pater Karl ins Haus. Er sollte an die Tür des Zimmers klopfen und ihn zum Abendessen bitten. Dieser Aufforderung kam Karl gerne nach. Der Mann konnte nur hungrig sein, möglicherweise hatte er seit Tagen nichts mehr gegessen, dachte er bei sich. Als er klopfte, öffnete der Diriku die Tür und Karl sagte auf Englisch: „Dinner." Er glaubte, ein leichtes Funkeln in den Augen erkannt zu haben.

In der Missionsküche wurde ordentlich aufgetischt. Der Pater hatte die Küchenschwestern angewiesen, auch typisches Kavango-Essen zu kochen. Der Flüchtige sollte wie zu Hause essen können. Auch an Fleisch sollten sie es nicht mangeln lassen. Karl sah, wie die Schwestern Mahangobrei, Hühnchen und Salat auf den Tisch stellten. Er wusste, dass es Hühnchen und Salat noch oft geben würde, doch Mahango würde in dieser Küche eine Ausnahme bleiben, da war er sich sicher. Der Pater redete in Diriku mit dem Gast, der auch das Dankesgebet sprach, denn er war Katholik.

Karl hatte eine Einladung vom DED bekommen, am kommenden Samstag war Fachgruppentagung und für den Sonntag war eine Sitzung des Mitwirkungsausschusses angesetzt. Er bat den Pater erneut um eine Woche Urlaub und dieser gestattete ihm sein Anliegen. Um nicht wieder von seinen Kollegen von der Mission und dem Krankenhaus wegen Mitbringseln angesprochen zu werden, hielt er seine Fahrt in die Hauptstadt vorerst geheim. Nur dem Pater wollte er einen Wunsch erfüllen, als dieser ihn darum bat, eine Kassette von dem deutschen Rocksänger Hans Hartz, „Die weißen Tauben sind müde", in Windhoek zu besorgen. Erst am Donnerstag, einen Tag vor seiner Abfahrt, weihte er seine Trainees bezüglich seiner bevorstehenden Reise ein. Einige wichtige Arbeiten, die während seiner Abwesenheit dringend erledigt werden mussten, delegierte er je nach den Fähigkeiten an seine Auszubildenden. Marie und die Kinder wollte er mit seinem Besuch überraschen. Drei Briefe hatte er von seiner Freundin seit ihrer unschönen Verabschiedung bekommen, zweimal hatte er ihr geantwortet. Einer ihrer Briefe hatte eine Entschuldigung enthalten, von großer Liebe und Sehnsucht hatte sie nichts geschrieben. Stattdessen klagte sie über ihre schlecht bezahlte Arbeit und über ihren chronischen Geldmangel. Karl vermisste in ihren Briefen besonders die Frage „Wann kommst du?". Auch er hatte sich in einem seiner Briefe für sein Verhalten auf der Reise nach Swakopmund entschuldigt, es war aber nur eine Phrase gewesen. Er war sich keines Fehlverhaltens bewusst, aber er hatte große Sehnsucht nach Marie und wollte die alte Harmonie wiederherstellen. Mit dieser Entschuldigung wollte er den Anfang machen.

Meetings

Als Karl in Windhoek ankam, fuhr er direkt zu Maries Haus. Diesmal war er mit seinem privaten Auto, dem Golf, unterwegs. Da er am Ausspannplatz niemanden antraf, entschloss er sich, zu Annemarie und Fiona zum Pionierspark zu fahren. Er hoffte, die Familie dort zu finden. Die beiden Frauen waren auch zu Hause, doch Marie und ihre Kinder waren nicht bei ihnen. Auf Karls Frage, wo sie denn wären, antwortete Annemarie kaum hörbar: „Das wissen wir auch nicht." Er merkte an diesem Verhalten, dass hier irgendetwas nicht stimmte. Auch Fiona, die sich zurückhielt und in der Küche rumhantierte, als gehe sie das Ganze nichts an, war Karl verdächtig. Sie verbargen etwas vor ihm. Er spürte Zurückhaltung, ja sogar Zurückweisung. Verärgert, aber vor allen Dingen enttäuscht verließ er das Haus. Noch mal fuhr er zurück zum Ausspannplatz, wo er wieder feststellte, dass niemand zu Hause war. Nun musste er sich eine Bleibe für die Nacht besorgen. Hätte er sich frühzeitig beim DED gemeldet, hätte der Beauftragte ihm eine Unterkunft besorgt, jetzt aber war es dafür zu spät. Im Hansa Hotel mietete sich Karl ein, es war sehr einfach, dafür aber auch preiswert. Er war zwar müde von der langen Fahrt, gleichzeitig fühlte er sich aber auch aufgekratzt. Wo waren Marie und ihre Kinder? Warum verhielten sich Annemarie und Fiona so seltsam zu ihm? Fragen über Fragen beschäftigten Karl. Er konnte nicht schlafen und ging deshalb noch in die Bar des Hotels, setzte sich nachdenklich und bekümmert an den Tresen und bestellte ein Bier. Es war Freitagabend, die Bar war gut besucht. Schwarze und weiße Menschen saßen an der Theke oder spielten an den Geld- und Flipperautomaten, Betrunkene lärmten und der Fernsehapparat lief. Ein gut gekleideter, weißer Mann setzte sich auf einen Barhocker neben Karl, der den Fremden auffällig musterte. Er passte nicht so recht in diese Lokalität. Kopfnickend, ohne Worte grüßten sie sich. Der Mann bestellte sich ein Bier und einen Korn.

Nachdem der Barkeeper alles wunschgemäß vor ihm abgestellt hatte, nahm er sein Bierglas und prostete Karl zu. Der prostete zurück.

„Die Musik ist hier so laut", schrie der Mann ihm ins Ohr.

Karl verzerrte dabei sein Gesicht, denn der Schrei war so laut, dass er die Musik und die Geräusche in der Bar übertönte. Er sah den Mann grimmig an, nickte aber trotzdem zustimmend. Sofort drehte er sich wieder von dem Gutgekleideten weg, er wollte sich kein Gespräch aufzwingen lassen. Er wollte seine Ruhe haben und beim Biertrinken an die Kinder und Marie denken, an seine „Familie". Er vermisste sie sehr und hatte Sehnsucht nach ihnen.

„Sind Sie Deutscher?"

„Ja", antwortete er widerwillig.

„Ich bin deutschstämmiger Namibier", überging der Mann in deutscher Sprache Karls ablehnende Haltung. Karl sah, dass der Fremde in geradezu rekordverdächtiger Zeit sein großes Bier und seinen Korn ausgetrunken hatte. Er bestellte noch mal dasselbe und bedachte diesmal auch Karl mit einem Bier. Der hatte jedoch noch nicht mal sein Bier ausgetrunken, das er selbst bestellt hatte.

„Wollen wir uns nicht zusammen nach draußen in den Biergarten setzen?", fragte der Mann.

„Na gut, aber nicht so lange. Ich muss morgen früh gegen sieben Uhr aus dem Bett, ich habe ein Meeting."

Karls Gesprächspartner stutzte: „Ein Meeting? Arbeiten Sie für eine Nichtregierungsorganisation? Sind Sie ein Entwicklungsexperte?"

Karl war erstaunt über diese Frage und antwortete: „Nein, nur Entwicklungshelfer."

Beide nahmen ihre Gläser und gingen nach draußen in den Biergarten. Auch da waren viele Tische besetzt, etwas abseits des Trubels fanden sie noch einen kleinen, der frei war.

Der Mann bot Karl das Du an: „Ich heiße Reinhard."

„Karl."

„Prost, Karl!"

Reinhard prostete ihm mit seinem Korn zu. Karl bemerkte, dass er dabei zitterte. Mit seinem mittlerweile schon etwas abgestandenen Bier prostete er zurück. Sein anderes, frisch gezapftes, das der Fremde ihm ausgegeben hatte, verlor schon seine Schaumkrone, aber es musste noch warten. Reinhard dagegen rief nach einem Kellner und bestellte noch mal ein großes Bier und einen Korn. Das war selbst für den trinkfesten Karl zu viel, er wollte sich verabschieden. Er wollte nicht mit einem Betrunkenen am Tisch sitzen und sich blödes Zeug anhören müssen. Doch je mehr Reinhard trank, umso ruhiger wurde seine Hand. Beim Zuprosten zitterte sie nicht mehr, stellte Karl fest.

„Weißt du, ich war eines der ersten weißen SWAPO-Mitglieder. Anfang der 80er-Jahre, als ich in der Universität in Stellenbosch studiert habe, wurde ich Mitglied. Ich glaube, ich bin sogar noch vor Anton Lubowski in die SWAPO eingetreten. Heute arbeite ich im Arbeitsministerium, habe viel mit Entwicklungsexperten zu tun, deshalb meine Frage vorhin. Wenn ich das Wort ‚Meeting' höre, denke ich automatisch an die Experten. Fachlich und technisch sind die gut, vom Wichtigsten in unserer Gesellschaft, vom Sozioökonomischen, davon haben die Brüder aber keine Ahnung. Außerdem gieren sie geradezu nach Erfolg, sie sind Spezialisten im Ausfahren ihrer Ellenbogen. Sie bekämpfen sich gegenseitig, weil sie Erfolge vorweisen müssen, wirkliche Entwicklungshilfe ist für sie nur sekundär."

Karl erzählte Reinhard von seinen Erfahrungen am Kavango-Gebiet. Wie sich die Kirche dort bemühte, die einheimische Bevölkerung am Fortschritt teilhaben zu lassen, ohne sie ihrer Kultur zu berauben. Er erzählte von dem Hospital, von dem Kampf gegen die Malaria und gegen Aids. Reinhard widersprach ihm sofort:

„Aber die katholische Kirche lehnt sogar die Verwendung von Präservativen ab."

„Die Kirchenführung und der Papst lehnen das ab, die verantwortlichen Priester in Namibia, jedenfalls die meisten, akzeptieren die Verhütung. Das Problem liegt woanders. Die Menschen haben schlichtweg nicht das Geld, um sich Verhütungsmittel kaufen zu können. Sie haben noch nicht mal genug Geld, um sich ernähren zu können. Ich weiß von einer europäischen Ordensschwester, die sich in einem Vortrag vor Katecheten für die Verwendung von Präservativen ausgesprochen hat, sie wurde ausgelacht. Die Pastoralschüler, die zukünftigen Katecheten, machten sie darauf aufmerksam, dass sie und ihre Mitbürger nicht immer satt würden. Erst, wenn das gewährleistet wäre, erst dann könnte man über Präservative und auch über Verhütung sprechen, meinten die."

„Am Okavango wollen wir ein landwirtschaftliches Projekt starten", meinte Reinhard, „wir arbeiten schon daran. Vielleicht gewinnen wir auch die eine oder andere ausländische Organisation für die Mitarbeit, das würde Arbeitsplätze für die Region bringen."

Karl erzählte ihm von seinem Brotbackprojekt, das er plante. Während Reinhard erneut nach dem Kellner rief, verabschiedete sich Karl. Sein Gesprächspartner war darüber enttäuscht:

„Schade, wir hätten unsere Meinungen doch noch weiter austauschen können."

Karl aber konnte nicht mehr, er war müde und zog sich in sein Hotelzimmer zurück. Reinhard rief ihm noch hinterher:

„Ich bin an den Wochenenden öfter mal hier."

Pünktlich eröffnete der DED-Beauftragte die Fachgruppensitzung. Er stellte fest, dass alle Mechaniker erschienen waren und bat den Protokollanten, dies zu notieren.

„Alois fehlt", rief ein Sitzungsteilnehmer in die Runde.

Der wäre schon vor einer Woche von seinem Projektplatz im Ovamboland unentschuldigt verschwunden, erwiderte der Beauftragte, darüber wollte er aber erst am nächsten Tag mit den Kollegen vom Mitwirkungsausschuss diskutieren. Er forderte jeden Entwicklungshelfer auf, sich zu seinem Projekt zu äußern. Jeder sollte über das bisher Geschehene berichten, Fortschritte aufzeigen, zukünftige Vorhaben vorstellen, Ideen und deren Umsetzungsmöglichkeiten darlegen. Karl war als Erster an der Reihe. Für ihn wäre es wichtig, seine Auszubildenden näher kennenzulernen, berichtete er, deshalb hätte er mit ihnen zusammen einen Betriebsausflug gemacht. Gelächter und Sprüche wie „Freizeit statt Arbeit und Ausbildung, typisch für einen Linken aus Berlin Kreuzberg" musste er sich von einigen seiner Kollegen anhören. Die meisten aber fanden seine Idee gut, auch der Beauftragte war nicht abgeneigt. Er meinte, so etwas wäre angebracht, wenn es nicht darum ginge, ausschließlich feiern und reisen zu wollen, sondern darum, mit den dadurch gewonnenen Erfahrungen und Erkenntnissen zukünftig eine gute Entwicklungsarbeit leisten zu können. Als zukünftiges Projekt stellte Karl seine Idee mit den Brotbacksteinöfen vor.

Sofort nach dem Ende des Meetings fuhr Karl zum Ausspannplatz, zu Maries Haus. Er traf wieder niemanden an und fuhr frustriert in sein Hotel. Am Abend ging er zu Fuß in die Diskothek „Front Page", wo er einige DED-Kollegen mit ihren farbigen Freundinnen traf. Er begrüßte sie, sprach einige unwesentliche Worte mit ihnen und setzte sich danach alleine an die Bar. Er trank ein Bier, lief wieder zurück zum Hansa Hotel und ging ins Bett.

Ausgeruht stand Karl sehr früh auf, frühstückte langsam und verließ erneut zu Fuß das Hotel. Er war angespannt und unzufrieden. In Gedanken über seine Beziehung zu Marie und den Kindern vertieft, lief er die fünf Kilometer zum DED-Büro. Er war der erste, der dort eintraf, und stand vor verschlossenen Türen. Fünf vor neun – um neun sollte die Sitzung beginnen – kam der DED-Beauftragte. Die Kollegen vom Mitwirkungsausschuss ließen noch auf sich warten, erst Viertel nach neun waren alle da. Erst dann konnte mit der Sitzung begonnen werden. Die Abwesenheit von Alois war der wichtigste Tagesordnungspunkt. Der Beauftragte machte deutlich, dass so etwas nicht geduldet werden dürfte. Seine sofortige und fristlose Kündigung sollte jetzt hier von den Mitgliedern des Mitwirkungsausschusses beschlossen werden. Der evangelische Bischof vom Ovamboland, wo Alois arbeitete, hätte zwar die bisherige Arbeit gut bewertet, dennoch wäre so etwas nicht hinnehmbar. Ein solches Verhalten schädige den DED und die deutsche Entwicklungshilfe.

„Der ist bestimmt auf der Farm von seinem Freund Berni und jagt", meinte einer.

Alle schauten Karl dabei an, so als wollten sie sagen: „Du müsstest das doch wissen, du hast ja lange mit Alois zusammengearbeitet." Der aber war mit seinen Gedanken woanders. Erst, als über die Kündigung abgestimmt werden sollte, wachte er wieder auf.

„Um was geht es?", fragte er etwas unbeholfen.

Erbost über seine Unaufmerksamkeit erklärte man ihm den Sachverhalt von Neuem. Karl hatte kein Verständnis für eine sofortige Kündigung, er war strikt dagegen. Zunächst mal müsste man abwarten, was Alois dazu bewogen hätte, seiner Arbeit und seinem Projektplatz fernzubleiben, dann erst könnte man Schlüsse ziehen. Die Kollegen schlossen sich seiner abwartenden Position an. Der Beauftragte aber war sauer, er bestand auf die fristlose Kündigung. Vehement wehrte sich Karl dagegen, voreilig zu handeln. Auch wenn Alois seinen Arbeitsplatz fahrlässig verlassen hätte, so gäbe es doch sicher einen Grund dafür. Er hätte das Recht, sich dazu zu äußern, erst dann sollte man eine Entscheidung treffen. Karl nahm an, dass der Mitwirkungsausschuss für den DED nur eine Alibifunktion hätte, die Entscheidungen würden woanders getroffen. Der Beauftragte und vor allem die Geschäftsleitung hätten das letzte Wort. Wochen später erfuhr er, dass Alois wegen angeblicher psychischer Probleme, hervorgerufen durch „Beziehungsschwierigkeiten", zurück nach Deutschland musste. Einzelheiten darüber erfuhr er nicht. Weder nach dem Mitwirkungsausschuss noch nach Anhörungen wurde gefragt.

Unerwartete Katastrophen

Auch an diesem Tag führte Karls erster Weg nach dem Meeting zu Maries Haus, wieder war niemand dort anzutreffen. Erneut fuhr er zum Pionierspark, doch zuvor kaufte er sich in einem Bottle Store einen Karton billigen Weins. Schon von Weitem sah er Maries Ford vor Fionas Haus stehen, er atmete tief durch. Endlich, sie ist da! Freudig und sehnsüchtig nach seiner Freundin betrat er den Vorgarten, die Eingangstür stand offen. Im Flur machte er mit dem Weinkarton in der Hand auf sich aufmerksam:
„Hallo, ist jemand da?"
Die Tür zur Küche, in der Marie, Annemarie und Fiona Kaffee trinkend um den Tisch saßen, war weit geöffnet. Karl trat ein und die drei Frauen sahen ihn erschrocken an.
„Karl, warum hast du mir nicht geschrieben, dass du nach Windhoek kommst? Dein Verhalten finde ich unmöglich, ich muss doch frühzeitig von deinem Besuch erfahren."
Bevor Karl ihr antwortete, trat er zu ihr und erwartete eine Umarmung. Marie aber blieb auf ihrem Stuhl sitzen und schaute ihn kurz und verärgert an, dann drehte sie schnell ihren Kopf von ihm ab, so als hätte sie etwas zu verbergen. Ihm fiel auf, dass sie „Karl" zu ihm sagte und nicht wie üblich „Schatzi". Verspätet beantwortete er ihre Frage:
„Ich wollte euch überraschen!"
Karl stellte den Weinkarton auf den Tisch und bat Fiona um Gläser, außer ihm wollte nur Annemarie Wein trinken. John und Anne kamen in die Küche und unterbrachen die betrübte Stimmung.
„Onkel, das ist aber schön, dass du da bist", sagte Anne und umarmte ihn.
Auch John drückte ihn herzlich und freute sich, ihn zu sehen. Karls Laune erhellte sich. Während sich die Kinder wieder in den Garten zum Schaukeln und Spielen zurückzogen, bemühte sich Marie sicht-

lich verlegen und angespannt, die Situation zu überspielen. Obwohl Karl noch nicht wusste, worum es hier ging, mutmaßte er, dass sich etwas verändern würde.

„Ich war mit Anne und John über das Wochenende in Otjiwarongo, wir haben Willem und Paula besucht."

Ihm blieb nicht verborgen, dass Annemarie ihrer Tochter gespannt und aufmerksam lauschte und sie dabei böse anschaute. Karl schätzte, dass Marie ihm nicht die Wahrheit erzählte, zumindest verschwieg sie ihm etwas. Er wusste, dass lügen nicht zu ihren Stärken zählte, damit tat sie sich schwer. Doch als sie ihn wieder mit „Schatzi" ansprach, verdrängte er für einen Moment sein ungutes Gefühl und fand wieder etwas Vertrauen zu ihr.

„Schatzi", sagte sie, unterbrach ihre Rede für einen Schluck Kaffee und bat ihn dann um Geld. „Ich habe am Wochenende viel ausgegeben. Ich war mit den Kindern in Otjiwarongo essen. Geschlafen haben wir zwar bei Karina, das hat nichts gekostet, aber das Benzin und das Essen für die Kinder."

Karl stand von seinem Stuhl auf, langte in seine rechte vordere Hosentasche und zog ein Bündel Geldscheine heraus. Er besaß kein Portemonnaie, denn er meinte, Geld wäre sicherer in seiner Hosentasche aufgehoben. Kein Dieb würde so unbemerkt darankommen. Er reichte Marie 100 Rand über den Tisch.

„Das reicht nicht, Schatzi, ich brauche mindestens noch 100 mehr."

Karl reichte ihr wunschgemäß, ohne zu zögern, ohne zu lamentieren, nochmals 100 Rand rüber. Dankend nahm Marie das Geld an. Als sie merkte, dass ihre Mutter sie verächtlich ansah, fügte sie hinzu: „Kostgeld für die Kinder."

Verschwitzt vom Spielen kam John in die Küche gehastet, ging zu seiner Mutter, legte seinen Kopf in ihren Schoß und fragte sie warmherzig, aber ungeduldig:

„Wann fahren wir? Papa kommt doch."

„Gleich", antwortete Marie, „ich trinke nur noch meinen Kaffee aus."

Karl war überrascht, schaute seine Freundin an und fragte sie: „Kommt der wirklich?"

„Ja, Antonie wohnt wieder in Windhoek. Er hat John und Anne schon mal besucht, heute will er sie wiedersehen. Die beiden freuen sich, wir müssen uns deshalb auch so langsam auf den Weg machen", gab sie ihm zu verstehen.

Karl war etwas verwirrt, er wusste nun nicht, ob er mit zu Marie in ihr Haus am Ausspannplatz dürfte oder erst nach dem Besuch von Antonie nachkommen sollte. Vorsichtig und sehr reserviert, fast demütig, fragte er Marie danach.

„Nein", sagte sie gradlinig und hartherzig, „du hast mir nicht mitgeteilt, dass du kommst. Wir, die Kinder und ich, haben andere Verabredungen. Wir hätten uns deinem Besuch angepasst, hätten wir gewusst, dass du kommst. Antonie will dich bestimmt nicht sehen, es würde nur großen Ärger geben."

Karl saß an dem Küchentisch, war sprachlos und trank hastig von dem billigen Wein, den er mitgebracht hatte. Marie war sichtlich beruhigt, dass sie ihm problemlos und ohne großen Widerspruch diese Mitteilung machen konnte. Sie ging in den Garten, rief ihre beiden Kinder und verabschiedete sich kurz von ihrer Mutter und ihrer Schwester. Karl umarmte sie nur zögerlich und ohne große Empfindungen. John, der aufgeregt und voller Freude darüber war, seinen Vater wiederzusehen, war gedanklich abgelenkt und nicht besonders an einer intensiven Verabschiedung interessiert. Nur Annes Verhalten entsprach Karls Erwartungen an einen Abschied. Am Küchentisch blieben nur Annemarie und er Wein trinkend alleine zurück. Fiona ging in den Garten und spielte mit ihren Kindern, denn sie hatte keine Lust, sich mit Alkoholisierten zu unterhalten. Annemarie, die Karls mitgebrachter billiger Wein zum Trinken verleitet hatte, sprach nun von Ehrlichkeit, Treue und von der großen Enttäuschung, die ihr ihre Tochter erweise.

„Ich habe ihr immer gesagt, dass du der Richtige für sie bist, glaube mir das bitte."

Annemaries Aussprache wurde unverständlicher und Karl begann sich zu erinnern, dass sie damals so gesprochen hatte, als sie im Zentralhotel betrunken gewesen war. Er schenkte noch mal Wein nach. Annemarie schwafelte undeutlich und schwer verständlich weiter:

„Du solltest jetzt zu ihr fahren, damit du siehst, dass sie dich betrügt."

„Aber mit Antonie wird sie mich wohl nicht betrügen", meinte Karl entspannt.

„Ach, Antonie! Mit dem nicht, aber mit Luis, der uns damals im Zentralhotel bedient hat. Der ist ihr Liebhaber, sie hat dich zu ihrem Geldgeber degradiert. Dieser Kerl, der Luis, ist verheiratet und hat Kinder, die kosten auch Geld."

Vorsichtshalber fragte Karl bei Annemarie noch mal nach:

„Du meinst also, der Kellner aus dem Zentralhotel ist ihr Freund?"

„Ja", murmelte sie betrunken, „den kennt sie schon lange. Sie war schon vor Jahren verliebt in ihn, das hat sie mir vor einigen Wochen erzählt. Karl, es tut mir so leid für dich, ich möchte, dass du das alles weißt."

Karl war von dem, was er da hörte, erschrocken, aber so ganz glaubhaft fand er die Geschichte nicht.

„Fahr doch hin, dann siehst du es mit deinen eigenen Augen!"

Er entschloss sich Annemaries Aufforderung nachzukommen und zu Maries Haus zu fahren, um nachzusehen. Und das, obwohl er wusste, dass er viel zu viel Wein getrunken hatte, fahrtüchtig war er nicht mehr.

Am Ausspannplatz angekommen, sah er einen Mann vor dem Eingang des Hauses stehen.

Er fragte ihn: „Wer bist du?"

Dieser fragte daraufhin zurück: „Wer bist du denn?"
Karl antwortete: „Ich bin der Freund von Marie, der Mieterin des Hauses."
Der Mann lachte. „Ach", sagte er, „du bist Karl! Ich bin Antonie, der Vater von John und Anne. Der wirkliche Freund von Marie ist im Haus!"
Selbstbewusst und mit dem Willen, um seine Freundin zu kämpfen, trat Karl in das Haus. Im Flur traf er auf Marie, die sich ihm in den Weg stellte.
„Was willst du hier?", fragte sie ihn zornig.
„Ich will mit dir reden", meinte Karl.
„Es gibt nichts zu reden, ich habe dir gesagt, du sollst nicht kommen."
Er war empört über Maries gefühlskalte und dahergesagte Worte, er schubste sie leicht an den Schultern. Luis, der das vom Wohnzimmer aus mit ansah, stürmte wie wild geworden auf ihn zu und schlug ihm mit der Faust kräftig ins Gesicht. Karl stürzte zu Boden, Luis trat den am Boden Liegenden jetzt kräftig mit seinen Füßen in die Rippen. Marie schrie hysterisch „Aufhören!" Mühevoll versuchte Karl aufzustehen, Luis half ihm dabei zum Schein und zerrte ihn kraftvoll und wutentbrannt am T-Shirt nach oben, das mit einem lauten „Ratsch, zeeerrr" einriss. Während Karl sich mit viel Mühe endlich aus Luis' Griff befreien konnte, stand Marie in einer Ecke des Flures und hielt sich die Hände vor die Augen. Nur kurz sah Karl sie an, während er schnell und wie von Sinnen aus dem Haus rannte. Vor dem Eingang des Hauses stand immer noch Antonie. Als der Karl mit rotem Gesicht, zerrissenem T-Shirt und angeschlagen hinausrennen sah, begann auch er mit seinen Fäusten auf ihn einzuschlagen. Karl rettete sich in seinen Golf und fuhr davon. Mit Tränen in den Augen, verwirrt und gedankenlos steuerte er sein Fahrzeug in die Rehobotherstraße. An der Straßenkreuzung Marconi Republikstraße schaltete die Ampel von Grün auf Gelb, als Karl noch 50 Meter bis dahin hatte. Er gab zu spät

Gas und schaffte es nicht, die Ampel war bereits rot geworden. Ein sehr schnell fahrender Wagen überholte ihn. Mit einer Hand wischte er sich seine Tränen aus den Augen und sah POL auf dem Nummernschild des anderen Fahrzeugs stehen. Kurz darauf wurde mit einer Polizeikelle aus dem Fenster gewunken, er musste anhalten. Schnell sprang ein Zivilpolizist aus dem nur schwer erkennbaren und unscheinbaren Polizeifahrzeug, das sich nur durch das Nummernschild mit der Kennzeichnung POL verriet. Der Polizist lief rasch zu Karls Auto und hielt dabei seine rechte Hand an die Hüfte mit dem Pistolenhalfter, so als wollte er, falls nötig, seine Waffe ziehen. Karl drehte das halb geöffnete Seitenfenster auf der Fahrerseite ganz nach unten.
„Aussteigen", forderte der Zivilpolizist ihn in aggressivem Ton auf. Bedächtig und langsam verließ Karl seinen Golf. „Umdrehen, Hände aufs Fahrzeugdach", herrschte ihn der Polizist an. Er wurde auf der Suche nach Waffen abgetastet. Danach musste sich Karl wieder herumdrehen und sah dem Polizisten nun ins Gesicht. Der reichte ihm ein Röhrchen für einen Alkoholtest, in das er hineinblasen musste. Einige Sekunden später sagte der Polizist nach einem Blick auf das Röhrchen:
„Aha, Sie müssen zur Blutprobe mit ins Staatshospital, ich fahre Sie mit Ihrem Auto dahin." Er winkte seinem Kollegen, der noch in dem zivil aussehenden Polizeifahrzeug saß, und rief ihm laut zu: „Mit dem muss ich ins Krankenhaus."
Zuvorkommend wurde Karl im Staatshospital betreut, es gab keine Wartezeit für ihn. Sofort wurden er und der Polizist von einer Krankenschwester von der Pforte bei der Notaufnahme abgeholt und in ein kleines Zimmer mit der Aufschrift „Labor" an der Eingangstür geführt. Ihm wurde Blut abgenommen, mit dem die Schwester zwei kleine Röhrchen füllte. Diese beschriftete sie mithilfe von Karls Pass, den der Polizist ihm zuvor abgenommen hatte. Gerade mal 15 Minuten hatte es gedauert und nun fuhr der Polizist mit dem Golf, Karl war gezwungenermaßen Beifahrer, den Wagen zur Windhoeker Polizei-

hauptwache. Dort musste er alles, was er in seinen Taschen hatte, auf den Tresen legen. Es war nicht viel, sieben Rand in Münzen und der Pass, den er zuvor von dem Polizisten zurückbekommen hatte. Alles andere befand sich noch in seinem Auto: sein Führerschein, nach dem niemand fragte, und auch sein Papiergeld, das er immer ins Handschuhfach legte, weil er es in seiner Hosentasche beim Autofahren als unbequem empfand. Der Polizist hinter dem Tresen forderte Karl nun auf, seinen Gürtel abzulegen, seine Schnürsenkel aus den Schuhen zu ziehen und alles auf den Tresen zu legen. Erschrocken fragte er:

„Warum das?"

„Vorsichtsmaßnahme", antwortete der Polizist.

Jetzt verstand Karl. „Sie können mich doch nicht wegen einer bei Rot überfahrenen Ampel einsperren!"

„Vergessen Sie nicht, Sie haben zu viel Alkohol getrunken! Wir können, ja, wir müssen Sie sogar laut Gesetz hierbehalten. Morgen kommen Sie vor den Schnellrichter, der entscheidet über das weitere Vorgehen. Wahrscheinlich werden Sie gegen eine Kaution freigelassen."

Karl wurde in eine Einzelzelle gebracht, die dunkel war, obwohl draußen noch die Sonne schien. Es dauerte eine Weile, bis sich seine Augen an die Dunkelheit gewöhnt hatten und er sich umschauen und Eindrücke von seinem Umfeld gewinnen konnte. Er sah zu dem Licht, das durch ein kleines vergittertes Fenster hoch oben, kurz unter der Zellendecke, drang. Es stank fürchterlich nach Kloake. Direkt neben dem Bett, auf dem eine dreckige und stinkende Wolldecke lag, befand sich ein Loch im Boden, die Toilette. Karl setzte sich auf die Bettkante und erinnerte sich an eine seiner Jugendspinnereien. Es war damals gewesen, als er gerade mal 14 geworden war und es satt gehabt hatte, sich von seinem Vater und seinen Lehrern bevormunden zu lassen. Mit dem wenigen Geld, das er sich zusammengespart hatte, war er von zu Hause abgehauen. Frei sein wollte er und Abenteuer erleben, den Druck von Schule und Eltern hinter sich lassen. In Straßburg wurde er beim Überqueren der Europabrücke nach Frankreich von deutschen Polizisten aufgehalten, die ihn an der Umsetzung seines abenteuerlichen, eigentlich irrwitzigen Vorhabens hinderten und in eine Unterkunft in Kehl am Rhein brachten, die speziell für von zu Hause abgehauene Jugendliche eingerichtet worden war. Dort hatte er eingesperrt eine Nacht verbringen müssen. Es war keine Gefängniszelle gewesen, Zimmer und Bett waren damals sauber, anders als hier. Am nächsten Tag war er von seinen Eltern abgeholt worden, die zwar streng waren, ihn aber nicht bestraften. In seinen Erinnerungen fand er sogar entgegenkommendes Verständnis. Kaum hatte er diesen Gedanken zuende gedacht, wurde er von der Gegenwart wieder eingeholt. Jetzt quälten ihn andere Sorgen, Sorgen um Marie und die Frage danach, was er falsch gemacht hatte. Er grübelte angestrengt.

Schlüsselgeräusche lenkten ihn wenig später ab, seine Zellentür wurde aufgeschlossen. Ein Polizist stand vor der Tür und sagte streng, aber nicht herabwürdigend: „Mitkommen!" Karl wurde in ein Verhörzimmer geführt, in dem zwei schwarze Polizisten in Zivil schon auf ihn warteten. Freundlich bekam er einen Stuhl zum Sitzen angeboten. Man teilte ihm mit, dass er 1,3 Promille Alkohol im Blut hatte, das hätten die Laboruntersuchungen ergeben. Das wäre zu viel, er müsste sich deshalb und auch wegen des Überfahrens einer roten Ampel vor Gericht verantworten. Nun wollten die Polizisten wissen, warum er sich und andere Verkehrsteilnehmer mit so viel Alkoholkonsum in Gefahr gebracht hätte. Karl versuchte erst gar nicht, sich herauszureden:

„Ich habe getrunken, weil ich private Probleme habe. Ich entschuldige mich für das Fahren unter Alkoholeinfluss und für das Überfahren der roten Ampel. Natürlich trage ich dafür die Verantwortung und auch die Konsequenzen."

Einer der Polizisten schrieb unbeholfen, langsam mit zwei Fingern auf einer alten Schreibmaschine tippend mit.

„Nun brauchen wir noch Fingerabdrücke von Ihnen", sagte der andere.

Darüber war Karl bestürzt: „Wieso brauchen Sie Fingerabdrücke von mir? Ich habe doch niemanden bestohlen oder niedergeschlagen."

„Das ist üblich, von jedem, der hier landet, nehmen wir Fingerabdrücke."

Nachdem Karl von jedem seiner Finger einen Abdruck hatte machen lassen, fragte er die Polizisten, was mit ihnen gemacht würde.

„Die kommen nach Südafrika und werden dort archiviert", meinte der eine Polizist.

Karl war fassungslos: „Was? Die gehen nach Südafrika in den Apartheidstaat?"

„Ja", antwortete der andere Polizist, „wir sind noch nicht so weit, um alles alleine machen zu können."

Karl schüttelte den Kopf: „Namibia ist unabhängig, hat das rassistische Regime endlich beseitigt und dennoch bekommen die Südafrikaner Informationen, die ihr System für die Menschenverachtung nutzen kann."

Die beiden schwarzen Polizisten schauten etwas verschämt, entschuldigend wandte sich einer an Karl:

„Das wird sich bald ändern."

„So lange kann ich aber nicht warten. Ich möchte, dass meine Fingerabdrücke in Namibia archiviert werden, das kann doch kein Problem sein", erwiderte Karl.

„Wir bemühen uns."

Nach dem Verhör wurde er wieder in seine Zelle geführt.

Am nächsten Morgen wurde Karl, der übernächtigt aussah, da er so gut wie nicht geschlafen hatte, in seinem zerrissenen T-Shirt ohne Frühstück mit einem Polizeiauto zum Gerichtsgebäude gebracht. In einem Teil des Gebäudes, in dem Menschen saßen, die die Polizei am Vortag eingefangen hatte und auf ihre Anklage warteten, war nun auch Karl untergekommen und wartete auf den Schnellrichter. Alles Schwarze, stellte er fest, er war der einzige Weiße. Einer nach dem anderen wurde in den Gerichtssaal gerufen. Viele standen in dem Flur, von wo eine Tür zum Gerichtssaal führte, die von einem Mann bewacht wurde. Sie hofften auf eine milde Bestrafung. Nach einer Stunde hatte der Schnellrichter, der seinem Namen Ehre machte, bereits 15 Angeklagten ihr vorläufiges Urteil verkündet. Karl hatte in Erfahrung bringen können, dass nur zwei von ihnen auf Kaution freikommen konnten. Da wurde sein Namen aufgerufen, mit zerrissenem T-Shirt und übernächtigt, aber trotzdem hellwach, trat er in den von neugierigen Zuschauern voll besetzten Gerichtssaal. Der Saal war größer als erwartet, links von ihm, weit weg, saß der Richter. Ein älterer weißer Mann mit ergrautem Haar, der die Anklage gegen ihn vorbrachte. Karl erinnerte sich an seine Bundeswehrzeit, dort hatte er ein Lied auswendig lernen müssen, das Burenlied. „Ein alter Bure mit schneeweißem Haar", so fing es an. Der Text des Liedes richtete sich gegen die englische Kolonialmacht im Burenkrieg. Der Richter sprach in Afrikaans und Karl wartete, bis er seine Rede beendet hatte. Dann sagte er auf Englisch:

„Entschuldigen Sie bitte, ich verstehe kein Afrikaans. Sprechen Sie bitte Englisch oder Deutsch mit mir."

Eine junge schwarze Frau in einem Talar, die zwischen Richterpult und Zuschauerbänken stand, vielleicht eine Alibi-Anwältin, lachte leise, nur leise. Dabei drehte sie ihren Kopf beiseite, sodass der Richter ihr Lachen nicht sehen konnte. Sie wollte nicht auffallen, hatte wohl Respekt oder immer noch Angst vor der alten, noch nicht ganz überwundenen Vergangenheit. Der Richter sprach nun Englisch mit Karl und machte es kurz:

„200 Rand Kaution, dann können Sie gehen, alles Weitere wird die Hauptverhandlung ergeben."

Karl, der nahe an der Ausgangstür des Gerichtssaals hatte stehen müssen, wurde nun von dem Gerichtsdiener, der ihm die Tür aufmachte, wieder hinauszitiert. Ein anderer Angeklagter wurde aufgerufen und musste in den Gerichtsaal eintreten. Kaum hatte Karl den Saal verlassen, wurde er von seinen Mitgefangenen bedrängt und nach seinem Strafmaß befragt, so wie es zuvor auch die anderen Verurteilten hatten über sich ergehen lassen müssen. Er war sich nun sicher, dass der Spuk beendet wäre. Er suchte den Wächter in seinem Büro auf, das auf der gegenüberliegenden Seite des Gerichtssaals lag. Karl klopfte an die Tür. Keine Antwort. Er klopfte ein zweites Mal und erhielt wieder keine Antwort. Nach kurzem zögerlichen Warten trat er trotzdem ein. Hinter einem großen Schreibtisch saß der Aufseher, ein Polizist, wie Karl an der Uniform erkennen konnte. Missmutig sah der den Störenfried an und sagte:

„Habe ich ‚Herein' gesagt?"

„Nein", gestand Karl ein.

„Und warum kommen Sie dann einfach herein?"

„Ich wollte nachsehen, ob Sie da sind. Wäre das nicht der Fall gewesen, hätte ich draußen auf Sie gewartet."

„Komische Logik", sagte der Polizist grimmig. Ebenso grimmig fügte er die Frage hinzu, was er denn wollte. Deutlich, nicht unterwürfig, eher sachlich und fast fordernd, brachte Karl sein Anliegen vor:

„Der Richter teilte mir mit, dass ich eine Kaution von 200 Rand hinterlegen müsste, dann könnte ich das Gerichtsgebäude verlassen. Das Geld habe ich aber nicht hier, es ist in meinem Auto, das steht auf dem Polizeiparkplatz nicht weit von hier. Ich muss dahin und es holen."

Der Wächter hörte zu und fing an zu lachen.

„Du glaubst doch nicht im Ernst, dass ich dich hier rauslasse? Erst wenn die Kaution bezahlt ist, kannst du gehen."

„Na gut, dann begleiten Sie mich zu meinem Auto, von mir aus auch in Handschellen", forderte Karl den Polizisten auf.

Der Wächter machte Karl deutlich, dass er das nicht könnte. Er meinte, dass er der einzige Polizist hier wäre und aus diesem Grund nicht einfach, auch wenn es nur für eine kurze Zeit wäre, weggehen könnte.

„Ja, aber wie komme ich jetzt hier heraus?", fragte Karl etwas hilflos.

„Die Kaution muss hierher gebracht werden. Einer aus Ihrer Familie, ein Freund, ein Bekannter oder sonst irgendwer könnte das erledigen. Es muss aber schnell gehen, sonst müssen Sie erst mal wieder ins Gefängnis. Dann müsste das Geld auch dorthin gebracht werden, denn wir hier haben bald Feierabend, der Richter ist bald durch. Der Transporter kommt bald, ich erwarte ihn schon."

Das Ganze entpuppte sich als ein Teufelskreis für Karl. Was sollte er nun machen? Auf keinen Fall wollte er, dass der DED von seiner Fahrt unter Alkoholeinfluss erfuhr, denn das würde einer Vertragsverlängerung im Wege stehen. Allerdings hatte er die Telefonnummer vom DED-Büro im Kopf. Seine zweite Möglichkeit war Marie, auch ihre Nummer konnte er auswendig. Er entschloss sich, sie anzurufen. Selbst wenn die Beziehung zu seiner großen Liebe beendet war, das Land wollte er nicht so einfach verlassen. Er wollte hier, wenn es sein musste auch ohne Marie, weiterleben. Karl wähnte sich in Namibia zu Hause. Er hoffte auf ihre Hilfe, besonders, als er sich daran erinnerte, dass er ihr erst vor Kurzem 200 Rand für ihren Lebensunterhalt gegeben hatte. Er bat den Polizisten um einen Anruf. Der reichte ihm das Telefon über den Schreibtisch, der vollkommen überdimensioniert dafür wirkte, dass nur ein Schreibblock und ein Telefon auf ihm standen. Karl musste von seinem Sitzplatz aufstehen und sich strecken, um das Telefon in Empfang zu nehmen. Er wählte Maries Nummer und hatte Erfolg, sie meldete sich am anderen Ende. Sachlich informierte er sie über seine Situation, er schilderte die alkoholisierte Fahrt, die Festnahme, den Aufenthalt im Gefängnis, die Gerichtsverhandlung und dass er jetzt bewacht von einem Polizisten in einem Büro im Gerichtsgebäude säße. Er bat sie flehend, 200 Rand zum Gericht zu bringen. Nur für eine kurze Zeit müsste sie ihm das Geld leihen, denn sofort nach der Bezahlung der Kaution wollte er ihr das Geld wieder zurückerstatten. In seinem Auto, das auf dem Polizeiparkplatz stünde, hätte er genug Geld. Marie hörte sich das alles geduldig an, doch sie konnte ihm nicht helfen. Sie teilte ihm mit, dass sie keinen Cent mehr von dem Geld hätte. Mit den 200 Rand hätte sie Schulden beglichen, sie wäre pleite, wie immer, das kannte er doch von ihr.

„Lass mich aber mal mit dem Polizisten sprechen, ich werde ihm sagen, dass du ein guter Mann und nur wegen mir in diese Situation geraten bist. Vielleicht hat er dann Mitleid mit dir!"

Karl war enttäuscht. Er reichte dem Polizisten das Telefon über den Tisch und bat ihn mit Marie zu sprechen, sie würde das wünschen. Der Wächter war neugierig geworden, nahm den Hörer und lachte nach kurzer Zeit leise, dann lauter. Er verabschiedete sich, legte auf und schaute sein Gegenüber milde lächelnd an. Langsam schüttelte er den Kopf. Was sie ihm gesagt hatte, blieb sein Geheimnis. Nun musste Karl etwas machen, was er unbedingt hatte vermeiden wollen. Er ließ sich nochmals das Telefon über den breiten Schreibtisch reichen und wählte die Nummer vom DED-Büro. Es dauerte lange, bis sich endlich jemand meldete, die Sekretärin. Nun blieb ihm nichts anderes übrig, als ihr die Peinlichkeiten zu schildern. Gerade als er dabei war, ihr mitzuteilen, dass er im Gerichtsgebäude wäre und jemand die Kaution vorbeibringen sollte, mischte sich der Wächter ins Gespräch ein:

„Nein, nicht hierher. Sie muss ins Gefängnis gebracht werden, hier ist gleich Schluss. Sie werden dorthin fahren, da können Sie dann gegen die Kaution ausgelöst werden."

Nach dieser Nachricht mahnte Karl die Sekretärin zur Eile: „Bitte beeilen Sie sich, wenn Sie gleich losfahren, können Sie mir den Gefängnisaufenthalt ersparen."

„Es tut mir leid, aber ich kann von hier nicht weg, ich bin alleine im Büro. Aber ich werde dafür sorgen, dass Ihnen schnellstmöglich geholfen wird."

Der Polizist verwies Karl aus seinem Büro und machte ihm freundlich aber bestimmend klar, dass auch er auf dem Flur auf seinen Abtransport ins Gefängnis zu warten hätte, ganz so wie die anderen Gefangenen. Eine halbe Stunde später war immer noch kein Beauftragter, keine Sekretärin mit der Kaution aufgetaucht. Der Schnellrichter hatte sein letztes Urteil gesprochen. Alle Gefangenen, die für eine Kautionszahlung nicht infrage kamen, über kein Geld verfügten, um eine zu begleichen oder die, so wie Karl, kein Geld dabeihatten und nicht über einen schnellen Überbringer verfügten, wurden von einem großen Lkw abgeholt und in die Windhoeker Haftanstalt gebracht.

An einer Art Rezeption, Aufnahme genannt, musste jeder Gefangene seinen Namen und Wohnort angeben. Abzugeben hatte keiner was, denn alles, was sie besaßen, außer ihrer Kleidung, die sie anhatten, war ihnen schon am Vortag bei ihrer Einlieferung auf dem Polizeirevier abgenommen worden, einschließlich Gürtel und Schnürsenkel. Die neuen Gefangenen, insgesamt 20 Männer, wurden von zwei Wärtern in den Zellentrakt geführt. Die Zellentüren waren durchgehend vergittert, sodass man hinein- aber auch hinausschauen konnte. Viele der bereits Einsitzenden standen an den Gittertüren, schauten sich die Neuankömmlinge an und riefen ihnen Schmährufe zu. Manche kannten den einen oder anderen Neuen. „Hey Naftali, lass dich in unsere Zelle schließen, die Leute hier sind in Ordnung." Oder aber: „Wenn du hier reinkommst, Jakob, breche ich dir alle Knochen!"

Den Wärtern war es egal, in welche Zelle die Neuankömmlinge hineinwollten, sie waren eh alle überfüllt.

„Das ist die letzte Zelle, hier müsst ihr rein", sagte einer von ihnen zu den drei Übriggebliebenen, von denen einer Karl war. In der Zelle befanden sich vier doppelstöckige Betten. Die Zelle war nach Karls Logik für acht Gefangene ausgelegt, doch es befanden sich mit den drei Neuen insgesamt 16 Männer darin.

„Hey Weißer, du kannst meine Decke haben, ich bin ein Buschmann, ich brauch die nicht."

Karl sah hinüber zu dem Buschmann, der in einer Ecke saß und seine Decke hochhielt. Er lehnte ab:

„Die brauch ich nicht, ich bin nicht lange hier."

Vielstimmiges Gelächter.

„Mann, wer hier drin sitzt, kommt so schnell nicht wieder heraus", belehrte ihn ein Mitgefangener.

Karl wurde es jetzt bange, er zweifelte, ob ihn der Beauftragte so schnell würde herausholen können.

„Mann Weißer, du nervst, setz dich endlich hin", forderte ihn einer auf.

Als Einziger stand er in der Zelle, am liebsten wäre er hin- und hergelaufen, das tat er ja am liebsten, wenn er nachdachte. Karl war sich sicher, dass das Herumlaufen sein Denkvermögen förderte, aber dafür war es zu eng. Die Besitzer der Betten saßen darauf, einige lagen auch. Sie waren darauf bedacht, ihr Privileg vor feindlicher Übernahme zu schützen. Die anderen saßen auf dem Boden: je drei in einer Ecke, außer in der, wo sich die Zellentür befand, da saß keiner, und die anderen machten es sich in der Mitte „bequem". Zum Herumspazieren war kein Platz. Karl quetschte sich zwischen seine Mitgefangenen am Boden. Alle außer den drei Neuen besaßen eine Decke. Einer seiner Sitznachbarn sagte zu ihm, er sollte nach einer Decke fragen, sobald mal wieder ein Wärter hereinkäme. Der in einer Ecke sitzende Buschmann, ein San, meldete sich wieder:

„Braucht er nicht, ich benutze meine Decke sowieso nicht."

„Halt deine Schnauze, Buschmann", rief einer aggressiv von seinem Hochbett. „Wenn ein Wärter reinkommt, sollen der Weiße und die anderen beiden Neuen nach Decken fragen. Wenn du keine brauchst, dann gib sie mir, ich kann noch eine zweite brauchen."

Von einem intellektuell aussehenden Mitgefangenen wurde Karl in gutem Englisch gefragt, was er denn verbrochen hätte, dass er hier einsitzen müsste. Er erwiderte nur kurz angebunden: „Betrunken bei Rot über die Ampel gefahren."

Schlüsselgeklapper, alle schauten gespannt zur Zellentür. Ein Wärter schloss auf, blieb stehen, ohne in die Zelle einzutreten, deutete mit seinem rechten Zeigefinger auf Karl und sagte: „Mitkommen!" Der spürte eine große Erleichterung, erhob sich schnell von seinem Platz und schaute rundherum. Für den Buschmann hatte er sogar ein Lächeln übrig. Er hob zum Abschied seine Hand und trat zum Wärter, der hinter ihm die Zellentür wieder schloss. Pfiffe und der Ruf „Ein Weißer, natürlich, der kommt schnell hier heraus!" begleiteten die beiden. An der Aufnahme bekam Karl seinen Pass, seine sieben Rand, seinen Gürtel und seine Schnürsenkel zurück, die ihm von der Polizei abgenommen worden waren. Ein anderer Wärter führte ihn über einen langen Flur in ein großes Zimmer, das aussah wie ein Wartesaal. Und tatsächlich wartete dort jemand auf Karl. Der Beauftragte.

„Wie sehen Sie denn aus?", sagte er zur Begrüßung.

Karl sah aber auch fürchterlich aus mit seinem zerrissenen T-Shirt und seinen übernächtigten Augen.

„Haben Sie Ihren Führerschein noch?", fragte er als nächstes.

„Ja, den wollten die nicht mal sehen."

„Gut, hätte man Ihnen den abgenommen, hätte ich Sie nicht mehr halten können, ich hätte sie sofort nach Deutschland zurückschicken müssen."

Der Beauftragte war sichtlich genervt, dass er einen seiner „Schützlinge" aus dem Gefängnis holen musste. Doch Karl war noch mehr genervt, er hätte es unter allen Umständen vermeiden müssen, dass der Beauftragte von seinem Missgeschick erfuhr. Die Reaktion hätte er nicht anders erwartet. Er ahnte, dass er nicht nach seinem Befinden gefragt werden würde, nicht nach den Umständen, die ihn in diese Situation gebracht hätten, allein die Tatsachen zählten. Schließlich war er im Mitwirkungsausschuss des DED in Namibia, er wusste, wie mit Entwicklungshelfern umgegangen wurde, wenn sie aus der Reihe tanzten. Der Beauftragte fuhr Karl zum Parkplatz des Polizeireviers, wo der ihm die 200 Rand Kaution, die er ausgelegt hatte, zurückgab. Vor Karls Auto stehend, sagte er:

„Es wird ja zu einer Gerichtsverhandlung kommen, wenn Sie verurteilt werden, wird Ihr Antrag auf Verlängerung Ihres Arbeitsverhältnisses mit dem DED auf jeden Fall abgelehnt werden. Nehmen Sie sich einen Anwalt. Sie haben doch auch das Rundschreiben von der Zentrale in Berlin gelesen, in dem die Zahl der Entwicklungshelfer stand, die in den letzten Monaten betrunken verunglückt sind, zwei sind sogar ums Leben gekommen."

„Ja, habe ich", sagte Karl und fragte den Beauftragten etwas unterwürfig, ob er den Vorfall der Zentrale in Berlin mitteilen würde.

„Ja, natürlich! Gerade jetzt, wo sich solche Trunkenheitsfahrten mehren, muss ich das tun, das erwartet man von mir. Außerdem wäre es unverantwortlich, wenn ich das nicht tun würde. Was wäre, wenn ein Entwicklungshelfer hier in Namibia wegen Alkohols tödlich verunglücken würde, möglicherweise Sie."

Karl verabschiedete sich von dem Beauftragten, stieg in sein Auto und dachte während der Fahrt nach. Er hatte sogar Verständnis für seinen Vorgesetzten, allerdings kannte er auch seine eigene Geschichte. Nicht einmal war er betrunken Auto gefahren, nur dieses eine Mal. Karl fuhr mit zum Hansa Hotel, wo er ja immer noch ein Zimmer angemietet hatte. Dort angekommen, legte sich sogleich nach dem Duschen ins Bett.

Am nächsten Morgen, nachdem er 15 Stunden geschlafen hatte, nahm er ein gutes Frühstück zu sich, für das er sich viel Zeit ließ. Danach spürte er, wie seine physischen und vor allem seine psychischen Kräfte wieder zurückkamen, so leicht ließ er sich nicht unterkriegen. Er nahm sich vor, um die Vertragsverlängerung beim DED zu kämpfen. Und auch um seine Beziehung zu Marie würde er kämpfen, noch wäre nichts verloren. Als erstes suchte er nach einer Rechtsanwaltskanzlei. Er lief die Independence Avenue, die bis vor Kurzem noch Kaiserstraße geheißen hatte, entlang und schaute auf die an den Häusern angebrachten Firmen- und Namensschilder, in der Hoffnung eine Kanzlei zu finden. Schnell aber verwarf er ein solch gedankenloses, nur auf Zufall bedachtes Suchen wieder. Es kam ihm in den Sinn, dass er nicht irgendeinen Rechtsanwalt bräuchte, nein, einen Fachanwalt, einen, der sich mit Verkehrsrecht auskannte. Ein schwarzer Anwalt wäre vielleicht nicht schlecht. Schließlich hätte er ja als UNTAG-Mitarbeiter für die Unabhängigkeit dieses Landes gearbeitet. Er meinte, dass er auch ein Recht hätte, sich einen schwarzen Anwalt zu nehmen, es gäbe keinen Grund, dass sich ein solcher nicht seiner Verteidigung annehmen würde. Jetzt, nach der „Wende", hätten schwarze Anwälte bestimmt einen Bonus. Er erinnerte sich, dass er nicht weit von der Stelle, an der er sich gerade befand, vor einiger Zeit bei einem seiner letzten Besuche in Windhoek in einer Seitenstraße an einem Gewerkschaftsbüro vorbeigelaufen war. Es war ihm aufgefallen, weil sich ein weißer Mann vor dem Büro aufgehalten hatte, er konnte sich gut daran erinnern. Der Mann hatte den Eingang beobachtet und als ein Schwarzer dort eintrat, Fotos von ihm gemacht. Damals war es Zufall gewesen, dass Karl das gesehen hatte, er hatte noch überlegt, ob er hineingehen und seine Beobachtungen mitteilen sollte. Er hatte es unterlassen und ärgerte sich heute darüber.

Jetzt suchte Karl die Seitenstraße der Independence Avenue auf, fand das Büro und trat ein. Es befanden sich zwei Männer darin.

„Sie wünschen?", wurde er von einem gefragt.

Er erzählte ihnen in wenigen, kurz zusammengefassten Sätzen seine Geschichte. Einer der Männer musste lachen und fragte:

„Wie sollen wir Ihnen dabei helfen? Wir sind Gewerkschafter, unsere Aufgabe ist es, unsere Mitglieder, alles schwarze Menschen, mit Rat und wenn es sein muss auch mit Tat gegen ihre meist weißen Arbeitgeber zur Seite zu stehen."

„Ich suche einen Rechtsanwalt, der mich gut vor Gericht verteidigen kann. Es wäre schön, wenn Sie mir einen vermitteln könnten."

„Ich sagte Ihnen doch schon, wir kümmern uns um schwarze Arbeitnehmer, nicht um privilegierte weiße Verkehrssünder."

Der bisher schweigsame Gewerkschafter meldete sich zu Wort:

„Wenn ich Sie richtig verstehe, suchen Sie einen Rechtsanwalt, der nicht dadurch berühmt wurde, dass er die Interessen weißer Unterdrücker verteidigte, sondern einen, der für Redlichkeit steht, weil Sie sich jetzt nach der Unabhängigkeit von solch einem bessere Chancen für Ihre Verhandlung ausrechnen."

„Ja und nein, natürlich suche ich einen, der mich gut vor Gericht vertreten kann, aber ich will auf keinen Fall einen, der dafür bekannt ist, die Apartheidideologie repräsentiert zu haben. Deshalb bin ich ja zu Ihnen gekommen. Als ehemaliger Mitarbeiter der UNTAG habe ich mich für die Unabhängigkeit dieses Landes eingesetzt, früher habe ich keine Demonstration in Berlin ausgelassen, die sich gegen die Apartheid gerichtet hat. Ich bitte Sie, mir einfach einen Anwalt zu empfehlen, einen, der zu mir passt."

Karl beobachtete die beiden Gewerkschafter. „Nun", sagte einer von ihnen, „nicht alle weißen Anwälte waren Rassisten, einige haben sich sogar, um der Gerechtigkeit zu dienen, in Gefahr gebracht. Ich erinnere nur an Anton Lubowski, einer von uns, ein Weißer."

„Ich schreibe Ihnen die Adresse von einem Anwalt auf, der unser Vertrauen genießt", unterbrach der andere Mann, „er ist ein Weißer. Spezialist für Verkehrsfragen ist der meines Wissens allerdings nicht."

Karl nahm den Zettel mit der Adresse, bedankte sich und machte sich sofort auf den Weg zu der Anwaltskanzlei.

Das Vorzimmer der Anwaltskanzlei war sehr luxuriös eingerichtet, es glich mehr einem Wohnzimmer denn einem Wartezimmer. Eine Gehilfin, die hinter einem modernen halbrunden Schreibtisch saß, bat Karl, sich in einen der bequemen Sessel zu setzen und einen Moment zu warten. Er blieb aber lieber stehen, schaute sich um und entdeckte Bilder an den Wänden, die er sich, eines nach dem anderen, aus der Nähe ansah. Wenige Minuten später wurde eine von den drei Türen geöffnet, die von dem Vorzimmer aus abgingen. Ein junger Mann trat mit wenigen Schritten heraus, er begrüßte Karl mit Handschlag und bat ihn einzutreten. Karl schilderte dem jungen Rechtsanwalt sein Anliegen.

„Nun ja, da kommen Sie mit einem blauen Auge davon, Sie haben niemandem Schaden zugefügt."

„Das weiß ich nicht, ob ich mit einem blauen Auge davonkomme. Ich arbeite für einen Entwicklungshelferdienst, davor habe ich für die UNTAG gearbeitet. Auch damals war ich beim DED angestellt, weil der die Mechaniker für die Friedensmission stellte. Sollte ich vorbestraft werden, werden die meinen Vertrag nicht mehr verlängern."

„Wissen die davon?", fragte der Anwalt.

„Ja, leider."

„Wie sieht es mit dem Führerschein aus?"

„Wenn ich den abgeben muss, schickt mich der DED sofort nach Deutschland zurück."

„Den bekommen Sie nicht entzogen, die Polizei hätte Ihnen den sonst schon längst abgenommen, hier sind die Gesetze anders als in Deutschland. Ohne Personenschaden oder zumindest Sachschaden verursacht zu haben, bekommt in diesem Land niemand die Fahrerlaubnis entzogen. Zumindest jetzt noch nicht, das wird sich möglicherweise aber bald ändern. Sie werden wohl eine Geldstrafe bekommen, eine Vorstrafe im juristischen Sinne ist aber unwahrscheinlich und ins Gefängnis müssen Sie schon gar nicht."

Der Anwalt versprach Karl, dass er sich um seinen Fall kümmern würde, verlangte 200 Rand Vorschuss und versicherte ihm, dass er sich, sobald ein Gerichtstermin feststünde, bei ihm melden würde. Karl sollte sich einen Tag vor der Verhandlung bei ihm sehen lassen, damit sie Einzelheiten absprechen könnten. Er unterschrieb die Anwaltsvollmacht und gab dem Anwalt abschließend seine Adresse und die Telefonnummer von der katholischen Missionsstation Nyangana. Er erklärte, dass ein Brief dorthin unter Umständen eine Woche dauern könnte und ein Anruf möglicherweise viel Geduld erfordern würde.

Karl entschloss sich, seinen Urlaub vorzeitig abzubrechen, und fuhr einen Tag nach seinem Anwaltsbesuch zurück nach Nyangana.

Der verständnisvolle Pater

Der Pater war erstaunt, als er Karl unter dem großen Baum gemeinsam mit allen anderen Missionsarbeitern zur Arbeitsbesprechung antraf.

„Oh, du bist schon hier, hast du nicht noch Urlaub?"

„Den habe ich vorzeitig abgebrochen, der stand unter keinem guten Stern."

„Was ist passiert?", fragte der Pater mit Beunruhigung in der Stimme, er hatte eine gewisse Anspannung in Karls Worten bemerkt.

„Hast du heute Abend etwas Zeit für mich? Dann kann ich dir eine Horrorstory erzählen!"

„Ja, wir können uns nach dem Abendessen zusammensetzen und reden."

Bei der Arbeit vergaß Karl seine Probleme. Mit seinen Auszubildenden baute er mit einem alten Eimer und anderen Wegwerfutensilien, angepasst an die Lebensbedingungen der Region, eine einfache Apparatur mit der auch die Einheimischen duschen konnten. Karl nannte sie „Buschdusche". Bei der Herstellung waren seine Trainees gefordert, sie mussten feilen, schleifen, bohren, hartlöten und schweißen. Alles sollte passen, Karl achtete auf Genauigkeit. Seine Auszubildenden waren mit dem Ergebnis zufrieden. Ignatius meinte:

„Die könnten wir hier gut verkaufen, wir sollten mehrere von diesen Duschen herstellen."

Karl saß am Abend auf seiner Veranda, trank Tee und wartete auf den Pater. Der kam, wie immer, die wenigen Meter von seinem Haus zu den Entwicklungshelferunterkünften mit seinem Auto gefahren. Er hatte Angst vor Puffottern, die auf dem Missionsgelände zu Hauf unterwegs waren. In seinem Auto fühlte er sich sicherer. Schon von Weitem war er zu hören, nicht etwa wegen des Motors, sondern wegen der Fanfare, die in seinem Toyota eingebaut war. Die benutzte er, um auf sich aufmerksam zu machen. Schnell kam er angerast und bremste wie immer so, dass dabei der Sand aufgewirbelt wurde.

„Ich habe uns eine Flasche Whisky mitgebracht, damit kannst du deinen Tee verdünnen", rief er Karl zu, während er aus seinem Wagen stieg.

Zum Verdünnen holte dieser aber lieber Cola aus seinem Kühlschrank, auch der Pater genehmigte sich ein Glas. Karl erzählte, nachdem er das zweite Mal Cola und Whisky gemischt hatte, von seinen Horrorerlebnissen in Windhoek. Er erklärte alles ganz genau, er vergaß nichts. Auch die Details unterbreitete er dem Pater, den Knastaufenthalt und den Buschmann, der ihm seine Decke geben wollte. Nur Maries Verhalten gab er nicht detailgetreu wieder, vielleicht schämte er sich, vielleicht aber hatte er die Worte und Handlungen nicht mehr genau in Erinnerung. Möglicherweise hatte er sie verdrängt oder hatte sie erst gar nicht richtig aufgenommen, er befand sich ja zu diesem Zeitpunkt zeitweise in einem Schockzustand. Berufsbedingt war der Pater gut geübt im Zuhören, er unterbrach Karl nicht, stellte keine Zwischenfragen. Erst zum Schluss, als er alles Wesentliche und auch Unwesentliche erzählt hatte, meldete er sich zu Wort:

„Wir brauchen dich hier. Ich rechne damit, dass du noch ein Jahr, am liebsten wären mir aber zwei, bei uns arbeiten wirst. Betrunken fahren hier viele, ich bin auch schon betrunken Auto gefahren. Eine schwere Strafe hast du deswegen nicht zu erwarten, da hat dein Rechtsanwalt sicher recht. Aber der DED wird Probleme machen. Würdest du für den katholischen Entwicklungsdienst arbeiten, für die AGEH, hätten wir bessere Karten. Ich werde ein Schreiben aufsetzen, das unterstreicht, wie wichtig deine Arbeit für uns ist, vielleicht werden die ein Einsehen haben. Ich denke, das wird gut gehen. Deine Freundin allerdings solltest du besser vergessen, das erspart dir in der Zukunft viele Probleme."

Tage später rannte eine Benediktinerin, die im Missionsbüro arbeitete, eilig Richtung Werkstatt und rief dabei laut mit schrill klingender Stimme: „Karl, Karl, Telefon!" Karl, der gerade den Schweißbrenner in der Hand hielt, hörte seinen Namen und gab den Brenner schnell an Rudolf weiter, der am nächsten bei ihm stand. Er lief schnell, die Schwester überholend ins Missionsbüro und griff den Telefonhörer. „Ja, hallo?" Knarzende Geräusche drangen in sein Ohr. „Get out of the line", verstand er, gerade so, als würde die Nachricht von einem anderen Planeten an ihn gerichtet werden. Jetzt hörte er jemanden „Gerichtsverhandlung" sagen. Da meldete sich die andere Stimme wieder zu Wort und beide brabbelten nun gleichzeitig durcheinander: „I'm busy, elf Uhr, get out!" Karl blieb hartnäckig in der Leitung. „Sind Sie es, Herr Rechtsanwalt?" Es knarzte weiter in seinem Ohr. Wieder hörte er, jetzt strenger und aggressiver: „Get out, you bad guy." Er hörte aber auch jemanden in deutscher Sprache zwar undeutlich, aber dennoch verständlich sagen: „Elf Uhr bei mir in Windhoek." Genervt legte Karl den Hörer auf. „Scheiß Buschtelefon!", fluchte er.

Nach diesem „Telefonat" versuchte er das Puzzle zusammenzusetzen, einige Worte hatte er ja verstanden. Das, was da auf Deutsch gesprochen worden war, hatte sein Rechtsanwalt gesagt, da war er sich sicher. „Freitag, Gerichtsverhandlung, elf Uhr bei mir in Windhoek", setzte er die Satzfetzen, die er verstanden hatte, aneinander. Er reimte sich zusammen, dass er am Donnerstag um elf Uhr bei seinem Rechtsanwalt erscheinen sollte, da am Freitag die Gerichtsverhandlung beginnen würde. Die Uhrzeit dafür kannte er nicht, er hatte sie nicht verstanden. Auch war ihm nicht klar, an welchem Freitag die Verhandlung stattfinden würde, an dem kommenden oder erst am darauffolgenden.

Karl entschloss sich, am kommenden Mittwoch nach Windhoek zu fahren. Mit dem Pater sprach er sich ab, der gab ihm drei Tage Sonderurlaub und den Rat: „Mach mit dieser Frau reinen Tisch!" Dies sagte er mit einem eindringlichen Tonfall. Auch einen Brief an den DED-Beauftragten gab er ihm mit, den sollte er ihm nach seiner Gerichtsverhandlung überreichen.

„Ich bin mir sicher, dass du nicht vorbestraft wirst und deinen Führerschein behalten kannst. Die Bewertung über deine Arbeit in der Mission fällt sehr gut aus, es gibt keinen Grund, deine Verlängerung abzulehnen. Alles wird gut."

Die Gerichtsverhandlung und der endgültige Bruch mit Marie

In Windhoek mietete sich Karl am Mittwochnachmittag wieder im Hansa Hotel ein. Am nächsten Morgen suchte er seinen Rechtsanwalt in dessen Büro auf.

„Na Gott sei Dank, Sie sind hier! Sie haben mich also am Telefon verstanden? Ich hatte Zweifel daran. Es wird endlich Zeit, dass auch der unterentwickelte Norden dieses Landes an den Errungenschaften der Zivilisation teilhaben darf. Das wird sich bald ändern. Nur die alte Regierung hatte kein Interesse an zivilisatorischen Veränderungen im Norden!"

Mit diesen Worten wurde Karl von seinem Rechtsanwalt begrüßt. Er bat ihn, sich zu setzen.

„Macht es Ihnen was aus, wenn ich stehen bleibe?", entgegnete dieser.

„Wenn Sie lieber stehen wollen, bitte. Ich habe mich mit dem Richter und dem Staatsanwalt geeinigt, in Ihrem Interesse versteht sich. Beide sind Schwarze – zurzeit ist das noch eine Ausnahme. Ich habe ihnen mitgeteilt, dass Sie für die UNTAG gearbeitet haben und jetzt für die Entwicklung des Landes im Norden, in einer katholischen Mission, tätig sind und auch einheimische Jugendliche im Handwerk ausbilden. Richter und Staatsanwalt sehen keinen Grund, Sie hart zu bestrafen. Sie werden in der Verhandlung gefragt werden, ob Sie schuldig oder nicht schuldig sind. Bekennen Sie sich schuldig, reine Formsache! Das hat etwas mit dem englischen Recht zu tun, man wird Ihnen dann eine Bewährungsstrafe von zwei Jahren auferlegen. Das ist aber keine Vorstrafe, eigentlich ist das ein Freispruch. Sie dürfen sich dann nur innerhalb von zwei Jahren kein juristisch verfolgbares Vergehen zuschulden kommen lassen, sonst wird Ihnen die Fahrt unter Alkoholeinfluss mit auf eine eventuelle nächste Strafe angerechnet."

Karl willigte ein: „Okay, ich werde mich schuldig bekennen, hätte ich sowieso gemacht, ich bin ja betrunken über eine rote Ampel gefahren."

Pünktlich um elf Uhr am nächsten Tag begann die Gerichtsverhandlung. Gemeinsam betraten Karl und sein Rechtsanwalt den Gerichtssaal. Der Angeklagte folgte seinem Anwalt und wollte sich neben ihn setzen, doch der machte ihn darauf aufmerksam, dass er sich auf den für ihn vorgesehenen Platz setzen müsste. Mit einem Fingerzeig sagte er:

„Da müssen Sie sich hinsetzen."

Der Platz glich einem mit Holz eingezäunten Verschlag. Karl war nur einmal in Deutschland als Zeuge vor Gericht gewesen, damals hatte der Angeklagte neben seinem Rechtsanwalt gesessen. Er folgte der Aufforderung und begab sich zu seinem zugewiesenen Platz. Anders als Wochen zuvor beim Schnellrichter, bei Karls erster Verhandlung, waren keine Zuschauer anwesend. Er wurde sich jetzt aber bewusst, dass ihn auch damals ein Holzverschlag umgeben hatte. Der Richter las die Anklageschrift vor, fragte Karl, ob er sich schuldig oder nicht schuldig bekannte und seine Antwort lautete: „Schuldig." Daraufhin sprach der Richter sein Urteil. Zwei Jahre auf Bewährung. Die Verhandlung dauerte gerade mal eine Viertelstunde. Von dem Protokollanten bekam Karl einen Beleg ausgehändigt. Mit diesem ging er gemeinsam mit seinem Rechtsanwalt zur Gerichtskasse, wo ihm die 200 Rand Kaution erstattet wurden, die er damals für seine Freilassung hatte bezahlen müssen. Mit dem Geld beglich er seine Restschulden bei seinem Rechtsanwalt, einige Rand blieben sogar noch übrig.

Nachdem er die Gerichtsverhandlung hinter sich gebracht hatte, suchte Karl den Beauftragten des DED in dessen Büro auf. Er erzählte ihm von dem Ablauf und dem Ergebnis seiner Verhandlung und überreichte ihm das Schreiben des Paters. So schnell wie möglich verließ er wieder das Büro. Er hatte keine Lust, sich mit dem Beauftragten zu unterhalten. Auch zu einer eventuellen Vertragsverlängerung wollte er ihn zu diesem Zeitpunkt nicht befragen. Er meinte, seine Antwort zu kennen, er hätte ihm wohl gesagt, dass das in Berlin entschieden werden würde.

Karl fuhr zu Fionas Haus. Nur Annemarie traf er dort an, Fiona war noch bei ihrer Arbeit, die Kinder in der Schule. Er bat die alte Frau darum, ein Gespräch zwischen Marie und ihm zu vermitteln. Auch die Kinder, John und Anne, wollte er noch mal sehen.

„Diesen Wunsch wird sie dir bestimmt nicht abschlagen. Willem ist auch in Windhoek, er geht jetzt auch hier zur Schule. Nur Paula ist noch in Otjiwarongo. Ich werde Marie fragen, vielleicht kannst du sie morgen schon treffen. Mach dir aber keine Hoffnungen, sie hat sich – leider – für Luis entschieden."

Am nächsten Tag telefonierte Karl vormittags mit Annemarie.

„Marie will dich sehen und mit dir sprechen", erzählte sie ihm, „sie kommt gegen 16 Uhr zu uns. Ich soll dir ausrichten, dass du dann auch dort sein sollst. Anne, John und Willem werden auch da sein."

Kurz nach 16 Uhr traf Karl mit seinem Golf vor Fionas Haus ein, Maries Ford stand schon geparkt am Straßenrand. Mit einem unbehaglichen Gefühl im Magen begab er sich über den kurzen Weg durch den Vorgarten ins Haus. Er fragte sich, ob er Marie noch liebte. Er wusste es nicht, seine Gefühle purzelten hin und her, mal ja, dann wieder nein. Anne und John sprangen ihm entgegen, umarmten ihn und grüßten ihn mit einem warmherzigen „Hallo Onkel!". Karl strahlte die beiden an, umarmte sie und strich ihnen zärtlich über ihre Haare. Mit einem reservierten und sehr distanzierten „Hallo" wurde er dagegen von Marie begrüßt. Sie führte ihn in die Küche, wo ihn Annemarie und Fiona, die sich auch dort aufhielten, freundlich grüßten. Karl meinte, Mitleid in ihren Augen zu erkennen. Sie verließen schnell die Küche, denn sie wollten die beiden bei ihrer Unterredung nicht stören und sich schon gar nicht einmischen.

„Setz dich doch, Karl", sagte Marie.

„Nein danke, ich bleibe lieber stehen."

„Ach ja, du stehst ja lieber, wenn es unangenehm wird, hätte ich fast vergessen." Nun wurde Marie sehr sachlich: „Karl", begann sie, „wir hatten eine Beziehung miteinander, es gab schöne Zeiten, die ich nie vergessen werde. Ich werde auch dein vorbildliches Verhalten in der Zeit, in der ich im Krankenhaus war, nie vergessen. Obwohl ich damals manchmal nicht reden konnte, weil ich so geschwächt war, habe ich dein Streicheln, deine Zärtlichkeiten immer gespürt. Auch deine Liebe zu meinen Kindern blieb mir nicht verborgen. Deine Fahrten mit John ins Damaraland und auch die Reise mit allen ins Buschmannland, nichts davon habe ich vergessen. Du wirst auch immer einen Platz in meinem Herzen haben. Aber ich liebe Luis. Es war eine Lüge von mir, als ich dir damals im Zentralhotel sagte, dass ich ihn nicht kennen würde. Ich kannte ihn, er ist und war schon damals meine große Liebe. Er ist auch Mitglied in meiner Kirche und geht mit mir jeden Sonntag zum Gottesdienst. Das würde ich bei dir vermissen."

Karl schluckte, er fand keine Worte. Enttäuscht war er, spürte aber, dass sie recht hatte. Er liebte sie, dennoch trennten sie Welten.

„Karl", setzte sie erneut an, „dass ich dich kennenlernen durfte, war ein Wunder. Ohne deine Hilfe wäre es mir und meinen Kinder in Otjiwarongo schlecht ergangen. Ohne dich hätte ich sie nicht ernähren, nicht die Miete für das Haus zahlen können. Vielleicht hat Gott für dieses Wunder gesorgt, er wird es dir danken."

Leise, so, dass Marie es kaum verstehen konnte, antwortete Karl:
„Für mich war es wohl ein blaues Wunder."

Trotz dieses sarkastischen Kommentars, war er gefühlsmäßig immer noch Mensch. Ihm liefen Tränen über die Wangen. Er verlor hier und jetzt eine Frau, mit der er sich hätte vorstellen können, alt zu werden. Nur den Irrglauben der Evangelikalen machte er für diesen Ausgang verantwortlich.

Der Sturz

Marie hatte Mitleid mit Karl und auch bei ihr flossen Tränen. Nach dem Gespräch verließ sie Fionas Haus und ließ ihre Kinder zurück. Sie sollten sich von Karl verabschieden können, sie gab ihnen Zeit dafür. Am späten Abend holte sie sie ab. Marie hatte ihre Kinder nicht darüber aufgeklärt, dass sie Karl zum letzten Mal sehen würden, nur Willem wusste es. Nicht etwa, weil er bevorzugt von seiner Mutter behandelt wurde, sondern weil er clever und alt genug war, um die Situation richtig einzuschätzen. Karl versuchte seine Niederlage zu vergessen, seine Tränen hatte er sich aus den Augen gewischt. Anne und John, die so lange hatten warten müssen, forderten ihn nun auf: „Komm, spiel mit uns fangen!"

Karl, der gedanklich wie weggetreten war, dachte immer noch über Maries Worte nach und sagte unüberlegt und willenlos: „Ja." Alle Kinder, auch die von Fiona, rannten los, sodass Karl sie fangen musste. Er rannte ihnen hinterher, doch als er rechts ums Haus bog, rutschte er aus und stürzte zu Boden. Er fiel auf seine Schulter. Anne, die ihn hatte fallen sehen, kam zu dem am Boden Liegenden gelaufen und half ihm auf.

„Ist alles in Ordnung, Onkel?"

„Ja ja, nur meine Schulter schmerzt."

Karl wurde es schwindelig und Anne holte ihre Großmutter. Annemarie war erfahren im Umgang mit Unfällen, schließlich hatte sie vier Kinder groß gezogen und jegliche Blessuren, die durch übereifriges Spielen verursacht wurden, waren ihr nicht fremd. Karl setzte sich im Garten des Hauses auf einen Stuhl und alle Kinder, die er hätte fangen sollen, kamen nun an und bemitleideten ihn. Ein Junge, der älteste von Fiona, meinte zu ihm:

„Dein Knochen da", er deutete auf die Schulter, „steht viel zu weit nach oben."

Karl strich mit seiner linken Hand über die verletzte Schulter und stellte tastend fest, dass sein Schulterknochen tatsächlich höher nach oben emporragte als vor dem Sturz. Auch Annemarie blickte auf die Schulter.

„Hast du Schmerzen?", fragte sie ihn bekümmert.

„Ja", antwortete er ihr.

„Ich hole dir Schmerztabletten aus der Küche."

Während Annemarie zügig ins Haus lief, schaute Willem anteilnehmend in Karls Gesicht und argwöhnte:

„Du hast kein Glück mit uns. Du hast dich um uns gekümmert, wir haben Geld gekostet, wegen uns musstest du auch in den Knast und jetzt vielleicht auch noch ins Krankenhaus."

„Wieso war ich wegen euch im Knast?", fragte Karl verwundert mit schmerzverzerrtem Gesicht.

„Na, Luis hat dich da reingebracht, er hat doch dafür gesorgt, dass du von der Polizei angehalten wirst."

Annemarie kam gerade aus dem Haus und hörte, was Willem sagte. Sie stutzte:

„Aber Luis kann doch nichts dafür, dass Karl betrunken Auto gefahren ist!"

„Dafür kann er nichts, aber er hat einen Freund, einen Polizisten, der im Polizeirevier nahe am Ausspannplatz arbeitet, angerufen. Der ist dann Karl hinterhergefahren. Der hätte ihn auch angehalten, wenn er nicht bei Rot über die Ampel gefahren wäre. Ich habe gehört, wie Luis das Antonie erzählt hat, beide haben sie darüber gelacht."

Annemarie gab Karl die Schmerztablette, schaute dabei ungläubig Willem an und fragte ihn:

„Weiß deine Mutter davon?"

„Nein, sie weiß davon nichts. Ich habe auch gehört, wie Luis Antonie darum bat, nichts davon zu erzählen."

Karl nahm die Tablette, trank einen Schluck Wasser und schluckte, nicht nur die Tablette. Er hatte endgültig genug. Er wollte weg, alleine sein, sich mit seinen psychischen und nun auch noch physischen Schmerzen verkriechen. Er verabschiedete sich, umarmte alle und nicht nur bei ihm flossen die Tränen, auch Anne, John und Annemarie weinten.

„Wann kommst du wieder?", fragte der Kleinste.

„Ich weiß es nicht", antwortete Karl und versuchte, seinen Tränenfluss zu unterdrücken. Die Fahrt mit seinem Auto, weg vom Pionierspark, fiel ihm schwer. Er war in jeder Hinsicht gehandicapt: Nur mit schmerzhafter Mühe konnte er seinen rechten Arm heben. Da in Namibia links gefahren wird, konnte er mit der linken Hand schalten. Mit der rechten Hand hätte er es auch gar nicht gekonnt, so stark schmerzte ihn jede Bewegung. Er fuhr ins Hansa Hotel und nahm sich vor: Morgen werde ich zurück nach Nyangana fahren und mich von den Ärzten dort untersuchen lassen.

Die Fahrt nach Nyangana war anstrengend und qualvoll, besonders die letzten 100 Kilometer auf dem nicht asphaltierten Stück der Strecke, der Pad, entlang am Okavango. Bei jedem noch so leichten Hin- und Herschaukeln des Fahrzeugs spürte er einen starken Schmerz, der seine Schulter hinunter bis zum Unterarm zog. Als er endlich in der Mission ankam, fuhr er zu den Entwicklungshelferhäusern und stellte seinen Golf vor seiner Haustür ab. Mühsam konnte er seine Autotür öffnen und langsam und schwerfällig aussteigen. Sein Nachbar, einer der Entwicklungshelfer-Kollegen von der AGEH, ein Chirurg, kam gerade vom Hospital. Er sah Karl mit langsamen und schwerfälligen Bewegungen aus seinem Auto klettern, lief die wenigen Meter zu ihm und fragte ihn, ohne zu grüßen: „Was ist mit dir?"

Noch bevor Karl ihm antworten konnte, stellte der Arzt die erste Diagnose. „Oh, ich sehe es schon an deiner Schulter, du hast eine Schultereckgelenksprengung. Wie ist das denn passiert?"

„Beim Fangenspielen, gestürzt", antwortete Karl kurz.

„Komm, ich fahre dich zum Hospital, wir müssen röntgen."

Karl zögerte: „Nachher vielleicht, ich möchte erst mal meine Tasche in die Wohnung bringen. Vor allem aber möchte ich mich einen Moment entspannen."

„Na gut, ich esse jetzt zu Abend. Wenn ich damit fertig bin, hole ich dich ab und wir beide fahren zum Röntgen."

Der Arzt zog Karls Autoschlüssel aus dem Zündschloss, schnappte sich seine Tasche und schloss die Wohnungstür auf. Er machte all das, zu dem Karl nur noch mit großen Anstrengungen fähig gewesen wäre. Beim Verlassen der Wohnung erinnerte er nochmals an das Röntgen:

„In 20 Minuten hol ich dich ab."

„Ja, okay, ich werde auf dich warten", meinte Karl lakonisch und schmunzelnd. Entspannen konnte er sich von der langen anstrengenden Fahrt nicht, dazu hatte er nun viel zu starke Schmerzen. Während der Fahrt hatte er sich konzentrieren müssen und sie somit verdrängt, aber jetzt, da er entspannen wollte, waren sie unerträglich in sein Bewusstsein zurückgekehrt.

Eingegipst

Der Chirurg stand vor seiner Haustür, Karl sah ihn durch die Fenster seiner Wohnung. Er öffnete die Wohnungstür, trat heraus und gemeinsam liefen sie zu dem Wagen des Arztes. Auf der kurzen Fahrt zum Hospital meinte dieser:

„Unter diesen Umständen hättest du nicht Autofahren dürfen, es ist viel zu gefährlich. Mir ist es auch ein Rätsel, wie du mit solchen Schmerzen überhaupt dazu fähig warst, noch dazu über 1000 Kilometer."

„Einarmig zu fahren und das auch noch mit Schmerzen war eine neue Erfahrung für mich", meinte Karl ironisch.

Als die Röntgenbilder gemacht waren, sah der Chirurg sie sich gespannt an. Er zeigte sie seinem Patienten und versuchte ihm die Veränderungen, die sein Sturz in der Schulter verursacht hatte, fachmännisch zu erklären:

„Schau, hier siehst du die zerrissenen Akromioklavikular- und Korakoklavikular-Bänder."

„Hör auf, ich verstehe das sowieso nicht", entrüstete sich Karl. Dabei meinte er zu spüren, wie sich seine Schmerzen verstärkten je mehr Fachausdrücke verwendet wurden.

„Du hast eine komplette Schultereckgelenksprengung", teilte ihm sein Arzt mit, jetzt in einfachen Worten. „Ich muss dich operieren, am besten heute noch."

„Gibt es denn keine andere Lösung, kann man das nicht anders bewerkstelligen? Muss es unbedingt eine Operation sein?"

„Es gibt keine andere Lösung!"

Karl, der den Operationssaal des Buschkrankenhauses kannte – er hatte schon mal an der Operationsliege herumgewerkelt –, hatte kein Vertrauen in diese Örtlichkeit. Moskitos hatte er damals in dem OP

herumschwirren sehen. Zaghaft, da er seinen Entwicklungshelfer-Kollegen nicht kränken wollte, fragte er:
„Wäre es nicht besser, ich würde mich in Windhoek operieren lassen?"
„Warum denn? Wir können das genauso gut!"
„Na ja", meinte Karl, „hier ist doch die Infektionsgefahr groß."
„Nein, wir haben hier nach Operationen weniger Infektionen als die Kollegen in Windhoek. Ich werde dich vorher mit Antibiotika vollpumpen."
Karl überlegte: Wenn er sich in Windhoek oder gar in Deutschland operieren ließe, könnte es sein, dass der DED ihn sofort fallen lassen würde. Hier hätte er noch eine Chance, seinen Arbeitsplatz zu retten. Nach der OP könnte er Arbeiten an seine Trainees delegieren, vielleicht sogar körperlich leichte Arbeiten selbst ausführen. Die theoretische Ausbildung könnte er zudem ohne Einschränkungen weiterführen. Möglicherweise würde der Beauftragte gar nicht erfahren, dass er operiert worden und gehandicapt war. Er stimmte der OP zu.
Mittlerweile war es spät am Abend und der Chirurg musste sein Operationsteam aus dem Feierabend zurück zur Arbeit beordern. Das war nicht besonders schwer, denn alle Kolleginnen, die er dazu brauchte, lebten auf dem Missionsgelände: eine Schwester vom Würzburger Orden, eine deutsche AGEH-Krankenschwester und eine schwarze Krankenschwester, die aus dem Ovambo-Gebiet stammte. Sie waren selten außerhalb der Mission, anders als Karl, der sich öfter mal nach Feierabend mit seinem Freund Pankratius in den Buschkneipen aufhielt. Schnell fanden sich die Kolleginnen im Buschhospital ein. Die AGEH-Schwester verabreichte Karl eine Spritze und er schlief ein.

„Good Morning", hörte er eine Stimme aus weiter Ferne rufen. Er öffnete mühevoll seine Augen. Nun sagte die Stimme: „Breakfast!" Dumpf klang es aus dem Hintergrund. Karl wollte sich mit der rechten Hand seine Augen reiben, so, wie er es nach dem Schlafen gewohnt war, aber das ging nicht. Er schaute in die Richtung, aus der die Stimme gekommen war, sah aber niemanden. Langsam kamen seine Erinnerungen zurück. Ach ja, ich bin in Afrika, ich wurde operiert. Oder ist das ein Traum?

Die afrikanische Sonne leuchtete in das Krankenzimmer, schnell fand Karl wieder zu seinen Erinnerungen und in die Realität zurück. Dort musste er feststellen, dass seine körperliche Beweglichkeit sehr eingeschränkt war. Nicht nur seine Schulter und sein Arm waren eingegipst, sondern sein gesamter Oberkörper. Allein sein linker Arm und seine linke Hand konnte er frei bewegen. Ein Gipspanzer umschloss seinen Körper. Niedergeschmettert von seinen Gefühlen schaute er desinteressiert auf das Frühstück, das ihm die Schwester auf den kleinen Tisch neben dem Bett gestellt hatte. Mahango-Millipap pur. Karl kostete und empfand es als nicht essbar. Auch von dem Kaffee, der daneben stand, kostete er, stellte aber ebenfalls fest: ungenießbar. Schwerfällig zog er sich einarmig seine Hose an. Der Gipspanzer führte dazu, dass sein rechter Arm von seinem Rumpf weit abstand und fast auf Augenhöhe nach oben gerichtet war. Zu Fuß machte er sich auf den Weg zu den 300 Meter entfernten Entwicklungshelferhäusern. Doch schon nach wenigen Metern wurde ihm schwindelig. Er hätte sich übergeben können, aber er riss sich zusammen. Schleichend kämpfte er sich mit seinem gepanzerten Körper langsam an den wenigen Bäumen entlang, die auf seiner Strecke standen. Sich hin und wieder an ihnen festhaltend, schleppte er sich in Richtung seiner Unterkunft. Kurz, nur wenige Meter vor den Entwicklungshelferhäusern, lag eine Puffotter sich sonnend auf dem Sandweg. Für einen kurzen Moment hatte Karl Angst davor, unbeweglich wie er war, dort so einfach vorbeizulaufen. Er wurde mutiger und lief, den Blick immer auf die Schlange gerichtet, nahe an ihrem Hinterteil vorbei. In seiner kleinen Wohnung angekommen, machte er sich einen löslichen Nescafé.

Seine Bewegungsfreiheit war stark eingeschränkt, nichts konnte ihn entspannen, alles war hinderlich: das Sitzen, das Stehen und auch das

Liegen. Der Gipspanzer drückte und scheuerte an seinem Oberkörper bei jeder noch so kurzen Bewegung. Er legte sich auf sein Bett, denn im Liegen entging er wenigstens seinem Schwindelgefühl.

Es klopfte an der offen stehenden Wohnungstür. „Herein", rief Karl. Der Chirurg trat ein und wandte sich empört an den im Bett Liegenden:

„Was du tust, ist unverantwortlich! Nur wenige Stunden nach der OP das Hospital zu Fuß zu verlassen! Das war keine einfache Operation, wir haben Stunden dafür gebraucht. Ich hätte mehr Verantwortungsgefühl erwartet, schließlich geht es hier um deine Gesundheit."

Karl schaute den entrüstet auftretenden Doktor mit unschuldiger Miene an und meinte, dabei klang seine Stimme nach Mitleid haschend:

„Der Marsch hierher war anstrengend, ich hatte während des Laufens das Gefühl, ich sterbe. Aber ich liege lieber hier in meiner Wohnung als im Hospital, das musst du doch verstehen."

„Na ja, jetzt bist du nun mal hier. Ich werde dir einen Pfleger schicken, der wird dich für die nächsten Tage hin und wieder besuchen kommen und nach dir sehen. An den Abenden werde ich bei dir vorbeischauen."

Kaum hatte der Arzt Karls Wohnung verlassen, klopfte es wieder an der Wohnungstür. Pankratius und die Auszubildenden traten ein. Von seinen Besuchern wurde Karl bemitleidet, doch er ließ sich davon nicht beeindrucken, sondern fragte dienstbeflissen, fast streng, nach den Arbeiten. Ob dieses oder jenes schon gemacht wäre. Bonifatius, der Älteste und fachlich Erfahrenste beantwortete die Fragen. Karl machte ihn daraufhin zu seinem Stellvertreter:

„Du bist ab jetzt für die Arbeiten verantwortlich. Sobald ich mich an diesen Gipspanzer gewöhnt habe, werde ich die Werkstatt wieder aufsuchen. Es geht weiter wie bisher. Ab morgen werde ich euch an den Nachmittagen hier in meiner Wohnung unterrichten."

Bonifatius nahm die ihm übertragene Verantwortung sehr ernst und scheuchte seine Kollegen nach wenigen Minuten zur Arbeit in die Werkstatt.

Am Nachmittag kam der vom Arzt angekündigte Krankenpfleger, er übergab Karl Schmerztabletten, die dieser dankend annahm. Der Pfleger wollte ihn auch waschen.

„Waschen werde ich mich alleine, mit links", machte der Patient ihm klar.

„Wenn du das alleine machen kannst, ist mir das recht. Morgen komme ich wieder und schaue nach dir", meinte der Pfleger und verabschiedete sich.

Pankratius brachte Karl am frühen Abend aus der Missionsküche sein Abendessen und schnitt ihm das Fleisch klein. Er unterstützte und half ihm, wo es nötig war.

„Wein, ich möchte jetzt eine Flasche Wein trinken. Ich habe aber keinen mehr hier. Kannst du uns eine, nein, zwei Flaschen aus dem Bottle Store besorgen?"

„Ja, mach ich, wenn du mich mit deinem Auto fahren lässt", sagte Pankratius.

Karl zeigte mit seinem linken Zeigefinger auf den Tisch und sagte: „Da liegt der Autoschlüssel."

Pankratius machte sich sogleich freudig auf den Weg. Karl kannte die Fahrkünste seines Freundes und Nachbarn nicht, er wusste nur, dass er einen Führerschein besaß, den er irgendwann mal gemacht hatte. Aber wirklich gefahren, das wusste er auch, war er seit seiner Prüfung in Rundu nicht mehr. Einen Führerschein am Okavango zu bekommen kostete Geld, für die Menschen in dieser Region sehr viel Geld. Professionelle Fahrlehrer wurden nicht benötigt, es gab auch nur wenig Verkehr auf den Straßen, der Ort verfügte noch nicht mal über eine Verkehrsampel, wozu auch. Wenn das Geld da war, bekam man nach kurzer Prüfung, die selbstverständlich bestanden werden musste, die Fahrerlaubnis.

Während Karl auf Pankratius' Ankunft wartete, fanden sich einige

Missionskollegen in seiner Wohnung ein, der Chirurg und seine Frau, eine AGEH-Schwester und zwei sehr gut aussehende schwarze Schwestern aus dem Ovamboland. Auch der ihn betreuende Krankenpfleger ließ sich, natürlich diesmal außerdienstlich, sehen. Sie brachten Bier und Wein mit. Karl freute sich über so viel Zuneigung. Er verließ sein Bett und setzte sich auf einen Stuhl, Schwindelgefühle und Schmerzen an Arm und Schulter vergaß er dort schnell. Laut hörten sie Musik, Bob Marley, Miriam Makeba und Peter Tosh. In der kleinen Wohnung wurde getanzt und gefeiert. Auch Pankratius fand sich, wenn auch sehr verspätet, wieder bei Karl ein. Mit zwei Flaschen Wein in der Hand trat er, mitgerissen von der Musik, tänzelnd ein. Sehr spät am Abend verließen die Gäste den Patienten. Karl hatte für einige wenige Stunden seine Schmerzen an seiner Schulter vergessen und, was noch wichtiger war, seine psychischen Schmerzen gleich mit, seine Angst vor dem Morgen. Nachdem der Besuch gegangen war, half Pankratius ihm noch beim Aufräumen. Ganz nebenbei erwähnte er, dass er vor dem Bottle Store beim Rückwärtsfahren aus Versehen einen Baum übersehen hätte. Nur eine kleine Beule wäre dabei entstanden. Doch Karl horchte auf, er wurde wieder Europäer. Die Generatoren der Mission waren schon ausgeschaltet, deshalb nahm Karl eine von seinen Petroleumleuchten mit, als er mit Pankratius vor das Haus trat. Behäbig bewegte er sich mit seinem Gips. Pankratius zeigte ihm die Beule an dem Golf. Karl schaute sich den Schaden an, er war größer als Pankratius ihn zuvor geschildert hatte. Nun erinnerte sich Karl aber an afrikanische Tugenden.

„Kein Problem, Pankratius! Das beule ich wieder aus. Außerdem ist es egal, ob das Auto eine Delle hat oder nicht, Hauptsache, es fährt."

Die beiden setzten sich an diesem Abend noch für eine kurze Zeit zusammen.

„Ist der Pater zurzeit nicht in der Mission, Pankratius?"

„Doch, er ist aber sauer auf dich, weil du ausgerechnet jetzt, wo es auf die Verlängerung deines Arbeitsvertrags ankommt, diesen Unfall hattest."

Karl entrüstete sich: „Spinnt der? Ich habe den Unfall doch nicht gewollt, das ist nun mal passiert."

Der Nachbar reagierte etwas genervt auf die Frage, die ehrliche Beantwortung wäre ihm wohl peinlich gewesen, verabschiedete sich von Karl und ging nach nebenan in seine eigene Wohnung.

In dieser ersten Nacht mit dem Gipspanzer konnte Karl nicht schlafen, vieles ging ihm durch den Kopf. Er suchte nach Fehlern. Fehler, die ihn in diese unbefriedigende und unklare Situation gebracht hatten. Mit der Beziehung zu Marie, seiner großen Liebe, schloss er in dieser Nacht ab. Schmerzlich stellte er nun fest, dass es ein Fehler gewesen war, diese Beziehung überhaupt begonnen zu haben. Gerade er, der im Gegensatz zu vielen seiner DED-Kollegen in Namibia eine entschiedene Haltung gegen die Apartheid hatte, verliebte sich in eine weiße Frau. Die meisten seiner Kollegen hatten Beziehungen zu schwarzen Frauen, die befanden sich ja auch in der Mehrheit, es gab ja noch nicht mal zehn Prozent Weiße in Namibia. Wirr und durcheinander schwirrten die Gedanken durch seinen Kopf. Nun machte er dem DED und seinem Beauftragten Vorwürfe: Marie war zwar weiß, aber deshalb noch lange keine Rassistin. Der Beauftragte hatte ihm aber immer das Gefühl gegeben, dass sie als Weiße in diesem Land zwangsläufig auch eine Rassistin sein müsste. Ausgerechnet Marie, die ihre Kinder in christlicher Nächstenliebe erzogen hatte, keines von ihnen war rassistisch. Karls Gedanken waren nicht mehr objektiv, er fühlte es, merkte, er war verbittert.

Zwei Tage später schleppte er sich mit seinem Gipspanzer in die Werkstatt. Bonifatius sah ihn von Weitem auf sich zutaumeln. Karl hatte Probleme mit dem Gewicht, das ungleich auf seinem Körper verteilt war. Seine rechte Seite war durch seinen eingegipsten, nach vorne und in die Höhe gerichteten Arm stark belastet. Um sich dem entgegenzustemmen, verlagerte er sein Körpergewicht nach links.

„Karl, du brauchst nicht hierher in die Werkstatt kommen", rief ihm Bonifatius schon von Weitem zu.

„Ich will nur sehen, ob ihr auch alles richtig macht", rief Karl zurück.

Bonifatius lief ihm entgegen und begleitete ihn dann Richtung Werkstatt. Dabei erzählte er ihm, was er alles an Arbeiten veranlasst hatte:

„Mit den Rohren der Bewässerungsanlage sind wir fertig, die haben wir alle dicht bekommen. Wir haben sie, wie du es uns gesagt hast, hartgelötet. Rudolf und Ignatius bauen jetzt Buschduschen, wir haben bereits fünf Bestellungen bekommen. Michael und ich werden jetzt mit dem Service an den Küchenbrennern im Hospital beginnen."

Es war Stolz aus diesen Sätzen herauszuhören. Karl war sehr zufrieden mit der Arbeit seiner Trainees, alles bewerkstelligten sie so, wie er es ihnen aufgetragen hatte. Er lobte sie dafür. Als er sich gerade eine Schweißnaht an dem Bauteil einer Buschdusche ansah, hörte er aus dem Hintergrund die Stimme vom Pater:

„Nanu, Karl, du in der Werkstatt?"

Zum ersten Mal seit seiner Rückkehr aus Windhoek und seiner OP sah Karl ihn. Der Pater trat gut gelaunt zu ihm und sagte entschuldigend:

„Ich hätte mich schon früher mal bei dir sehen lassen sollen, ich weiß, aber ich hatte viel zu tun. Und ich muss auch gestehen, dass ich sehr sauer auf dich war, wegen deiner Unachtsamkeit, die zu deinem Armbruch führte."

„Es ist kein Armbruch, sondern eine Schultereckgelenksprengung. Außerdem war ich nicht unachtsam, ich bin unglücklich gestürzt und hatte einfach Pech", erwiderte Karl.

Der Pater tat so, als hätte er den Einwand überhört. Er fing an, ihn zu loben:

„Deine Jungs sind gut, du hast ihnen schon viel beigebracht. Vor allem bin ich über ihre Disziplin erstaunt, sie arbeiten, obwohl sie niemand beaufsichtigt und kontrolliert. Das habe ich hier so noch nicht erlebt." Weiter erkundigte er sich nach den Buschduschen: „Die sind ja sehr gefragt. Was verlangt ihr denn für eine?"

„Wir verlangen nur Geld für das Material, die Arbeit ist kostenlos. Das haben wir beide doch so abgesprochen. Ich habe zehn Rand dafür veranschlagt."

Der Pater nickte zustimmend mit dem Kopf und fragte Karl, ob er am Abend Zeit für ihn hätte, er würde gerne bei ihm vorbeikommen. Karl sagte zu.

Nur zwei Stunden hielt er es in der Werkstatt aus, der Gipspanzer drückte schmerzend auf seinen Körper und die ständige Gewichtsverlagerung nach links strengte ihn an und zermürbte ihn. Entkräftet und genervt lief er wieder zurück in seine Wohnung.

Pankratius brachte das Mittagessen. Aus Solidarität aß auch er sein Mittagessen nicht in der Missionsküche, wie es üblich war, sondern gemeinsam mit seinem eingegipsten Nachbarn in dessen Wohnung. Er half ihm auch, wenn es nötig wurde, beim Zerschneiden großer Stücke.

Pünktlich um drei Uhr nachmittags trafen Karls Auszubildende zum theoretischen Unterricht in seiner Wohnung ein. An diesem Tag gestaltete er den Unterricht besonders locker, er wollte seine Trainees für ihre disziplinierte Arbeit und Bonifatius' gute Organisation belohnen. Als Unterrichtsthema hatte er die geschichtliche Entwicklung des Verbrennungsmotors und der Kraftfahrzeuge gewählt.

„Lenoir aus Paris hat den ersten Verbrennungsmotor schon 1860 gebaut", erzählte er seinen Auszubildenden. Nikolaus Otto, ein Kaufmann, kein Mechaniker oder Ingenieur, wäre 1878 die Konstruktion eines Viertaktmotors gelungen. Neben Julius Söhnlein und Dugald Clerk, Pioniere des Zweitaktmotors, vergaß er auch nicht, Rudolf Diesel und Gottlieb Daimler zu erwähnen. Den Schwerpunkt seiner Ausführungen aber setzte er auf Carl Benz und seine Frau Bertha: „Bertha Benz war die erste, ja, es war tatsächlich eine Frau, die mit einem in eine Pferdekutsche eingebauten Verbrennungsmotor mehrere Kilometer zurückgelegt hat. Als unterwegs der Keilriemen riss, hat sie einen ihrer Strümpfe ausgezogen und ihn als Ersatz benutzt. Es gab natürlich noch keine Tankstellen, Benzin besorgte sie sich in einer Apotheke." Karl erinnerte sich gut an diese Geschichte, die einer seiner Berufsschullehrer damals so spannend in seiner Berufsschulklasse erzählt hatte. Genauso interessiert wie er und seine damaligen Mitschüler hörten nun auch die Auszubildenden in Namibia am Okavango der Geschichte zu.

Karl wurde wie angekündigt am Abend vom Pater besucht. Zwischen ihnen kam kein gutes Gespräch zustande, Karl hatte den Eindruck, dass der Pater ihm etwas verschweigen würde. Nach nur einer halben Stunde belanglosen Geplauders sagte der Geistliche:

„Ich muss jetzt gehen, ich habe morgen eine Predigt zu halten, darauf muss ich mich noch vorbereiten."

Karl fragte sich, warum sein Chef ihn überhaupt besucht hatte. Er ahnte, dass die Würfel für seine Vertragsverlängerung längst gefallen waren, die beiden Parteien, der DED und die Missionsleitung, hatten sich wohl geeinigt. Er als Europäer und Realist hatte zwar die Überlegungen dieser Organisationen noch nicht vollständig begriffen, aber einiges, so meinte er, zumindest verstanden.

Karl hatte sich nie negativ gegenüber der Entwicklungshilfe geäußert. Obwohl er wusste, dass alles ein Geschäft war, war es für eines, das allen einen Vorteil verschaffte. Doch seine betrunkene Autofahrt, seine Schultereckgelenksprengung und vielleicht auch seine Beziehung zu einer weißen Frau sprachen gegen seine Vertragsverlängerung.

Drei Wochen waren seit Karls Verletzung vergangen, er ließ dem Chirurgen keine Ruhe mehr:

„Der Gips muss endlich ab, ich spüre keine Schmerzen mehr."

Der Arzt versuchte ihn zu vertrösten: „Vielleicht nächste Woche."

„Warum nicht schon morgen?", forderte Karl bestimmend.

„Weil das zu früh ist, wir haben Erfahrungswerte. Nach vier Wochen frühestens, am besten erst nach fünf."

Karl gab nicht nach, er wollte den Gipspanzer endlich loswerden. Er hatte das ungute Gefühl, dass sich unter dem Gips einige Tierchen eingenistet hatten, ständig biss es ihn. Er benutzte einen Stock, den er unter den Gips schob, um sich damit kratzen zu können. An jede gebissene Stelle kam er allerdings nicht ran. Zwei Tage später, während des abendlichen Besuches seines Arztes, wurde Karl deutlich aggressiver mit seinen Worten:

„Jetzt habe ich es satt! Wenn du mir morgen nicht den Gips entfernst, werde ich ihn mir von meinen Auszubildenden in der Werkstatt entfernen lassen."

„Warte doch noch eine Woche", meinte der Doktor beschwichtigend.

„Nein, spätestens morgen muss der ab", giftete Karl zurück. „Ich halte das Gekrabbel unter dem Gips nicht mehr aus!"

„Okay, morgen Nachmittag. Es ist zwar zu früh, aber das musst du dann verantworten."

„Schultereckgelenksübungen"

Endlich, Karl war befreit von seinem Gipspanzer. Sein rechtes Schultergelenk aber konnte er überhaupt nicht bewegen. Der Chirurg mahnte ihn:
„Jeden Tag musst du dein Gelenk bewegen, es wird schmerzhaft sein. Am besten ist es, du stellst dich an eine Wand und versuchst deinen Arm daran hochzubewegen. Wenn du das kontinuierlich machst, wird es dir nach einigen Wochen gelingen, deinen Arm ganz auszustrecken. In Deutschland hättest du vielleicht eine hübsche Krankengymnastin an deiner Seite, die dich zwar quälen würde, aber der Erfolg wäre dadurch garantiert. Hier bist du auf dich alleine gestellt."
Nach der Gipsabnahme lief Karl erleichtert und befreit in seine Wohnung. Sofort begann er mit den Übungen, die ihm sein Arzt aufgetragen hatte. An einer Wand begann er sein Schultergelenk in Bewegung zu setzen. Mit seinen Fingern versuchte er an der Wand hochzukrabbeln, doch je höher er kam, umso mehr tat ihm seine Schulter weh. Er empfand den Schmerz aber nicht als so heftig, das Tragen des schweren Gipspanzers war ihm lästiger gewesen. Trotz seiner beständigen und ausdauernden Übungen blieb der erhoffte Erfolg aus.
Frustriert von den mäßigen Ergebnissen seiner Übungen vernachlässigte er diese in der Folgezeit, nur noch sporadisch machte er die Armbewegungen wie empfohlen. Bei einem abendlichen Besuch des Chirurgen forderte dieser Karl auf, ihm seine Armbeweglichkeit vorzuführen. Er gab sich Mühe und strengte sich an, er benutzte wieder eine Zimmerwand als Hilfsmittel, aber es gelang ihm nicht, seinen Arm über seine Schulter hinauszuheben. Der Arzt war unzufrieden mit ihm:
„Wenn du so weitermachst, wirst du deinen Arm nie wieder vollständig benutzen können, du musst mehr üben."
Die Mahnung saß. Von diesem Zeitpunkt an machte Karl seine

Bewegungsübungen wieder öfter, sogar in der Werkstatt. Es machte ihm nichts aus, dass seine Auszubildenden lachen mussten, wenn er vor der Werkstattwand stand, mit seinen Fingern hochkrabbelte und, sobald er eine bestimmte Höhe erreichte, einen schmerzhaften Schrei ausstieß.

Nach einer von Albträumen geplagten Nacht kam Karl wie gerädert in die Werkstatt. Am Tag zuvor hatte er im Radio in den Nachrichten der Deutschen Welle gehört, dass Neo-Nazis einen schwarzen Namibier aus einem Fenster in irgendeiner deutschen Stadt geworfen hatten. Den Namen der Stadt hatte er nicht verstanden, die Verbindung war schlecht gewesen. Einer der Träume in dieser Nacht war um sein Heimatland gekreist. Er hatte geträumt, dass er direkt nach seiner Ankunft aus Namibia, noch auf dem Flughafen, verhaftet wurde. Die Polizisten trugen auf ihren Uniformen ein Hakenkreuz. „Du hast die Kaffer-Regierung unterstützt, nun musst du in ein Konzentrationslager", sagte einer von ihnen zu ihm. Noch erschöpft von diesem Albtraum, machte Karl am frühen Morgen in der Missionswerkstatt wieder mal seine Übungen. Seine Trainees lachten wie immer, doch diesmal drehte er sich verärgert um, von der Wand weg, zu den lachenden Umstehenden.

„Normalerweise hilft einem so schwer Verletzten eine Krankengymnastin, hier bin ich auf mich alleine gestellt", giftete er sie an.

„Ich kann dir auch helfen", bot Rudolf ernsthaft an.

„Du? Wie denn?", fragte Karl überrascht zurück.

„Na ja, eine Krankengymnastin nimmt den kranken, beschädigten Körperteil des Patienten in die Hand und bewegt ihn hin und her. Das hat mir eine meiner Cousinen mal erzählt. Die arbeitet in Windhoek und hatte mal eine ausgerenkte Schulter, im Katuturahospital wurde sie behandelt. Sie sagte mir, dass ihr eine Krankengymnastin dabei half, ihre Schulter wieder beweglich zu machen."

„Na gut, du kannst es ja mal versuchen, aber führe meinen Arm langsam und sachte nach oben."

Rudolf griff zu, nicht zart, nicht langsam, nicht vorsichtig. Wie ein Holzfäller nahm er den Arm und zerrte ihn nach oben. Karl brüllte vor Schmerzen, es knackte und krachte in seiner Schulter. Er hatte das Gefühl, dass sein Schultereck wieder von Neuem zersprungen wäre. Entsetzen machte sich unter den Dabeistehenden und neugierig Zuschauenden breit. Rudolf sah ängstlich und mit entschuldigender Miene Karl an, während dieser zu Boden ging, als wäre er von der Faust eines Schwergewichtsboxers niedergestreckt worden. Langsam, mit schmerzverzogenem Gesicht erhob sich Karl, seine linke Hand an seine rechte Schulter gepresst, vom Werkstattboden. Er begutachtete seine Schulter und bemerkte, dass sein Knochen nicht nach oben stand, so wie es damals nach seinem Sturz gewesen war. Er war erleichtert, vorsichtig bewegte er seinen Arm nach oben und stellte dabei fest, dass er ihn nun sogar höher bewegen konnte als vor dem rabiaten Zugriff. Auch Rudolf war erleichtert, nachdem er gesehen hatte, dass sich Karl von der Tortur wieder erholte. Er entschuldigte sich mehrmals bei ihm.

Rudolfs unbeabsichtigte Radikalkur zeigte tatsächlich Erfolg, ohne starke Schmerzen konnte Karl in der Folgezeit seinen Arm viel höher recken als zuvor. Niemals hätte er mit seinen vorsichtigen Steigerungen, Millimeter um Millimeter, das bewegt, was Rudolf mit einem kraftvollen, schnellen Ruck erreicht hatte.

Der Besuch des Beauftragten

Einige Wochen später tauchte der DED-Beauftragte unangemeldet in der Missionswerkstatt auf. Karl bat Ignatius gerade darum, die Räder an einem Auto festzuziehen. Zwar konnte er seinen Arm und seine Schulter wieder ohne stärkere Schmerzen bewegen, doch die Schrauben an den Rädern konnte er noch nicht kräftig genug festziehen, dazu benötigte er Hilfe. Plötzlich hörte er hinter sich eine ihm bekannte Stimme „Guten Tag" sagen. Karl drehte sich um, sah den Beauftragten und merkte, wie er sofort zu schwitzen begann. Er wischte seine rechte Hand an seiner Hose ab, nicht um den Dreck daran loszuwerden, sondern seinen Schweiß, und streckte sie dem Beauftragten zur Begrüßung entgegen, der einen gestressten Eindruck auf ihn machte. Mehr aber noch befand sich Karl in einer Stresssituation, weil er wusste, dass er bald erfahren würde, ob sein Arbeitsvertrag beim DED verlängert würde oder nicht. Sein plötzlicher Schweißausbruch, der auch dem Beauftragten nicht verborgen blieb, zeigte das ganz deutlich. Er bat den Mann in seine Wohnung und mit dem Auto des Beauftragten fuhren sie gemeinsam die kurze Strecke zu den Häusern der Entwicklungshelfer. Karl machte Kaffee. Seine Knie waren weich und er zitterte, als er den Kaffee servierte, was seinem Vorgesetzten natürlich nicht verborgen blieb. Er bat Karl zusätzlich noch um ein Wasser, das dieser ihm schnell aus seinem Gaskühlschrank holte. Vorsichtig, jede Kränkung vermeidend, fing der Beauftragte dann an zu sprechen:

„Wir haben alles versucht, der Pater und auch ich. Wir sind der Meinung, dass Sie zu diesem Entwicklungsprojekt passen. Aber die Verantwortlichen in Berlin haben Ihrem Ersuchen, den Vertrag zu verlängern, nicht zugestimmt, trotz unserer Argumente, die für Sie sprachen, leider."

Danach hatte Karl das Gefühl, die Welt bräche zusammen. Er dachte bestürzt an seine Arbeit, mit der er erst so richtig beginnen wollte. Raus aus den Mauern, die die Mission umspannten, wollte er. Trotz des Rückschlags wegen seiner Schultereckgelenksprengung hatte er Konzepte entwickelt, um auch außerhalb Entwicklungsarbeit leisten zu können. Öfen für Bäckereien wollte er bauen, Brotbäcker ausbilden lassen, in dieser Region gemeinsam mit Bonifatius ein Personentransportwesen aufbauen. Die Backöfen wollte er mit Solarenergie betreiben, überhaupt mit regenerativen und an die Örtlichkeiten angepassten Energietechniken arbeiten. Dazu hatte er sich noch genauer informieren wollen. Seinen Chef in der Mission, den Pater, hatte er schon als Unterstützer für seine Pläne gewonnen. „Wenn nur die Arbeit in der Mission ordnungsgemäß verrichtet wird", hatte der ihm gesagt. Karl überwand seine Aufgeregtheit und Unsicherheit wegen der Ablehnung seiner Vertragsverlängerung und versuchte angestrengt, sich seine innere Erregtheit nicht anmerken zu lassen, er wollte gefasst wirken. Er fragte deshalb sachlich:

„Warum verlängern die nicht?"

„Das haben sie mir nicht mitgeteilt, nur, dass es nicht alleine an Ihrer betrunkenen Autofahrt liege."

Der DED-Beauftragte wollte noch mit dem Pater reden, außerdem müsste er noch zur benachbarten Mission nach Andara, wo er ebenfalls mit dem Entwicklungshelfer sprechen müsste, die Zeit wäre knapp.

„Es tut mir wirklich sehr leid! Allerdings wird der DED dieses Projekt nicht aufgeben, in Berlin macht ein Nachfolger für Sie schon einen Vorbereitungskurs."

Der Beauftragte verabschiedete sich von Karl, stieg in sein Auto und meinte noch, bereits im Fahrzeug sitzend:

„Ihnen stehen noch drei Wochen Urlaub zu, Sie haben nur noch 14 Tage zu arbeiten. Melden Sie sich spätestens in drei Wochen bei mir in Windhoek, damit wir den Rückflug organisieren können."

Dann fuhr er los.

Am Abend bekam Karl Besuch vom Pater, der ihn tröstete:

„Du hast viel für die Mission getan, sie befindet sich nun technisch wieder in einem guten Zustand. Deine Auszubildenden haben viel von dir gelernt, du hast ihnen beigebracht, wo und wie sie anzupacken haben. Dafür bin ich dir dankbar, du kannst stolz auf dich sein."

„Ja, aber das sollte doch nur der Anfang sein, ich wollte auch außerhalb der Mission was bewegen. Darüber haben wir doch gesprochen, du weißt es ja."

Karl machte eine kleine Pause und atmete besorgt durch, bevor er ängstlich fortfuhr:

„Ich weiß gar nicht, was mich in Deutschland erwartet. Seit der Wiedervereinigung, die noch euphorisch begrüßt worden war, macht sich nun langsam eine bedrückte Stimmung in der Bevölkerung breit. Die Arbeitslosigkeit nimmt zu und der Rechtsradikalismus hat wieder Hochkonjunktur."

„Du hast nicht zufällig einen Schnaps hier?", wurde er vom Pater unterbrochen.

„Doch, eine alte Tonflasche Steinhäger aus dem Jahre 1975, die habe ich hier im Bottle Store gekauft, aber nicht zum Trinken, es ist eine Rarität."

„Die ist bestimmt noch genießbar, die lässt sich noch trinken", meinte der Pater erwartungsvoll dreinblickend.

Karl holte die Flasche aus dem Kühlschrank und stellte sie mit zwei wegen ihrer Größe für Schnäpse eher ungeeigneten Gläsern auf den Tisch. Der Pater öffnete den Schnaps und machte die überdimensionierten Gläser halb voll. Nach einem kleinen Schluck befand er den alten Steinhäger für genießbar.

„Deine Zukunftsängste sind unberechtigt", sagte der Pater, trank sein Glas aus, goss sich ein neues ein und trank auch dieses ruckartig aus. Während er sich erneut einschenkte, erläuterte er Karl seine Gedanken. Sie beruhten auf dem Bild, das er von dem Mechaniker hatte, den er als kämpferisch, stabil und allen Widrigkeiten trotzend einschätzte.

„Deutschland ist zwar im Umbruch, das ist aber auch deine Chance.

Geh erst mal zurück nach Deutschland und schau dir dort die Veränderungen an. Solltest du nicht zurechtkommen, kannst du dich immer noch bei der AGEH bewerben, ich werde mich für dich einsetzen."

Karl hörte aufmerksam zu und war erfreut über das Vertrauen, das der Missionsleiter ihm aussprach. Auch eine große Abschiedsfeier wollte der Pater für ihn organisieren, er lehnte aber ab, schließlich ginge er nicht freiwillig. Der Pater verstand das und nahm Abstand von dieser Idee.

Abschied vom Okavango

Mit seinem Freund Pankratius machte Karl an seinem letzten Wochenende als Entwicklungshelfer einen Ausflug zum Caprivi. In Katima Mulilo, dem Hauptort des Caprivi, mieteten sie sich in der Sambesi Lodge nahe am Ufer des Flusses Sambesi ein. Der Namibier und der Deutsche wurden hier an diesem Ort wieder mal mit einem Teil ihrer gemeinsamen Geschichte konfrontiert. Im Helgoland-Sansibar-Vertrag, der im Jahre 1890 zwischen dem Deutschen Kaiserreich und dem Vereinigten Königreich geschlossen worden war, war die Zugehörigkeit dieses schmalen Streifens, benannt nach dem damaligen Reichskanzler Graf von Caprivi, neu geregelt worden. Gemeinsam mit der Insel Helgoland wurde er zu deutschem Koloniegebiet erklärt, während die Insel Sansibar englischer Grund wurde. Bei einem guten Essen im Restaurant der Sambesi Lodge sagte Karl zu seinem Freund:

„Zum Glück ist der Kolonialismus vorbei!"

Pankratius hob sein Bierglas in die Höhe, prostete Karl zu und meinte:

„Du hast recht, aber ohne die Deutschen hätten wir Namibier dieses schöne Land hier am Sambesi nie in Besitz nehmen können."

Es dauerte eine Weile, bis Karl die sarkastische Spitze seines Freundes verstand – oder auch nicht, vielleicht hatte es sein Freund, der SWAPO-Aktivist, ernst gemeint.

In den letzten Arbeitstagen ließ Karl es ruhig angehen, seine Trainees schonte er und brachte ihnen noch mehr Achtung entgegen. Seine Anforderungen an sie schraubte er so weit herunter wie nie zuvor. Er wusste, dass sie es waren, die seinen Erfolg in der Mission ausmachten. Ohne ihren Willen zur Mitarbeit und zum Lernen wäre er schon am Anfang seiner Tätigkeit dort gescheitert. Nur er alleine war schuld daran, dass sein Arbeitsvertrag nicht verlängert wurde. Er meinte sogar, dass sie die Leidtragenden seiner Fehler wären.

An seinem letzten Arbeitstag, es war ein Freitag, versammelten sich zur Arbeitsbesprechung nicht nur die Missionsarbeiter unter dem großen Baum. Auch viele Ordensschwestern fanden sich ein. Alle, einschließlich der Oberschwester des Würzburger Ordens, ließen es sich nicht nehmen, Karl zu verabschieden. Der Pater hielt eine kurze Rede, in der er von einem großen Verlust sprach, den die Mission jetzt hinnehmen müsste, und für die geleistete Arbeit dankte. Manche umarmten Karl, einige gaben ihm einen Klaps auf seine Schulter, alle wünschten ihm für seine Zukunft viel Glück. Obwohl das Abschiednehmen ein trauriger, bewegender Moment war, empfand Karl es als zu theatralisch.

Der Pater, der dieses Wochenende wieder mal eine seiner Außenstationen besuchte und Karl deshalb an diesem Tag zum letzten Mal sah, nahm ihn in seinen Arm und drückte ihn besonders fest.

An diesem letzten Abend lud Karl seine Trainees und Pankratius zu einem Abschiedstrunk im nahegelegenen Bottle Store ein. Die Stimmung war recht gut. Allerdings konnte keiner seiner Auszubildenden verstehen, warum er gerade jetzt, wo alles so gut lief und Erfolge zu erkennen waren – die Buschduschen wurden ihnen geradezu aus den Händen gerissen –, so einfach hinwarf. Karl erklärte ihnen, dass er dafür nicht verantwortlich wäre, sondern „Sesselhocker", wie er sie nannte, in der DED-Zentrale in Berlin.

Sonntag verließ er sehr früh mit all seinen Sachen, die er schon am Vortag gepackt hatte, unbemerkt in seinem privaten Auto die Mission. In Otjiwarongo mietete er sich für eine Nacht im Hotel Bromme ein. Einen Tag später fuhr er von dort weiter nach Windhoek.

Nun musste er noch seinen Golf verkaufen. Karl erinnerte sich an einen Deutsch-Namibier, der auf einer katholischen Mission nahe

Windhoek als Mechaniker und Ausbilder arbeitete und nebenbei mit Autos handelte. Den suchte er auf. Nicht weit weg von der B1, wenige Kilometer vor Windhoek, musste er nach links abbiegen und kam nach kurzer Fahrt in der Missionsstation Döbra an. In der Werkstatt traf er den gesuchten Missionsmitarbeiter. Karl kam gleich zur Sache:
„In zwei bis drei Wochen fliege ich nach Deutschland zurück, ich muss meinen Golf bis dahin verkauft haben. Hast du Interesse?"
„Na ja", meinte der Mann distanziert, so als wollte er hinzufügen: „Kaufen würde ich ihn nicht, aber geschenkt nehme ich ihn." Er nahm den Golf nun genau unter die Lupe, sah die Delle, die Pankratius bei seiner Fahrt vor dem Bottle Store am Okavango hineingefahren hatte. Karl hatte sie eigentlich ausbeulen wollen, hatte es aber wegen der turbulenten Umstände und der ausbleibenden Verlängerung seines Arbeitsvertrags unterlassen. Der Missionstrainer von Döbra ließ einen seiner Auszubildenden das Auto auf eine Hebebühne fahren. Während der es sich von unten ansah, stand Karl außerhalb der Werkstatt und schaute dem Treiben nur wenig interessiert zu. Er hatte keine Lust zu handeln, noch weniger wollte er den Wagen schönreden, eigentlich wollte er ihn nur schnell loswerden.
„Was gibst du mir für das Auto?", fragte er.
„Na ja", wiederholte sich der Mann.
„Nun komm schon! Was zahlst du?"
„Ich gebe dir 3000 Rand."
Der Mechaniker war erstaunt, als er Karl kritiklos und ohne Handeln „Ja, in Ordnung" sagen hörte. Er meinte:
„In einer Stunde habe ich Feierabend, dann fahre ich dich nach Windhoek und gebe dir da das Geld."
„Nein, das Auto kann ich dir erst einen Tag vor meinem Abflug nach Deutschland überlassen. Außerdem will ich anstatt Rand die entsprechend umgerechnete Summe des Geldes in DM von dir", forderte Karl.

„DM kann ich dir geben, zwar ungern, aber ich tue dir den Gefallen. Doch das Auto brauche ich heute noch."

Karl hatte so eine Ahnung, sein Handelspartner hatte wohl schon einen Käufer für das Gefährt.

„Ich bin noch mindestens zwei Wochen in Namibia und möchte mir da einiges ansehen, ich brauche ein Fahrzeug."

Nach längerer Diskussion, die Auszubildenden des Mechanikers aus Döbra hatten schon einen Halbkreis um die beiden Männer gebildet und neugierig dem Gespräch zugehört – einige von ihnen verstanden sogar ein bisschen Deutsch –, fanden sie eine Lösung. Karl ließ seinen Golf sofort bei dem Käufer, bekam dafür aber drei Wochen einen alten VW-Bus vom Käufer geliehen. Anstatt DM wurde ihm die Summe in Rand ausgezahlt, allerdings keine 3000, sondern abzüglich der Gebühr für das andere Auto nur 2000. Der Bus stand auf der Mission und Karl schaute sich das etwas heruntergekommene Gefährt sofort an. Der Mechaniker versicherte ihm, dass Motor, Bremsen und Achsen in Ordnung wären. Karl, der sein gesamtes Werkzeug, das er von VW für die UN-Mission erhalten hatte, bei der Mission in Nyangana gelassen hatte, sagte:

„Werkzeug brauche ich aber! Mit solch einem Schrotthaufen auf den Pads Namibias ohne Werkzeug herumzufahren kann fürchterlich enden."

„Das ist kein Schrotthaufen, glaube mir, der sieht nur so aus. Technisch ist alles in Ordnung! Wir haben alles, was an diesem Auto kaputt war, hier in der Werkstatt repariert. Ich gebe dir aber trotzdem ein paar Werkzeuge mit, vorsichtshalber."

Diese Worte beruhigten Karl. Er lud sein Gepäck vom Golf in den mit Zebrastreifen bemalten VW-Bus und fuhr davon, Richtung Hauptstadt.

In Windhoek angekommen, steuerte er mit dem geliehenen Safaribus das DED-Büro an, ihm war dieser Anstrich peinlich. Im DED-Büro erledigte er alles sehr schnell, Gespräche empfand er als überflüssig, die Würfel waren ja gefallen. Er lud die Plastiktonne, in der sich Kleidungsstücke, Bücher und ein im Damaraland gefundenes Oryxantilopenhorn befanden, ab und der DED versendete das Gepäckstück nach Berlin. Natürlich blieb der Behörde der Inhalt der Tonne verborgen, denn Karl wusste, dass das Horn unter das Artenschutzgesetz fiel und seine Einfuhr nach Deutschland nicht erlaubt war. Trotzdem aber sollte es mit nach Berlin, schließlich war es dem Tier auf irgendeine Weise abhandengekommen, ohne dass Karl Einfluss darauf genommen hatte. Er hatte das Tier nicht gesehen, sondern nur das Horn im Sand liegend gefunden. Es sollte ihn in Berlin an die Schönheit der namibischen Wildnis erinnern. Dem Beauftragten des DED teilte er sachlich mit, dass er seinen restlichen Urlaub in Namibia verbringen würde. Er meinte, im Gesichtsausdruck des Beauftragten zu erkennen, dass es diesem nicht behagte. Möglichst schnell sollten die Entwicklungshelfer, die aus einem Vertrag ausschieden oder „ausgeschieden wurden", das Land verlassen. Das hatte Karl als Mitglied des Mitwirkungsausschusses erfahren. Er kannte die Probleme mit einigen Entwicklungshelfern, die geplagt von ihren Zukunftsängsten dem Alkohol zugeneigt waren und sich einfach weiter in dem Land aufhielten, in dem sie nun ohne Arbeit oder Einkommen waren und möglicherweise dem DED oder der Botschaft zur Last fielen. Der Beauftragte befürchtete bei Karl ein ähnliches Verhalten. Dieser jedenfalls wollte seinen Resturlaub in Namibia verbringen, denn in Deutschland erwartete ihn niemand. Sie einigten sich auf einem Abflugtermin. Karl, der als UN-Mitarbeiter nach Namibia gekommen war und von der UN ein Flugticket in Business Class für Hin und Zurück erhalten hatte, wurde nun mitgeteilt, dass dieses Ticket mittlerweile verfallen wäre. Die Flüge wären teurer geworden, er könnte nur noch in der Touristenklasse zurückfliegen, es sei denn, er würde eine Zuzahlung leisten. Karl hatte nur noch einen Wunsch, raus aus diesem Büro.

Er mietete sich für eine Nacht wieder im billigen Hansa Hotel ein.

Fahrt in den Süden

Am nächsten Morgen am Frühstückstisch schlugen seine Gedanken Purzelbäume. Es kam ihm in den Sinn, Marie anzurufen, sich nochmals zu verabschieden, das könnte doch niemandem schaden. Zumindest bei den Kindern hätte er sich gern noch mal gemeldet, die würden sich bestimmt freuen. Ja, vielleicht könnte er die Beziehung doch noch retten. Dann dachte er wieder an die Mahnungen seines UNTAG-Vorgesetzten Erich: „Lass die Finger von der Frau." Zu spät. Damals hätte er auf ihn hören sollen, dann wäre ihm vieles erspart geblieben. Möglicherweise würde er dann noch in Nyangana arbeiten können. Er rang mit seinen hin- und hergerissenen Gefühlen und Gedanken. Es fiel ihm schwer, eine Entscheidung zu treffen. Schließlich entschloss er sich, erst mal Richtung Süden zu fahren, diese Gegend kannte er noch nicht. Nur einmal, kurz nach Beginn der Friedensmission, hatte er gemeinsam mit zwei DED-Kollegen den Fish River Canyon besucht. Aus Zeitgründen hatten sie damals nicht zur Lüderitzbucht gekonnt. Seine Ziele waren jetzt die Stadt Lüderitz und die verlassene Diamantenstadt Kolmanskop. Auf der B1 fuhr er immer in Richtung Süden, vorsichtshalber wollte er erst mal auf einer geteerten Straße bleiben, er hatte noch kein großes Vertrauen in sein neues Gefährt. In Mariental ließ er seinen VW-Bus betanken und bog kurz hinter der Stadt rechts ein in Richtung Maltahöhe, er verließ die asphaltierte Straße. Sie entsprach nicht seinem Bild von Afrika, Pads wollte er befahren und Tiere sehen. Trotz seiner zwiespältigen Gedanken über die Beziehung zu Marie und den Kindern sowie seiner, wie er glaubte, von anderen Menschen erzwungenen Rückkehr nach Deutschland sollte ihn in seinen letzten Tagen in Namibia nichts behindern oder ihm den Blick auf die Schönheit des Landes verstellen. Hinter dem Ort Maltahöhe kam er auf einer Pad an, der C14, die in Richtung Goageb führte. Nach einigen Kilometern Fahrt stockte und ruckte der Bus. Karl drückte das Gaspedal weiter durch bis zum Bodenblech. Kurzzeitig schien das zu helfen, dann aber blieb der Wagen stehen. Er konnte als Mechaniker schon während des Ruckelns eine Diagnose erstellen: Die Kraftstoffzufuhr war unterbrochen. Nicht weit entfernt von seinem erzwungenen Halt sah er grasende Wildpferde nahe am Rand der Pad stehen und erfreute sich am Anblick dieser Herde. Die Vorfahren dieser Pferde waren Deutsche – Holsteiner, die während des Ersten Weltkriegs der deutschen Schutztruppe davongelaufen waren. Vielleicht waren sogar einige ihrer Ahnen schon 1904, während des Aufstands der Herero und Nama, in diesem Land gewesen. Ihr Leben hier in der Halbwüste war zwar kärglich, dachte Karls bei sich, aber so waren sie wenigstens frei. Er schaute, während er die Kraftstoffpumpe seines geliehenen VW-Busses zerlegte und reinigte, immer wieder zu den Pferden, die sich an seiner Nähe nicht zu stören schienen und weiter die wenigen vorhandenen Grashalme auszupften. Karl konnte seinen Bus erfolgreich reparieren und war froh, dass er in Döbra auf das Werkzeug bestanden hatte, ohne dieses wäre ihm das nicht gelungen. Für einen kurzen Moment verdrängte er beim faszinierenden Anblick der äsenden Wildpferde seine unbefriedigende Lebenssituation.

Der Ort Helmeringhausen, in den er wenig später hineinfuhr, erinnerte Karl an Italo-Westernfilme. Der Ort verfügte über eine breite Hauptstraße, eine Bank, eine Tankstelle, einen Hardwarestore und ein Hotelrestaurant. Dort kehrte er ein und bestellte einen Kaffee. Er wollte als einer der wenigen Durchreisenden den Besitzer nicht vor den Kopf stoßen und hielt ganz bewusst dort an. Seine Solidarität mit den Einheimischen vor Ort wollte er dadurch zeigen. Als Tourist wurde er bevorzugt behandelt und die zwei Farmer, die ebenfalls in der Gaststätte saßen, mussten für einen Moment zurückstehen. Alles drehte sich um ihn, den Unbekannten. Doch er wollte schnell weiter nach Lüderitz. Die Betreiber des Hotels, eine deutschstämmige Familie, bemühten sich, ihn von der Örtlichkeit zu überzeugen, um ihn wenigstens für den Rest des Tages und eine Nacht im Ort zu halten. Karl aber bestand darauf weiterzufahren. Er verließ die C14 und fuhr auf der C13 in Richtung des Ortes mit dem Namen Aus. Lüderitz, Helmeringhausen, Bethanien, all diese Namen erinnerten ihn an seine Heimat. Bald würde er wieder im Herzen des vereinigten Deutschlands leben, in Berlin. Dann würde er Städte wie Oranienburg, Strausberg oder Potsdam besuchen können. Städte, die er dem Namen nach kannte und von denen er auch wusste, dass sie nicht weit weg von Berlin lagen, die aber in der Vergangenheit von Westberlin aus nicht einfach zu erreichen gewesen waren. Ein Visum für Namibia war für einen Westberliner einfacher zu bekommen als eines für die DDR.

In Lüderitz mietete Karl sich im Kaps Hotel ein, einem der besten und teuersten im Ort. Geld wollte er nicht mehr sparen. Warum auch? Hier in Namibia wurde nicht gespart. In Deutschland, ja, da würde er sich dann wohl mit Ausgaben zurückhalten müssen.

Seine Gedanken waren auch während seines Aufenthalts in Lüderitz nicht frei. Immer wieder drangen Fragen danach in sein Gehirn, was richtig und was falsch war in seinem Verhalten. Er suchte ständig nach Fehlern, die er möglicherweise gemacht hatte. Und er verspürte den Wunsch, in die Gegenden zu fahren, die er mit Marie und den Kindern besucht hatte. Außerdem würde er gerne nach Kolmanskop, in die Diamantenstadt, fahren. Die Haifischinsel, wo Hereo und Nama unter menschenunwürdigen Bedingungen von der damaligen deutschen Kolonialmacht festgehalten worden waren, war für Karl dagegen nicht interessant. Er konzentrierte sich nun stärker auf seine individuellen Interessen, er stellte seine Gefühle in den Vordergrund. Diese Gefühle waren bestimmt von seiner vor nur wenigen Monaten erlebten Vergangenheit.

Unausgeschlafen betrat Karl als erster Gast am frühen Morgen für das Frühstück das Restaurant des Hotels. Ohne Appetit aß er ein gekochtes Ei mit einem Toastbrot und schüttete wie ein Getriebener schnell den Kaffee in sich hinein. Innerhalb weniger Minuten war er damit fertig, bezahlte seine Rechnung und verließ das Hotel. In einem Supermarkt in Lüderitz kaufte er Proviant und einige Flaschen Mineralwasser für seine weitere Fahrt. Mit 80 Kilometern pro Stunde, der zulässigen Geschwindigkeit auf nicht asphaltierten Straßen in Namibia, fuhr er auf einer Pad in Richtung Norden. Erst in der größten Mittagshitze hielt er an und machte eine einstündige Pause. Er aß etwas und trank viel Mineralwasser, das er aber schnell wieder ausschwitzte und das, obwohl es auf der Südhalbkugel gerade „Winter" war, denn das Thermometer kletterte trotzdem auf über 30 Grad. Wo er hinwollte, wusste er noch nicht. Nur weiter in den Norden. Möglichst dorthin, wo er sich in der Vergangenheit mal wohlgefühlt hatte. Nach der Pause fuhr er weiter, bis es anfing, dunkel zu werden. Er befand sich mitten im Nirgendwo, auf der C32 nur wenige Kilometer vor der Stadt Karibib, er war schon weit gefahren. Nur wenige Meter von der Pad entfernt suchte er sich einen Platz zum Übernachten. Um völlig vor der Einsicht von vorbeifahrenden Fahrzeugen geschützt zu sein, hätte er weiter hinein gemusst in die Landschaft, aber das traute er sich nicht. Da er nicht mehr über ein Geländefahrzeug verfügte, hätte sonst es damit riskiert, im Sand stecken zu bleiben. Auf der ganzen Strecke hatte er nur vier entgegenkommende Autos gezählt und nur eines, das ihn überholt hatte. Seine psychischen Probleme hatten sein westeuropäisches Denken nicht vollkommen vernebelt, sodass er wusste, dass er bei einem Unfall oder wenn er festgefahren wäre, auf sich alleine gestellt und hier großen Schwierigkeiten ausgesetzt wäre. Nach einem kärglichen Abendessen, es gab trockenes Brot und ein Stück in der Hitze aufgequollenen Käse, legte er sich in seinem Schlafsack auf den Boden des Busses und schlief ein. Schon vor Sonnenaufgang wachte Karl auf. Auf die Einnahme seines morgendlichen Kaffees musste er verzichten, denn er verfügte weder über Kaffee noch über ein Behältnis, in dem er ihn hätte kochen können.

Er beschloss: Nach Korixas, ja, da fahre ich hin. Wo auch hätte er sonst hinfahren können, fragte er sich. In Otjiwarongo, in Windhoek und in Swakopmund hatte er mit seiner Freundin Marie negative Erfahrungen gemacht. Überall dort würden ihn die Erinnerungen einholen, er würde keine Ruhe finden. In Korixas würde er auch an negative Erlebnisse erinnert werden, da sie direkt nach dem Besuch bei Maries Vater dort gewesen waren und seine Freundin sich sehr abwesend ihm gegenüber verhalten hatte, aber diese waren für Karl nicht ausgeprägt genug. In diesem Ort hatte er damals noch Hoffnung geschöpft und Hoffnung wollte er jetzt wieder zurückerlangen. Er wollte seinen Frust bewältigen und dieser Ort sollte ihm dabei helfen. Der Aufenthalt sollte ihn wieder stärken.

Zusammentreffen mit dem Präsidenten

An der Rezeption wies man ihm das Appartement Nummer 7 zu, in das er schnell seine Reisetasche brachte. Die Mittagszeit war bald zu Ende und so lief er eilig zum Restaurant, die Öffnungszeiten waren begrenzt, wer zu spät kam, musste bis zum Abend warten oder sich mit einem Imbiss begnügen. Im Restaurant angekommen, stellte er fest, dass der Zugang abgesperrt war. Davor, in Eingangsnähe, hielten sich viele Menschen auf, auch Kamerateams standen dabei, direkt vor dem Restauranteingang waren junge kräftige Männer postiert. Freundlich fragte Karl einen der Umstehenden:

„Was ist denn hier los?"

„Der Präsident ist zu Besuch", antwortete der Mann ihm.

Karl, der den namibischen Präsidenten gerne mal aus der Nähe sehen wollte, hatte leider gerade ein anderes wichtiges Bedürfnis: Er war hungrig. Er schaute sich um und sah eine Bedienung einen großen, dampfenden Teller, beladen mit Fleisch und Pommes, an einen Tisch bringen. Sitzplätze gab es auch genügend, die meisten Menschen standen ja vor der Eingangstür des Restaurants und warteten auf das Erscheinen des Präsidenten. Karl begab sich an einen Tisch weit weg vom Trubel, aber nicht zu weit weg, da die Bedienung ihn noch finden sollte. Kaum hatte er sich gesetzt, kamen zwei junge kräftige Männer an seinen Tisch, grüßten und setzten sich daneben. Karl fiel auf, dass die beiden ihn genau beobachteten. Dass sie sich ausgerechnet an seinen Tisch begaben, wo doch die meisten anderen frei waren, war für ihn nicht ungewöhnlich, in Afrika suchten die Menschen Kontakt zu ihren Mitmenschen.

„Sind Sie ganz alleine hier?", wurde Karl von einem der Männer gefragt.

„Ja", antwortete er knapp.

Er blickte sich um und suchte mit seinen Augen die Bedienung. Als sie in seiner Nähe auftauchte, winkte er ihr. Die beiden kannten sich noch von seinem letzten Besuch mit Marie, John und Anne. Seine Freundin und die Bedienung hatten sich damals gut verstanden. Marie hatte wie so oft versucht, Menschen für ihre evangelikale christliche Gesinnung zu begeistern. Die Kellnerin, das damalige Opfer des missionarischen Eifers, war diesen Ansichten nicht abgeneigt gewesen. Sie begrüßte Karl sehr herzlich:

„Wo sind denn Ihre Frau und die Kinder?"

„Die sind in Windhoek", antwortete er.

Karl bestellte ein Essen und ein großes Bier bei ihr, ein Lager aus Windhoek. Ihm fiel auf, dass die beiden Männer neben ihm nichts bestellten und auch von der Bedienung nicht danach gefragt wurden. Einer von ihnen, sie hatten das Gespräch genau verfolgt, fragte nun:

„Sind Sie verheiratet? Sind Sie Namibier?"

Jetzt dämmerte es Karl: Die beiden Männer waren Sicherheitsbeamte, möglicherweise gehörten sie sogar zum Geheimdienst. Er empfand trotz dieser Erkenntnis Sympathie für die Männer. Eine Antwort auf ihre Fragen konnte er erst mal nicht geben, denn ganz vorne am Restauranteingang rief ein Mann sehr laut:

„Aufstehen für den Präsidenten der Republik!"

Er rief es so laut, dass es alle, auch die wenigen Menschen, die weit hinten im Biergarten saßen, hören konnten. Alle standen auf, die meisten respektvoll, einige, meinte Karl zu erkennen, eher erzwungenermaßen. Er hatte großen Respekt vor Sam Nujoma, der Ende der 70er-Jahre sogar ein großes Idol von ihm gewesen war. Damals hatte er noch große Hoffnung in den Sozialismus gesetzt, die hatte er aber schon lange verloren. Der Präsident begrüßte jeden Einzelnen, der in dem Restaurant und dem Biergarten herumstand, persönlich und mit Handschlag. Karl war einer der letzten in der Reihe, dem er die Hand schütteln musste oder wollte. Er erwartete ihn entspannt und sehr locker.

„Ah, lassen Sie mich raten: Sie sind Deutscher! Seit wann machen Sie schon Urlaub in unserem Land?", fragte ihn Sam Nujoma.

„Sie haben recht, Herr Präsident, ich bin Deutscher, aber ich bin kein Tourist. Ich war bis vor Kurzem noch Entwicklungshelfer in einer katholischen Mission am Okavango. Zuvor habe ich an der UN-Friedensmission als Mechaniker teilgenommen. Jetzt mache ich noch einige Tage Urlaub, leider muss ich Ihr Land bald verlassen."

„Oh, die meisten hier sind Touristen oder Journalisten. Sie sind der Einzige hier, der sich aktiv für unsere Unabhängigkeit eingesetzt hat, natürlich mich selbst ausgenommen. Ich danke Ihnen recht herzlich für Ihre geleistete Arbeit in unserem Land und wünsche Ihnen alles Gute für Ihre Zukunft", meinte der Präsident freundlich lächelnd.

Er richtete noch einige Worte an die letzten zu Begrüßenden an Karls Nachbartisch und verließ mit seinem Gefolge den Restaurantbereich. Die jungen Sicherheitsbeamten, die sich während des ganzen Geschehens etwas abseits stehend aufgehalten und dem Wortwechsel zwischen ihnen zugehört hatten, blieben weiterhin an Karls Tisch sitzen. Endlich kam lachend und mit sehr freundlicher Miene die Bedienung mit dem Essen und dem Bier an den Tisch.

„Entschuldigen Sie bitte, aber der Präsident unserer Republik hat Vorrang."

„Wenn das Essen noch warm ist und das Bier noch frisch, ist alles in Ordnung", gab Karl ihr lächelnd zur Antwort.

Er aß genüsslich, trank sein Bier und wandte sich nebenbei an seine Sitznachbarn:

„Als Sicherheitsbeamte seid ihr wirklich zu bedauern, ihr dürft nichts trinken, nichts essen. Nur beobachten müsst ihr. Ich bin froh, dass ihr hier seid, ohne euch wäre ich alleine und einsam. Nach dem Gespräch mit dem Präsidenten wisst ihr ja nun einiges mehr von mir."

„Wir müssen vorsichtig sein. Allein reisende Männer, die sich in der Nähe des Präsidenten aufhalten, gelten als ein Gefahrenpotenzial. Ich glaube zwar nicht, dass du eine Bedrohung für ihn bist, aber es ist unsere Aufgabe, alles auszuschließen. Um alles ausschließen zu können, müssen wir auch dich im Auge behalten."

„Okay", erwiderte Karl, „ich weiß nicht, ob der Präsident heute Nacht hier im Restcamp übernachtet, falls ja, müsst ihr mich sowieso beobachten oder bewachen. Ihr seid gern in mein Appartement eingeladen. Ich habe gute Musik. Wenn ihr wollt, könnt ihr auch Wein trinken."

Die Männer nahmen Karls Einladung an.

Er verließ das Restaurant und kaum, dass er in seinem Zimmer angekommen war, klopfte es an der Tür. Die Sicherheitsbeamten waren schon da. Eigentlich hatte er noch ein kurzes Mittagsschläfchen machen wollen, aber dafür blieb ihm nun keine Zeit mehr. Er fragte sich, ob die Beamten aus Diensteifer, Neugierde oder einer Art Feierlaune so schnell bei ihm waren. Die Antwort erhielt er prompt:

„Entschuldige bitte, wenn wir jetzt schon da sind, aber wir müssen den Präsidenten schützen. Von dir geht eine potenzielle Gefahr aus!"

Karl entrüstete sich: Er als UNTAG-Mitarbeiter, als einer, der schon in den 70er-Jahren auf den Straßen Berlins für Namibias Unabhängigkeit demonstriert hatte, sollte als potenzieller Attentäter von Sam Nujoma gelten?

„Ihr seid ja bescheuert! Was hat euch denn geritten? Worauf stützt ihr eure Behauptung?"

„Ist ja gut, beruhige dich", sagte einer der Männer lachend. „Du hast uns eingeladen, wir sind hier. Als private Gäste können wir allerdings nicht aufwarten, deshalb sind wir dienstlich hier. Wir beobachten dich als potenziellen Attentäter."

Karl verstand: Feierlaune war angesagt. Die Reggae-Musikkassetten, die er einlegte, erfreuten die Männer. Während sie am Tisch saßen, wippten sie im Rhythmus, tanzten aber nicht. So ganz und gar frei vom Ausspähen fühlte er sich nicht, dazu gaben sich die Männer zu diszipliniert, beherrscht und beobachtend. Karl machte eine Flasche Wein auf und bot auch den Männern ein Glas an, sie lehnten aber ab und begnügten sich mit Mineralwasser. Trotz des asketischen Verhaltens der Sicherheitskräfte saßen sie noch lange beisammen. Ein Gesprächsthema waren Frauen, aber auch über die politische Situation im südlichen Afrika und die Wiedervereinigung in Deutschland diskutierten sie. Während sie vom Thema Frauen zur Politik wechselten, legte Karl statt der Reggae-Kassette Musik des namibischen Sängers Jackson Kaujeua ein. Ungewöhnlich leise klangen die Melodien für afrikanische Zuhörer aus dem Kassettenrekorder. Als die Männer sich spät in der Nacht höflich verabschiedeten, meinte einer von ihnen freundlich zwinkernd zu Karl:

„Von dir geht keine Gefahr für den Präsidenten aus."

Am nächsten Tag verließ Karl Korixas und fuhr mit seinem geliehenen, peinlich hässlich aussehenden VW-Bus mit Zebrastreifen in den Etosha Nationalpark. Er wollte sich nochmals die Tierwelt Namibias anschauen. In Okaukuejo, dem ersten Restcamp, das er im Park ansteuerte, blieb er nur über Nacht. Dann fuhr er weiter nach Halali, in diesem Camp blieb er einen Tag und eine Nacht. Im zugehörigen Schwimmbad trainierte er mit Unterwasserübungen sein Schultereckgelenk, dessen Beweglichkeit immer noch nicht so weit wiederhergestellt war wie vor seinem Unfall. In Namutoni, seinem letzten Ziel im Nationalpark, aß er nur zu Mittag. Unzufrieden mit der Beweglichkeit seiner Schulter entschloss er sich, nach Großbarmen zu fahren. Dort im warmen Wasser sollte seine Schulter wieder ganz die alte werden. Zäh und ausdauernd trainierte er im Schwimmbecken und verspürte einen zunehmenden Erfolg.

Karls letzte Tage in Namibia

Zwei Tage vor seinem Abflugtermin kehrte er nach Windhoek zurück. Im einfachen und billigen Hansa Hotel mietete er sich wieder ein. Bevor er dem Mechaniker von der Döbra-Mission seinen Bus zurückgab, fuhr er damit zum DED-Büro. Der Beauftragte übergab ihm sein Zeugnis und meinte:

„Es tut mir leid für Sie. Ihre Arbeit habe ich geschätzt, aber Ihr privates Umfeld, das, so wie ich es einschätze, zu Ihrem Fehlverhalten geführt hat, ist für den DED nicht tragbar. Bewerben Sie sich in Deutschland bei der AGEH, vielleicht bekommen Sie von denen eine neue Chance. Ihr Zeugnis fällt sehr gut für Sie aus."

Karl nahm das Schriftstück entgegen, schaute es aber nicht an.

„Wollen Sie es nicht lesen? Sie können noch Veränderungen von mir einfordern, es ist nur ein Entwurf. Das Original bekommen Sie erst in Berlin ausgehändigt."

„Nein, möchte ich jetzt nicht. Sie haben bestimmt eine faire Beurteilung abgegeben", erwiderte Karl.

Zum Abschied schüttelte er dem Beauftragten und dessen Sekretärin wortlos die Hand und verließ das Büro. Auf dem Weg zum Hotel fuhr er noch zu einem Reisebüro, um sich sein Flugticket abzuholen. Im Hansa Hotel wartete schon der VW-Bus-Besitzer auf ihn.

„Hat alles gut geklappt?", fragte er.

„Ja, ja, nur die Benzinpumpe war verstopft, die musste ich reinigen."

An seinem letzten Tag lief er gedankenversunken und ziellos in der Stadt umher. Er dachte an die Mission am Okavango, an seine Auszubildenden und auch an Marie und die Kinder. Tränen liefen an seinen Wangen herunter. Passanten, die das sahen, schaute ihn mitleidig an. Karl hatte das Gefühl, als hätte er alles auf einen Streich verloren: seine Arbeit, seine Frau, seine Kinder und das Land, das er liebte und in dem er leben wollte.

Am Abend besuchte er die Bar des Hansa Hotels. Reinhard, der Mitarbeiter des Arbeitsministeriums, den er hier schon einmal getroffen hatte, saß am Tresen. Vor ihm standen ein großes Bier und ein Korn. Karl war froh, ihn zu sehen, an seinem letzten Tag in Namibia wollte er nicht allein grübelnd herumsitzen.

„Hallo Reinhard", begrüßte er ihn und gab ihm einen leichten Klaps auf seine Schulter.

Auch Reinhard, der alleine am Tisch saß, war froh Karl zu sehen. Einen Menschen, mit dem er vernünftig kommunizieren konnte, fand er in dieser Bar nur selten. Er bestellte für sie beide noch mal ein großes Bier und ein Korn. Karl wollte nur das Bier.

„In Ordnung", meinte Reinhard, „das Korn trinke ich dann noch."

Mit leicht zittrigen Händen erhob der Mann sein Schnapsglas und prostete Karl zu.

„Weißt du", fing er das Gespräch an, „ich bin ja meistens in den besseren Bars, aber das Verhalten dieser Leute dort geht mir auf die Nerven. Die trinken nur Sekt und Whisky, ich mag meinen Korn und ein Bier dazu. Natürlich sind die Gespräche auf einem anderen, höheren Niveau als hier – dich als Gesprächspartner nehme ich natürlich aus –, aber die alten, früher kämpferischen, heute bieder gewordenen Genossen sind mir unerträglich geworden. Ich weiß, ich trinke schnell, ich bin aber deshalb noch kein Alkoholiker. Die geben mir jedoch das Gefühl, wenn ich mit ihnen zusammen bin. Hier kann ich, ohne begutachtet zu werden, in Ruhe mein Korn und mein Bier trinken."

Karl hörte Reinhard zu, stimmte ihm allerdings nicht zu, denn er wusste, dass der Mann Alkoholiker war. Sagen wollte er es ihm nicht, weil er ihm sowieso nicht helfen konnte. Der Fernseher über der Bar war an, die Nachrichten wurden gerade gesendet. Beide wollten die Neuigkeiten des Tages nicht verpassen und hefteten ihren Blick auf den Bildschirm. Nachdem die Weltnachrichten, die besonders ausführlich über die Probleme der deutschen Wiedervereinigung berichteten, vorbei waren, wurde über die Angelegenheiten des Landes informiert. Der Nachrichtensprecher sagte:

„Im Westcaprivi wurde im Auftrag einer deutschen Stiftung begonnen, Brotbacköfen zu bauen. Die Handwerkskammer Namibias unterstützt dieses Projekt. Es sollen Bäcker ausgebildet werden, damit die Versorgung mit gesundem Brot in dieser Region sichergestellt werden kann. Die zukünftigen Bäcker bekommen ein Darlehen und werden als Selbstständige arbeiten."

Im Bild eingeblendet wurde die Bagani-Brücke, das „Tor" zum Caprivi, dann ein Haus, an dessen Seite ein Brotbackofen gerade von einem Mann befeuert wurde.

„Schau", rief Reinhard, „die haben dir deine Idee geklaut."

Karl traute seinen Augen und Ohren nicht. Diese Stiftung, die er als seriös einschätzte, die von einer demokratischen und in der Opposition befindlichen, deutschen Partei unterstützt wurde, verwirklichte tatsächlich seine Idee. Aber nicht so, wie er es gemeinsam mit dem Stiftungsverantwortlichen verabredet hatte, am Okavango, sondern mit der Handwerkskammer Namibias im Westcaprivi. Karl, aber auch der DED und die Mission Nyangana waren betrogen worden. Reinhard sagte:

„Habe ich dir es nicht gesagt, damals, als wir uns hier zum ersten Mal begegnet sind? Dass alle Nichtregierungsorganisationen miteinander im Konkurrenzkampf stehen? Der Erfolg, der für die Bevölkerung entsteht, ist immer sekundär. Die Organisationen, diese NGOs, wollen im Rampenlicht stehen, ihre Landesverantwortlichen tun alles, um sich zu profilieren. Sie wissen, wie sie ihre Ellenbogen auszufahren haben. Täten sie das nicht, wären sie gar nicht erst für eine solche Aufgabe ausgewählt worden."

Reinhards Entrüstung war größer als die von Karl, der von den Umständen direkt betroffen war.

„Ich verstehe gar nicht, warum du dich so über diese Geschichte ärgerst. Du hast mich doch damals schon vor dieser Entwicklungshilfe gewarnt, die nicht immer den wirklichen Interessen der Bedürftigen, der Menschen vor Ort, entspricht, und kennst das alles. In diesem Falle muss ich nun trotzdem, obwohl ich mich hintergangen und betrogen fühle, feststellen, dass auch die Backöfen im Caprivi Menschen nützen."

„Ja, ja, aber verstehe doch, es geht hier nicht mehr nur um länderübergreifende Konkurrenz, eine deutsche Stiftung gegen eine holländische zum Beispiel", erwiderte Reinhard. „Mittlerweile, das zeigt sich ja hier, konkurrieren deutsche Stiftungen und deutsche Entwicklungshelferorganisationen untereinander. Der Stiftungsverantwortliche hat deine Idee als seine eigene verkauft. Obwohl du in einem deutschen Entwicklungsdienst arbeitest und er in einer deutschen Stiftung, hat er sich damit profiliert. Das war ihm wichtig, nicht die Sache."

Nur kurz dachte Karl über Reinhards Feststellungen nach. Er hatte andere Sorgen, seine Rückkehr in das wiedervereinigte Deutschland beschäftigte ihn mehr.

Früh am Morgen verließ Karl das Hansa Hotel, bepackt mit seinem Handgepäck begab er sich zur Bushaltestelle. Niemand begleitete ihn, alleine musste er mit dem Bus zum Flughafen fahren. Für ihn gab es keine Verabschiedung. Im Flugzeug Richtung Norden, Richtung Deutschland, überwältigten ihn die Erinnerungen. Marie kam ihm in den Sinn, seine Liebe zu ihr. Er erinnerte sich an die Zärtlichkeiten, die er von ihr bekommen hatte, an die schwere Zeit, als sie im Staatshospital gelegen hatte. Er erinnerte sich an die Kinder, die er liebte, als wären sie seine eigenen. Er erinnerte sich an seine Arbeit bei der UNTAG, an Erich und an Alois, die ihn für eine lange Zeit allein in der Werkstatt gelassen hatten, und wie überfordert er gewesen war.

Sein Wirken am Okavango war ihm natürlich noch nah, so nah, als hätte er noch immer die Verantwortung für den technischen Bereich der Mission.

All seine Gedanken musste er nun nach vorne richten, das vereinigte Deutschland und das vereinigte Berlin sollten ihm nun eine neue Arbeits- und Lebensperspektive geben. Karl war gespannt auf seine Heimat, sein neues Berlin. Er kannte nur den Westen, doch den anderen Teil wollte er jetzt kennenlernen.

Anmerkungen

Buren: Niederländische Kolonialisten im südlichen Afrika.

UNTAG: (United Nations Transition Assistance Group); von April 1989 bis Juni 1990 zuständig für die Überwachung der Wahlen in Namibia (Friedensmission).

SWAPO: Südwest-Afrikanische Befreiungsbewegung. Heute Regierungspartei in Namibia.

Herero und Nama: Völker in Namibia.

Generalleutnant von Trotha: Von Mai 1904 bis November 1905 Oberbefehlshaber der Kaiserlichen Schutztruppe und Gouverneur in Deutsch-Südwest-Afrika. Verantwortlich für den Völkermord an den Herero.

Theodor Leutwein: Von 1894 bis 1904 Oberbefehlshaber der Kaiserlichen Schutztruppe in Deutsch-Südwest-Afrika. Bis 1905 Gouverneur. Er wurde auch auf diesem Posten von Generalleutnant von Trotha abgelöst.

Anton Lubowski: Deutschstämmiger Rechtsanwalt. Führendes Mitglied der SWAPO. Am 12. September 1989 in Windhoek ermordet.

Dag Hammarskjöld: Von April 1953 bis September 1961 UN-Generalsekretär. Bei einem ungeklärten Flugzeugabsturz in Sambia kam er ums Leben.

Sam Nujoma: Ehemaliger Vorsitzender der SWAPO. Vom März 1990 bis März 2005 erster Präsident Namibias.